U0924903

Yilin Classics

一九八四

[英国] 乔治·奥威尔 著

孙仲旭 译

译林出版社

图书在版编目（CIP）数据

一九八四/（英）乔治·奥威尔（Orwell, G.）著；孙仲旭译．—南京：译林出版社，2019.8（2024.3重印）

（经典译林）

ISBN 978-7-5447-7721-6

Ⅰ.①一… Ⅱ.①乔… ②孙… Ⅲ.①长篇小说－英国－现代 Ⅳ.①I561.45

中国版本图书馆 CIP 数据核字（2019）第 079294 号

一九八四 ［英国］乔治·奥威尔 / 著 孙仲旭 / 译

责任编辑 赵 薇 韩继坤
装帧设计 陈天岷
责任印制 颜 亮

原文出版 The New American Library, 1961
出版发行 译林出版社
地 址 南京市湖南路 1 号 A 楼
邮 箱 yilin@yilin.com
网 址 www.yilin.com
市场热线 025-86633278
排 版 南京展望文化发展有限公司
印 刷 南京爱德印刷有限公司
开 本 880 毫米 × 1230 毫米 1/32
印 张 9.5
插 页 4
版 次 2019 年 8 月第 1 版
印 次 2024 年 3 月第 11 次印刷
书 号 ISBN 978-7-5447-7721-6
定 价 36.00 元

我为何写作

从很小的时候起，可能有五六岁吧，我就知道长大后我要当作家。约在十七岁到二十四岁之间，我试过放弃这个念头，然而在放弃时，也意识到那样做违背自己的真正天性，早晚我会不得不专下心来写书的。

家里的三个小孩中我排行老二，但往上往下都差了五岁。八岁以前，我几乎没见过我父亲。种种原因之下，我多少感到孤独，不久我就有了些不讨人喜欢的癖性，让我在上学期间一直不受欢迎。我有了那种孤独小孩拥有的习惯，就是编故事和跟想象出来的人对话，我觉得自己在文学上的野心一开始混合了被孤立和被低估的感觉。我当时就知道我能够熟练运用文字，而且具有直面不愉快事实的能力。我觉得是这种能力创造出了一个有点个人化的世界，在其中我可以找回自信，平衡日常生活中的失意。尽管这样，我童年和少年期间所有的严肃作品——即出发点是严肃的——总量不会超过六页纸。四岁或五岁时，我写下了第一首诗，我母亲记录下来，我全忘了，只知道是关于一头老虎的，它长着“椅子般的牙齿”——很不错的短语，可是我想是抄袭了布莱克的《老虎，老虎》。十一岁时，一九一四年至一九一八年的战争爆发后，我写了首爱国诗发表在本地报纸上，两年后又发表了一首，是关于基钦纳[1]之逝的。我长大一点后，时不时写过糟糕而且是写了半截的“自然诗”，是乔治时代风格[2]。我还大约试过两次写短篇小说，差得目不忍睹。那就

---

① 基钦纳（一八五〇——一九一六）：英国陆军元帅，第一次世界大战时因所乘巡洋舰触雷沉没而死。

② 主要指一九一〇年至一九二〇年间的英国文学风格。

是我那么多年的确写到了纸上，而且是立意严肃的全部作品。

不过，这段时间从头到尾，某种意义上说我也从事过文学活动。先是下单交货的东西，我可以很快很容易地写出来，也不曾感到过多大乐趣。除了学校的作业，我还写过应景之作和打油诗，那些我能以如今看来惊人的速度写出来——十四岁时，我一星期左右就写了一部诗剧，仿的是阿里斯托芬[①]风格。我帮着编过学校里的杂志，有印出来的，也有手抄的。那些杂志是你能想象到的最滑稽和令人同情的东西，我编得比现在写最垃圾的新闻报道还要轻松许多。但与此同时，在十五年乃至更久的时间里，我也以另外一种很不一样的方式进行文学训练：即编写关于自己的连载"故事"，那是一种仅仅存在于自己脑子里的日记，我相信这是小孩子和青少年都会有的习惯。很小时，我经常幻想自己是比如说罗宾汉这样的人，幻想自己是从事令人心惊胆战冒险活动的英雄。但是很快，我的"故事"不再有拙劣的自恋性质，开始越来越多变成单纯对自己所作所为及所见的描写。一次几分钟地，会有诸如此类的东西进入我的脑海："他推门进入房间，一束经过细棉布窗帘过滤过的黄色太阳光斜照在桌子上，那里放了一盒半打开的火柴，旁边是墨水壶。他右手插在口袋里走到窗前。下面的街上，一只毛色是龟背纹的猫正在追赶一片落叶。"这个习惯一直持续到我二十五岁左右，贯穿了我的非文学生涯。虽然我不得不寻找合适的词，也确实寻找过，但我好像在几乎违背自己意愿地做这种描写性尝试，是处于外界的某种压力之下。我想我的"故事"肯定反映了我在不同年龄时仰慕过的作家的风格，但就我能回忆起的，"故事"总是具有一丝不苟的描写性特点。

十六岁前后，我突然发现了纯粹属于单词本身的乐趣，即单词的发音和关联。如《失乐园》的这一行——

> 于是他面对困厄，辛苦劳作
> 度日；困厄劳作也将其压迫。

如今在我看来，这好像也并非特别精彩，但那时却让我浑身发颤；而且

① 阿里斯托芬：古希腊诗人、喜剧作家，有"喜剧之父"之称。

以“hee”来拼写“he”[①]更是锦上添花。至于需要描写事物，当时我已经全知道了。如果说我当时就想写书，要写什么则已经清楚。我要写自然主义长篇巨著，有着并非皆大欢喜的结尾，里面充满了细致入微的描写和极为贴切的比喻，也充满了词藻华丽的段落，其中的用词部分是因为单词本身的发音。事实上，我完成的第一本小说《缅甸岁月》就相当接近那种风格，那是我在三十岁时写的，但立意在之前很久就开始了。

我给出了所有背景方面的信息，因为我认为人们在一点也不了解某个作家早期发展过程的情况下，不可能了解他的写作动机。他的写作主题由其所处的时代而决定——至少在我们目前这个喧嚣和变革的时代是如此——然而在动笔前，他会形成一种情感上的姿态，那是他永远不可能完全与之脱离的。当然，他有一样工作要做，就是控制自己的性情，避免纠缠在某一不成熟的阶段，或者陷入某种不正常的情绪。但是，如果完全脱离早期所受影响，他就会扼杀自己的写作冲动。暂不论谋生需要，我认为写作有四种最重要的动机，至少对非诗歌写作而言是如此。这些动机在每位作家身上存在的程度不同，根据他生活的外部环境，所占比例也会时时变动。它们是：

纯粹的个人主义。渴望显得聪明、被谈论、死后被记着、报复在你童年时怠慢过你的成年人等等。装做个人主义不是动机，很强的动机，那是欺人之谈。在此特点上，作家跟这些人有相通之处：科学家，艺术家，政治家，律师，战士，商界成功者——简而言之，是人类中的全体精英。人类中的大多数并非很自私。一过三十岁左右，他们几乎完全放弃了作为个人的感觉——主要为了别人活着，要么在苦差中压得喘不过气来。但还有另外少部分具有天分、随心所欲的人，他们决心一辈子到头为自己生活，作家就属于这类人。至于严肃作家，我要说总体而言，他们比记者更自负，更以自我为中心，尽管他们对金钱的兴趣要少一些。

美学热情。即对外部世界之妙处的感知，或者另一方面，对词语以及它们恰到好处排列的美感上的认知；对于一个发音对另一个发音的影响，或是好文字的精当，或是好小说的节奏给人的愉悦；渴望跟别人分享本人认为很有价值、不容错过的一段经历。美学冲动在很多作家身上很不明显，但即便

① hee(他)是 he的古体写法。

是个小册子作者或者教科书作者，也会有些喜欢用的词，这些词为他所偏爱，并非出自实用方面的原因；要么他可能对印刷样式、边缘宽度等等有强烈的偏爱。除了铁路时刻表之类，没有哪本书完全排除了美学考虑。

历史冲动。即渴望看到事情的本来面目，发现真相并将其载存，以供后来者使用。

政治目的——此处的“政治”是最广义上的含义。即渴望将世界向某一方向推动，改变人们应该努力实现的那种社会的概念。同样，没有哪本书完全无政治倾向。那种艺术应与政治无关的观点本身即一种政治态度。

可以看出，这些不同冲动一定互相争斗，而且一定会在不同人身上在不同时候波动不已。从本性上说——把“本性”当做刚踏入成人时具有的状态——我是个前三种动机大于第四种动机的人。在和平年代，我可能只会写些文字绚丽或者单纯描写性的书，也可能几乎从来意识不到自己所持的政治信念。的确，我曾经不得不成为类似小册子作者那样的人。一开始，我在不合适的职业上花了五年（驻缅甸的印度皇家警察），然后我经历了贫困，有过失败的感觉。这些增强了我对权力的天生恨意，也第一次全面意识到工人阶级的存在，而在缅甸的工作让我对帝国主义的本质有了认识。然而这些经历不足以让我具有明确的政治倾向。然后就出现了希特勒和西班牙内战等等。到一九三五年底，我仍然未能做出明确决定。我记得当时写了首小诗，表达了我的两难心态。

我也许会当个快乐的牧师，
活在两百年前，
就不变的世界末日布道，
也看着我的核桃树长高；

但是生在，唉，极坏的时代，
我错过了那个适意的避风港，
因为我的上唇长出了胡须，
而教士们的脸都刮得光光。

后来的日子仍是不错，
我们曾是如此易于高兴，
我们把烦心事轻轻放下，
置于树冠之中。

我们曾不以无知为耻，
欢乐如今却被我们掩饰；
苹果树枝上的黄鹂鸟
就能让我的敌人战栗。

可是姑娘的腰腹和杏林，
树荫下溪流里的斜齿鳊，
马匹，破晓时争斗的鸭子，
所有这些都成了泡影。

禁止再次做梦；
我们把欢乐粉碎或是藏起；
马匹是由不锈钢所造，
由矮个胖男人把它们骑。

我就是那条永远不动的蚯蚓，
一个无后宫可以逞威的宦官；
像尤金·亚拉姆[①]一样走在
牧师和政委[②]两人中间；

政委正给我算命，

---

① 尤金·亚拉姆(一七〇四——一七五九)：英国哲学家，自学成才的语言学家。他第一个发现克尔特人的语言与欧洲大陆某些语言的关系。一七五八年，他正在编纂克尔特语词典时，他十四年前谋杀一位朋友的罪行败露，因此被判处绞刑。

② 指苏联时期的政治委员。

收音机在响着，
而牧师保证我会有辆奥斯汀牌小汽车，
因为克已奉公[1]总有收获。

我梦见住在大理石厅，
醒来后发现竟是真的；
我生在如今可谓不逢时；
史密斯呢？琼斯[2]呢？你呢？

西班牙内战和一九三六年至一九三七年间所发生的事改变了态势，此后我就知道我的立场如何。一九三六年以来，我所写的每一行严肃文字都是直接或者间接反对极权主义，支持我所理解的民主社会主义。在我们所处的这个时代，那种以为可以回避写这些题材的意见在我看来是无稽之谈。每个人都以这样那样的方式写它们，无非是简单的选择何种立场和用什么方式写的问题。一个人越清楚地认识到自己的政治倾向，就越可能达到既政治性地行事，又不牺牲自己在美学和思想上的诚实的目的。

过去全部十年里，我最想做的，就是将政治性写作变成一种艺术。我的出发点总是有感于党派偏见和不公。动笔写一本书时，我不会跟自己说："我要写一本完美的书。"我想写它，是因为我想揭穿某种谎言，想唤起人们注意某些事实。我最初关心的，就是让人们听到我的意见。但如果同时没有一种美学感受，我就不会写一本书，甚或为杂志写一篇长文。任何人如果有心详细读一下我写的东西，就会发现即使是纯粹的宣传，其中还是包括很多一个全职的政治家会认为跟主题无关的东西。我不能也不愿意完全抛弃我自孩提时期开始形成的世界观。只要我活着，就会继续追求文字上的风格，继续热爱大自然，继续乐于欣赏那些实实在在的东西，以及星星点点的无用信息。我想压制自己的这方面天性是徒劳的。我的工作，是将自己根深蒂固的好恶感与时代强加给我们所有人身上基本上是大众的、非个体的活动相

① 原文为"For Duggie always pays"，其中的Duggie似应指法国法学家莱昂·狄骥，他强调个人对社会的义务而几乎排斥了个人的权利，其理论曾为德国法西斯所采用。

② 此处提到的人名是英国常见人名，类似于说张三李四。

调和。

这并非易事，它引出了结构及语言的难题，而且以新的方式引出了真实性的难题。我可以举例说明出现的基本困难。我那本关于西班牙内战的书《向加泰罗尼亚致敬》的确是政治性作品，但它主要是以一定的超脱心态和体例上的考虑写成的。我确实很努力地想在里面说清全部事实，又不与我的文学本能相悖。但除了别的，这本书中还包括篇幅很长的一章，里面全是引用报纸上的片断之类，是为托洛茨基主义者辩护的，他们被指控阴谋串通佛朗哥。很明显，再过一两年，任何普通读者都会对这样一章失去兴趣，必定将因此毁了这本书。一个我所尊敬的评论家给我上了一课："你干吗要把那些玩意儿放进去？"他说："你把本来不错的一本书变成了新闻报道。"他说得不错，可我只能这么做。我刚好知道清白的人们受到了不实的指控，而在英国只有极少数人有条件知道这一点。如果我不曾为之愤怒，就可能永远也不会写那本书。

这个问题还会以种种方式一再出现，而语言方面的问题与之相比更为微妙，讨论起来也需要太长时间。我只是要说近几年来，我一直在努力写得不那么栩栩如生，更追求准确性。不管怎样，我发现当你已经完美地形成任何一种写作风格时，你总是已经超越了这种风格。《动物农场》是第一本我写作时对自己所做有完全清醒的认识，混合了政治目的和艺术目的的书。我有七年时间没写过长篇小说了，但我希望在不久的将来再写一部。它注定会失败，每本书都会失败，但我对要写什么样的书则多少已经心中有数。

回头看看前面的一两页，我看到似乎我的写作动机完全出自于热心公众利益，我不想让这成为别人对我的最终印象。凡是作家都自负自私，也是懒惰的，在他们各种写作动机的根子里面，还存在一个谜团。写作是场可怕的、令人疲惫不堪的挣扎，就像很长一段时间得了令身心痛苦的病症。如果不是为某种他既无力抵抗又无法理解的魔鬼所驱使，他永远不会做起这样一件事。就人们所知，这个魔鬼只不过跟让小孩子号啕以引起别人注意的是同样一种本能。但同样正确的是，除非他不停奋力消除自己的个性，否则就写不出任何具有可读性的东西。好的文字就像窗玻璃。我不能十分肯定地说出我的几种动机里哪种最强，但我知道哪一种值得遵循。回头看看我的全部作品，我看到在我缺乏政治目的的时，写出来的书总无一例外地没有生气，蜕化成华而不实的段落、无意义的句子和装饰性形容词,而且总的说来,是自欺欺人之作。

乔治·奥威尔

一九四六年

一九八四

第一部

1

这是四月里的一天，天气晴朗却又寒冷，时钟敲了十三下。温斯顿·史密斯快步溜进胜利大厦的玻璃门。他低垂着头，想躲过阴冷的风，但动作还是不够快，没能把一股卷着沙土的旋风关到门外。

门厅里有股煮卷心菜和旧床垫的气味。门厅那头钉着一张彩色宣传画，大得不适合钉在室内，上面只有一张巨大的面孔，宽度超过一米。那是个四十五岁左右的男人，蓄着浓密的黑色八字胡，面相粗犷而英俊。温斯顿朝楼梯走去。想坐电梯是没希望的，即使在情形最好时也很少开。目前白天停电，这是为迎接仇恨周的一项节约举措。温斯顿所住的公寓在七楼，他现年三十九岁，右脚踝上方还有一处因静脉曲张形成的溃疡，所以只能缓慢地走楼梯上去，中途还歇了几次。每层楼梯正对电梯门的墙上，那张有着巨大面孔的宣传画从那里凝视着，它是那种设计得眼神能跟着你到处移动的肖像画。“老大哥在看着你”，下方印着这样的标题。

在公寓里，有个洪亮的声音正在念一连串数字，跟生铁产量有关。此声音来自一块长方形金属板，它像一面毛玻璃面的镜子，嵌在右墙上。温斯顿扭了一下开关，声音多少低了一点，但仍清晰可闻。这个装置(叫做电屏)的声音能调小，然而没办法完全关掉。他走到窗前。他的体形偏小，瘦弱，作为党员制服的蓝色工作服只是让他更显单薄。他长着淡色头发，面色红润自然，皮肤因为使用劣质肥皂和钝剃须刀片而变得粗糙，然而冬天的寒意才刚刚结束。

外面，即使隔着关闭的窗户，看上去仍然一副寒冷的样子。下面街道上,小股的旋风卷动尘土及碎纸螺旋上升。虽然出了太阳,天空也蓝得刺眼,但是除了到处张贴的宣传画,似乎一切都没了颜色。那张蓄着黑色八字胡的脸从每个能望到两边的街角居高临下地盯着。正对面的房屋前面就贴了一张,印有标题"老大哥在看着你",那双黑眼睛死盯着温斯顿。下面临街处还有另外一张宣传画,一角已破,在随风一阵阵拍打着,把一个词一会儿盖住,一会儿又展开:"英社"。远处,一架直升飞机从屋顶间掠过,像苍蝇般在空中盘旋一会儿,然后划了道弧线疾飞而去。那是警察巡逻队,正在窥视人们的窗户。但巡逻队还不足为惧,足以为惧的只是思想警察。

在温斯顿身后,电屏传出的声音仍在喋喋不休地播报有关生铁产量和超额完成第九个三年计划的消息。电屏能同时接收和发送温斯顿所发出的任何声音,只要高于极低的细语,就能被它拾音。而且不仅如此,只要他待在那块金属板的视域之内,他就不仅能被听到,而且也能被看到。当然,在具体的某一时刻,你没办法知道自己是否正在被监视。思想警察接进某条电线的频度如何以及按照何种规定进行,都只能靠臆测,甚至有可能他们每时每刻都在监视着每个人。但无论如何,他们可以随时接上你那条电线。你只能生活——确实是生活,一开始是习惯,后来变成了本能——在一个设想之下,即除非你处在黑暗中,否则你所发出的每个声音都会被偷听,每个举动都会被细察。

温斯顿保持着背对电屏的姿势,这样比较安全些,不过他也知道,即使是背部,也可能暴露出什么。一公里之外是真理部,那是他上班的地方,是幢在一片不堪入目的地带拔地而起的白色大型建筑。这里——他略带几分厌恶地想道——这里就是伦敦,第一空域的主要城市。第一空域本身是大洋国人口第三大的省份。他绞尽脑汁,想找回一点童年记忆,以便让他记起伦敦是否一直就是这个样子:满眼都是摇摇欲坠的建于十九世纪的房屋,侧墙靠木头架子撑着,窗户用纸板挡着,屋顶是波纹铁皮,破旧的院墙东歪西斜。是否一直就是这样?在挨过炸弹的地方,空中飞扬着灰泥和尘土,野花在一堆堆瓦砾上蔓生,还冒出许多龌龊的聚居区,也就是鸡舍一样的木板屋。是否一直就是这样?可是没用,他想不起来:他的童年除了一系列光亮的静态画面,什么也没留下,而那些画面都缺少背景,大部分也不可理解。

真理部——用新话[①]来说就是“真部”——跟视野中能看到的其他建筑明显不同。它是座巨大的金字塔形建筑，白色水泥熠熠发亮。它拔地入云，一级叠一级，高达三百米。从温斯顿所站的地方，刚好能看到党的三条标语，用漂亮的美术字体镌刻在真理部大楼正面：

战争即和平
自由即奴役
无知即力量

据说真理部在地面上的房间就多达三千间，另外还有相应的地下附属建筑。此外只有三座外表及规模类似的大楼分散坐落在伦敦，周围的建筑彻底被那三座大楼比了下去，所以站在胜利大厦顶上，同时可以看到这四座大楼，分别为四个部的所在地，政府的所有职能就分工到了这四个部。真理部负责新闻、娱乐、教育和美术，和平部负责战争，仁爱部负责维持法律和秩序，富足部负责经济事务。这四个部的名称用新话来说，分别是“真部”、“和部”、“爱部”和“富部”。

仁爱部是真正令人心惊胆战的地方，那里根本没有窗户。温斯顿从未去过仁爱部，也未曾进入过它的方圆半公里之内。那里闲人莫入，进去时，还要经过一段布着带刺铁丝网的错综复杂的道路、一道道钢门以及机关枪暗堡。甚至在通向它外围屏障的街道上，也有面目狰狞的警卫在转悠。他们身穿黑色制服，手持两节警棍。

温斯顿突然转过身，脸上已经换上了一副从容而乐观的表情。面对电屏时，这样做是明智的。他穿过房间，走进那间很小的厨房。这个时间离开部里，就放弃了在食堂的一顿午餐，他也知道厨房里除了一大块黑面包别无他物，得把它留到明天早上当早餐。他从架子上拿了个装有无色液体的瓶子，上面简单的白标签上印着“胜利杜松子酒”。如同中国的米酒，它散发的也是一股令人作呕、油一般的气味。温斯顿倒了快有一茶杯，鼓了鼓勇气，然后像喝药一样一口气灌了下去。

---

① 新话是大洋国的官方语言，相关结构和语源请参考附录。——原注

马上，他的脸变得通红，眼里流出了泪水。那玩意儿像是硝酸，不仅如此，喝的时候还给人一种后脑勺挨了一胶皮警棍的感觉。过了一会儿，他胃里的灼热感消退了一点，一切好像没那么难受了。他从印有"胜利香烟"的压扁了的烟盒里抽出一根烟，不小心把它拿倒了，烟丝因此掉了出来。他又抽出一根，这次好了点。他回到起居室，在位于电屏左侧的一张小桌子那里坐下来。他从桌子抽屉里取出一支笔杆、一瓶墨水和一本四开大的空白厚本子，它的封底是红色的，封面压有大理石纹。

不知为何，起居室里的电屏安装的位置不同寻常。它通常在远端的墙上，这样可以监视到整个房间，这张电屏却安在较长的那面墙上，正对窗户。电屏一侧有个浅凹处，温斯顿就坐在这里。建这幢公寓楼时，这地方很可能原意是用来摆书橱的。温斯顿坐在这个凹处，尽量把身子往后靠，这样可以保持在电屏的视域范围之外。当然，他的声音仍会被听到，不过只要待在目前的位置，他就不会被看到。他之所以想到这会儿要做的这件事，部分原因就是这房间不一般的布局。

同样让他想到做这件事的，还有他从抽屉里拿出来的本子，这是个异常漂亮的本子，纸质光滑细腻，因为岁月久远而变得有点泛黄。那种纸至少已经停产了四十年，因而他估计那个本子的年份远不止四十年。他在一间肮脏的小杂货铺的橱窗里看到它，那间铺子位于市内某个贫民区(究竟是哪个区，他现在不记得了)，当时他马上有了种不可遏制的冲动想拥有它。党员不应该进入普通店铺(被称为"在自由市场买卖")，但这一规定未被严格执行，因为许多东西——如鞋带和剃须刀片——除非去那里，否则就买不到。他往街道左右两个方向迅速瞄了瞄，然后溜进去花两元五角钱买下了它，也没想它能派什么用场。他知错犯错地把它放在公文包里带回家，上面就算什么也不写，拥有它也算是有违原则。

他准备要做的，是开始写日记，这不算是件非法的事(没什么是非法的，因为不再有法律)，然而被发现的话，有理由可以肯定惩罚会是死刑，或者至少二十五年劳改。温斯顿把钢笔尖装到笔杆上，用嘴吸掉上面的油脂。钢笔是种过时的东西，就连签字时也很少用，他偷偷摸摸，而且是费了些事才得到一杆，只是因为他感觉那种漂亮细腻的纸张配得上用真正的钢笔尖在上面书写，而不是拿蘸水笔划拉。其实他还不习惯用手写字，除了写很短的便条，他通常什么都对着口述记录器口授，对目前想做的这件事而言，当然不可能那样做。他把钢笔蘸在墨水里，然后踌躇了仅仅一秒钟。他感到全身一阵战栗，落笔是件决定性行为。他以笨拙的小字体写道：一九八四年四月四日。

他往后靠着坐在那里，陷入一种完全无助的感觉中。首先，他对是不是一九八四年完全没把握，不过可以肯定是那年前后，因为他对自己是三十九岁这点很有把握，而且相信自己是出生于一九四四年或一九四五年。不过如今在确定年份时，不可能没有一两年误差。

突然，他想起一个问题，他写日记是为了谁？为了未来，为了未出生的人。他的心思围绕那可疑的年份转了一会儿，心里忽然咯噔一下，想起新话里的"双重思想"一词。他第一次想到此举的艰巨性：你怎样去跟未来沟通？从根本上说这不可能。要么未来与现在相似，在此情况下，未来也不会听他说；要么未来跟现在不同，他的预言便将毫无意义。

他对着那张纸呆看了一会儿。电屏里已经换播刺耳的军乐。奇怪的是，他似乎不仅失去了表达自我的力量，甚至忘了他本来想说什么。在过去几周里，他一直在为这一刻做准备，从未想到除了勇气还需要别的什么。真正动笔不难，需要做的，只是将他大脑里没完没了、焦躁不安的内心独白转移到纸上就行了。这种情况实际上已经持续了好几年，然而在这一刻，就连这种独白也枯竭了。另外，那处静脉曲张的溃疡又痒得难受，可是他不敢搔，因为一搔就会红肿发炎。时间一分一秒过去，除了面前纸上的空白、脚踝上方的皮肤痒、电屏里尖锐刺耳的音乐和喝酒造成的一丝醉意，他别无感觉。

突然，他完全是慌里慌张地写起来，但他对正在写下的东西并非全然心里有数。他用儿童式的小字体在纸上随意写着，一开始漏了大写，到最后连标点也不用了：

一九八四年四月四日。昨天晚上去看了电影，全是战争片。很好看的一部是关于一艘满载难民的船在地中海某处被轰炸的事。观众很开心地看到一个胖男人奋力游泳逃离一架直升飞机追赶的镜头。一开始看到他像头海豚一样在水里扑腾，然后是通过直升飞机上的瞄准器看到他，接着他全身都是枪眼，他身体周围的海水都变成了粉红色，他突然沉下去，好像枪眼导致进水，观众在他下沉时大声哄笑。然后看到的是一条坐满儿童的救生艇，上面有架直升飞机在盘旋。有个可能是犹太人的中年妇女坐在船头，抱着个大约三岁的小男孩。小男孩吓得尖叫，把头深深扎进她怀里，似乎想在她身上钻个洞而那个女人把胳膊围绕着他安慰他尽管她自己也已经害怕得脸色发青，一直在尽量掩护着他似乎她以为她的双臂能为他挡住子弹。然后直升飞机往他们中间投下一枚二十公斤重的炸弹一道强光小艇变成了碎片。接着是个拍得很清晰的镜头是个小孩的手臂往空中飞得高高安在直升飞机前端的摄影机肯定在追着它拍从党员座位那里传来一片鼓掌声但在群众席那里有个女人突然无故喧哗起来嚷叫着说他们不该放给孩子看他们做得不对别放给小孩看直到警察去把她架了出去我不认为她会有什么事谁也不关心群众说什么群众的典型反应他们从来不会——

温斯顿停下笔，部分原因是肌肉痉挛。他不知道是什么让他的笔尖流淌出这些垃圾东西。然而奇怪的是，写这些东西时，他脑子里清清楚楚记起了另外一件事，以至于他几乎也想把它写下来。他意识到就是因为这另外一件事，他突然决定回到家里并从这天开始记日记。

如果那样模糊的一件事也能称为发生过，那么它是发生在那天上午，在部里。

当时快到十一点了，在温斯顿所在的档案司，人们开始从小隔间里往外拉椅子，摆在大厅中间，正对着大电屏，这是为两分钟仇恨会做准备。温斯顿正要在中间一排某个位置就座，有两个他只是面熟，但从未说过话的人出乎意料地来了。其中一位是个女孩，他经常在走廊里跟她擦肩而过。他不知道她的名字，只知道她在小说司工作，可能——因为她有时两手都沾着油，还拿了个扳手——她负责某部长篇小说写作机的机械维修工作。她是个样子大胆的女孩，二十七岁左右，长着一头浓密的黑发，脸上有雀斑，动作像运动员那样敏捷。一条窄窄的鲜红色饰带——那是青少年反性同盟成员的标志——在她工作服的腰带上缠了几圈，松紧程度刚好能显现出她臀部的优美线条。从第一次看到她的那刻起，温斯顿就讨厌她，他也知道是什么原因：

因为她随时随地营造的那种代表着曲棍球场、冷水浴、集体远足和完全心无杂念的氛围。他几乎仇恨所有女人，特别是年轻貌美的。女人——特别是所有的年轻女人——总是党最死心塌地的信徒、轻信宣传口号的人、业余侦探和异端思想的包打听。但这个女孩给了他一种印象，就是她比绝大多数女人更危险。有一次，他们在走廊里擦肩而过时，她迅速瞟了他一眼，那眼神好像刺进他体内，并注入一种黑色的恐惧感。他脑子里甚至想到，她有可能是思想警察的特务，不过事实上，这种机会微乎其微，但每次只要她在附近，仍会让他感觉特别不自在，这种感觉混合了敌意，还有恐惧。

另外一位是个男的，名叫奥布兰，是名内党党员。他的职务重要而不可测，温斯顿对其性质只是略有感觉而已。看到一名身穿黑色工作服的内党党员走过来时，椅子周围的这群人中出现了片刻的肃静。奥布兰高大结实，脖子很粗，面容粗糙，为人幽默而又冷酷。虽然外表让人望而生畏，但他的举止有一定的魅力。他有一招，就是推一推架在鼻子上的眼镜，这个动作很奇怪，能让人解除戒心——说不上为什么，但是奇怪地给人以文质彬彬的感觉。如果还有人这样想的话，这个动作也许能让人想起一位十八世纪的贵族在邀请别人用他的鼻烟。十几年来，温斯顿见到奥布兰的次数可能差不多也就是十几次。他感到奥布兰对他而言很有吸引力，不仅因为后者温文尔雅的举止与职业拳击手块头的反差让他觉得很有趣，更因为他有个秘密信念——也许根本不是信念，而是一丝希望，即奥布兰在政治正统性方面并非完美无瑕，他的表情无疑说明了这一点。话又说回来，也许他脸上表现出的根本不是非正统性，只不过是智慧。但不管怎样，从外表上看，他是那种可以跟他谈谈心的人，如果有办法躲过电屏跟他单独在一起的话。温斯顿从未付出一点努力去证实这种猜测，确实，也没办法证实。那时，奥布兰看了一眼手表，看到马上快十一点了，显然决定留在档案司，直到两分钟仇恨会结束。他跟温斯顿坐在同一排，中间隔了几张椅子，一个黄红色头发的矮个女人坐在他们中间，她在温斯顿隔壁的小隔间工作。那个黑头发女孩正好坐在温斯顿身后。

这时，大厅那头的电屏里突然传出一阵令人难受的刺耳讲话声，如同一台巨大的机器在缺少润滑油的情况下运作时发出的声音，这种声音能让人咬牙切齿、义愤填膺。仇恨会开始了。

照例，当伊曼纽尔·戈斯坦因——这个人民公敌的面孔闪现在电屏上时，观众发出此起彼伏的鄙夷之声，黄红色头发的矮个女人带着恐惧和厌恶发出一声尖叫。戈斯坦因是叛徒和蜕变者，很久以前（谁也记不清有多久）是党的主要领导人之一，几乎跟老大哥平起平坐，后来参加了反革命活动，被判处死刑，然而又神秘地逃走并藏匿起来。两分钟仇恨会的进程每天都不一样，但无一例外，每次都以戈斯坦因为主角。他是头号卖国贼，是最早破坏党的纯洁性的人，所有后来对党所犯的罪行、变节、破坏活动、异端邪说以及越轨行为都直接出自他的煽动。在某个地方，他仍活在人世并策划着阴谋：也许在大洋彼岸，在豢养他的外国主子的保护之下，也许甚至——时不时会传出这种谣言——就潜伏在大洋国本国的某处。

温斯顿感觉胸口发闷。每次看到戈斯坦因的面孔，他都会有百感交集的痛苦感觉。这是一张瘦削的犹太人面孔，头顶有一圈浓密的白头发，毛茸茸的，下巴上蓄着一小撮山羊胡——这是一张聪明人的面孔，但不知为何，从本质上让人觉得可鄙。靠近他又细又长的鼻尖处，架着一副眼镜，给人一种年迈昏庸的感觉。这是一张类似绵羊的脸，就连声音也像绵羊。戈斯坦因在一如既往地恶毒攻击党的各种教义——这种攻击夸张而荒谬，连小孩子都能看穿，但又刚好貌似有理得会让人警惕，即其他头脑没那么清醒的人有可能上当受骗。戈斯坦因侮辱老大哥，谴责党的独裁，要求马上与欧亚国和谈，他鼓吹言论自由、出版自由、集会自由、思想自由，他歇斯底里地叫嚣革命已被背叛——全是以快速和多音节的方式讲出来，是对党的演讲家那种惯常风格的拙劣模仿，甚至也包含新话——没错，比任何党员在日常生活中通常使用的新话还要多。而且自始至终，为避免人们可能对戈斯坦因那貌似有理、哗众取宠的讲话所掩盖的事实有所怀疑，电屏上他的脑袋后面，有无数排着纵队的欧亚国军队在前进——那是一排又一排长得很壮实的人，有着缺乏表情的亚洲人面孔。他们涌现到电屏上，然后消失，代之以其他长相完全类似的军人。单调而有节奏的沉重军靴声成了戈斯坦因那咩咩叫声的背景声。

仇恨会进行了还不到半分钟，房间里有一半人发出了不可遏制的怒吼。那张自鸣得意、绵羊脸一般的面孔以及这张面孔后面欧亚国军队那可怕的力量令人无法忍受；再者，看到或甚至想到戈斯坦因，就能让人们不由得感到恐惧和愤怒。他比欧亚国或东亚国更经常成为仇恨对象，因为大洋国跟这两大国中的一个进行战争时，一般跟另一大国处于和平关系。然而奇怪的是，尽管戈斯坦因被所有人仇恨、鄙视，尽管一年三百六十五天，他的理论每天上千次在讲台、电屏、报纸、书本上被批驳、被粉碎、被嘲笑、被一般人认为是可鄙的垃圾，然而这一切似乎从来没能让他的影响降低过，总会有一些新的上当受骗者在等着被他诱惑，每天都有奉其指令的间谍和破坏分子被思想警察挖出来。他是一支巨大的影子部队的司令，那是由力图颠覆国家的阴谋制造者所组成的地下网络，这个网络的名称据说叫兄弟会。另外，还有一些悄悄流传的说法，是关于一本可怕的书的。它汇集各种异端邪说，由戈斯坦因所写。这本书到处秘密流传，没有名字，人们在不得已提到它时，简单称之为“那本书”。不过人们都是通过不清不楚的谣言得知这些事情，凡是一般党员，都会尽量避免谈及兄弟会和“那本书”。

进入第二分钟，仇恨会达到了狂热状态。人们在座位上跳上跳下，用最大的嗓门叫喊着，想盖过电屏里传来的发狂的咩咩叫声。黄红色头发的矮个女人脸色通红，嘴巴一张一合，像条离水的鱼。就连奥布兰那张严肃的脸庞也涨红了。他在椅子上坐得笔直，健硕的胸膛气鼓鼓的，还在颤抖，似乎正在忍受波浪的冲击。温斯顿后面的那个黑头发女孩开始喊：“猪猡！猪猡！猪猡！”突然，她捡起一本厚厚的新话词典掷向电屏，打中戈斯坦因的鼻子反弹回来，但那个声音仍然无情地响着。很快，温斯顿发现自己在和别人一起呼喊，用脚后跟猛踢所坐椅子的横档板。两分钟仇恨会的最可怕之处，并非你被迫参与其中，恰恰相反，避免参与才不可能。过上二十秒，任何装扮都变得毫无必要。一种出于恐惧和报复心理的可怕情绪，一种去杀戮、拷打、用大锤去砸人脸的渴望像电流般通过整个人群，将一个人甚至是违背其意愿地变成面容扭曲、尖叫不止的疯子。但他们感到的那种愤怒是种抽象而盲目的感情，因此有那么一阵子，温斯顿的仇恨根本没转向戈斯坦因，恰恰相反，而是向着老大哥、党和思想警察。那一刻，他的心向着电屏上那个孤独的、被嘲笑的异端分子，他是在充满谎言的世界上真理与理智的唯一守护者。然而就在接下来的一刻，他跟周围的人们站到了一起，对他来说，他们所说的关于戈斯坦因的一切全都属实。那些时候，他对老大哥私下的厌恶变成了崇拜，而老大哥好像高高屹立，是位所向无敌、无所畏惧的保护者，岩石般矗立着，对抗亚洲的群氓。而戈斯坦因，尽管他孤立无援，甚至他本人是否存在都尚存疑问，但他仍像个阴险的巫师，仅仅凭借话语的力量，就能将文明的架构摧毁。

有时，甚至有可能故意为之地将个人的仇恨目标转来转去。突然，就像在噩梦中猛然用力把头从枕头上扭到另一边，温斯顿成功地将对电屏上那张面孔的仇恨转移到他身后那个黑发女孩身上。他的脑海里出现了生动的幻觉：他会用胶皮警棍把她殴打至死，会把她脱光衣服绑到一根木桩上，然后向她射满一身的箭，正如那些人对圣塞巴斯蒂安[①]所做的；他会强奸她，然后在高潮之际割断她的喉咙。另外，他也比以前更清楚地意识到自己**为什么**会恨她。他恨她，是因为她年轻漂亮却毫不性感，因为他想和她上床却永远无法做到，因为她那可爱的柔软腰部——像是在请人去搂——围着的却只是一条可恶的鲜红色饰带，那是代表贞洁的咄咄逼人的标志。

仇恨会达到了高潮。戈斯坦因的声音变成真正绵羊的咩咩叫声，有那么一阵子，那张脸也变成了绵羊脸。接着绵羊脸渐隐于一个似乎在冲锋的欧亚国士兵形象之上。他身材高大，面目凶恶，手里的冲锋枪在吼叫着，整个人似乎要从电屏里跳将出来，以至于前排有几个人真的在座位上往后缩。然而正当此时，每个人都如释重负地呼了一口气，敌军形象隐没在老大哥的面孔里，黑头发，黑色八字胡，充满力量和神秘的安详感，它大得几乎占据了整张屏幕。谁都没听见老大哥说什么，无非是几句鼓舞士气的话，这种话在一片嘈杂声中说出来，人们听不清都说了什么，然而仅仅说出这些话，就能恢复他们的信心。

然后老大哥的面孔又渐渐隐去，党的三条标语以醒目的大写字母出现了：

战争即和平
自由即奴役
无知即力量

---

① 圣塞巴斯蒂安(?—二八八?)：罗马警官，早期基督教徒，引导许多士兵信奉基督教，事发后皇帝命令以乱箭射之，侥幸不死，后被乱棒打死。

但老大哥的面孔似乎在电屏上又持续出现了几秒钟，似乎对每个人的眼球所造成的冲击过于强烈，不能马上消失。黄红色头发的矮个女人扑在她前面的椅子靠背上，双手向电屏张开，嘴里还咕咕哝哝地颤声说些什么，听来似乎是："我的大救星啊！"接着，她用手捂住脸，显然在祈祷。

就在此时，整群人发出了低沉缓慢而又有节奏的呼喊："B—B[①]！……B—B！"一遍又一遍，非常缓慢，两个"B"中间有长长的停顿，不知为何，很奇怪，有点野蛮的味道。在这样的背景声中，似乎能听到赤脚跺地和手鼓的咚咚响声。在大概有半分钟的时间里，他们一直这样呼喊着。这是种情绪极其强烈时经常能听到的压抑声音，从一定程度上说，它类似对老大哥的智慧和威严的颂歌，然而更重要的是，这是种自我催眠行为，是制造有节奏的噪声以失去知觉的故意行为。温斯顿似乎感到五内俱寒。两分钟仇恨会时，他无法控制住自己不和大家一起疯狂，但这种不似正常人所发出的"B—B！……B—B！"的呼喊声总让他十分惊骇。当然，他也跟别人一起呼喊，不这样不可能。掩盖自己的感觉，控制自己的表情，做别人在做的事，这些都属于本能反应。然而有那么一两秒钟，他的眼神有可能泄露了感情，这可想而知。正好就在那一刻，那件具有重要意义的事情发生了——如果说它的确发生过。

就在那时，他和奥布兰四目相望。奥布兰已经站起身，刚才他把眼镜取了下来，那时正以他特有的动作戴眼镜，然而就在他们四目相望的不到一秒钟时间里，温斯顿就在那一刻知道了——对，他**知道**了！他知道奥布兰在跟他想着同样的事。一个确凿无误的信息已经传递过来，似乎两人的大脑都打开着，通过眼睛，思想从一个人的大脑流入另一个人的大脑。"我跟你一样，"奥布兰似乎在对他说，"我完全了解你的感受。你的蔑视，你的仇恨，你的嫌恶，我全知道。不过别担心，我站在你这边！"接着那心领神会的片刻转瞬即逝，奥布兰的脸色变得和别人的一样，不可测知。

全部经过就是这样，可是他已经开始对这件事是否发生过没有把握了。这种事情永远没有后续，所起的全部作用，不过让他在内心保持一种信念或希望，即除了他自己，还有别的人也与党为敌。也许关于大规模地下串

① B—B代表的是老大哥(Big Brother)两词的第一个字母。

联活动的谣言说到底确有其事——也许兄弟会真的存在！虽然总有没完没了的逮捕、招供和处决，但要想确定兄弟会是否确实存在仍属不可能，有时他信其有，有时他信其无。没有证据，只有星星点点之事，可能其中有文章，也可能没有什么意思：无意听到的谈话片断，厕所墙上语焉不详的涂鸦，可能被当做接头信号的一个不起眼的手势。全是臆测而已，很可能一切都是他的想象。他回到他的小隔间，没有再看到奥布兰，他几乎从未产生要延续他们那一瞬间的接触的念头，即使他知道怎样进行，也会危险之至。他们含含糊糊地对望一眼，只有一秒钟或者两秒钟，全部经过如此而已。但纵然如此，在一个人不得不在其中生活的与世隔绝的孤寂中，那也值得铭记。

温斯顿把身子坐直了一些。他打了个嗝，酒从胃里泛了上来。

他又定睛看那张纸，发现在无助沉思的同时，他也在写字，像是种自动行为，而且写得也不像刚才那样歪歪斜斜、难以辨认。他的钢笔在光滑的纸上写下了漂亮的印刷体大字，字母全部为大写：

打倒老大哥
打倒老大哥
打倒老大哥
打倒老大哥
打倒老大哥

一遍又一遍，写满了半张纸。

他无法不感到一阵恐慌，这没道理，因为写下那些字和开始记日记比起来，并非更危险，可是有那么一阵子，他想撕掉写了字的那几页，彻底放弃写日记这一危险举动。

但他没有这样做，因为他知道没用。不管他是写下了“打倒老大哥”还是忍着没写，不管他是继续写日记还是停止写，都没有区别，思想警察一样会抓到他。他已经犯下了——即便他从未写到纸上，他仍是犯下了——包括其他一切罪行的基本罪行，他们称之为思想罪。思想罪是无法永远掩盖的，你可以成功地躲过一时甚至几年，但他们仍然注定会抓到你，迟早而已。

总是在夜里——逮捕无一例外在夜里执行。睡觉时突然被惊醒，粗暴的手摇晃着你的肩膀，电筒照着你的两眼，一圈冷峻的面孔出现在床周围。绝大多数情况下，没有审讯，没有关于逮捕的报道，人们只是失踪了，总是发生在夜里。你的名字被注销，你做过的一切事情的记录都被清除，不承认你一度存在过，然后就被遗忘。你被铲除了，消灭了——人们通常用的词是“被蒸发”。

有一阵子，他陷入一种歇斯底里的情绪，开始潦草地写道：

他们会枪毙我我无所谓他们会从我的脖子背后开枪我无所谓打倒老大哥他们总是从你的脖子后面开枪我无所谓打倒老大哥——

他又往后靠着坐在椅子上，有点为自己感到惭愧，于是放下钢笔。这时候他猛然一惊：有人敲了一下门。

这就来了！他像只耗子一样坐着一动不动，徒劳地希望不管那是谁，就让他试着敲下门就走吧。然而没有，敲门声还在继续。最坏的做法便是拖延。他的心脏像鼓一样敲着，不过他脸上很可能没有表情，长期习惯使然。他站起身，脚步沉重地走向房门。

2

抓到门把手时，温斯顿看到自己把日记摊开放在桌子上，上面写的全是“打倒老大哥”，字体之大，几乎从房间这头望去也能认出。此事做得蠢不可及，但他意识到那是因为就算在最仓皇失措的时刻，他仍不想在墨迹未干时合上本子，以致弄脏那细腻的纸张。

他吸了口气,打开房门,心头马上荡漾着如释重负的暖意。站在门外的是个脸色苍白、萎靡不振的女人,头发稀疏,脸上满是皱纹。

“哦,同志,”她用一种悲悲切切的疲惫声音说,“我就觉着听到您进房间了,您看能不能过来看看我家厨房的水池?塞住了,还——”

那是帕森斯太太,是同一层楼一个邻居的妻子。(党多少反对用“太太”这个词,应该称每个人为“同志”,但人们还是会不由自主地对某些女人使用这个词。)她是个三十岁上下的女人,样子却老得多。她给人一种印象,即她脸上的皱纹里藏有灰尘。温斯顿跟随她顺过道走过去。这种业余维修工作几乎成了每天必做的烦心事。胜利大厦是幢老公寓楼,建于一九三〇年左右,正处于摇摇欲坠的状态。天花板和墙壁上的灰泥经常剥落。每逢严寒,水管都会爆裂;每逢下雪,屋顶都会漏水。供暖系统如果不是为了节约而完全关掉,就是只开一半蒸汽量。维修的事如果不想自己动手,就得向某个高高在上的委员会提出申请。然而就连换块窗玻璃这种事,该委员会都很可能甚至拖上两年才会批准。

“当然是因为汤姆不在家。”帕森斯太太含含糊糊地说。

帕森斯家的公寓比温斯顿住的要大一些,是另一种形式的肮脏。每样东西都有种被击打和践踏过的样子,似乎刚有一头凶猛的动物造访过。体育用品——曲棍球棒,拳击手套,一个踢爆了的足球,一条翻过来的有汗味的短裤——全放在地板上,桌子上还有一堆脏碟子和折了角的练习簿。墙上是几面青年团和侦察队的鲜红旗帜,还有张老大哥的全幅宣传画。那里跟整幢楼一样,有股常有的煮卷心菜的气味,但还是掩不住一股更为浓烈的汗臭味,那汗味——一闻可知, 只是难以说明白怎么会那样——来自另外一个当时不在场的人。另一间房间里,有谁在用梳子和一片草纸吹着,想跟电屏里仍在播放的军乐声合上拍。

“是孩子们,” 帕森斯太太说着有点忧虑地往门口看了一眼,“他们今天没出去,当然——”

她有个习惯,就是话只说一半。厨房水池里发绿的脏水满得几乎要溢出来, 气味比煮卷心菜味还要难闻许多。温斯顿跪下来查看水管的曲颈接口。他很不愿意动手干这种活,也很不愿意弯下身子,那样总能让他咳嗽起来。帕森斯太太帮不上忙,在旁边看着他。

“当然，汤姆在家的话，他一会儿就能弄好。”她说，“他喜欢干这个，他的手总是很巧，汤姆真的是。”

帕森斯是温斯顿在真理部的同事，他长得有点胖，是个蠢不可及的活跃分子，一腔弱智的热情——是那种完全听话、忠心耿耿、乏味无趣的人，党的稳固统治对这种人的依赖有甚于对思想警察。他三十五岁，前不久才很不情愿地被青年团赶出来，而早在升上青年团之前，他在规定年龄已满后仍赖在侦察队多待了一年。他在部里担任某个次要职务，智力方面无要求，但另一方面，在体育委员会和别的负责组织集体远足、自发游行、节约运动和义务劳动的委员会里，他可是个重要人物。抽烟斗的间隙，他会语气平静然而带着自豪地告诉你，过去四年里，他每晚必到集体活动中心。他走到哪儿，就把一股强烈的汗味带到哪儿——那可以是他精力充沛的一个并非有意为之的佐证——甚至在他走后仍经久不散。

“你们家有没有扳手?”温斯顿问道，一面摸索曲颈接口的螺帽。

“扳手，”帕森斯太太说，马上变得有气无力，“我不知道，说不准。也许孩子们——”

随着一阵噔噔的靴子响和又一声吹梳子的声音，孩子们冲进起居室。帕森斯太太拿来了扳手。温斯顿把水放掉，忍着作呕取出一团堵塞了水管的头发。他用水龙头的冷水尽量把手指洗干净，然后回到了另一个房间。

“举起手来!”一个气势汹汹的声音大叫道。

一个漂亮却面目冷酷的九岁男孩从桌子后面跳出来，手持一把玩具自动手枪向温斯顿比画着，比他小两岁左右的妹妹也拿一块木头做着同样的动作。他们两个都穿着灰衬衫、蓝短裤，戴着红领巾，那是侦察队的制服。温斯顿把手举过头顶，然而心里有种不安的感觉。男孩的动作恶狠狠的，感觉不完全是闹着玩。

“你这个卖国贼!”男孩大叫道，“你这个思想犯!你这个欧亚国的间谍!我要毙了你!我要蒸发你!我要把你送到盐场去!”

突然，他们两个开始围着他跳跃，嘴里还喊着“卖国贼”和“思想犯”。小女孩的一招一式都在模仿她哥哥。他们就像不久便会长成食人兽的老虎崽子一样嬉戏着，不知怎的，那有点令人恐惧。男孩的眼里，有种狡猾而残忍的神色。另外很显然，他想对温斯顿又踢又打，而且也意识到自己很快就到能做这种事的年龄。幸好他手里握的不是一支真正的手枪,温斯顿这样想。

帕森斯太太的眼睛不安地在温斯顿和自己的孩子之间扫来扫去。在起居室较亮的光线下,他注意到她脸上的皱纹里真的有灰尘,觉得颇为有趣。

“他们闹得真厉害,”她说,“因为不能去看绞刑,所以不高兴,就是为了这件事。我忙得没时间带他们去,汤姆又不能按时下班回家。”

“为什么我们不能去看绞刑?”男孩用他的特大嗓门嚷嚷。

“我要看绞刑!我要看绞刑!”小女孩还在蹦来跳去地喊。

温斯顿想起来了,有几个欧亚国的俘虏因为犯了战争罪,将于这天晚上在公园被处以绞刑。这种事情每月进行一次,是大家都想一睹的盛事,小孩子总闹着要大人带他们去看。他向帕森斯太太告了别,就往门口走去,但在过道上还没走几步,就有什么东西打中他的脖根,打得他疼痛难忍,好像有根烧得通红的铁丝戳了进去。他一转身,刚好看到帕森斯太太拉着儿子进了房门,男孩正往口袋里装起一把弹弓。

“戈斯坦因!”男孩被关进门时吼了一嗓子,然而让温斯顿印象最深的,是那个女人发灰的脸上那种无助而惊骇的神情。

回到自己的公寓后,他快步走过电屏,又坐在那张桌子面前,手还在揉脖子。电屏已经停止播放音乐。一个吐字清晰、代表军方的声音正以狂喜的语气描述新浮动堡垒的武器装备,该堡垒不久前在冰岛和法罗群岛之间的地方下锚。

他想,养那样的孩子,那个可怜的女人过的一定是提心吊胆的生活。再过一两年,他们会日夜监视她,以图发现任何异端思想的征兆。如今,几乎所有孩子都是可怕的。最糟糕的是通过侦察队这种组织,他们被系统化改造成无法管教的小野人,然而又不会在他们身上产生对党的纪律的反抗倾向。恰恰相反,他们崇拜党以及与党有关的一切。唱歌,列队前进,打旗帜,远足,拿木头步枪操练,喊口号,崇拜老大哥——对他们来说,都属于光荣之事。他们所有的残暴都是对外的,针对国家的敌人、外国人、叛国者、破坏分子、思想犯等。年过三十的人会害怕自己的孩子,这几乎已经变成一种普遍现象。很合理的是,《泰晤士报》几乎每星期都会登出一篇文章,关于某个偷听别人说话的小告密者——一般用的是“小英雄”这个词——如何无意听到父母的某句不敬言论,然后去思想警察那里告发的事迹。

弹弓子造成的刺痛逐渐消退了。他心不在焉地拿起钢笔，拿不准他还能不能想到更多东西可写。突然，他又想起了奥布兰。

几年前——有多久？一定有七年了——他梦到他正在穿过一个漆黑的房间，有个坐着的人在他走过时说："我们会在没有黑暗的地方见面。"说这句话的语气很平静，几乎是家常的，是个陈述句，不是命令句。他没有停下脚步，而是继续走着。奇怪的是在当时，在梦里，这句话并未给他留下什么印象，只是在后来，那句话似乎逐渐具有了意义。他现在记不清楚他第一次见到奥布兰是在做那个梦之前还是之后，也不记得他什么时候第一次辨认出那是奥布兰的声音。但是不管怎样，他的确辨认出来了，在黑暗中跟他说话的是奥布兰。

温斯顿从来没有把握——甚至在这天上午看到他的眼神一闪之后，仍然无法确定奥布兰是朋友还是敌人。但这似乎没有太大关系，他们中间有条理解的纽带，比友爱或党派之情更重要。"我们会在没有黑暗的地方见面。"他这样说过了，温斯顿不知道那是什么意思，只知道它会以某种方式实现。

电屏里的说话声暂停，一阵嘹亮悦耳的小号声回荡在不流通的空气中，然后说话声又刺耳地响起：

"注意！请注意！现在插播从马拉巴尔[①]前线收到的新闻。我们在印度南部的部队取得了一场辉煌的胜利。我受权宣布，我们报道的此次战役将大大推动战争向结束的方向发展。这是新闻插播——"

坏消息来了，温斯顿想。果不其然，在播报完一段描述如何骇人听闻地消灭一支欧亚国军队的文字以及毙敌、俘敌的惊人数字之后，通告就来了。从下星期开始，巧克力的定量将从每天三十克降到二十克。

温斯顿打了个嗝。酒劲正在过去，留下一种泄气的感觉。电屏里——或许为了庆祝胜利，或许为了淹没关于失去的巧克力的记忆——雄壮地奏响了《为了你，大洋国》。按说这种时候要立正，但在他目前所处的位置，电屏看不到他。

《为了你，大洋国》之后是轻松一点的音乐。温斯顿走到窗前，保持背对电屏。天气仍然寒冷而晴朗。远方某处，一颗火箭弹爆炸了，回荡起沉闷的轰

① 马拉巴尔：位于印度东南部。

鸣声。目前,伦敦每星期要挨上二三十颗火箭弹。

在下面的街上,风把破角的宣传画吹得啪啪响,“英社”一词正好时而出现,时而遮住。英社。英社的神圣原则。新话,双重思想,过去的易变性。他感觉似乎自己正在海底森林中漫步,迷失在一个怪异的世界里。在这个世界中,他就是怪物。他孑然一身。过去已然死去,未来不可想象。他又怎能肯定某个活着的人是跟他站在一起的?又如何能知道党的统治不会**千秋万代**?像是作为回答,真理部大楼白色前墙上党的三条标语又映入他的眼帘:

战争即和平

自由即奴役

无知即力量

他从口袋里掏出一枚二角五分钱的硬币,上面以小而清晰的字母压铸着同样的标语。硬币的另一面是老大哥的头像,即使在硬币上,那双眼睛也紧盯着你。硬币上,邮票上,书本封面上,旗帜上,还有烟盒包装上——无所不在。总是那双眼睛在盯着你,还有那声音在包围着你。不管睡觉还是醒着,工作还是吃饭,室内还是室外,洗澡还是在床上——无处可逃。除了头颅之内的几立方厘米,一切都不属于你自己。

太阳转过去了,真理部的无数窗户因为没有光线照耀而显得可怕,如同一座堡垒上的射击孔。在这座巨大的金字塔形的建筑前,他感到恐惧。它太坚固了,它无法被攻占,一千颗火箭弹也炸不掉它。他又琢磨起他是在为谁而写日记。为了未来,为了过去——为了一个可能是子虚乌有的时代。摆在他面前的不是死亡,而是毁灭。日记将被烧成灰,他自己也将被蒸发掉。只有思想警察会读到他所写的东西,然后他们会把它销毁,接着又从记忆中把它清除。当你的一切痕迹,甚至是不具名地在纸上划拉下的字迹都不可能实际存在时,你又怎能向未来呼吁?

电屏里响了十四下钟声,他必须在十分钟内离开,他一定要在十四点三十分前赶回去工作。

奇怪的是,报时钟声似乎让他换了种心情。他是个孤独的幽灵,正在讲述一个谁也不会听的真理，然而只要他说出来，那种连贯性就以某种不明显的方式保持下来。不是通过让别人听到你的话，而是通过保持清醒，将人性传统延续下去。他回到桌子前，用笔蘸了墨水写道：

致未来或过去，致思想是自由的、人们相互各异而且并非孤独生活着的时代——致事实存在不变、发生过就不会被清除的时代：

从一个千篇一律的时代，从一个孤独的时代，从老大哥的时代，从双重思想的时代——向您致意！

他已经死了，他沉思道。对他来说，好像只是现在，在开始把自己的想法系统化时，他才迈出了决定性的一步。每个行动的结果都包含于行动本身。他写道：

思想罪并不导致死亡：思想罪**就是**死亡。

现在他既然已经自认死定了，保持尽量久地活着就变得重要。他右手有两个指头沾上了墨水，一点没错，这就是可能暴露自己行为的细节。部里某个爱打听的狂热分子（很可能是个女人，像那位黄红色头发的矮个子女人或是小说司里那个黑头发女孩）也许会琢磨他为什么在午餐休息时间写东西，为什么要使用一杆老式钢笔，在写些**什么**——然后暗示有关部门注意。他到厕所里小心翼翼地用粗砂般的黑褐色肥皂将手指擦洗干净。这种肥皂能像砂纸一样打磨你的皮肤，因此用来洗掉墨迹倒挺合用。

他把日记放进抽屉，要想藏起它纯属徒劳，但他至少可以确认是否已被发现有这么一本日记。夹根头发就太明显了。他用指尖夹起一粒能辨认出的白色灰尘放在封面一角。有人动本子的话，它肯定会被抖掉。

3

温斯顿梦到了他的母亲。

他想，母亲失踪时，他肯定有十岁或十一岁了。她身材高大，姿态优美，宛如雕像，说话很少，动作缓慢，一头漂亮的金发。对父亲，他的记忆更为模糊，只记得他又黑又瘦，总穿着整洁的深颜色衣服（温斯顿特别记得他父亲的鞋子鞋底很薄），戴着眼镜。显然，他们两人一定是在五十年代最早几次大清洗中的某一次被吞噬的。

梦中此时，他的母亲正坐在他下面很深的某个地方，怀里抱着他的妹妹。他对他的妹妹根本没有多少印象，只记得她是个长得很小、身体虚弱的小孩，总是不出声，长着一双警觉的大眼睛。她们两人都抬头看着他，她们是在地下的某个地方，例如说井底或者很深的墓穴里——然而是那种虽然已经在他下面很深，却仍在往下坠落的地方。她们在一艘正在下沉的船上的大厅里面，在透过颜色逐渐变深的水看着他。大厅里仍有空气，她们能看到他，他也能看到她们，但她们仍一直往下沉，往绿色的深处沉去。再过一会儿，绿色的水定会让她们永远消失。他在有光有空气的地方，她们正被死亡吞噬，而她们之所以在那里，是**因为**他在上面。他明白这一点，她们也明白，他也能从她们的脸上看出她们明白这一点。无论脸上还是心里，她们都毫无责备之意，只是明白她们必须死，以使他可以继续活下去，这也是事情发展过程中不可避免的。

他不记得发生了什么事，然而他在梦中明白，从某种意义上说，他母亲和妹妹的生命是为了他而牺牲的。有这样一种梦，在保留典型梦境的同时，人的思维活动仍继续进行。梦里会意识到一些事实及想法，醒后觉得那些事实及想法似乎依然新颖而且珍贵，这个梦就是这样。这时，温斯顿突然想到，他母亲在差不多三十年前的死是悲剧，令人悲痛，如今已属不可能。他意识到悲剧只属于遥远的旧时代，在那个时代，仍然存在隐私权、爱和友谊，家庭成员互相扶持，不需要知道为什么。想起母亲令他心如刀绞，因为她至死都爱他，而他当时年龄太小，太自私，不懂得以爱回报爱，而且不知何故——他不记得为什么——她将自己牺牲于一个忠诚的概念，那种忠诚属于个人，不可改变。他认识到这类事情不可能发生在今天。今天有恐惧、仇恨和痛苦，但情感失去了高尚性，不再有深沉或者复杂的悲哀。所有这些，他好像都从他母亲和妹妹那睁大的眼睛里看出来了，那两双眼睛在透过绿色的水看着他，在几百英寻以下，而且还在往下沉。

突然，他站在平整而且富有弹性的草地上，在一个夏日的傍晚，斜阳将这片土地镀上金色。他正看着的那片风景经常出现在他的梦境中，以至于他从来拿不准是否在现实世界里见过。醒后回想时，他称之为黄金乡。那是个被野兔啃咬的老草场，一条步行小径蜿蜒穿过，鼹鼠丘处处可见。在草场对面参差不齐的树篱那边，榆树枝在和风中极其轻微地晃动，树叶只是抖动着，很厚实的一大团一大团，像女人的秀发。在近在咫尺的某处，虽然看不见，有条缓缓流动的清澈溪流。那里，在柳树下方，鲮鱼在池塘里游着。

那个黑头发女孩穿过草场向那几棵柳树走去，似乎是仅仅手一动，就脱下衣服并高傲地扔到一旁。她的躯体洁白光滑，然而丝毫未能引起他的欲望，他确实几乎没看她。那一刻，他心里最强烈的感情，是对她把衣服扔到一旁这一动作的钦佩之情。这个动作优雅而随便，好像摧毁了整整一种文化和思想体系，似乎单是手臂的一个漂亮无比的动作，就能横扫老大哥、党和思想警察于无形。同样，那个动作也属于遥远的旧时代。温斯顿醒来时，嘴里还在念叨“莎士比亚”。

电屏发出一声刺破耳膜的哨音，并以同一调子持续了半分钟。那时是七点十五分，是办公室工作人员的起床时间。温斯顿挣扎着起了床——他光着身子，因为一个外党党员每年只有三千张配给券，一套睡衣就需要六百张——抓起搭在椅子上的一件肮脏的背心和一条短裤。三分钟后是体操时间。就在此时，他因为一阵猛烈的咳嗽而弯下身子，几乎每天起床后，他都要这么咳上一阵子。咳嗽完全清空了他的肺部，以致他需要仰面躺下并喘半天气后才能正常呼吸。他的静脉因为咳嗽用力而胀粗，静脉曲张的溃疡处又痒起来。

“三十到四十组！”一个刺耳的女人声音像狗叫一样，“三十到四十组！请站好位置！三十到四十组！”

温斯顿一跃而起，在电屏前立正站好。电屏上已经现出一个年轻女人的图像，尽管很瘦，却肌肉发达，穿的是束腰外衣和帆布运动鞋。

“伸曲胳膊！”她厉声喊道，“一起跟我来。一、二、三、四！一、二、三、四！快点，同志们。拿出点儿精神！一、二、三、四！一、二、三、四……”

咳嗽发作时造成的痛苦没能将梦境留下的印象消除干净，做操时的节奏运动又多少把那个印象恢复了一点。他把胳膊机械地挥前挥后，脸上挂着十分快乐的表情——这种表情被认为是做体操时合适的表情——的时候，他尽力回想童年早期那段模糊时期。非常困难，五十年代后期再往前的一切记忆都淡化了。当可资参考的外部档案不复存在，甚至你自己的生活都不再清晰时，你所记得的惊天动地的大事很可能根本从未发生过，你记得事情的细节，却无法重温那种气氛，还存在一些很长的空白期，根本不记得其间发生过什么事。那时候的一切都不一样，甚至国家的名字还有在地图上的形状都跟现在不一样。例如，第一空域当时并不这么叫，而是叫英格兰或者不列颠。不过伦敦一直就叫伦敦，温斯顿对此很有把握。

温斯顿记不清楚什么时候他的国家不是处于战争状态，不过在他童年时，显然有过相当长一段和平时期，因为他的早期记忆片段之一是关于某次空袭的，它似乎让所有人措手不及，也许是原子弹炸了科尔彻斯特那次。他不记得那次空袭本身，但记得父亲紧攥着他的手往下走啊走啊，走到一个在地下很深的地方，绕过一圈又一圈螺旋状楼梯。最后，他累得走不动了，呜呜哭了起来，他们只得停下来休息一下。他的母亲缓慢而精神恍惚地远远跟在后面，怀里抱着他的妹妹——也许那只是个装着毛毯的包袱，他不能肯定当时他妹妹是否已经出生。最后，他们到了一个人声嘈杂、拥挤不堪的地方，他意识到那是地铁站。

铺着石头的地板上坐满了人，另外有些人一个挨一个坐在铁制铺位上，是上下铺。温斯顿和父母在地板上找到一块地方，他们旁边是一个老头儿和一个老太太，他们挨着坐在一个铺位上。那个老头儿穿了身质地不错的黑色套装，花白头发，头顶偏后处戴着一顶黑布帽子。他脸色通红，蓝眼睛里噙着泪水。他浑身散发着浓烈的杜松子酒味，似乎他皮肤上冒的是酒而不是汗，也让人想象他眼里涌出的纯粹是酒。虽然他稍微有点醉了，但他同时还在为某件真实而无法忍受的事情伤心。温斯顿以他小孩子的理解方式，明白刚刚发生了一件可怕的事情，一件无法原谅、无法补救的事情。似乎对他来说，他也知道那是什么事：一个被老头儿爱着的人——也许是他的小孙女——被炸死了。每隔几分钟，那个老头儿都要重复说：

“我们不该信任他们。我不是说过了吗，孩子他妈？这就是信任他们的下场，我全说过了，我们不该信任那些混蛋。”

但温斯顿想不起来他们不该相信的，是哪些混蛋。

差不多从那时起，战争的确一直在持续，不过严格说来，它并非一直是同一场战争。在他的童年时代，伦敦就有过街头混战，持续好几个月，他对某些方面记得很清楚。然而要想描述那一段的整个历史，或是说出某个时间谁跟谁在打仗，则完全不可能，因为没有任何文字档案，也没有任何讲话里提到除了目前的盟国还有过别的盟国。例如当前，在一九八四年（如果这一年是一九八四年），大洋国在跟欧亚国打仗，跟东亚国结盟。无论在公开场合还是私下讲话里，从未有人承认三大国之间有过战争或者结盟的其他组合方式。事实上，温斯顿清清楚楚记得大洋国跟东亚国作战、跟欧亚国结盟只是四年前的事情。但这只是他碰巧暗中知道的事，这是因为他对自己记忆的控制并未达到要求。官方说法是从未发生过改换盟国的事，大洋国在跟欧亚国打仗——因此大洋国一直在跟欧亚国打仗，目前的敌国总代表着绝对的邪恶，因而过去或者未来与其达成任何协议都属不可能。

他将肩膀尽力往后仰时（手放在臀部，腰部以上的躯体做旋转运动，这被认为对背部肌肉有好处），他第一万次想到令人恐惧的是，这有可能全是真的。如果党能插手到过去，说这件事、那件事**从未发生过**——那不是肯定比单是拷打和死刑更可怕吗？

党说大洋国从未跟欧亚国结过盟，而他温斯顿知道短短四年前，大洋国在跟欧亚国结盟。但这种知识存在于何处？仅仅在他自己的意识里，而不管怎样，这种意识肯定不久将被消除。如果其他所有人都接受了党强加的谎言——如果所有档案上都记录着同样的说法——那么谎言就进入历史并成为事实。“谁掌握历史，”党的标语这样说，“谁就掌握未来；谁掌握现在，谁就掌握历史。”但是过去——即使其性质可以被篡改——从来没被篡改过，现在什么是真实的，永远都真实。很简单，需要的只是不间断地一次次战胜自己的记忆。“现实控制”，这是他们的说法，在新话里叫“双重思想”。

“稍息！”女教练大声喊道，语气稍微和气了一点。

温斯顿把手垂到身边，缓慢地将肺部又吸满空气，他的大脑滑向一个双重思想的迷宫世界。知道又不知道；明白全部事实，却说着精心编造的谎言；同时拥有两种针锋相对的意见，一方面知道两者之间的矛盾，一方面又两者都相信；利用逻辑来反逻辑；一方面批判道德，一方面又自认为有道德；相信不可能有民主，另一方面又相信党是民主的保卫者；忘掉一切需要忘记的，然后随时在需要记起时再回想起来，接着马上再忘掉——最重要的是，对这个过程本身，也要照此处理。最奥妙之处在于：要清醒地诱导自己进入不清醒状态，然后再次意识不到刚刚对自己实行的催眠行为。甚至理解“双重思想”这个词，也要用到双重思想。

女教练又叫他们立正。“现在看看我们中间谁能摸到脚趾！”她热情洋溢地说，“请把上身往下弯，同志们。一、二！一、二……”

温斯顿很讨厌做这节练习，这让他从脚后跟到臀部一路剧痛上去，而且经常以咳嗽再次发作而结束。他原先在沉思时所感到的多少算是愉快的心情完全没有了。他想到过去岂止被篡改，实际上是被消除了，原因在于，当除了自己的记忆别无任何档案存在时，你又怎能确定一件事情，即使它显而易见？他努力回忆他首次听说老大哥这个名字是在哪一年，觉得肯定是在六十年代的某一年，然而想确定究竟在哪一年则属不可能。当然，在党史里，老大哥从革命最早期就是党的领袖和保卫者。他最早建立功勋的时间一直在被逐渐往前推，一直推到了令人难以置信的三四十年代。当时资本家仍然戴着奇特的圆筒形礼帽，乘坐锃亮的豪华汽车或者有玻璃拉窗的马车来回于伦敦街头。这种传说有几分属实又有几分凭空杜撰不得而知。温斯顿甚至不记得党本身成立于哪一年，他不认为他在六十年代之前就听说过“英社”这个词，然而有可能它以旧话词形——即“英国社会主义”——在那之前就流行开来。一切都变得模糊不清，然而确实，有时候你能指出哪一则绝对是谎言。例如，在党的历史书上，声称是党发明了飞机，可是他记得自己很小的时候就有飞机了。但你什么都无法证明，从未有过任何证据。他一辈子里只有一次手里拿到过确凿无疑的文件证据，可以证明某件历史事实是伪造的。那一次——

“史密斯！”电屏里那个泼妇般的声音尖声喊道，“六〇七九号史密斯·W！对，说你呢！请把身子弯低一点！你可以做得更好，你没努力！请弯低一点！这样还好点，同志。现在全体注意，稍息，看着我。”

温斯顿全身一下子冒出一阵热汗。他保持着完全不可解读的表情，永远别表现得沮丧！永远别表现出憎恨！眼神的一闪，就可能暴露自己。他站在那里看着女教练把手举过头顶，然后——不能说是很优雅，但特别灵巧利索——弯下身子并把手指第一关节垫到了脚趾下面。

“嘿，同志们！这就是我希望看到你们能做的，再看我做一次。我三十九岁了，还生了四个孩子。看着我。”她又弯下身子，“你们看我的膝部没有弯曲，你们想的话都能做到。”她在直起身子后又说：“凡是年龄四十五岁以下的人，都完全能摸到脚趾。我们并非每个人都有幸在前线打仗，但至少我们能做到保持身体健康。想想我们在马拉巴尔前线的小伙子！还有在水上堡垒的水兵！想想他们要忍受多少！现在再试一次。好点了，同志，好得多了。”她又对温斯顿鼓舞道，温斯顿这时把身子猛地往下一弯，两手成功地摸到了脚尖，膝部也没弯，这是几年来的第一次。

4

开始这天的工作时，温斯顿不由自主地长叹一口气，即使距电屏那么近，也未能让他控制住。他把口述记录器拉过来，吹去话筒上的灰尘，戴上眼镜，然后把办公桌右边的气力输送管里吹送来的四个纸卷展平别在一起。

小隔间的墙上有三个洞口。口述记录器右边是个小气力输送管，输送的是书面通知，左边大一点的送来的是报纸，在侧墙上伸手可及的地方还有个大的四方口，用铁丝网罩着，供处理废纸之用。这种口子在整幢大楼里有成千上万个，不仅每个房间里都有，走廊上每隔一段距离也有。不知为何，这些洞的绰号是记忆洞。你明白某份文件应当被销毁时，甚至在看到一张躺在地上的纸片时，就会自动掀开最近一个记忆洞的盖子把它投进去。它马上就会被一股暖空气卷走，卷到位于大楼某个隐秘处的巨型炉子里。

温斯顿看了一下展开的纸条，每张上面有条只有一两句话的通知，以行话简写——并非真正的新话，然而包含大量新话词语——是部里内部使用的。这些通知是：

泰晤士报 17.3.84 bb 讲话误报非洲改正

泰晤士报 19.12.83 预报三年计划四季度八十三处错印核实最新一期

泰晤士报 14.2.84 富部错报巧克力定量改正

泰晤士报 3.12.83 bb 当日指示加加不好提到非人全面重写登档前提交

温斯顿略微有了种满足感，他把第四则通知放在一旁。那是件复杂且责任重大的工作，要留到最后做。另外三则都是一般性的，虽然第二则通知可能意味着要单调乏味地整理一大串数字。

温斯顿在电屏上拨了“过期”，要求送来相应那期的《泰晤士报》，没过几分钟，它就从气力输送管里滑落出来。收到的通知跟文章或新闻有关，出于这样那样的原因被认为需要篡改，或者套用官方说法是需要修改。例如，从三月十七日的《泰晤士报》看来，老大哥在此前一天的讲话是预言南印度前线将保持平静，欧亚国军队不久将在北非发动进攻。结果是欧亚国最高司令部在南亚发起进攻，而在北非没动作，因此需要将老大哥讲话里的那段重写，以使他的预言跟实际情况相吻合。又如，十二月十九日的《泰晤士报》上，发表了一篇对一九八三年第四季度——也就是第九个三年计划的第六个季度——各种消费品产量的官方预测。今天出版的这一期报纸上有实际产量的综述,可以看出预测在各方面显然都错了。温斯顿的工作是修改原来的数字,以使其跟后来的一致。至于第三条通知,所指的是个很简单的错误,可以在一两分钟内改好。距离现在很近的二月份,富足部许诺过(官方用语是"绝对保证")一九八四年内不再削减巧克力定量。实际上正如温斯顿所知,这一星期过完,巧克力定量将从三十克降到二十克。需要做的,只是用一则警告代替原来的许诺,警告很可能需要在四月的某个时候降低定量。

温斯顿一处理完这几则通知,就把口述记录器记下的更正纸条别在一起放进气力输送管。然后,他用尽量像是无意为之的动作,把原来的通知和他自己所写的草稿团在一起扔进记忆洞,那将被火焰吞噬。

气力输送管通向的看不见的迷宫那里发生着什么,他并不清楚,但的确大体上知道。在把对某一期《泰晤士报》需要做的所有改正件集中到一起并做过比较后,那一期将被重印,原来那期则会被销毁,改正过的报纸被放回原来那期所在的档案。这种一刻不停的篡改步骤不仅用于报纸,还适用于书籍、期刊、小册子、宣传画、传单、电影、录音、漫画、相片——就是可以想象到的每种具有政治或意识形态重要性的印刷品或文件。每一天——几乎也是每一分钟——过去被改动得跟现在一致。通过这种方式,党所做的每项预言都一贯正确,并有文件为证,凡是与目前需要相抵触的新闻或者发表的意见,都不允许在档案中存在。所有的历史都是可以多次重新书写的本子,只要需要,随时可以擦干净重新书写。行为一旦完成,无论怎样都不可能证明发生过任何篡改之事。在档案司人数最多的处里——其人数比温斯顿所在的处要多得多——那些人的唯一职责,就是追查并收回所有不合时宜,因而需要被销毁的书籍、报纸和其他文件。因为政治结盟的变化或者老大哥的预言出错,有许多期《泰晤士报》可能已被篡改达十几次,但档案里的日期却仍是原来的,也不存在与其矛盾的其他报纸。书籍也被一遍遍收回并重写。无一例外地,重新发行时不会承认做过任何改动。甚至在温斯顿收到的,并在处理完之后被一律销毁的文字指令上,也不会说明或暗示要进行伪造活动,提到的总是笔误、错误、错印或错误引用,为准确起见,需要对其进行改正。

但实际上——他在重新调整富足部的数字时想——那根本算不上伪造,无非是用一句胡话代替另一句胡话。所处理的绝大多数材料跟现实世界毫无关联，甚至不具有某个赤裸裸的谎言与现实世界之间的那种关联。修改前和修改后的统计数字都是异想天开的产物，绝大多数情况下，那些数字都是指望你在脑子里杜撰出来的。例如，富足部预测本季度的靴子产量为一亿四千五百万双，而实际产量为六千两百万双，但温斯顿在重写预测数字时，将其降至五千七百万双，这样就可以照例声称超额完成定额。可是无论如何，六千两百万或五千七百万或一亿四千五百万跟真实数字比起来，在离谱程度上都是一样的，很有可能一双靴子也没有生产出来，更有可能的是谁也不知道生产了几双，更不用说关心了。你所知道的，只是每季度在纸上生产出天文数字的靴子，而在大洋国，可能一半人都打着赤脚。每一类被记录下来的事实都是如此，无论重要与否。一切退色成了一个影子世界，到最后，连年份也变得不确定了。

温斯顿扫了一眼大厅。坐在对面小隔间里的，是个长相谨慎、下巴微黑的矮个男人，名叫狄洛森。他在不紧不慢地工作着，膝盖上放了张叠起来的报纸，嘴巴离口述记录器的话筒很近。他的样子像是尽量不让别人听到他所说的话，除了电屏。他抬起头，眼镜向温斯顿的方向敌意地反了一下光。

温斯顿对狄洛森了解极少，不知道他干的是什么工作。档案司的人不怎么谈论他们的工作。那条长长的、没有窗户的大厅里有两列小隔间，总是能听到纸页的沙沙声和对口述记录器说话的嗡嗡声。在那些小隔间里工作的人们中，有十几个温斯顿连名字也不知道，虽然他也能在走廊里看到他们来去匆匆，或者在开两分钟仇恨会时挥舞双手。他知道隔壁小隔间里，那个黄红色头发的矮个女人一天到晚辛辛苦苦地工作，只是从报章上查找并删去已被蒸发掉，因而被认为从未存在过的人们的名字。安排她做这种工作正合适，因为她自己的丈夫几年前就被蒸发掉了。在隔了几个小隔间的那一间工作的，是个性情温和、样子窝囊、心不在焉的家伙，名叫安普福斯，他耳朵上的汗毛长得很浓密，在把玩押韵和格律方面天分惊人。他的工作是为在意识形态方面有违碍之处，但出于这样那样的原因，需要保留在选集中的诗歌创作出篡改版本——他们称为定版本。这间大厅和在此工作的五十个左右的工作人员仅仅是某处下面的一个科，是档案司庞大而复杂的机构中的一个细胞而已。往上往下，有一群群工作人员在干着种类多得无法想象的工作。有一些大型印刷厂，配有助理编辑、排版专家和一些制作假照片的设备精密的照片室;有电屏节目科,其中有工程师、制作人和许多演员,这些演员之所以被特别挑选出来,是因为他们有模仿别人说话的技巧;还有许多提供咨询的工作人员,他们的工作,只是列出应当被收回的书籍和期刊清单;有巨大的仓库以存放篡改过的文本,还有看不见的炉子用来焚毁原件。在某个地方,有一些不知其名的头头脑脑,他们制定政策,确定过去的这部分需要保留,那部分需要伪造,另外的部分要完全清除,使其不复存在。

说到底,档案司本身仅是真理部的一个部门而已。真理部的主要工作不是重建过去,而是向大洋国公民提供报纸、电影、课本、电屏节目、比赛、小说——也就是每种可以想象到的信息、指示或娱乐,从雕像到标语,从抒情诗到生物学论文,从小孩子用的拼写书到新话词典。真理部不仅要满足党的各种各样的需求,而且在较低层次上为了服务群众,各种工作也在全力进行着。有一系列的司负责群众文学、音乐、电影、戏剧以及一般娱乐,在这里制造出垃圾报纸,除了体育、罪案、占星学几乎别无其他,还有内容耸人听闻的五分钱一本的中篇小说和色情电影。另外还有些伤感歌曲,完全是通过一种名为作曲机的特制搅拌机以机械方法谱写出来的。甚至有整整一个科——新话名字是"色情科"——从事最粗俗的色情作品的创作,发行时用的是密封包装,连党员——除了参与制作的党员——也不允许阅读。

温斯顿工作时,有三则通知从气力输送管里滑了出来,不过都是些简单的事情,两分钟仇恨会开始之前就处理完了。仇恨会结束后,他回到小隔间,从架子上取下新话词典,把口述记录器推到一边,擦了擦他的眼镜,然后开始着手干这天上午的主要工作。

温斯顿在生活中的最大乐趣来自他的工作,多数都是枯燥的常规工作,但其中也有一些困难而且复杂,能让人像解数学难题一样沉浸其中——那是些精细的伪造工作,除了对英社原则的了解,以及对党希望你写什么有所估计之外,别无其他指南。温斯顿擅长做这种事,有时,他甚至受命修改《泰晤士报》的头版文章,那完全是用新话所写的。他展开早些时候放在一边的通知,其内容是这样的:

泰晤士报 3.12.83 bb 当日指示加加不好提到非人全面重写登档前提交

这则通知用旧话(或标准英语)可以这样写:

> 一九八三年十二月三日的《泰晤士报》对老大哥当日指示的报道极其不妥,其中提到不存在的人。全部重写并在放入档案前把草稿提交上一级。

温斯顿通读了一遍那篇违碍文章。老大哥的当日指示似乎主要为表彰一个名为FFCC的机构的工作,该机构负责向水上堡垒里的水兵提供香烟及其他改善生活条件的用品。某位名叫威瑟斯的同志——他是内党要员——特别被点名并授予奖章,即二等卓越功勋奖章。

三个月后,FFCC突然被解散,原因不得而知。可以猜到的是威瑟斯及其同僚如今失宠了,但这件事未曾在报刊或电屏上报道过。这也在意料之中,因为政治犯通常不加审判,甚至通常也不会被公开批判。在牵涉到成千上万人的大清洗运动中,叛国者和思想犯被公审,他们在卑躬屈膝地坦白罪行后被处决,但那只是几年才来一次,而且是特地做给人看的。更常见的是,党所不满的人只是失踪了,此后再无消息,从未有人知道他们被怎么样了。有些情况下,他们可能根本没死。不包括他的父母,温斯顿自己就认识可能有三十个左右先后失踪的人。

温斯顿用回形针轻轻刮着鼻子。对面小隔间里,狄洛森同志仍在诡秘地向口述记录器弯着身子。他把头抬起一会儿,眼镜片又是敌意地反了一下光。温斯顿琢磨狄洛森同志做的是不是跟他一样的工作。完全有可能。像这种棘手工作永远不会交给单独一个人去做;另一方面,把它交给一个委员会去做,就等于公然承认进行伪造工作。很有可能有多达十几人这时正在编写老大哥实际讲话的相反版本,不久,内党里的某位高参会选择这个或那个版本,对之进行再编辑,接着进入必要的相互参照的复杂程序,然后被选中的谎言将被载入永久档案,并成为事实。

温斯顿不知道威瑟斯为何失宠,也许因为腐败,要么是无能,也许老大哥只是除掉一个过于受欢迎的下属,也许威瑟斯或者他身边的某人被怀疑有异端倾向,要么也许——这最有可能——此事之所以发生,无非是因为清洗和蒸发是政府机制中的必要部分。通知中唯一一条真正的线索是“提到非人”，说明威瑟斯已经死了。人们被逮捕时，你不能每次都假定是这种情况，有时候他们会被释放，并在被处决前享有多达一两年的自由。有那么很少几次，某个被认为已死了很久的人在一次公审时，像鬼魂一样现了身，因为他的证词，导致另外几百人受到株连，然后他再次消失，这次是永久的。但威瑟斯已是个“非人”，他不存在，他从未存在过。温斯顿想好了，单是改变一下老大哥讲话的倾向还不够，最好让其谈及的是跟原来的讲话主题毫无联系的事情。

他可以把讲话变成常见的对叛国者和思想犯的谴责，不过那有点过于明显，而生编出一次前线的胜利，或是第九个三年计划中成功超额生产，又可能把档案弄得太复杂，需要的是完全异想天开地编造。突然，他脑子里冒出似乎是现成的某位奥吉维同志的形象，他最近英勇牺牲在战场上。有时老大哥在所发出的每日指示中，纪念某个地位低下的普通党员，他的生和死被认为是学习的榜样。这一天他会纪念奥吉维同志，几行印刷字和几张伪造的照片将让他马上实有其人。

温斯顿想了一会儿，然后将口述记录器拉向自己，开始以老大哥的熟悉风格口授：既是好战的又是迂腐的，而且因为用了先提出问题，接着马上回答的招数（“同志们，从这件事中我们得到什么教训呢？这个教训——就是英社的基本原则——这个……”等等，等等），很容易模仿。

三岁时，奥吉维同志除了一面鼓、一挺冲锋枪、一个直升飞机模型，不玩别的玩具。六岁时——提前了一年，属破格——他加入侦察队。九岁时，他当上了中队长。十一岁时，他偷听到他叔叔的谈话似乎具有犯罪倾向，就去思想警察那里把他叔叔告发了。十七岁时，他是青少年反性联盟的地方组织者。十九岁时，他设计的一种手榴弹被和平部采用，首次试用就炸死三十一个欧亚国的战俘。二十三岁时，他在战斗中失踪，带着重要公文飞越印度洋时，被敌方喷气机追击，他把自己和机关枪绑在一起，跃出直升飞机跳进大海，带着公文——老大哥说这个归宿让人想起来不能不羡慕。对奥吉维同志一生的纯洁和心无杂念，老大哥还另外提了几句。他烟酒不沾，除了每天在健身房度过一小时，别无任何消遣。他发誓要过独身生活，认为结婚及照顾家庭跟一天二十四个小时尽职尽责的生活相矛盾。除了英社的原则，他跟别人无话可谈。生活中除了打败欧亚国的军队和深挖出间谍、破坏分子、思想犯以及所有叛国者，别无其他内容。

温斯顿对要不要授予奥吉维同志卓越功勋奖章犹豫不决，最后决定不授予，因为那会导致不必要的相互参照的工作。

他又扫了一眼坐在对面小隔间里的那位竞争者，似乎有什么让他很肯定地知道狄洛森正在忙碌的工作跟他的一样。无法查明最后会用谁的工作成果，不过他确信无疑会是他的。奥吉维同志，一小时前还未被想象出来，现在已是项事实。温斯顿突然想到，死人可以被创造出来，活人却不行，这称得上是一桩奇事。奥吉维同志，现实中从未存在过，如今却存在于过去，一旦伪造行为被忘掉后，他能像查理曼大帝或恺撒大帝那样实实在在地存在，而且有同样的证据可以证明。

5

食堂在地下很多层，天花板很低，领午餐的队伍缓慢地向前挪动。食堂里人满为患，极为嘈杂。柜台上的格栅那里，炖菜的热汽往上冒着，带着一股酸酸的金属味，然而仍未能完全压过胜利杜松子酒的气味。食堂一头有个小酒吧，只是墙上开了个洞，花一角钱，就能在那儿买一大口杜松子酒。

“找的就是你。”有人在温斯顿背后说。

他转过身，是他的朋友塞姆，在研究司工作。也许“朋友”一词用得不是很准确。人们如今不会有朋友了，只有同志，但是跟有些同志在一起，比跟别的同志在一起愉快些。塞姆是位语言学家，是新话方面的专家，事实上，他是如今正从事《新话词典》第十一版编撰工作的数目庞大的专家之一。他是个身材特别矮小的家伙，比温斯顿还矮。他长着黑头发，眼睛大而暴突，眼神既悲哀，又具有嘲弄性。跟你说话时，他的眼睛似乎在仔细研究你的脸。

“我想问问你还有没有剃须刀片。”他说。

“一片也没有了！”温斯顿急忙有点心虚地说，“我到处都找过，全用完了。”

人们总来问你有没有剃须刀片，其实温斯顿还存起了两片没用。过去几个月里，剃须刀片特别紧缺。某一时间，总会有哪种必需品在党的店铺里供应不上，有时是纽扣，有时是织补毛线，有时是鞋带，目前是剃须刀片。实在想找一片的话，只能多少算是偷偷摸摸地去“自由”市场那里购买。

“我的那片已经用了六个星期。”他又不诚实地加了一句。

队伍又往前挪了一点。他们再次暂停下脚步时，温斯顿又转身和塞姆面对面。他们两人都从柜台上那堆油腻的托盘里取了一个。

“你昨天有没有去看绞死俘虏？”塞姆问道。

“在工作，”温斯顿冷淡地说，“我想我会从电影上看到的。”

“那可差得太远了。”

他那双嘲弄的眼睛在温斯顿的脸上扫来扫去。“我了解你，”那双眼睛似乎在说，“我看透了你，我很清楚你为什么没去看绞死俘虏。”从思维上说，塞姆正统到了恶毒的程度，会以幸灾乐祸的满足感谈论直升飞机对敌方村庄的袭击和思想犯先被审讯，然后招供、在仁爱部的地下室里被处决这种事，让人听得不舒服。跟他谈话时，主要就是把他从这些话题上岔开，然后有可能的话，用一些新话的技术性细节缠住他，他在这方面意见权威，而且听来有趣。温斯顿把头转开一点，以避开那双黑眼睛的审视。

“绞得不错，”塞姆回味道，“不过我觉得美中不足的是，他们把俘虏的脚绑在一起，我喜欢看他们蹬脚的样子。最主要的是到了最后，他们的舌头往外伸得很长，颜色发蓝——蓝得发亮。我喜欢看的就是这些细节。”

“下一位，请！”那个系着白色围裙的群众手持长柄勺子喊道。

温斯顿和塞姆把他们的托盘塞到铁栅之下，一份午餐很快就放到上面：一小铁杯有点粉红兼苍白色的炖菜，一大块面包，一小块奶酪，一杯没放牛奶的咖啡和一片糖精。

“那边有张桌子，电屏下头，”塞姆说，“我们顺路也打点酒。”

酒盛在无把瓷杯子里。他们一路绕着走，穿过了拥挤的人群，到了食堂另一头，然后把托盘放在金属面的桌子上。在桌子一角，有人留下一摊炖菜，肮脏的稀稀一团，看上去像是吐出来的东西。温斯顿拿起他的那杯酒，顿下来鼓了鼓勇气，然后把那带着油味的东西咽了下去。把眼里的泪珠眨掉后，他突然觉得饥肠辘辘，开始一勺勺地吞下炖菜。除了总体上烂糟糟的感觉，炖菜里还有些粉红色的软四方块，很可能是肉制品。吃完小杯子里的炖菜之前，他们都没再说话。温斯顿左边身后不远的一张桌子上，有人在急促而且不打顿地说话，刺耳的叽里咕噜说话声几乎像鸭子在嘎嘎叫，在食堂里的一片喧哗中，倒是直达耳膜。

“词典编得怎么样了？”温斯顿问道，声音提高得盖过了喧哗声。

“不快。”塞姆说，“我编的是形容词，极有意思。”

一提到新话，他的精神马上为之一振。他把炖菜杯推到一旁，用细长的手拿起面包，另一只手拿着酒杯，把身子在桌子上倾过来，免得用大嗓门说话。

“第十一版是定本，”他说，“我们正在让语言最终定型——是人们不再说其他语言时的定型语言。等到我们完成后，像你这种人就必须重新学习一遍。我敢说，你以为我们的主要工作是创造新词，可是根本不沾边！我们在消灭单词——几十个几百个地消灭，每天都在消灭，我们把语言剔得只剩骨头。二〇五〇年前会变得过时的单词，第十一版里一个也不收。”

他狼吞虎咽地吃了几口面包，然后继续说话，带着有点学究式的热情。他那张又瘦又黑的脸庞变得生动了，眼神里没了嘲弄，几乎是神驰天外的样子。

“消灭单词是件很美妙的事。当然，动词和形容词里的多余词最多，不过名词里也有几百个可以去掉，不仅是同义词，还有反义词。说到底，那些只是其他一些词相反意义的词有什么理由存在下去呢？一个词本身就包含了它的相反意义。比如说‘好’，有了像‘好’这样的词，还有什么必要存在另一个词‘坏’？‘不好’一样管用嘛——而且还要更好些，因为它是更准确的反义词，另一个则不是。再比如，要是你需要比‘好’语气强一些的词，有什么道理存在一连串像‘很棒’、‘一流’这样含义不明的无用词？‘加好’就能涵盖这个意义，如果你需要语气更强一点，就用‘加加好’。当然，我们已经在使用这些词形，但在最终版本的新话里，不会再有别的词。到最后，只用六个词，就能全部涵盖好和坏的意义——实际上只是一个词。你难道看不出这有多妙吗，温斯顿？当然，这是老大哥最先想到的。”他想了想又补充道。

听到他提起老大哥的名字，温斯顿的脸上掠过一丝并非很热心的神色，可塞姆还是马上察觉到他有点缺乏热情。

“你没有真正意识到新话的好处，温斯顿。”他几乎是难过地说，“甚至在你用新话写作时，你仍是用旧话思考。我有时候在《泰晤士报》上读到你写的文章，还算不错，不过是翻译性的。内心里，你宁愿抱着旧话不放，尽管它含糊，而且毫无用处地在含义上有许多差别。你没理解消灭单词的妙处。你知不知道新话是世界上唯一一种词汇总量在日趋缩小的语言？”

当然，温斯顿的确知道这一点。他笑了，希望那是种表示赞成的笑，因为拿不准，他不敢开口说话。塞姆又咬了口黑面包，嚼了几下后接着说：

“你难道看不出新话的全部目标就是窄化思想范围吗？到了最后，我们将会让思想罪变得完全不可能再犯，因为没有单词可以表达它。每种必要的概念将被一个单词精确地表达出来，这个单词的意义有严格规定，其他次要意义将被消除，然后被忘掉。在第十一版里，我们离这个目标已经不远了，但是这个过程在你我死后仍会继续进行。年复一年，词汇量一直越来越小，意识的范围越来越窄。当然，即使是现在，也没什么理由或者借口去犯思想罪，这是个自律和现实控制的问题。但是到了最后，就连这点也没必要。语言变得完美时，革命就算完成了，新话就是英社，英社就是新话。”他以一种神秘的满足感又说：“温斯顿，你有没有想到过，最迟到二〇五〇年，没有一个活着的人会听懂我们现在的这种谈话？”

“除了——”温斯顿怀疑地开口说道，然而又打住了。

“除了群众。”那是他到了嘴边却没说出来的话，不过他控制住了自己，不肯定这句话从某种意义上说，算不算异端意见，然而塞姆猜到了他想说什么。

“群众不是人。”他随随便便地说，“到二〇五〇年，很可能还要早一点，所有旧话中真正的知识都将消失，过去所有的文学作品都将被消灭。乔叟，莎士比亚，弥尔顿，拜伦——他们的作品只会以新话版本存在，不只是变成了不一样的东西，而且实际上变成了跟以前意义相反的东西。甚至党的文献也会改变，连标语也会。在自由的概念已经被取消后，怎么会有‘自由即奴役’这种标语？整个思想氛围将不一样了。照我们现在看来，实际上将不再有思想了。正统意味着不去想——不需要去想，正统就是无意识。”

或早或晚，塞姆会被蒸发掉，温斯顿忽然想到并深信不疑。他太聪明了，他看得太明白，说得太露骨。党不喜欢这种人，总有一天他会失踪，这明明白白写在他脸上。

温斯顿已经吃完了面包和奶酪，他坐着向旁边稍微侧了点身子来喝他那杯咖啡。左边的桌子上，那个尖嗓门男人仍在没完没了地说话。一个背对温斯顿坐着、可能是他的秘书的年轻女孩在听他说话，好像在热切地对他所讲的一切都表示赞同。时不时地，温斯顿能听到像“我觉得您说得太对了，我太赞同您了”这种话，女孩的嗓门既年轻，又很愚蠢。但是另一个嗓门根本没打顿，甚至在那个女孩说话时也是。温斯顿跟那个男的只是面熟，只知道他在小说司里担任某要职。他三十岁左右，喉头突出，一张大嘴巧舌如簧。他头有点往后仰着，而且由于他坐的角度，让他的眼镜片反射着光亮，在温斯顿看来，只看到两个空圆盘，看不到眼睛。微微有点可怕的，是他那张嘴里流泻出的声音，几乎一个词也分辨不出来。只有一次，温斯顿听到一组短语——“完全彻底铲除戈斯坦因主义”——很快地一口气全迸出来，像是铸成一行的铅字。其余仅仅是噪音，是一片叽叽嘎嘎之声。然而，尽管你无法听清他在说什么，但对他话里的基本内容，还是能猜个八九不离十。他可能在谴责戈斯坦因，要求对思想犯及破坏分子采取更严厉的措施，可能在猛烈抨击欧亚国部队的暴行，可能在歌颂老大哥或者马拉巴尔前线的英雄——都没关系，不管他说的是什么，可以肯定的是，他所说的每个字都绝对正统、绝对英社。温斯顿看着那张没有眼睛的脸还有一张一合的下巴时，有了种奇特的感觉，即这不是个真正的人，而是个假人。不是那个人的大脑，而是他的喉头在控制说什么。从他嘴里冒出的玩意儿有字也有词，可那不是真正意义上的讲话，而是无意识状态下发出的噪音，就像鸭子的嘎嘎叫声。

塞姆沉默了一会儿，他用勺子柄在那摊炖菜上画着图案。来自邻座的声音仍在很快地嘎嘎叫，尽管周围一片喧哗，却仍清晰可闻。

“新话里有个词，”塞姆说，“不晓得你知不知道：‘鸭讲’，就是像鸭子那样嘎嘎叫着说话。它是那种具有两种相反意义的词，挺有意思。用在敌人身上是辱骂，用在与你意见一致的人身上，就是赞扬。”

毫无疑问，塞姆将被蒸发掉，温斯顿又想道。他想着想着，感到一丝悲哀，尽管他很清楚塞姆轻视他，还有点不喜欢他，有理由的话，也完全有可能把他温斯顿当做思想犯揭发。塞姆身上有点隐隐约约不对劲的地方，他缺少某种东西：谨慎，超脱，一种藏拙的能力。不能说他不正统，他信仰英社的原则，对老大哥怀有崇敬之心，听到打胜仗就欢欣鼓舞，痛恨异端分子，不仅是真心实意，而且有种不可遏制的热情，消息也颇灵通，为一般党员所不及。但他隐隐约约有种不可信任的样子，有些最好不说的话他会说出来，读书读得太多，经常光顾栗树咖啡馆，那是画家和音乐家出没的地方。没有法律，甚至也没有不成文的法律规定不可以时常光顾栗树咖啡馆，但那里不知为何，是个不祥之地。那些名誉扫地的党的前领导人被清洗前，经常在那里相聚。据说几年或几十年前，戈斯坦因自己有时也在那里露面。塞姆的命运不难预见，然而仍然存在这一事实：要是塞姆掌握了他的，也就是温斯顿的秘密想法哪怕只有三秒，就会马上向思想警察揭发他。就此而言，谁都会那样做，但塞姆会最积极。光有热情还不够，正统是无意识。

塞姆抬起头。“帕森斯来了。”他说。

他似乎话里还有话：“那个操蛋的蠢货。”帕森斯，也就是与温斯顿同在胜利大厦的住户，确实正从食堂那边穿过来。他身体发福，中等个头，淡色头发，脸长得像青蛙。他现年三十五岁，脖子和腰部已经堆上了一坨坨脂肪，然而动作却敏捷得像个小伙子。他的整个外表像那种长得大块头的小男孩，相像得尽管他穿的是普通工作服，你仍然几乎不可能不想象他穿的是侦察队的那种蓝短裤、灰衬衫，戴着红领巾。脑子里想起他的模样时，总会想到一对胖得有了小坑的膝盖和胖鼓鼓的小臂上挽起来的衣袖。确实，只要遇到集体远足或者其他活动，能让他有理由穿短裤时，帕森斯总是无一例外地再次穿上短裤。他向他们两位喜气洋洋地说了声“你好，你好”，就在这张桌子前坐了下来，身上散发着浓烈的汗臭。他那张粉红色脸庞上挂满了汗珠。他的出汗能力真是令人咋舌，在集体活动中心，总能根据乒乓球拍把的潮湿程度判断出他何时打了球。塞姆已经拿出一张纸条，上面有一列单词。他用手指夹着一杆蘸水笔在研究。

“你瞧他吃饭时间还用功呢，”帕森斯用肘部顶了一下温斯顿说，“热情万丈啊，是不是？你在干什么，伙计？我估计对我来说太高深了。史密斯伙计，我跟你说我干吗要追着你，是为了你忘了交的捐款。”

“什么捐款？”温斯顿问道，下意识就去摸钱包。大家工资的四分之一必须主动捐出去，名堂多如牛毛，很难每项都记得清楚。

“为仇恨周的，你知道——每家都要出。我是我们那个区的出纳。我们可是在全力以赴，要大张旗鼓地表现一番。我跟你说，要是胜利大厦挂的旗帜数量在整条街上拿不了第一，你可怪不到我头上。你答应过我捐两块钱。”

温斯顿找到两张皱巴巴、脏兮兮的钞票递给帕森斯，后者用文盲的那种整洁字体记到一本小笔记本上。

“还有，伙计，”他说，“听说我那个小崽子昨天用弹弓打了你，为这事我把他狠狠修理了一顿，真的。我告诉他再那么干，就没收他的弹弓。”

“我想他是因为没看成处决人而有点儿不开心。”温斯顿说。

“哎，对了——这就是我想说的意思，这反映了思想对头，是不是？虽然他们是淘气的小崽子，两个都是，不过他们的热情可真没说的！他们想的只是侦察队，当然还有战争。你知不知道我那个小女孩上星期六，也就是在她们的中队去伯克海姆斯德方向远足时干了件什么事？她叫上另外两个女孩跟她一起从远足队伍里开溜了，花了整整一下午时间跟踪一个陌生人。她们跟了他有两小时，一直穿过森林，到了阿默夏姆后，向巡逻队揭发了那个人。”

“她们干吗要那么干？”温斯顿多少有点吃惊地问。帕森斯又洋洋自得地说：

“我的小孩儿认准他是个敌特什么的——比如说可能是空投下来的。但是关键在这儿，伙计。你猜猜她一开始是怎么注意上他的？她看到他穿了双古怪的鞋子，所以有可能是个外国人。对七岁的小孩子来说够聪明的了，对不对？”

“那人后来怎么样了？”

“哦，那个嘛，我当然不知道喽。可要是这样了，我可一点儿也不会吃惊。”他做了个步枪瞄准的动作，嘴里还发出开枪声。

“好。”塞姆心不在焉地说。他仍在看那张纸条，头也没抬一下。

“当然，我们不能掉以轻心。”温斯顿老老实实地表示赞同。

“我的意思是如今还在打仗。”帕森斯说。

像是为了确认这一点，正好在他们头顶的电屏里传出一阵小号声。但这次不是宣布一次军事胜利，而只是来自富足部的一则通知。

"同志们!"一个慷慨激昂的年轻声音高声说，"注意，同志们!我们有喜讯要宣布!我们生产上又打了胜仗!根据刚刚完成的对各种消费品的统计，过去一年里，生活水平提高了百分之二十以上。今天上午，在大洋国各地都有无法劝阻的自发游行。劳动者迈出工厂和办公室，在街道上举旗游行，以表达对老大哥的感激之情。他的英明领导带给了我们崭新的幸福生活。这里有一些统计数字:食品——"

"我们崭新的幸福生活"这几个词出现了好几次，这是富足部最近喜欢用的。帕森斯的注意力也被小号声吸引过去。他坐在那里听着，表情严肃，张着嘴巴，也有点听明白后不耐烦的样子。他听不懂数字，但是他明白在某种意义上，那些数字是带来满足的原因。他早已掏出一个肮脏的大烟斗，里面填了一半焦黑的烟丝。一星期的烟丝定量只有一百克，很少可以将烟斗装得太满。温斯顿在吸一根胜利烟，小心翼翼地水平拿着。新定量到明天才有，而他只剩四根。他暂时闭上眼睛，对远处的喧哗充耳不闻，而是在听电屏里连续播放的声音。似乎甚至还提到，因为老大哥把巧克力定量提高到二十克而举行了向他表示感谢的游行。他想到不过是昨天才宣布定量被**降至**一星期二十克，有没有可能才过了二十四小时，他们就又轻易相信了?没错，他们又相信了。帕森斯以他那种畜牲般的蠢劲很容易就相信了，那个看不到眼睛的家伙狂热地相信了，而且怀着满腔怒火，要把会上提出上星期的定量是三十克的任何人挖出来，批判他，蒸发他。塞姆通过某种更为复杂的方式也相信了，那需要用到双重思想。如此说来，他是不是**独一无二**地拥有那种记忆?

离奇的统计数字继续从电屏里涌将出来。跟去年相比，有了更多衣服，更多房屋，更多家具，更多饭锅，更多燃料，更多轮船，更多直升飞机，更多书籍，更多婴儿——除了疾病、犯罪和精神病，一切都更多了。一年年，每分钟，每个人，所有事，都在向上嗖嗖地快速发展。跟塞姆刚才那样，温斯顿拿起勺子，在桌子上流淌着的苍白色肉汁里随意划拉，把原来的一长溜划拉成了一幅图案。他带着恨意沉思着生活的物质结构。是不是一直就是这样?是不是食物一直就是这个味道?他环顾食堂。这是一间天花板很低、人头拥挤的屋子，墙上由于人们身体的无数次触碰而变得肮脏;金属桌椅破破烂烂，间隔近得坐下能互相碰到肘部；弯了柄的勺子，变形的托盘，粗糙的白杯子；所有东西的表面都有油腻，所有裂缝里都有污垢；还有劣酒、劣质咖啡、金属味炖菜以及脏衣服那酸不溜秋的混合气味。在你的胃和皮肤里，总有种抗议的感觉，就是你被骗走了有权拥有的某种东西。确实，他对所有事物的记忆都没有太大差别。在他能够清楚记得的无论哪个时候，从来都是吃的东西不大够，内衣或袜子总是到处有洞，家具总是陈旧不堪，以至于就要散架，房间里暖气供应不足，地铁拥挤，房屋摇摇欲坠，面包黑糊糊的，茶叶成了稀缺之物，咖啡尝来像是脏东西，香烟供应不足——除了合成的杜松子酒，什么都不便宜，什么都缺乏。缺乏舒适感，灰尘弥漫，所用不足，冗长的冬季，黏糊糊的袜子，从来不开的电梯，冰凉的水，粗砂般的肥皂，散落开来的香烟，味道奇差的食物。当然，随着年纪增长，事情还要变得更糟些，尽管如此，如果上述一切能让人心生厌恶，难道不说明了正常的发展**不应该**是这样？为什么一定需要一些年代久远的记忆，让人记着以前并非如此时，才会觉得这些是不可忍受的？

他又环顾了食堂一周。几乎每个人都长得丑陋，就算穿的是蓝色工作服之外的其他衣服，也仍然丑陋。屋里那头的一张桌子前，只有一个人坐在那儿，是个矮个子，长得特别像甲虫。他在喝一杯咖啡，一双小眼睛猜疑地扫来扫去。温斯顿心想，不往周围看一看，太容易就会相信党所树立的完美体格形象——身材高大、肌肉发达的男青年和胸部丰满的少女，头发金黄，生气勃勃，晒足太阳，无忧无虑——不仅存在，甚至占大多数。实际上依他所见，第一空域的大部分人都身材矮小、皮肤发黑、长相难看。奇怪的是，那种长得像甲虫的人在部里的数量激增：又矮又胖的男人，没多大年纪就发福，腿短，走路动作奇快，胖脸上的表情高深莫测，眼睛小之又小。似乎在党的主宰下，最盛产这种体型的人。

富足部的通知播报完了，又响起一声小号，接下来播放的是又尖又细的音乐。因为受到数字的轰炸，帕森斯被唤起了一点隐约的热情，取下嘴里的烟斗。

“富足部今年干得确实不错。”他说着还会意地晃了晃头，“顺便问一句，史密斯伙计，我估计你也没有剃须刀片可以让给我用？”

“一片也没有，”温斯顿说，“我自己一个刀片都用六星期了。”

“噢,这样啊——只是随便问问,伙计。”

“对不起。”温斯顿说。

邻桌那个像鸭子般嘎嘎叫的声音刚才在播报富足部通知时暂停了一会儿,这时又响起来,跟以前一样吵。不知为何,温斯顿突然想起帕森斯太太,想着她稀疏的头发和她脸上皱纹里的灰尘。用不了两年,她的孩子会向思想警察告发她。帕森斯太太将被蒸发掉,奥布兰会被蒸发掉。另一方面,帕森斯永远不会被蒸发掉,那个看不到眼睛、嘴里嘎嘎叫的家伙将永远不会被蒸发掉,那些甲虫一样在部里迷宫般的走廊里敏捷穿行的男人也永远不会被蒸发掉。那个黑头发女孩,也就是小说司的那个女孩——她也永远不会被蒸发掉。他好像本能地知道谁会活下来,谁会被消灭,只不过至于什么是活下来的原因,有点不容易说出来。

就在此时,他被猛地从遐思中拉回到现实。邻桌的女孩半转过身,是那个黑头发女孩。她在斜视他,但奇怪的是她看得很专心。在他们眼光接触的刹那,她又望向别处。

温斯顿的脊背上冒出汗来,一种极度恐惧的感觉掠过他的心头。这种感觉几乎转瞬即逝,然而留下一种让人不得安宁的难受感觉。她为什么在注视他?为什么总在跟踪他?不幸的是,他记不清楚他到这里坐的时候,她是已经坐在那张桌子前,还是后来才去的。但不管怎样,在那次两分钟仇恨会里,她无缘无故坐在他身后。很有可能,她真正的目的是想听清楚他喊得够不够响亮。

他又有了以前的想法:很可能她并非真的是思想警察的一员,然而还是那句话,正是业余警察才最危险。他不知道她看了他有多久,但有可能多达五分钟,有可能他的表情没能完全控制住。在公共场合或电屏视域之内,让心思信马游缰危险之至,最细微的事情也可能会暴露:一次不由自主的痉挛,一个下意识的焦虑表情,一种自言自语的习惯——就是那种暗示不正常或者有所隐瞒的小细节。不管怎样,脸上带着不当的表情(例如在听到宣布某个胜利消息时露出怀疑的表情),本身就是件应该受到惩罚的罪过。新话里甚至有“表情罪”一词,指的就是这个。

那个女孩又转过身子。也许说到底,她并非真的在跟踪他,也许她连续两天和他坐得那样近只是碰巧。他的烟卷已经熄灭,他小心翼翼地把它放到桌子边上，要是能让烟丝不掉出来，他可以在下班后吸。邻桌那个男人很可能是个思想警察，很可能他史密斯三天内会被关进仁爱部的牢房，但是烟头不可浪费。塞姆叠起那张纸片放进口袋。帕森斯又滔滔不绝起来。

“伙计，我有没有跟你说过，”他嘴里含着烟斗，格格笑着说，“就是那次我的两个小家伙点火烧了市场上那个老女人的裙子？那是因为他们看到她用一张 B.B.的宣传画裹香肠。他们悄悄溜到她身后，用一盒火柴把她裙子点着了。我想她给烧得够戗。还是小崽子啊，是不是？可真是热情万丈！那就是他们如今在侦察队里接受的一流训练——甚至比我那时候接受的训练还要好。你知道他们最近发了什么吗？能隔着锁眼听声音的助听器！我那个小女孩有天晚上拿回家在我们的起居室试用，还说比起她单用耳朵在锁眼上能多听到一倍的声音。当然我得跟你说，那只是个玩具，不过仍然能培养他们的正确思想，对不对？”

就在这时，电屏里发出一声刺耳的哨声，是该回去工作的信号。他们三个人都一跳而起去抢乘电梯，温斯顿那根烟卷里的烟丝掉了出来。

 6

温斯顿在写日记：

那是三年前的事了。一个漆黑的夜晚，在某个大火车站附近一条窄窄的小街上。她站在墙边的门口，就在一盏几乎一点也不亮的路灯下。她面容年轻，脂粉涂得很厚，事实上是脂粉吸引了我，白得像面具，还有鲜红的嘴唇。女党员从不涂脂抹粉。街上别无一人，没有电屏。她说两块钱，我——

他一时觉得太难写下去。他闭上眼睛，用手指压迫眼球，想挤出那幅不断出现的画面。他几乎有种不可遏止的冲动，想扯着嗓子喊出一连串脏话，或者以脑袋撞墙，用脚踢桌子，把墨水瓶扔出窗外——也就是做任何一种要么激烈，要么声音大，要么会带来疼痛的事，好让他有可能不再去想那些折磨他的记忆。

他想，你最大的敌人是自己的神经系统，你内心的紧张随时可能会以可见的表象反映出来。他想到几周前在街上碰到的一个男人：那是个很是其貌不扬的男人，党员，年龄在三十五到四十岁之间，长得又高又瘦，手里拿了个公文包。他们相距几米远时，他注意到那个男人的左脸突然可以说是因为痉挛而扭曲了一下，他们擦肩而过时又是一下。仅仅扯动了一下，一丝颤动，就像照相机的快门喀嚓一下那样迅速，显然是习惯使然。他还记得当时是怎么想的：那个可怜鬼是完蛋了。最可怕的是，那一举动很可能是下意识的，然而最致命的危险是说梦话，在温斯顿看来，那防不胜防。

他吸了口气，继续写道：

我跟着她进了门，穿过后院进到一间地下室厨房。那里靠墙处有张床，桌子上有盏灯，拧得很暗。她——

他咬紧牙关，有种想呕吐的感觉。想到地下室里那个女人的同时，他还想到了凯瑟琳，他的妻子。温斯顿是已婚的——不管怎么说，他结过婚，很可能仍属已婚，因为据他所知，他的妻子还活着。他好像又闻到地下室里那种不新鲜的气味，它混合着臭虫、脏衣服和廉价的劣质香水味，但仍然诱人，因为女党员从来不用香水，也不可能想象她们会用，只有群众才用。在他看来，香水味与私通密不可分地搅和在一起。

跟着那个女人进去时，那是他大约两年来头一次行为不检点。当然，和妓女发生关系在被禁止之列，不过它是那种你间或会鼓起胆量去违反的规定。危险，但也不是事关生死。被抓到和妓女在一起，可能意味着要在劳改营待上五年，未犯其他罪行的话，不会判得更多。这件事也很容易，前提是别被当场抓到。贫民窟那里，到处是愿意出卖自己肉体的女人，甚至有些女人的索价只是一杯杜松子酒而已，群众不允许喝那个。党虽然没有明确表示，却倾向鼓励卖淫，以使未能完全压制的本能有途径发泄。单纯的放荡并无太大关系，只要是在偷偷摸摸和缺乏乐趣之中进行，而且只涉及底层被鄙视阶层的女人。不可饶恕的罪行乃是党员之间的乱搞，但是——尽管在大清洗中，被告都无一例外坦白犯了这种罪——很难想象真的会发生这种事。

党的目标不仅是阻止男人和女人形成相互忠诚的关系，这种关系可能是党无法控制的，党真正的也是未曾讲明的目的，是让性行为完全没有快乐。不要爱得过分，因为性欲就是敌人，不管婚内还是婚外。所有党员之间的婚姻必须由某个专门为此成立的委员会批准，但是——指导原则却从未明白列出——如果两个人给别人造成印象，就是他们在肉体上相互吸引的话，他们总是结不成婚。婚姻唯一被承认的目的，是生出为党服务的后代。性交被视为一种有点让人恶心的小手术，就像灌肠。同样，这也从未明明白白写出来过，但它是以间接方式，向每个党员从孩童时期就开始灌输的。甚至还有像青少年反性联盟这种组织，它鼓吹男女完全独身，所有孩子都由人工受精得来（新话里叫“人受”），然后由公家抚养。温斯顿明白他们并非绝对说到做到，然而不管怎样，这与党的主要意识形态一致。党正在试图扼杀性本能，或者说如果不能完全扼杀，就扭曲它，丑化它。他不知道怎么会这样，但好像这是自然而然的事。至少在女性身上，党的努力大体上是成功的。

他又想起了凯瑟琳。他们分居已有九年，十年——差不多十一年了。奇怪的是他极少想到她，他会一连好几天忘了自己是已婚的。他们在一起才过了十五个月。党不允许离婚，不过如果没有孩子，倾向于鼓励分居。

凯瑟琳身材高挑，淡色头发，很严肃，举止极为得体。她的脸部轮廓分明，老鹰一般，如果不了解这张脸背后几乎是空洞无物，就可能认为这是一张尊贵的脸。他们刚结婚后不久，他就认定了——虽然只是因为比起其他绝大多数人，他对她更熟悉罢了——在他认识的所有人当中，她毫无疑问是最愚蠢、最俗气、头脑最空洞的一个。她的脑子里除了标语，没有别的想法，无论什么样的蠢话，只要出自于党，她一概，绝对是一概接受。他在内心给她起了个外号，叫她“人体录音”。但如果不是纯粹为了某件事，他还是能忍着和她一起生活的，那就是性。

他每次一碰她，她就好像往后缩，而且绷紧了身体，抱着她就像抱着一个有关节的木头人。奇怪的是，即使在她紧搂他时，他还是有种她同时也在用尽全力推开他的感觉，她紧绷的肌肉给他造成了这种印象。她会闭着眼躺在那儿，既不反抗，也不合作，然而是顺从的。这点特别让人难堪，再过上一段时间，就变成令人讨厌的了。但即使那样，假如双方都同意保持禁欲，他还是能忍着和她一起生活的，但是怪就怪在凯瑟琳拒绝这样。她说如果能够，他们必须生出一个小孩，所以要继续有房事，得有规律地每星期一次，除非是在不可能怀孕期间。她甚至常常早上就提醒他，把它作为一件当天晚上一定要做、不可忘记的事情。她对这件事有两种叫法，一是“做宝宝”，二是“我们对党的义务”——没错，她真的那样叫过。不久，当指定的那天即将到来时，他开始有了种很恐惧的感觉。所幸未能养出孩子来，到最后她同意放弃尝试，不久就跟他分居了。

温斯顿无声地叹了口气。他再次捡起笔写道：

她一下子就躺倒在床上，然后马上没有一点前奏地，用你能想象到的最粗鄙、最丑陋的动作撩起裙子。我——

他好像看到自己站在暗淡的灯光下，鼻孔里充满臭虫和廉价香水的气味，他心里有种失败和憎恨的感觉，甚至在当时，这些感觉仍与关于凯瑟琳那具白色躯体的回忆纠缠在一起，那具躯体被党的催眠力永远施了定身术。为什么总是这样？为什么他无法拥有自己的女人，而是隔几年一次来做这种龌龊事？但是真正的恋爱几乎不可想象。女党员都差不多，在她们心里，禁欲像对党的忠诚一样根深蒂固。通过小心的早期培养，通过比赛和洗冷水澡，通过在学校、侦察队和青年团里没完没了向她们灌输的垃圾，通过演讲、游行、歌曲、口号和军乐，自然的感情已被清除出她们的内心。理性告诉他肯定有例外，然而他心里也不相信。她们一概从不动心，党也正想让她们那样。他想做的，比想被人爱的愿望更强烈的，是摧毁这道贞操之墙，一辈子哪怕就成功一次也好。带来欢娱的性行为就是反抗。欲望是思想罪。即使是唤醒凯瑟琳的欲望——如果他做到过——也算是诱奸，尽管她是他的妻子。

但是这件事的剩余部分还是要写下来。他写道：

我拧亮了灯。我在灯光下看到她时——

在阴暗中待过之后，煤油灯光好像很明亮。他第一次看清那个女人的样子。他向她迈近一步，然后停下来，心里充满欲望和恐惧。他痛苦地意识到在这种地方的危险性，完全有可能巡逻队会在他出去时抓住他，事实上，那时他们可能正在门口等着。怎么可能不达到目的就走？

一定要写下来，一定要坦白出来。在灯光下，他突然看到那个女人是个上岁数的。她脸上的脂粉厚得似乎有可能像纸板面具一样破裂开来。她头上有缕缕白发，但真正可怕的，是她的嘴唇有点儿合不拢，除了深深的黑洞别无他物，她的牙齿全掉光了。

他仓促写着，笔迹潦草不堪：

灯光下看到她，她是个很老的女人，至少有五十岁，但是我仍然没迟疑就干了那事。

他用手指压着眼皮。他终于把它写下来了，但是感觉没什么不同。这个办法没奏效，那种想扯开嗓子喊脏话的冲动跟以前一样强烈。

7

“如果有希望，”温斯顿写道，“它就在群众身上。”

如果有希望,它一定是在群众身上,因为只有在那里,在那些被漠视的大批人身上,在占大洋国人口百分之八十五的人身上,才有可能产生将党摧毁的力量。党无法从内部推翻,其敌人——如果有敌人的话——无法走到一起并相互确认。即使传言中的兄弟会存在——有可能而已——其成员碰头也只可能是以三三两两的方式。反抗意味着一个眼神、声音里的一点变化,至多会是偶尔的一句传闻而已。然而如果群众能意识到自身的力量,他们不需要密谋,而只需奋力而起,像马摆脱苍蝇那样抖动身躯。愿意的话,他们明天早上就能把党粉碎。或早或晚,他们肯定会想到去做那件事,难道不是吗?但是——

他想起有一次,他正在一条拥挤的街道上走着,突然几百个极其喧嚣的声音——女人的声音——从前边不远处的一条小街上传来。那是种可怕的愤怒和绝望的声音,一种低沉而大声的“噢—噢—噢—噢—噢”声,嗡嗡的声音像是一口钟的回响。他的心脏猛烈跳动起来。开始了!他想。暴乱!群众终于挣脱羁绊了!到那个地点后,他看到的是两三百个女人正围着街边市场的摊点。那些女人一脸悲痛,好像是一条正在下沉的船上劫数已定的乘客。就在那时,普遍的绝望一下子又变成许多张嘴巴的争吵。好像是某个摊点在卖铁锅,是种质量很差的不结实货色,但是不管什么样的饭锅,总是很难买到,在那时出乎意料地停止供应了。成功买到铁锅的女人在费劲地拎着铁锅走掉,却被别的人推推搡搡。还有十几个人围着那个摊点吵闹,指责那个摊主看人卖货,另外还藏着铁锅。接着又响起一阵大吵大嚷声。有两个身材臃肿的女人,其中一个披头散发,正在争夺铁锅,都在用力想从对方手里扯过来。有一会儿,两个人在同时用力拉,结果铁锅的把手掉了。温斯顿厌恶地看着她们。但是——尽管只有那么一阵子——仅仅几百个嗓子吼出的声音听起来几乎力量骇人!他们为什么从来不为值得一吼的事也像那样吼起来?

他写道:

除非他们觉醒,否则永远不会反抗,但除非他们反抗,否则不会觉醒。

他想到那几乎像是从党的教科书上抄来的。当然,党声称是自己把群众从奴役中解放出来。革命前，他们被资本家残酷压迫，吃不饱饭，还要挨打。女人也被迫在煤矿干活（事实上现在还有），儿童长到六岁就被卖进工厂。但同时，完全按照双重思想的原则，党教导说群众天生低人一等，必须用一些简单的规定把他们置于服从的地位。事实上对于群众，人们了解得很少，也没必要了解很多。只要他们继续干活、繁衍，他们别的行为就无关紧要。他们被放任自流，就像阿根廷的平原上没有笼缰的牛群。他们过着似乎是返璞归真、类似他们祖先所过的生活。他们在贫民窟出生、长大，十二岁开始干活，度过蓬勃却短暂的健美和性冲动期，二十岁结婚，三十岁就步入中年，然后死去，多数寿命不超过六十岁。他们脑子里想的全是重体力劳动、养家糊口、跟邻居为鸡毛蒜皮之事争吵、电影、足球、啤酒，还有最主要的赌博。把他们控制住不算困难。思想警察的特务总在他们中间出没，传播谣言，瞄上并消灭被认为有可能变得危险的个别人。然而没人努力向他们灌输党的意识形态，对群众来说，不需要很强的政治感，需要他们拥有的，只是一种初级的爱国主义感情，用得上时，可以随时唤起他们的这种感情。让他们接受更长工作时间和更少定量。甚至在他们变得不满足时——有时确实会——其不满足感也不会带来什么后果。由于缺乏总体上的概念，他们只会专注于一些细枝末节的不如意之事，从来看不到还有更大的罪恶。绝大多数群众家里甚至没有电屏，连民警也很少管他们的事。伦敦的犯罪率极高，有一个充斥着小偷、强盗、妓女、毒品小贩和形形色色骗子的天地，但是因为犯罪都发生在群众自己中间，因而无关紧要。在所有道德问题上，他们也被允许继承其先辈的规范。党在性问题上的禁欲主义并未强加给他们。乱交不受惩罚，允许离婚。甚至如果群众表露出有宗教信仰的需求或者愿望，也能得到许可。他们不配被怀疑，正如党的标语所称："群众和动物是自由的。"

温斯顿的手往下探，小心地挠了挠静脉曲张的溃疡处，那里又痒了起来。有件事他每次都会想起，即不可能知道革命前生活的真正情形如何。他从抽屉里拿出一本小孩用的历史课本，是从帕森斯太太那里借来的。他开始把课本上的一段抄进日记里：

> 在过去（课本上写道），在伟大的革命之前，伦敦并非是我们如今所知的美丽城市，而是个黑暗、肮脏、无比糟糕的地方，只有极少数人

能吃饱饭，而成千上万的穷人脚上没有靴子穿，头上无片瓦遮身。年龄不比你大的儿童每天必须为凶残的主人工作十二个小时，他们动作太慢的话，就会被主人用鞭子抽打，只有不新鲜的面包皮和水来填腹。然而在一片赤贫状态下，还有几幢华美大屋，里面住的是富人，有多达三十个仆人服侍他们。这些富人被称为资本家。他们长得肥胖而丑陋，面相邪恶，就像本页后面的插图那样。你可以看到，他身穿长长的黑色大衣，那被称为大氅，头上戴的是顶古怪而发亮的帽子，样子像是火炉管，被称为高顶礼帽。这就是资本家的统一着装，其他任何人都不允许穿。资本家拥有世界上的一切，其他所有人都是他们的奴隶。他们拥有一切土地、一切房屋、一切工厂和一切金钱。任何人不服从他们，他们可以把他投进监狱，或者让他失去工作而饿死。凡是普通人跟资本家说话时，必须向他鞠躬作揖，取下自己的帽子并称他为“先生”。全体资本家的头领被称为国王，而且——

但他已经知道下文如何。还会提到身披细麻法衣的主教、身披白鼬皮长袍的法官、足手枷具、惩罚踏车、九尾鞭、市长老爷的宴会和亲吻教皇的脚尖等。另外还有种叫做“初夜权”的名堂，大概不会在给儿童用的课本上提到，它是一条法律，也就是每个资本家都有权跟在他工厂里干活的女工睡觉。

你怎能判断出有多少是谎言？**有可能**人们如今的平均生活水平确实比革命前提高了一点，唯一相反的证据，是你骨头里的无声抗议，那是种本能的感觉，即你对现在的生活状况无法忍受，而在别的某个时期肯定不一样。他突然想到，现代生活的真正独具特色之处，并非它的残酷和不安全，而只是一无所有、肮脏和倦怠。看看周围吧，生活不仅跟电屏里喋喋不休的谎言毫无相似之处，跟党想努力达到的理想境界比较起来，更是天差地别。生活中的最大部分，都是中性和非政治性的，甚至对党员来说也是如此，也就是辛辛苦苦干着枯燥的工作，蹭别人的糖精片，缝补破破烂烂的袜子，节省下一个烟头等等。党所描绘出的理想世界是个巨大、可怕和光彩夺目的世界，一个拥有庞大且骇人听闻的武器的钢筋水泥世界，一个由战士和狂热分子组成的国家，迈着绝对一致的步伐前进，拥有同样的想法，呼喊着同样的口号，永远在工作、战斗、打胜仗、迫害别人——三亿人有着同样的面孔。现实却是处于衰败中的肮脏城市，在这里，填不饱肚子的人们穿着破烂的鞋子拖着脚步走动，住修修补补过的建造于十九世纪的房屋，里面总有股煮卷心菜味和厕所里的那种臭味。他似乎看到了伦敦的景观，辽阔而又破败，是座拥有上百万垃圾筒的城市，跟这一景观混合在一起的，还有帕森斯太太的形象，她脸上布满皱纹，头发稀疏，正在徒劳地捣鼓堵塞了的下水管。

他又探手下去挠了挠他的脚踝。电屏日以继夜往你的耳朵里塞满统计数字，以证明如今人们有更多的食品、更好的房屋、更好的娱乐——所以他们跟五十年前的人们比起来更长寿，工作时间缩短，更魁梧，更健康，更强壮，更快乐，更聪明，所受教育更好，其中没有一个词能被证明或推翻。例如，党声称如今有百分之四十的群众识字，而据说革命前的识字率为百分之十五。党还声称如今的婴儿死亡率只有千分之一百六，革命前的数字则为千分之三百——诸如此类，如同有两个未知数的等式。完全有可能的是历史课本上的每个词，甚至那些已被不加怀疑接受的，都完全出自想象。据他所知，可能根本没有过什么“初夜权”的法律，也没有被称为资本家的人和高顶礼帽这种着装。

一切都已隐没在迷雾中。过去被清除，连清除行为也被忘却，谎言变成了事实。仅仅有那么一次，他拥有过——是在那件事发生**之后**，这是关键所在——具体而确凿无疑的证据，可以证明有过伪造行为。他曾把它拿在手指间长达半分钟之久。那一定是在一九七三年——不管怎样，他和凯瑟琳差不多那时已经分居。然而真正与之相关的日子，是在往前七八年的时候。

真正说起来，此事要从六十年代中期说起。大清洗时，革命时期党的首批领导人被永远清除掉了。到一九七〇年时，除了老大哥自己，其他领导人一个不剩，都被当做叛国者和反革命分子揭露出来。戈斯坦因逃掉了，藏匿到一个不为人知的地方。至于其他人，有几个只是失踪了而已，而多数在场面宏大的公审中坦白所犯的罪行后就被处决了。最后剩下的三个人叫琼斯、艾朗森和鲁瑟福，他们被捕的时间肯定是在一九六五年。跟经常发生的一样，他们消失一年多，不知道是生还是死。然后突然如通常那样，他们被亮相并坦白自己所犯的罪行。他们坦白曾经通敌（当时的敌国也是欧亚国）、贪污公款、谋杀党的负责人以及阴谋推翻老大哥的领导等，是在革命开始前很久就开始的。另外他们还进行破坏活动,导致成百上千人死亡。坦白完这些罪行后,他们得到赦免并被恢复党内地位,被安置了听起来很重要,实则是挂名性质的职位。他们三个人都写了冗长而语气可怜的文章,发表在《泰晤士报》上,其中分析了自己变节的原因,并保证改过自新。

他们被释放后不久,温斯顿的确在栗树咖啡馆见过他们。他还记得当时用眼角看着他们时的那种半是害怕半是着迷的心态。他们三人都比他年长,是很久以前那个世界的遗留物,几乎是党早期峥嵘岁月留下来的最后几个大人物,他们身上依稀仍有地下斗争和内战留下的风采。尽管到那时,真相和年代已经变得模糊,他还是有种感觉,就是他得知他们的名字要比得知老大哥的名字早一些。他也能感到他们是罪犯、敌人、不可接触者,注定要在一两年内身名俱灭。任何人只要落到思想警察手里,到最后总在劫难逃。他们只是行尸走肉罢了,在等着被送进坟墓。

他们旁边的桌子没人坐,甚至被看到离这种人太近也属不明智。他们都默不作声地坐着,面前是放了丁香的几杯杜松子酒,是这间咖啡馆的特制酒。三个人中,给温斯顿印象最深的是鲁瑟福的外貌。鲁瑟福一度是位著名的讽刺画家,他那一针见血的讽刺画在革命前和革命过程中起到了鼓动舆论的作用。即使在当时,《泰晤士报》每隔很长一段时间,仍会刊登一幅他所画的漫画,不过是对他早期风格的模仿,奇怪地缺乏活力,也没有说服力,总是对古老主题的炒冷饭:贫民窟的住户,饥饿的孩子,巷战,戴着高顶礼帽的资本家——甚至在街头防御工事里,那些资本家似乎仍坚持要戴高顶礼帽——他不断努力,想重振雄风,却毫无指望。他身材魁梧,一头浓密而油腻的花白头发,脸皮松弛,满是疤痕,嘴唇像黑人的那样厚。他肯定曾经健壮无比,但在当时,他庞大的躯体正在松弛着,歪斜着,发胀着,并向各个方向散架。他似乎正在别人的眼前碎裂,像一座山正在崩塌。

那是十五点时的人少时间,温斯顿这时想不起来当时他怎么到了那间咖啡馆。里面几乎没什么人,电屏里播放着舒缓的音乐声,叮叮咚咚的。那三个人坐在角落几乎一动不动,从不说话。服务员又主动拿来几杯酒。他们旁边的桌子上有张棋盘,棋子已经摆好,但是没人下。然后可能总共才过了半分钟,电屏里又换播内容,播放的音乐调子变了,变成——难以形容,一种响脆、刺耳、嘲弄的音符,温斯顿在心里称之为预警调。接着,电屏里传出一个人的歌声：

在绿荫如盖的栗子树下，
我背叛了你，你背叛了我。
他们躺在那儿，我们躺在这儿，
在绿荫如盖的栗子树下。

他们三个人一动也不动。温斯顿又看了一眼鲁瑟福那张破了相的脸庞，看到他眼眶里饱含着泪水。他第一次看到艾朗森和鲁瑟福的鼻梁都被打断了，他心里有种惊恐的感觉，却不知道自己**为什么**惊恐。

此后不久，他们三人再次被捕，似乎从上次被释放的那一刻起，他们马上开始了新的阴谋活动。在对他们的第二次审讯中，他们除了坦白所有旧的罪行，还坦白了一连串新的罪行。他们被处决，下场被写进党史以昭后世。差不多五年后，在一九七三年，温斯顿展开刚从气力输送管吹送到他桌子上的一团文件时，看到一小片报纸，显然和其他文件夹在一起，然后就被忘掉了。在将其展开的那一刻，他就意识到它的重要性。它是从约十年前的一期《泰晤士报》上撕下来的半页——是上半页，因此有日期——在这片报纸上，登了一张在纽约参加某个党务活动的代表团的照片，在中间占据显著位置的是琼斯、艾朗森和鲁瑟福。绝不可能弄错，他们的名字还印在照片下方的说明中呢。

问题是两次审讯中，三个人都供认就在那一天，他们是在欧亚国的国土上。他们从位于加拿大的一个秘密机场飞到西伯利亚的某个接头地点，去跟欧亚国总参谋部的人会面，并向其泄露了重要的军事秘密。那个日期之所以印在温斯顿的脑海里，是因为那天刚好是夏至，而且这件事也会记录在无数文件中。只可能得出这样的结论：他们的坦白全是谎言。

当然，这件事本身称不上什么发现。甚至在当时，温斯顿也从未想象过清洗运动中被消灭了的人会真的犯下被指控的罪行。但这件是实实在在的证据，是被消灭了的过去的一个碎片，如同在某个地层出现了一块不该出现的骨化石，因此打破了一个地质学理论。如果能以某种方式将其公布于天下，并让人们明了其意义，就足以将党摧毁于无形。

他继续工作，一看到那张照片是什么及明白其意义何在，他马上用另外一张纸把它盖起来。幸好，他打开它时，从电屏的角度看来，它是上下颠倒的。

他把便条簿放在膝盖上并把椅子往后推，这样可以尽量离电屏远些。保持脸部没有表情不难，努力一点，甚至也能控制住呼吸，但你无法控制心跳，而电屏已经灵敏到能够监听到心跳声。他度过了在他觉得有十分钟的时间，一直因担心会发生什么事而备受煎熬，比如说突如其来的一阵过堂风，那会让他暴露。然后，他也没有将它再次打开，就把那张照片和别的废纸一起丢进了记忆洞。也许再过一分钟，它便会化为灰烬。

那是十年，不，十一年前的事了。也许他本来可以将那张照片保存到今天。奇怪的是，他用手拿过那张照片这件事甚至到现在，对他来说似乎仍具意义，虽然那张照片本身及它所记录的事件都只是记忆。他想知道的是，因为一件存在过的证据不再一度存在过，党对过去的控制是不是没那么强了？

然而在今天，假如那张照片能从灰烬里复原，也可能根本不成其为证据。他发现**那张**照片时，大洋国已经不再是跟欧亚国打仗，那三个已死的人肯定是向东亚国的特务背叛自己的国家。在那以后，战争的对象还有过变化——两次还是三次，他不记得了。很有可能的是，坦白材料被一再重写，直到原始事实和日期一点也不重要。过去不仅被篡改，而且是被持续篡改着。最让他受折磨、给他以噩梦般感觉的，是他从未明明白白理解**为什么**要进行这种大规模欺诈。伪造过去的直接好处显而易见，然而最重要的动机却秘不可知。他又捡起钢笔写道：

我明白**怎么做**，但是我不明白**为什么**。

像以前很多次一样，他琢磨起自己是不是个疯子。或许疯子只是种少数派。相信地球绕着太阳转曾被认为是疯子，到了今天，相信过去不可篡改会被认为是。他可能是独一无二地拥有这种信念，如果是独一无二，那他就是个疯子。但是想到自己是个疯子并没有让他很担心，可怕的是他的想法也有可能是错误的。

他捡起那本小孩用的历史课本，看着作为扉页的老大哥像。那双具有催眠力的眼睛在盯着他，好像有种极大的力量在将你往下压。某件物体进入你的头颅，在击打你的大脑，恐吓要你放弃自己的信念，也几乎是要说服你否认那些说明自己仍有判断力的证据。到最后，党会宣布二加二等于五，而你只能相信这一点。不可避免地，他们迟早会这样声称，他们所在立场的逻辑要求他们这样做。不仅经验的正确性，而且客观现实的存在性本身，都被他们的哲学无声地否定。常识成了邪说中的邪说，但可怕的不是他们会因为你有另外的想法杀了你，而是他们有可能是对的。因为说到底，我们又怎么知道二加二等于四？要么重力在起作用？要么过去是不可篡改的？如果过去和外部世界只存在于头脑里，而思想本身可以控制——那又当如何？

但是不行！突然，他好像不由自主地勇气大增。也没经过什么特意的联想，奥布兰的脸庞就浮现在他的脑海里。他知道——比以前更肯定地知道——奥布兰跟他立场一致。他在为奥布兰写日记，写给奥布兰，它像一封冗长的信，谁也不会读到，但它是写给某个特定的人，并因为这一点而文字生动起来。

党告诉你不要相信自己耳朵听到的以及眼睛看到的，这是他们最主要、最基本的命令。想到针对他的极大力量和党的知识分子能够轻而易举地驳倒他，他的心沉了下来。他无法理解那些高深的辩词，更不用说反驳。但他是对的一方！他们错了，而他是对的。一定要捍卫显而易见、质朴和真实的一切，不言而喻的就是真实的，在这一点上不可动摇！实体世界是存在的，其定律不可改变。石头是硬的，水是湿的，缺少支撑的物体会向地心方向坠落。怀着这种感觉，他是在向奥布兰说话，同时也在提出一条重要的公理。他写道：

自由就是说二加二等于四的自由。若此成立，其他同理。

8

从某条过道的尽头，飘来了烘咖啡的香味——是真正的咖啡，而不是胜利咖啡——它一直飘到了街道上。温斯顿不由自主地停下脚步，在也许有两秒钟的时间里，他又回到了童年时生活过的那个世界，他已经快忘掉了。接着传来门关上时砰的一声，那气味像声音一样，被生生截断了。

他已经顺着人行道走了几公里，他的静脉曲张溃疡处在跳着作痛。这已是他三个星期里的第二个晚上没去集体活动中心了，这是种轻率之举，因为可以肯定的是，会有人仔细查核你去活动中心的次数。从原则上说，党员不能有空闲时间，除了上床睡觉，他永远不会独自待着。按说他如果没在工作、吃饭或睡觉，就应该参加一种集体娱乐活动。做任何意味着想独处的事情，甚至一个人去散步这种事，总是略微具有危险性。新话里的“自活”一词，指的就是这种行为，意味着个人主义和古怪。但这天傍晚走出真理部时，四月的和风让他动了心，天空之湛蓝比起那一年里无论什么时候他所看到的，都带来更多暖意，突然，在活动中心那漫长而嘈杂的夜晚、令人厌烦和精疲力竭的比赛、讲座、靠着喝酒勉强维持的同志关系等等似乎变得不可忍受。他心血来潮，不去公共汽车站，而是漫步走进伦敦的迷宫，首先向南，然后向东，然后又向北，让自己迷失在不知名的街道上，几乎一点也不考虑往什么方向走。

“如果有希望，”温斯顿在日记里写过，“它就在群众身上。”他不时想起这句话，它陈述的是一项神秘的事实，但显而易见是荒谬的。他走到了原先是圣潘克拉斯火车站东北方向的某个地方，位于褐色的贫民窟。他走在一条铺鹅卵石的小街上，两旁都是低矮的两层楼房，破破烂烂的门就开在人行道边，奇怪地给人以老鼠洞的感觉。鹅卵石街道上到处都有污水坑。数不清有多少人在黑暗的门道里进进出出，在街道两边的窄巷里也是——口红抹得土里土气、打扮得花枝招展的女孩，追女孩的小伙子，还有身体臃肿、蹒跚而行的妇女，她们会展示给你看那些女孩再过十年会长成什么样子，还有弯着腰的老人迈着八字步慢腾腾地走路，衣衫褴褛的赤脚小孩子在污水坑里玩，然后在他们母亲的怒喝中跑散开。那里可能有四分之一的窗户都是破的，用木板钉了起来。绝大多数人对温斯顿视而不见，只有几个人半是警惕半是好奇地看着他。两个身材高大的妇女在一处门口说着话，她们系着围裙，砖红色的手臂交叉在胸前。温斯顿走近时，听到了她们谈话的只言片语。

"'是了，'我对她说，'一点儿不错。可要是你站在我的位置上，会跟我一样这么做。''批评别人倒不难，'我说，'可你是没遇到我这样的难题啊。'"

"啊，"另外那个女人说，"没错，就是这样，问题就在这儿。"

那两个尖嗓门突然停了下来，她们在温斯顿走过时，怀着敌意不出声地盯着他。但准确点说那并非是敌意，而只是种警觉，片刻间的紧张而已，好像一头不为人熟悉的动物经过时那样。在这种街上，不会经常看到党员的蓝色工作服。确实，被人看到在这种地方属不明智之举，除非真的有事，非来不可。不巧碰上巡逻队的话，有可能被拦下来。"可以看看您的证件吗，同志？您在这儿干什么？您什么时候下班的？这是您回家经常走的路吗？"——诸如此类的问话。并没有什么规定不允许走一条不寻常的路回家，但如果被思想警察得知，这就足能引起他们的注意。

突然，整条街上一片骚动，到处传来警告的喊叫声，人们像兔子一样蹿进门道。一个年轻女人从门道里跳出来，把一个正在污水坑里玩耍的很小的小孩子一把拎起来用围裙包着，然后又跳回门道，动作为时极短，一气呵成。就在那时，一个身穿有很多褶皱的黑色套装的男人从一条小巷里向温斯顿冲过来，激动地手指天空。

"汽船！"他叫道，"小心，先生！就在头顶！快趴下！"

"汽船"是群众给火箭弹起的绰号，原因不详。温斯顿迅速脸朝下趴在地上。群众向你提出这种警告时，几乎每一次都对。他们似乎拥有某种直觉，能在火箭弹到来前的几秒钟感应到，尽管据说火箭弹的速度比声音快。温斯顿用手臂紧抱着头。传来一声轰鸣，似乎要把人行道掀起来，轻物如骤雨般砸在他背上。他起身时，发现距离最近的一扇窗户上震碎的玻璃渣落了他一身。

他继续往前走。炸弹炸毁了街道前方两百米远的一片房屋，一缕烟雾升腾到天上，烟雾之下，一团灰泥的尘雾笼罩着那片废墟，人们已经聚拢在那里。他前方的人行道上有一小堆灰泥，他能看到中间有一片鲜红的血迹。走近后，他看到那是只从腕部截断的人手。除了血肉模糊的断处，那只人手完全变成了白色，简直像是用石膏浇成的。

他把那东西踢进了阴沟，然后为了躲开人群，他转到右边的偏街上。三四分钟后，他已经离开了受到炸弹影响的地带，而街头那种肮脏而拥挤的生活仍在继续进行，仿佛什么事情也没有发生。当时已经快到二十点，群众光顾的喝酒的地方（他们称之为"酒馆"）人满为患，从不停开合的脏兮兮的弹簧门那里，飘来了尿、锯末和酸啤酒的气味。在一处由房屋正面凸出来而形成的角落处，有三个人靠得很近地站在那里，中间一位举着一张对开的报纸，另外两人在他边上看着。甚至在他走近得能看清他们的表情之前，温斯顿就能从他们身体的每个线条上看出他们正全神贯注。显然，他们在阅读一条重要新闻。离他们还有几步远时，三个人散开了，其中有两位很凶地吵了起来。有那么一阵子，他们看样子像是几乎要气炸了肺。

"你他妈能不能好好听我说？我告诉你，过去十四个月都没有末位是七的数字赢过了！"

"赢过！"

"没有，从来没赢过！我把过去两年的所有中奖数字都记在纸上，就在我家里放着呢。我全记下了，跟钟点一样一点儿不差。我还告诉你，没有哪个末位是七的数——"

"没错，末位是七的就是赢过了！我差不多能告诉你到底是哪个操蛋数字，末位要么是四要么是七，那是在二月份——二月里的第二个星期。"

"二月你个奶奶！我全白纸黑字写下来了。我告诉你，没有——"

"呸，你给我闭嘴吧！"第三个人说。

他们谈论的是彩票。温斯顿在走过有三十米远时，又回头看了他们一眼，他们还在脸红脖子粗地争论着。每周都会抽出巨奖的彩票是群众唯一真正关注的事。对于几百万群众来说，彩票即使不是活下去的唯一理由，也会是主要理由。彩票就是他们的欢乐、他们动的蠢念头、他们的安慰物以及智力刺激物。在彩票问题上，就连勉强识得几个字的人，也好像能进行复杂的计算，而且记性好得令人咋舌。有一类人就单单靠卖中奖秘笈、预测及卖幸运符为生。温斯顿跟彩票经营没有一点关系，那由富足部操持，然而他明白(事实上每个党员都明白)所谓中奖，很大程度上是子虚乌有，只有很小数额才真的会发到中奖者手里，中大奖的都是子虚乌有的人。在大洋国内处处信息不畅的情况下，这也不难安排。

然而如果有希望，它就在群众身上，你必须坚信这一点。把这句话写下来时，听上去似乎合理，但是当你走在人行道上，看那些和你擦肩而过的人们时，相信这点就成了事关信仰之事。他转向的那条街是下坡路，他有种以前来过这一带的感觉，前面不远处是条主干道。从前面某个地方，传来了嘈杂的声音。那条街突然转了向，然后就到了头，尽头的台阶通向的是一道低凹的小巷，那里有几个摆摊的，在卖样子发蔫的蔬菜。这时，温斯顿记起了他身在何处。这条小巷通向的是一条大街，下个转弯处就是那间杂货店，他现在用做日记本的本子就是在那里买的。不远处还有家小文具店，他在那里买过笔杆和一瓶墨水。

他在台阶最高处停了一下。隔着小巷的对面是间昏暗肮脏的小酒馆，窗玻璃上像是结了一层霜，其实只是落的灰尘。一个年纪很大、弓着腰然而行动敏捷的老头儿——他的白胡子像虾须一样直直翘着——推开弹簧门走了进去。温斯顿站在那里看着他，他心想那个老头儿一定至少有八十岁，革命开始时他已经是中年了。他，还有为数不多的其他一些人，是和已经消失的资本主义世界之间仅存的联系纽带。在党自身内部，没有几个人的观念是革命前就形成的。上一代人的绝大多数都在五六十年代的大清洗中被消灭了，幸存下来的极少数早就吓破了胆，思想上已经完全投降。如果还有哪个活着的人能向你真实说明本世纪早期的情况，那只可能是群众中的一员。突然，他又想起日记上抄自历史课本的那一段。他有了种疯狂的冲动，就是他可以进酒馆跟那个老头儿套近乎，然后询问他。温斯顿会问他："跟我说说您还是个小孩子时，是怎么过日子的?那年头什么样?跟现在相比是好一点还是更差了呢?"

为了不让自己有时间畏缩，他走下台阶疾步穿过巷子。不用说，他是昏了头，照例没有白纸黑字的命令规定他们不可以跟群众说话或者光顾他们的酒馆，然而这种行为很难不被人注意到。巡逻队出现的话，他可以声称是突然感到头晕，不过他们大概不会相信。他推开门，一股极为难闻的酸啤酒气味扑鼻而来。他走进去时，那一片嘈杂的说话声降低了一半，他不用看也能感觉到每个人都在盯着他的蓝色工作服，室内那头正在玩飞镖的人们停手有半分钟之久。他所跟随的那个老头儿坐在吧台那里，正在为什么事跟酒保吵架。酒保是个大块头的结实小伙子，小臂极粗，有一群人手持酒杯看着他们争吵。

"我问你问得够礼貌的了，是不是？"老头儿气冲冲地耸着肩膀说，"你是说这个操蛋的小酒馆里没有一品脱的杯子？"

"品脱到底他妈的是个什么词儿？"酒保的指尖撑在柜台上，身子往前倾着说。

"听听他说的是啥！还自称酒保呢，可是不知道什么叫品脱！一品脱嘛，就是半夸脱，四夸脱是一加仑。下次还非得从一二三教起呢。"

"从来没听说过，"酒保说，"一升，半升——我们就按这两样卖。你面前的架子上有杯子。"

"我就喜欢要一品脱，"老头儿坚持道，"你甭想那么容易让我不说品脱了，我年轻那会儿根本没这么操蛋地论升卖。"

"你年轻那会儿我们还在树上住呢。"酒保说着扫了一眼其他人。

这句话引起一阵哄堂大笑，温斯顿进来时造成的不自在感好像不复存在了。老头儿布满胡楂的白脸膛涨得通红，他嘴里嘟嘟囔囔地转过身去，撞到了温斯顿身上，温斯顿轻轻抓住他的手臂。

"我可以请您喝一杯吗？"他说。

"你是个绅士。"老头儿说着又把肩膀耸起来。他好像没注意到温斯顿穿的蓝工作服。"品脱！"他挑衅地向酒保说，"一品脱汽酒。"

酒保把玻璃杯放在柜台下面的水桶里洗了一下，利索地把两半升深棕色啤酒倒了进去。啤酒是在群众光顾的酒馆里能喝到的唯一一种酒类。按说群众不准喝杜松子酒，但其实很容易就能搞到。飞镖游戏又热热闹闹地玩了起来，吧台边的一群人又谈论起彩票，温斯顿的在场暂时被忘掉了。窗户下方有张木桌，他和老头儿可以坐在那里交谈而不用担心被别人听到。这种事情危险之至，但不管怎么说室内没有电屏，这一点，是他刚踏进来时就察看清楚了的。

“他甭想让我不说品脱了。”老头儿在桌子前坐下来时，还在发牢骚，酒杯就摆在他面前，“半升不够，不过瘾。一升又太多，让我老是想尿尿，更不用说还有价钱。”

“从年轻那会儿到现在，您肯定经历了不少变化。”温斯顿试探着说。

老头儿的淡蓝色眼睛从飞镖靶扫到吧台，又从吧台扫到男厕所门，好像他希望在这间吧屋里找到什么变化。

“啤酒比以前好喝了，”他最后说，“而且更便宜了！我年轻那会儿，淡啤酒——我们以前叫它汽酒——是四便士一品脱。当然，那是在战前了。”

“是哪次战争？”温斯顿说。

“一直在打仗。”老头儿含糊地说。他拿起酒杯，又一次挺起了肩膀。“我祝你身体无比健康！”

他的尖喉结在瘦瘦的喉部奇怪地上下快速抖动，啤酒就消失了。温斯顿走到吧台那里，又拿了两个半升过来。老头儿好像忘了他对喝一升啤酒的成见。

“您比我年长许多，”温斯顿说，“我出生时您肯定已经是个成年人了，您记得以前的日子怎么样，也就是在革命前。像我这样年纪的人对那时候可以说一点儿都不了解，只能从书上读到，不过书上写的可能不是真的，我想听听您是怎么说的。历史书上说革命前的日子跟现在完全不同，当时有着最严重的压迫、不公平和贫困——远远超出我们的想象。在伦敦这儿，绝大多数人从生下来到死去，从来填不饱肚子，他们中间有一半人甚至没靴子穿，一天要工作十二个小时，九岁就离开学校，一间屋住十个人。同时有很少人，只有几千个——就是被称为资本家的——他们有钱有势，拥有可以拥有的一切，住华美无比的房屋，有三十个仆人。他们坐着汽车和四匹马拉的马车到处去，喝香槟，戴高顶礼帽——”

老头儿突然高兴起来。

“高顶礼帽！”他说，“真有趣你会提起那个。我昨天才想到那玩意儿，也不知道为啥。我还在想有好多年没见过高顶礼帽了呢，影子都见不着。我最后一次戴高顶礼帽是在我嫂子的葬礼上。那是在——唉，我说不出来确切是哪一年，但肯定是五十年前了。当然，是专门为那次葬礼租来的，你也知道。”

“高顶礼帽并不是很重要，”温斯顿耐心地说，“问题是，这些资本家——还有依靠他们生活的律师和牧师之类的人——是地球上的主人，一切都是为了他们的利益而存在。你们——普通人，工人们——是他们的奴隶，他们可以对你们为所欲为，可以把你们当做牛一样运到加拿大，想和你们的女儿睡觉就睡觉，可以叫人拿一种叫九尾鞭的东西抽你们。遇到他们时，您必须把帽子摘下来。每个资本家都有一群仆从，他们——”

老头儿突然又高兴起来。

“仆从！”他说，“这个词我可很久没听说过了。仆从！它总让我想起从前，没错。我记得，哦，那是很多年前的事了，我经常在星期天下午去海德公园听那些家伙演讲，救世军，罗马天主教，犹太人，印度人——就是那些事。有个家伙——唉，我叫不上来他的名字，不过是个很有能耐的演讲家，他真的是。他骂起他们可是一点儿也不客气！‘走狗们！’他说，‘布尔乔亚的仆从们！统治阶级的走狗们！’寄生虫——那是另外一个用词，还有豺狼——他肯定称过他们是豺狼。当然，他指的是工党，你也明白。”

温斯顿有种感觉，他们在各说各的，答非所问。

“我真正想知道的是这个，”他说，“您有没有感觉跟过去比起来，现在有了更多自由？您现在是不是更被当做一个人来对待？在过去，富人，高高在上的人们——”

“贵族院。”老头儿怀旧般插话道。

“随您怎么称呼吧。我问的是，那些人能不能就因为他们富裕，就把您看得低人一等？比如说，跟他们打照面时，您是不是真的必须取下帽子叫他们‘先生’？”

老头儿似乎在沉思，开口回答前，他喝掉了杯子里四分之一的啤酒。

“对，”他说，“他们喜欢你为他们碰一碰帽子，那表示尊敬，差不多吧。我自己不愿意那样做，我是说我自己，不过我也那样做了很多次。非得这样，可以这么说。”

“那种事是不是经常发生——我只是引用我在历史书上读到的——也就是那些人跟他们的仆人是不是经常把您从人行道上推进阴沟里？”

“有个人推过我一次，”老头儿说，“就像是昨天的事，所以我记着呢。是划船比赛[①]那天晚上——划船比赛那天晚上人们经常会闹得很厉害——我在夏夫兹伯里大街上撞到一个小伙子身上。他很有点绅士的样子，他真的是——礼服衬衫，高顶礼帽，黑大衣。他在人行道上有点儿歪歪斜斜地走着，我好像是没注意撞到他身上。他说：‘你干吗不看路？’我说：‘你他妈以为你买了整条人行道吗？’他说：‘再跟我啰嗦，我把你他妈的脑袋给拧下来。’我说：‘你喝醉了，待会儿再跟你算账。’我可没胡说，他用手在我胸口推了一把，差点儿把我推到公共汽车轮子底下。我当时也是年轻气盛，正要给他来一下，只是——”

温斯顿陷入一种无助感。老头儿的记忆里只有陈芝麻烂谷子的琐碎事情，你可以问他一整天，也问不到什么东西。从某种意义上说，党的历史仍然正确，有可能完全正确。他最后又试了一次。

“也许我没能说清楚，”他说，“我想说的是这个：您已经活了很大岁数，一半时间都是在革命前过的。比如说在一九二五年，您已经成年了。根据您所记得的，能不能说出一九二五年的生活比现在要好一些还是坏一些呢？要是您能选择，您宁愿活在那个时代还是现在？”

老头儿沉思着看了一眼飞镖靶。他喝光了啤酒，喝的速度比以前慢了些。他再次说话时，似乎有了种万事可忍、哲学家般的神色，似乎啤酒让他更稳重了一些。

“我知道你指望我说什么，”他说，“你指望我说要不了多久，我就会再次年轻。大多数人被问到时，会说他们最想返老还童。年轻时，身体又好，又有力气，可要是你到了我这把年纪，你在各方面都不会很好了。我脚有毛病，膀胱更是要命，天天夜里上六七趟厕所。另外呢，当个老头儿也有很大好处，你不会再为同样的事儿操心了。不用跟女人纠缠了，这还不赖。我快三十年时间没碰过女人了，也许你觉得这不算简单。再说我也不想。”

温斯顿靠着窗台坐着。再问下去也没用。他正要再去多买些啤酒，老头儿站了起来，拖着脚步很快走到室内那头臭烘烘的厕所。多喝的半升啤酒已经在他身上起了作用。温斯顿在那里多坐了一两分钟，眼睛盯着他的空玻璃

---

① 指一年一度牛津和剑桥两大学代表队在泰晤士河上进行的划船比赛。

杯。几乎没留意到是什么时候，他的双脚又带着他走上了街道。他心想，最多再过二十年，那个最突出也是最简单的问题——“革命前的生活是不是比现在更好”——就永远成为无法回答的问题了。但实际上甚至在现在，也已经是无法回答的了，因为对从遥远的旧时代遗留下来的少数散居着的幸存者而言，他们没有能力把一个时代同另一个时代做比较。他们记得上百万件无用的事情，例如跟一个工友的吵架，寻找丢了的自行车打气筒，一个死去很久的妹妹的表情，七十年前某个刮风的冬日早晨那卷着灰尘的旋风等等，却看不到相关的事实。他们就像蚂蚁，只看到小的，看不到大的。在记忆已经失灵、文字记录被伪造时——在这些事情发生时，就只能接受党所声称的人们的生活状况已经得到提高，因为没有可资参照的标准，那种标准现在既不存在，以后也永远不会再有。

这时，他的思绪突然停下来，他停下脚步张望了一下。他是在一条窄窄的街道上，几间光线阴暗的小铺子杂处于居民房屋中。就在他头顶上，吊着三个掉了颜色的金属球[①]，看样子好像曾经镀过金，他好像知道那里。没错！他正好在一间杂货店的外面，他在那里买过日记本。

一阵恐惧感掠过他的心头。买那本本子的行为本身就够不慎重的了，而且他也发过誓永远不再来这里，然而他让自己的思想信马游缰时，他的双脚却自动将他带回这个地方。他之所以开始记日记，就是为了防止自己做出这种自取灭亡式的一时冲动行为。同时，他注意到当时虽然已经快二十一点，那间铺子却仍开着。他觉得与其在外面留连，倒不如走进去而少招人注意。他走进铺门，要是被盘问，他可以说是来买剃须刀片的，听着还像回事。

铺主刚点亮一盏悬挂着的油灯，它散发出一股虽然不洁，但不算刺鼻的气味。他也许有六十岁，身材单薄，弯腰弓背，鼻子长长的，给人以和蔼之感，厚厚的眼镜片后面是一双和善的眼睛。他的头发几乎全白，眉毛却依然浓密，仍是黑色。他的眼镜，他那轻手轻脚、小心翼翼的举动以及他身穿黑色丝绒旧夹克这几个特征，都让他模模糊糊有种睿智的样子，像个搞文学的，或者音乐家。他的话音柔和，似乎很憔悴，而他的口音跟大多数群众比起来，没那么土里土气。

---

① 三个金属球曾是当铺的标记。

“您还在人行道上时我就认出您了，”他马上说，“您是来买过小姐用记事本的那位先生。那种纸可真漂亮，真的。白条纸[1]，以前是这么叫的。现在已经不生产了——哦，我敢说有五十年没再生产了。”他从眼镜架上方瞄了一眼温斯顿，“您具体还想要点儿什么？要么您只是随便看看？”

“我路过这儿，”温斯顿含糊地说，“只是进来看看，没想专门要买什么。”

“也好，”那个铺主说，“因为我估计也没办法让您买到合适的东西。”他做了个抱歉的手势，他的掌心是绵软的。“您也看到是怎样的了，一间空铺子，可以这么说吧。这话我只跟您说，古董生意差不多算是到头了。没人买，也没存货了。家具，瓷器，玻璃——全慢慢坏掉了。当然，金属制品绝大多数都被回炉了，我好多年一件铜制蜡烛座也没见过。”

铺子里很小的空间竟然塞得满满的，让人不便走动，然而里面几乎没有一件值上一点小钱。地板上的地方很挤，因为靠墙一圈堆着不计其数的画框。橱窗里有一碟一碟的螺钉螺母，豁了刃的铅笔刀，指针根本走不了的失去光泽的手表，还有其他各种各样的无用物件。只是墙角那里的一张小桌子上面，有一堆杂七杂八的小玩意儿——上了漆的鼻烟壶、玛瑙胸针之类——里面也许有些有意思的东西。温斯顿朝那张桌子走去时，他的眼睛被一个圆圆的、表面光滑的东西所吸引，它在灯光下幽幽发亮。他把它捡了起来。

那是块很重的玻璃，一面圆，一面平，几乎是个半球。那块玻璃在颜色和质地上，有种独特的柔和之感，像雨水那样。中心位置，有片被弧面放大的奇特东西，粉红色，形状复杂，能让人联想到玫瑰花或者海葵。

“这是什么？”温斯顿很着迷地问道。

“那是珊瑚，是的，”那个老头儿说，“肯定来自印度洋，他们把它嵌进玻璃里面，制造时间会在一百多年前，不过从样子看，还要更早些。”

“是件漂亮的东西。”温斯顿说。

“是件漂亮的东西。”那个老头儿赞赏地说，“不过现在没几样东西可以这么形容了。”他咳嗽了一下。“这么着吧，您想买的话，给我四块钱就行了。我记得像这种东西，以前能卖到八镑，八镑是——唉，我算不出来了，但会是很多钱。可是如今谁又关心真正的古董？再说也没多少古董留下来了。”

---

① 一种有线条水印的白色书写纸。

温斯顿马上掏给他四元钱，把他看上的那样东西揣进口袋。它之所以吸引他，并非有多漂亮，而在于它拥有的那种外观，属于跟如今这个时代很不相同的某个时代。那种颜色柔和、雨水般的玻璃跟他见过的任何玻璃都不一样。这件东西特别吸引人的，是它显然毫无用处，不过他猜想以前肯定是当镇纸用。它放在口袋里很重，但幸好还没让他的口袋显得太鼓鼓囊囊。对党员来说，拥有这样一件东西是奇怪的，甚至可以说是不正当，凡是旧的乃至漂亮的东西，总多少会令人生疑。老头儿在收到四元钱后，显然情绪更好些了，温斯顿意识到给他三元甚至两元他都会接受。

“楼上还有间房间您可能愿意看看，”他说，“里面没多少东西，只有几件。我们一起上楼的话，可以拿盏灯。”

他又点亮一盏灯，弯着腰慢慢在前面带路。走上陡峭破烂的楼梯后是一段狭窄的过道，然后进了一间房间。它不对着街边，而对着一个铺鹅卵石的院子和一片烟囱丛林。温斯顿注意到里面的家具摆放得仍像有人住的样子。地上铺了一小片地毯，墙上挂着一两幅画，还有把又脏又破的高背扶手椅顶住壁炉放着。一架老式玻璃面时钟在壁炉台上滴滴答答走着，钟面分为十二格。窗户下边，一张很大的床占据了快四分之一的房间面积，床上还有床垫。

“我太太死之前我们一直住在这儿，”老头儿不无歉意地说，“我在一件一件卖家具。那是张漂亮的红木床，或者说至少把上面的臭虫弄干净后算得上吧，不过我想您会觉得它有点儿太笨重了。”

他把灯高举着，好照亮整个房间。在温暖的暗淡灯光下，那房间看上去奇怪地令人向往。温斯顿的脑海里掠过一个想法，就是敢冒险的话，他大概可以一星期花几元钱租下这里。这是种不可能实现的离谱想法，他刚想到就放弃了。但那房间在他心里唤起一种怀旧的念头，一种年代久远的记忆。坐在那样一间房间里会有什么感觉，他好像完全明白：坐在熊熊炉火前的扶手椅里，脚放在壁炉挡板上，搁架上还有把烧水的壶——那是种绝对独处、绝对安全的感觉，没人监视你，没有声音缠着你，除了烧水壶的响声和时钟悦耳的滴答声，没有别的声响。

“没有电屏！”他忍不住低声说。

“啊，”老头儿说，“我这儿从来没那种东西。太贵，不管怎么说，我好像从来没觉着需要装那个。您看那边的墙角还有张不错的折叠桌,不过您要是想用边上的桌板,当然得换上新合页。”

另外一个墙角那里有个小书架,吸引温斯顿走过去,上面只有几本垃圾书。在群众居住的地方,对书本的查抄和销毁做得同样彻底。在大洋国内,几乎不可能找到一本印刷于一九六〇年以前的书。老头儿仍然用手举着灯,站在放在蔷薇木画框里的一幅画前,它挂在壁炉一侧,正对着床。

“喏,您要是刚好对旧版画感兴趣——”他小心翼翼地说。

温斯顿走过去细看那幅画。那是一幅钢雕版版画,画中是一座椭圆形建筑物,有着长方形的窗户,前方还有座小塔。那座建筑的周围还有栏杆,在它后面,还有似乎是一座雕像之类的东西。温斯顿盯着它看了一会儿,他对之似曾相识,但不记得有那座雕像。

“画框钉在墙上,”老头儿说,“不过当然我可以给您取下来。”

“我知道那座建筑,”温斯顿过了很久才说,“现在都成废墟了,它在正义宫外面的街道上。”

“没错,就在法院外面。它是在——哦,好多年前被炸掉了。它曾经是一座教堂,名叫圣克莱门特教堂。”他抱歉地笑了笑,像是意识到自己说了什么有点荒诞不经的东西。他又说:“‘橘子和柠檬。’圣克莱门特教堂的大钟说。”

“什么?”温斯顿问道。

“噢,‘“橘子和柠檬。”圣克莱门特教堂的大钟说。’那是我们小时候念的押韵诗。往下的我不记得了,不过我确实还记得结尾:‘这儿有支蜡烛照着你去睡觉,这儿有把斧头把你的头剁掉。’是跳舞时唱的。别人把胳膊抬高让你穿过去,唱到‘这儿有把斧头把你的头剁掉’时,他们胳膊往下一压就把你卡住了。只是一些教堂的名字,伦敦所有的教堂都唱到了——也就是所有主要的教堂。”

温斯顿在茫然想着教堂是属于哪一世纪的。要想确定伦敦的建筑物是哪个时代的总是不容易的。凡是令人赞叹的大型建筑物,如果其外貌差不多够新,都会自动被声称建于革命之后,而凡是显然建于很久以前的,都会被归类为建于所谓中世纪的黑暗时代。资本主义的几个世纪被认为未能产生任何有价值的东西。人们从建筑上学到的历史不会比从书本上学到的更多。雕像,铭文,纪念碑,街道名——一切可能揭示过去的都被有系统地更改了。

“我从来不知道它以前是教堂。”他说。

“有很多留了下来，真的。”老头儿说，“不过被用做其他用途了。哎，那首押韵诗是怎么念的？啊，我想起来了！

‘橘子和柠檬。’圣克莱门特教堂的大钟说，
‘你欠我三个法寻[①]。’圣马丁教堂的大钟说——

“喏，我记得的就这么多了。一法寻，那是种小铜币，看上去跟一分钱有点像。”

“圣马丁教堂在哪儿？”温斯顿问道。

“圣马丁教堂？它还在，在胜利广场，跟画廊在一块儿。就是前面有三角形柱廊，台阶很高的那幢建筑。”

温斯顿很熟悉那里。它是个博物馆，用来展览各种各样的宣传性物品——火箭弹和水上堡垒的缩微模型、展示敌人残暴行为的蜡像造型等等。

“它以前叫做田野里的圣马丁教堂，”老头儿补充道，“不过我不记得那一带有什么田野。”

温斯顿没买那幅画，它是比那块玻璃镇纸更不合适拥有的东西，而且不可能拿回家，除非把它从画框上取下来。但他仍然多逗留了几分钟跟老头儿说话，得知他的名字不叫威克斯——人们有可能根据铺子门面处的题字作此推论——而是查林顿。查林顿先生似乎是个鳏夫，年纪为六十三岁，住在那间铺子里已有三十年。这三十年里，他一直想把橱窗上的名字改过来，但从未着手去做。他们谈话时，温斯顿的心里一直想着那首记得不清不楚的押韵诗。橘子和柠檬，圣克莱门特教堂的大钟说。你欠我三个法寻，圣马丁教堂的大钟说！说来奇怪，可是对自己念一念时，会有幻觉，似乎真的听到了钟声，那钟声属于失去的伦敦，然而那个伦敦仍在此处彼处存在着，被改头换面，也被遗忘了。从一个又一个鬼影般的尖塔那里，他似乎听到钟声在洪亮地鸣响。但就记忆所及，他在现实生活中从未听到过教堂钟声。

他告别查林顿先生，独自走下楼梯，好不让这个老头儿看到他迈步出门前，先要察看一下街道。他已经打好主意，再过一段适当间隔——比如说

① 法寻：英国旧时值四分之一便士的硬币。

一个月——他会冒险再来这间铺子看一看。那也许比开小差不去集体活动中心更危险，单是买过日记本后，不知道那个铺主是否可以信赖，就又再来第二趟已经够蠢的了，然而——

对，他又想，他会再回来。他会再买一些美丽然而无用的东西。他会买下那幅圣克莱门特教堂的版画，把它从画框上取下来，藏在工作服的上衣里带回家。他会从查林顿先生的记忆里挖掘出那首诗的剩下部分。甚至租下楼上房间的疯狂念头也再次闪现在他脑海。也许有五分钟时间，兴奋感让他疏忽大意了，他没有先隔着橱窗往外看一看，就跨上人行道。他甚至即兴唱了起来：

"橘子和柠檬。"圣克莱门特教堂的大钟说，
"你欠我三个法寻。"圣马丁——

突然，他感到五内俱寒，魂飞天外。一个身穿蓝色工作服的人影正沿着人行道走过来，那时离他不到十米远。是小说司的女孩，黑头发的那个。天色正在变暗，然而仍能毫不困难地认出她来。她在直直盯着他的脸，然后又继续快步走着，似乎没看到过他。

有那么几秒钟，温斯顿吓得不能动弹。然后他向右转，脚步沉重地走开了，也暂时没注意到他走错了路。不管怎样，有个问题算是得到了澄清：那个女孩在监视他。这完全不再有疑问。她一定是跟踪他到这里的，因为如果说她在同一天晚上，来到离党员住处几公里远的同样一条无名小街上是碰巧，那就让人无法相信，说是巧合就太离谱了。不管她是否真的是个思想警察的特务，或者只是个由好管闲事心理驱使的业余侦探，根本说来，那都无关紧要。她在监视他这一点就够了，也许她也看到他进那个酒馆。

走路很费劲。每走一步，口袋里那块玻璃都撞击他的大腿，他有点想把它掏出来扔掉。最糟糕的是他觉得肚里难受。有那么几分钟，他觉得如果不能马上找到一间厕所，他就会死掉，但在这种地段没有公共厕所。后来阵痛过去了，留下了隐隐的痛感。

那条小街是条死胡同。温斯顿停住脚步，站立了几秒钟，茫然地想着该怎么办，然后他转身沿原路返回。转过身后，他心里突然想到那个女孩仅在

三分钟前跟他擦肩而过，要是跑步，也许能追上她。他可以尾随她，一直到僻静处，然后拿一块鹅卵石砸烂她的脑袋，口袋里那块玻璃也够重，可以一用。但他马上放弃了这个想法，因为想一想就需要气力，也不可忍受。他跑不动，也没法砸她，再说她年轻而且精力充沛，能够自卫。他也想快些到集体活动中心去，然后待在那里直到关门，以此作为那天晚上不在别处的部分证据。但那也是不可能，一种要命的倦怠感控制了他，他只想尽快回到家里，坐下安静一会儿。

他回到公寓时已经过了二十二点，二十三点半总闸就会被关掉。他走进厨房，吞下了差不多一茶杯胜利杜松子酒。然后走向浅凹处的那张桌子，坐下来并从抽屉里拿出日记本，但他没有马上打开它。电屏里传出一个粗嗓门女声，在哇里哇拉地唱一首爱国歌曲。他坐在那里，眼睛盯着日记本的大理石纹封面，想对那声音充耳不闻，却做不到。

他们会在夜里来抓你，总是在夜里。正确的做法是在他们来抓你之前自我了断，无疑有些人正是这样做的，许多失踪事件其实都是自杀。然而在全然无望得到枪支以及任何速效万灵毒药的世界上，自我了断需要极大勇气。他有点震惊地想到，疼痛和恐惧在生物学上完全无用。就在需要做出某一动作时，身体总是变得失去活动能力，从而背叛了自己。如果动手动得够快，他也许能把那个黑发女孩干掉，然而恰恰因为所处的极度危险境地，他失去了行动的力量。他突然想到，一个人在遭遇危机时，要与之斗争的，总不是外部敌人，而总是自己的身体。即使是现在，即使喝了酒，腹部的隐痛仍让他不可能进行连贯的思考。他意识到在所有表面上是英勇或者悲剧性的情况下总是如此。在战场上，在刑讯室，或者在一条正下沉的船上，你与之斗争的事情总是被忘却了，因为躯体成了重要的问题，直到最后成了唯一重要的问题。即使你没被吓瘫或者痛苦地号叫，生活仍是跟饥饿、寒冷或失眠一刻不停地斗争，还有跟胃酸或牙疼斗争。

他打开日记本，重要的是记下点什么。电屏里的女声开始唱起一首新歌，她的声音像有尖碴的碎玻璃片一样，插进了他的脑子。他努力回忆奥布兰的模样，日记是为他而写，或者说就是写给他的，然而他开始想象思想警察把他抓走后，他将遇到什么。如果他们马上处死他倒没关系，被处死在意料之中，但在死之前（没人说起过这些事，不过谁都清楚）一定要遍尝坦白时不可避免的一切:匍匐在地板上尖叫饶命,骨头被打断,牙齿被打落,头发一缕缕被鲜血染红。既然总是同样的结果,又何必非要承受这一切?为何不可以把你的生命缩短几天或者几星期?从未有人躲过侦察,从未有人不坦白。你控制不住犯了思想罪时,可以肯定的是某一天你必将被处死,然而为何那种什么都改变不了的极度恐惧非要在未来等候着?

他又试着想起奥布兰的样子,这次成功了一点。"我们会在没有黑暗的地方见面。"奥布兰对他说过这种话。他知道这句话的意思,或者说自以为知道。没有黑暗的地方就是想象中的未来,人们永远看不到,然而如果有先见之明,就能神秘地分享到未来。因为从电屏传来的声音在他耳边聒噪着,他无法顺着那个思路往下想。他抽出一根烟噙到嘴上,一半烟丝立即掉到他舌头上,那是种难以吐出的苦涩尘土。老大哥的面庞浮现在他脑海中,取代了奥布兰的脸庞。像前几天所做的,他从口袋里掏出一枚硬币看着它。那张脸往上盯着他,凝重,平静,警觉,然而在两撇黑色八字胡后,隐藏的是什么样的微笑?像个沉重的不祥之兆,他又看到那几条标语:

战争即和平
自由即奴役
无知即力量

第二部

1

这天上午过了一半时，温斯顿离开小隔间去上厕所。

从亮堂堂的长走廊那头，一个人影正向他走来，是那个黑头发女孩。自从那天晚上在杂货铺外面遇到她以来，已经过了四天。她走近时，温斯顿看到她的右臂挂着吊带，吊带跟她工作服的颜色一样，所以从远处看不出来。她大概是在转动某台大型搅拌机时压伤了手，小说的情节就是在那种搅拌机里“拟出初稿”的。在小说司，这是种常见事故。

他们相距也许有四米远时，那个女孩脚下踉跄一下，几乎是趴着摔倒了，并发出一声痛苦的尖叫，肯定是摔倒时把受伤的胳膊压到了身子底下。温斯顿马上停下脚步。那个女孩已跪起身子，她的脸变成了奶黄色，衬托之下，她的嘴唇显得更为红润。她在盯着他的眼睛看，她哀婉的表情看上去与其说像是出于疼痛，倒不如说是出于恐惧。

温斯顿的心里涌起一种奇特的情感。在他面前，是想置他于死地的敌人，但也是个活生生的人，由于骨折，正身受疼痛。他不由自主地往前走了一步去帮助她，看到她跌倒并压在那只缠了绷带的手臂上时，他似乎也感到了疼痛。

“您受伤了吗？”他问道。

“没关系，只是胳膊疼，马上就没事儿了。”

她说着，似乎内心很激动，面色绝对变得很苍白。

“您没跌伤哪儿吗？”

“没有，我没事儿。这会儿疼，不要紧。”

她向温斯顿伸出没打吊带的左手，他拉着她站了起来。她的气色恢复了一点，看上去好多了。

“没关系，”她很快又重复道，“手腕被砸了一下罢了。同志，谢谢您！”

她说完就顺着原先走的方向继续走开，走得一样轻快，似乎真的一点事也没有，整件事前后不过半分钟。不在脸上流露出表情已成了本能般的习惯，再说这件事发生时，他们正好站在电屏前。然而不流露出片刻惊讶仍然很困难，因为在他拉着那个女孩的手帮她站起身的两三秒内，她往他手里塞了一样什么东西，毫无疑问，她是故意那样做的。那是个又小又平的东西，走过厕所门时，他把它转移到了口袋里，用指尖摸着它。那是个折成四方形的纸片。

站在小便池前时，他还是用手指摸索着把它展开了。显然上面写着什么信息。有那么一阵子，他忍不住想把它拿进格间，马上看看写的是什么，但那会是种蠢不可及的行为，他也很明白，比起别的地方，可以更有把握认为厕所格间里是一刻不停被监视着的。

他回到自己的小隔间坐了下来，随随便便把那张纸片跟别的纸片放在一起，然后戴上眼镜并把口述记录器拉向自己。“五分钟，”他对自己说，“至少要等五分钟！”他的心脏在胸膛里可怕地扑通扑通跳动着，幸好他要做的工作只是一般性的，也就是改正一大串数字，不需要特别专心。

不管那片纸上写的是什么，它一定具有政治意义。就他所能想到的，有两种可能，第一种可能性最大，就是那个女孩是思想警察的特务，正如他担心的那样。他不明白思想警察怎么会选择以这种方式通知，但可能他们自有理由。纸上写的可能是个警告，一个传唤令，要求他自杀的命令，某种陷阱。然而还有另外一种可能总出现在他脑子里，它更离谱一些，他想把它压下，却总是徒劳。这一可能，就是那张便条根本不是来自思想警察，而来自某个地下组织。也许到底存在着兄弟会！也许那个女孩就是其中之一！毫无疑问，这个想法荒诞不经，但在他摸到手里那片纸的一刻，他脑子里就冒出了这一想法。几分钟之后，他才想到更接近事实的另一解释。即使是现在，虽然他的理智告诉他那张便条可能意味着死亡——然而他仍不相信，他不切实际的希望欲罢不能，心脏也在剧烈跳动。他对着口述记录器低声说话时，尽力控制住自己，不让声音发颤。

他卷起已经完成的一叠工作材料，投进了气力输送管。已经过去了八分钟。他推了推鼻子上的眼镜，叹了口气，然后把另外一堆工作材料拉过来，那片纸就在最上面。他展平它，在上面，用很大的不规则字体写着：

我爱你。

有那么几秒钟时间，他震惊得甚至没把这种足以定罪的东西扔进记忆洞。他真的往里面扔时，虽然很明白表现出太大兴趣是危险的，但还是忍不住又看了一眼，只是为了肯定上面写的确实是这几个字。

在这天上午剩余的时间里，他很难专心工作。比不得不专心干那些琐碎工作更难做到的，是掩饰住自己的激动心情，不让电屏看到。他感到腹内犹如火烧。去热气腾腾、人头涌动、声音嘈杂的食堂里吃午餐成了件折磨人的事。他希望午餐时间独自待一会儿，可倒霉的是那个蠢货帕森斯又蹿过来坐到他旁边，他身上那股刺鼻的汗味几乎盖过了炖菜的铁皮味，他还在滔滔不绝地说着为仇恨周作准备的事。他对于老大哥的纸制头像特别热心，头像的直径有两米宽，是他女儿所在的侦察队中队专门为仇恨周制作的。令人恼火的是，在喧闹嘈杂的说话声中，他几乎听不见帕森斯在说什么，所以要不时请他重复他那愚蠢的话语。他仅仅看到过那个女孩一次，是跟另外两个女孩在食堂那头的一张桌子前。她好像没看到他，他也没再往那个方向看。

下午还好过一些。午餐时间一结束，就来了件棘手的复杂工作，要费上几个小时来做，而且需要将别的所有事情都放在一边。此项工作包括伪造一系列两年前的生产报道，以此来归罪于一个如今失了宠的内党要员。这种事情是温斯顿擅长做的，在超过两小时的时间里，他成功地将那个女孩完全置于脑后。接着她的脸庞又出现在他的记忆里，随之而来的，是种不可忍受的强烈渴望，想独自待着。除非他能这样，否则不可能琢磨透这种新情况。这天晚上他要在集体活动中心度过，在狼吞虎咽地又吃了食堂里一餐无味的饭菜后，他赶紧去了活动中心，参加了看似严肃、其实愚蠢的“讨论组”，玩了两局乒乓球，喝了几杯酒，听了半小时名为“英社与象棋”的讲座。他心里烦得要命，但是他第一次没有冲动地想要躲掉在活动中心度过一晚。看到“我爱你”那几个字时，他心里涌起了活下去的渴望，去冒些小险的想法突然似乎是愚蠢的了。直到二十一点，当他已经回到家里并躺到床上时——在黑暗里，只要保持不出声，你甚至可以不受电屏的监控——他才能进行连贯的思考。

有个需要解决的实际问题：怎样跟那个女孩安排一次会面。他不再考虑她可能是为他设下陷阱的问题，他知道没这种可能，因为在递给他纸条时，她无疑情绪激动，显然已经吓得六神无主，对她来说这亦在情理之中。他根本没想过拒绝她的主动。仅仅五天前的晚上，他还想拿块鹅卵石砸烂她的脑袋呢。不过那不重要。他想起她那赤条条、朝气蓬勃的年轻躯体，正像梦中所见。他曾把她想象成和别人一样的蠢货，脑袋里塞满了谎言和仇恨，长着一副铁石心肠。想到可能失去她时，他陷入一种狂热的感情，那具白色而年轻的躯体可能从他身边溜走！他最担心的是，如果不尽快跟她联系上，她可能改变主意。但是安排见面的具体困难太大，就像下象棋时，在已被将死的情况下再走一步。不管转向哪里，电屏总是面对着你。实际上，他读过那张纸条后的五分钟内，就想到了能跟她取得联系的所有办法。在有时间思考的此时，他再次想了个遍，如同把一排工具摊放在桌子上。

显然，像上午那种路遇不能再来一次。她也在档案司工作的话，问题还可能相对简单些，但温斯顿对小说司在楼上哪一层只有很模糊的印象，而且没有去那里的借口。要是知道那个女孩在哪里住以及何时下班，可以设法在她回家路上的某个地方跟她见面，但尾随她回家的做法不安全，因为那就意味着在真理部外面游荡，必定会引人注意。至于通过邮局寄一封信则根本不可能，那照例根本无密可保，因为所有信件在邮寄途中都会被拆看。实际上只有很少人写信，偶尔需要传递信息的话，有种印有一长串短语的明信片卖，可以用笔画去不适用的短语。再说他也不知道那个女孩的名字，更不用说她的地址。最后，他算定最安全的地方是食堂。如果他能够在她独自一人时坐到她那张桌子前——那张桌子要在食堂的中间，不要太靠近电屏，周围还要有声音够大的嗡嗡谈话声——这些条件如果都能满足比如说半分钟，他们就能交谈上几句话。

此后一星期，生活如同烦躁的梦境。第二天，直到他要走时，她才到食堂，哨声已经响了起来，大概她被调到了晚一点的另外一班。擦肩而过时，他们并未互相看一眼。第二天，她在通常时间到的食堂，不过是跟另外三个女孩坐在一起，而且正好在电屏下方。接下来是极其难熬的三天，她根本没出现过。他的全部身心，都好像被一种无法忍受的敏感所折磨，几乎什么也不能掩饰，那让他所做的每个举动、发出的每个声音、进行的每种接触，以及说出或听到的每句话都成为痛苦不堪的事。就连在睡梦中，温斯顿也无法完全忘记她的模样。那几天里，他没碰他的日记。如果有什么能让他得到解脱，那就是工作，他有时可以一口气忘我工作达十分钟之久。温斯顿完全不知道她是怎么回事，也无处可问。她也许已被蒸发了，也许已经自杀，也许已被发配到大洋国的另一端，而在所有的可能中，最糟糕也是最可能的，是她也许只是改变了主意而已，决定躲开温斯顿。

最后，那个女孩又出现了。她的胳膊上不再挂着吊带，而是在手腕处贴了块橡皮膏。看到她让温斯顿如释重负，以至于忍不住直直盯着她看了几秒钟。第二天，温斯顿几乎跟她说上了话。他走进食堂时，那个女孩坐在离墙很远的一张桌子前，那张桌前只坐着她一个人。当时还早，食堂里的人不太多。领午餐的队伍向前缓慢移动着，温斯顿几乎排到柜台前时，又被耽搁了两分钟，因为他前边的某个人抱怨没收到糖精片。然而在温斯顿拿到他的一盘饭菜后，那个女孩仍独自坐在那里。温斯顿装作漫不经心地向她走去，眼睛也装着在她那张桌子以外找地方。和她的距离可能有三米，只用两秒钟就能走到她那里。正在此时，温斯顿身后有人在喊："史密斯！"他装作没听见。"史密斯！"那人又喊了一声，声音更大了。没用。他转过身，一个发色金黄、一脸蠢相的小伙子在叫他，他叫威舍尔，跟温斯顿只是点头之交，这个小伙子正笑容满面地邀请他过去坐到他那张桌子的空位上。拒绝他并非安全之举，被认出后，温斯顿不能再去跟独自坐着的那个女孩坐到一起，那太引人注目了。他脸上带着友善的笑容坐下来。那个金发小伙子的一张蠢脸在对着他笑，温斯顿想象自己拿了把丁字镐挖那张脸。几分钟后，那个女孩所坐的桌子前就坐满了人。

但她肯定看到温斯顿曾经向她走去，也许会理解那种暗示。第二天，温斯顿专门去得早了些。一点没错，她差不多在同样位置的一张桌子前坐着，还是一个人。刚好排在他面前的那个人是个身材矮小、走路很快、长得像甲虫的男人，脸扁，眼睛极小而且多疑。温斯顿拿着托盘从柜台那里转过身时，看到矮个子男人正在向那个女孩坐的桌子笔直走去。他的希望再次沉了下去。远一点有张桌子上有个空位，但从矮个子男人的走路姿势看，他肯定会为了自己舒服而选择人最少的桌子。温斯顿跟在他后面，心里有种冰冷的感觉。没用，除非他能单独跟那个女孩在一起。此时一声巨响，矮个子男人四肢着地趴到地上，他的托盘飞得老远，汤水和咖啡流淌了一地。他开始站起身，一面狠狠瞪了温斯顿一眼，显然怀疑是温斯顿绊倒了他。不过没关系，五秒钟后，温斯顿坐到了那个女孩所坐的桌子前，他的心脏在猛烈跳动着。

他没看她，而是马上摊开托盘里的午餐吃了起来。很重要的是赶在别人到来前马上开口说话，但在这时，他陷入极度恐惧中。从她首次接近他以来已经有一个星期了，她会改变主意，她一定是改变了主意！这种事不可能有什么结果，现实生活中不会发生。要是没看到安普福斯——就是那位耳朵上长着很多汗毛的诗人——在端着托盘没精打采地踱来踱去想找地方坐，他可能临阵退缩，一句话也不说。安普福斯模模糊糊对温斯顿有好感，要是让他看到，他肯定会过来坐到这张桌子前。也许有一分钟时间可以行动。温斯顿和那个女孩都在慢吞吞吃饭，他们吃的是稀稀的炖菜，其实是菜豆汤。温斯顿低声说起话来。他们两人都没有抬头，而是不紧不慢用勺子把那种全是水的玩意儿舀到嘴里面。一勺勺吃着的间隙，他们不动声色地低声交谈，说了几句必要的话。

“你什么时候下班？”

“十八点半。”

“我们去哪儿见面？”

“胜利广场，纪念碑旁边。”

“那儿到处是电屏。”

“人多就没关系。”

“用不用信号？”

“不用。除非你看到我在很多人中间，否则别走到我跟前，也别看我，在我附近就行了。”

“什么时候？”

“十九点。”

“好吧。”

安普福斯没看到温斯顿，他在另外一张桌子前坐了下来。两人没有再说话。只要有两个人在同一张桌子前面对面坐着,就会避免互相注视。那个女孩很快吃完午餐走了,温斯顿没走,他抽了一根烟。

温斯顿在约定时间赶到了胜利广场,他在那根有凹槽的巨型圆柱基座附近来回走着。那根圆柱的顶端,老大哥的雕像凝视着南方的天空,第一空域之战中,他在那里击落过欧亚国的飞机(几年前是东亚国的)。圆柱前面的那条街上,有座骑在马背上的雕像,应该是奥利佛·克伦威尔[①]。十九点已经过去了五分钟,那个女孩还是没出现。温斯顿又陷入极度恐惧中。她不会来了,她改变了主意!他缓缓向着广场北边走去,因为认出了圣马丁教堂而感到一丝愉悦。那座教堂仍有大钟时,曾经鸣响:"你欠我三个法寻。"就在这时,他看到那个女孩站在纪念碑基座上,在读着或者假装读着盘旋而上贴在圆柱上的宣传画。人还没多起来就接近她是不安全的,教堂柱廊顶上的三角楣那里到处都安有电屏。但就在那时,左边某个地方传来人们的喊叫和重型汽车隆隆驶过的声音。突然,人们好像都在跑过广场,那个女孩也急忙敏捷地绕过狮子雕塑加入奔跑的人群中,温斯顿跟在她后面。奔跑时,从人们的大喊大叫中,得知有一列装着欧亚国俘虏的车队正在经过。

广场南侧已是人头涌动。一般情况下,温斯顿是每次在混乱的人群中,都会自然而然被挤到外围的那种人,可他推搡着往人群中间一点点挤过去。不久,他跟那个女孩的距离就只有一臂之遥,却被一个膀阔腰圆的群众和一个跟他身材相当的女人挡住去路,那两人想来是夫妻,他们好像形成了一堵不可穿越的血肉之墙。温斯顿向旁边一点一点挪着,猛力想把肩膀挤到那两人中间。有那么一阵子,挤在那两个强健的臀部中间,他觉得自己的内脏好像被磨成了肉浆。接着他把身子挤过来,出了点汗。他到了那个女孩的旁边,他们肩并肩站着,眼睛都直盯前方。

一长列卡车在街上缓缓驶过,车厢四个角都有个面无表情、手握冲锋枪的看守立正站着。车厢内蹲着一些矮个子黄种人,身穿破旧的绿色军装。他们紧紧挤在一起,他们那带着苦相的蒙古人面孔往卡车两边盯着,一点好奇的样子也没有。时不时,卡车摇晃时,能听到金属的丁当撞击声:所有俘虏都戴着脚镣。一卡车一卡车愁苦的面孔过去了,温斯顿知道他们在车上,但

---

① 奥利佛·克伦威尔(一五九九——一六五八):英国军人、政治家、独立派领袖,内战时率领国会军战胜王党军队,处死国王查理一世,任英格兰、苏格兰和爱尔兰护国公(一六五三——一六五八)。

他只是有一眼没一眼地看着。那个女孩的肩膀，还有一直到肘部的右臂，都在紧贴着他的肩膀和手臂。她的脸颊和他贴近得几乎能让他感受到热气。像在食堂那次一样，她马上掌握局势，开始用上次那种不动声色的声音说话，嘴唇几乎没动，而只是种咕咕哝哝的声音，容易被淹没在鼎沸的人声和卡车的隆隆声中。

“你能听见我说话吗？”

“能。”

“你星期天下午可以休息吗？”

“可以。”

“那你好好听着，一定要记住。去帕丁顿车站——”

她以一种让他吃惊的军事式精确，勾勒出了他要怎么去：坐半个小时火车，在车站外面向左拐，走两公里的路，穿过一道没了横梁的大门，走过一条野地里的小路、一条长满荒草的小径和一条灌木丛间的小道，然后到了一棵长着苔藓的死树——就好像她脑袋里有张地图。“你全记住了吗？”她最后低声问道。

“记住了。”

“你先向左转，然后向右转，然后再向左转。那道大门没了横梁。”

“记住了，什么时候？”

“十五点左右。你可能得等一会儿，我要走的是另外一条路。你肯定都记住了吗？”

“对。”

“那你赶快离开我吧。”

她没必要对他说这个，然而当时他们无法从人群中脱身。卡车还在隆隆驶过，人们仍在不知满足地张着嘴观看。一开始有零星的几声嘘声，但那只是人群中的党员发出的，很快就没有了。人们的主要感情是好奇。外国人，不管来自欧亚国或是东亚国，都是种陌生的动物。除了以俘虏的样子出现，几乎一个也没见过，就算是俘虏，也只能短暂地扫上一眼而已。除了不多的几个被作为战争犯绞死，从来不知道别的俘虏下场如何，他们只是消失了而已，大概进了劳改营。蒙古人种的圆面孔之后，是更为欧洲化的面孔，肮脏，满面胡须，神情疲惫。那一双双眼睛从满是胡楂的颧骨上方盯着温斯顿的眼睛，有时奇怪地很专心地看着他，然后就望向别处。车队快过完了，最后一辆卡车上，他看到一个上了年纪的人，他浓密的灰色头发披散在脸前，直挺挺地站着，手腕在身子前方交叉，好像他习惯了双手被绑在一起。几乎已经到了和那个女孩分手的时间，但在最后一刻，当人群将他们重重包围时，她的手摸索到了他的，并紧握了一小会儿。

那不可能有十秒钟，然而他们的手好像在一起紧握了很久，让他得以了解她手上的每一个细节。他摸索着她长长的手指、外形美观的指甲、因为干活而长满老茧的手掌、腕部下面光滑的肌肉等等。尽管只是用手摸，但差不多等于眼睛也看到了。与此同时，他想到他不知道那个女孩的眼睛是什么颜色，很可能是褐色的，不过黑头发的人有时会长着蓝眼睛。转过头看她会是蠢不可及的举动。他们的手仍扣在一起，在拥挤的人群中并不引人注目。他们平静地望向前方。不是那个女孩的，而是那个上了年纪的俘虏的眼睛，在透过一头乱发悲伤地注视着温斯顿。

2

温斯顿沿着小径一路走来，穿过了斑驳的光影组合。每当头顶上的树枝分开时，他踏进的是黄金洼。他左边的树林下方，盛开着欲迷人眼的蓝铃花。微风像在亲吻他的皮肤。这天是五月二日，从树林里更深的地方，传来了斑鸠的咕咕叫声。

他来得有点早，一路走来没费什么事。那个女孩显然经验丰富，他因此没那么提心吊胆，而一般情况下他可能会，大概可以相信她能找到一个安全的地方。一般说来，你不能认为在乡下就一定比在伦敦安全得多。当然乡下没有电屏,可是总有危险,不知道哪里隐藏着话筒,你的声音会被拾音并辨认出来。再者,一个人出趟远门难以不被注意到。外出范围不超过一百公里,不需要在通行证上签注,但有时候火车站会有巡逻队,他们会检查在那里看到的任何一个党员的证件,还会问些难以回答的问题。但这次巡逻队没出现。走路离开火车站时,他小心翼翼地往后瞟着,以确定无人跟踪。火车上坐满了群众,因为夏天天气的缘故,车上一片欢乐的气氛。他所乘的那节木板座位的车厢里,满满当当地坐了一个大家庭的所有成员,从牙齿掉光的曾奶奶到一个月大的婴儿,他们要花一下午时间去乡下看望他们的"姻亲",还无所顾忌地跟温斯顿说他们要去黑市买点黄油。

那条小径变阔了,温斯顿很快就走上一条那个女孩跟他说过的人行小道,那只是条夹在灌木丛间的赶牛时走的小道。他没有手表,但是还不可能到十五点。脚下的蓝铃花繁茂得不免要踩上去,他跪下来采摘一些,一半是为了消磨时间,另外他还有个模模糊糊的想法,就是可以见面时献给那个女孩。他已经采了一大束。他正闻着那隐约的难闻气味时,背后的一声响动让他突然停了下来,一点没错,那是脚踩在树枝上的咔嚓声。他继续采摘着蓝铃花,这是最好的做法。可能是那个女孩,也可能他到底还是被跟踪了,往周围看是做贼心虚的表现。他采了一朵又一朵。有只手轻轻搭在他的肩膀上。

他抬起头,是那个女孩。她摇摇头,显然是警告他必须保持沉默,然后她拨开灌木丛,领他沿一条窄窄的小道往树林深处走去。显然她以前来过这里,因为她走路时似乎是习惯性地避开湿软的地方。温斯顿跟着她,手里还紧握着那束花。他的第一感觉是松了口气,不过当他看着走在前面的她那强壮苗条的身体,那条鲜红色饰带紧得刚好能将她臀部的曲线显现出来,自惭形秽的感觉却沉重地压在他的心头。甚至是现在,她如果转过身子看他,似乎很有可能她仍会完全退却。宜人的微风和树叶的绿意令他气馁。从火车站那里走过来,五月的阳光已经让他感觉自己身上肮脏,而且上气不接下气。他是个室内动物,伦敦那混合着煤烟的空气已经渗进他的皮肤毛孔。他想可能直到现在,她大概仍然没有在光天化日下看过他。他们走到她说过的那棵倒下的树干。那个女孩跳过树干,在灌木丛中分开一条路,那里好像没什么入口。温斯顿跟着她走过去,发现他们站在一片天然形成的空地上,小小的土墩上长满了青草,周围是高高的小树,把它完全封闭起来。那个女孩停下脚步，转过身。

“到了。”她说。

他离她几步看着她，还是不敢向她再靠近些。

“我在那条小路上不想说话，”她又说，“以防那儿藏有话筒。我估计不会，不过也有可能，那些猪猡里的谁总有可能听出来是你的声音。我们在这儿没事。”

他仍然没勇气接近她。“我们在这儿没事。”他愚蠢地重复了一句。

“对，你看那些树。”那是细细的白蜡树，一度被砍掉了，后来又长成一带小树林，一律比手腕还细。“没有一棵粗得可以藏进话筒，再说我以前也来过这儿。”

他们只是在没话找话。这时他向她走近了一些，她在他面前直直站立着，脸上带着微笑，看上去有一丝嘲弄的样子，似乎在纳闷他为何行动得这样慢。蓝铃花散落在地上，像是自己掉下去的。他握住她的手。

“你相信吗？”他说，“直到这会儿，我还不知道你的眼睛是什么颜色的呢。”褐色的，他注意到了，是一种很淡的褐色，眼睫毛是黑色的。“你现在看到了我的真实长相，你受得了看我吗？”

“能，这不难。”

“我三十九岁了，有个无法摆脱的老婆，患静脉曲张溃疡，而且有五颗假牙。”

“我根本无所谓。”那个女孩说。

接着，也难说是谁采取的主动，她到了温斯顿的怀里。一开始，除了完全不敢相信，温斯顿没有别的感觉。那具年轻的躯体在紧搂着他，浓密的黑发贴着他的脸庞。好极了！她转过脸庞，他在亲吻那两片张开的红嘴唇了。她紧搂着温斯顿的脖子，她在叫他宝贝、心肝和爱人。温斯顿拉着她，让她躺倒在地上。她没有一丝反抗，他想对她怎么样都行。但事实上，温斯顿在肉体上没有感觉，只是单纯的触觉，只感到骄傲和难以置信。温斯顿因为发生了这件事而感到高兴，然而没有肉体欲望。它发生得太快了，她的年轻和美貌吓坏了他，他过分习惯于没有女人的生活——他不知道是因为什么。那个女孩自己站了起来，从头发上扯下一朵蓝铃花。她挨着温斯顿坐着，手臂搂着他的腰。

“没关系,亲爱的,不用急,整个一下午全是我们的。这儿是不是个特别棒的藏身地?我是在一次集体远足迷路时找到的。有人来的话,隔着一百米就能听到。”

“你叫什么?”温斯顿问道。

“茱莉娅,我知道你的名字,温斯顿——温斯顿·史密斯。”

“你是怎么知道的?”

“我想在查清什么事方面,我比你强一点,亲爱的。告诉我,我塞给你那张纸条前,你是怎么看待我的?”

“我极不喜欢看到你,”他说,“想对你先奸后杀。就在两星期前,我正儿八经想过用一块鹅卵石砸烂你的头。你要是真的想知道,我想象过你跟思想警察有联系。”

那个女孩开心地笑了起来,显然把这句话当成对她伪装高明的称赞之语。

“别又是思想警察!你不是真的那样想吧?”

“这个嘛,也许不是完全那样想。但从你的总体外表——只是因为你年轻、朝气蓬勃、身体健康,你也明白——我以为你大概——”

“你以为我是个好党员,言行纯粹,旗帜,游行,标语,比赛,集体远足——都是那些事儿。你还以为我要是有那么一丁点儿机会,就会把你当做思想犯揭发出来,从而把你消灭,对不对?”

“对,也就是那些。许多年轻女孩都那样,你也知道。”

“都是这个操蛋玩意儿闹的。”她说着把那条青少年反性同盟的鲜红色饰带扯下来,扔到一根树枝上。这时,好像碰到自己的腰部让她想起什么事情,她从工作服口袋里掏出一小片巧克力,把它掰成两块,一块递给了温斯顿。甚至在他接过来之前,他就从气味上判断出那是种很少见的巧克力。它是黑色的,而且有光泽,用银纸包着。常见的巧克力是种淡褐色的脆玩意儿,味道正如人们所描述的,像烧垃圾的气味。但在某个时候,他尝过她给他的那种巧克力是什么味道。他第一次闻到它的香味,就在他心里唤起了某种无法确定的记忆,那种记忆是深刻的,也令人不安。

“你从哪儿搞到的这玩意儿?”他问道。

“黑市。”她漫不经心地说,“其实我就是那种女孩,你看好了。我擅长玩游戏。我在侦察队当过中队长。我一星期三个晚上为青少年反性同盟做义务工作，在伦敦到处贴他们那种胡扯淡的玩意儿，一贴就是几小时。游行时，我总是举着横幅的一端，总是看上去精神愉快，从来不推辞什么事。永远要跟大家一起大喊大叫，我说的就是这个意思，这是保护自己的唯一方法。”

第一小片巧克力已在温斯顿的舌头上融化了。它的味道很可口，那种记忆却仍然在他的意识边缘游移着，感觉强烈，但无法还原成一种明确的形象，如同眼角看到的东西一样。他把这种感觉从心里推开，只知道那是关于某个行为的记忆，他想弥补那个行为的后果，却做不到。

“你很年轻，”他说，“比我年轻十到十五岁，怎么会觉得我这样的男人有吸引力呢？”

“跟你的面容有关，我觉得我要冒冒险。我在发现谁是与众不同的人这方面很在行。一看到你，我就知道你是跟**他们**作对的。”

他们，她的意思似乎是指党，首先指内党。她谈论起他们时，带着不加掩饰的嘲笑和仇恨，让温斯顿感觉不安，即使他知道不会有别的地方比这里更安全。令他震惊的是她的语言之粗鄙。按说党员不应该说脏话，温斯顿自己也很少说，不管怎么样，而茱莉娅好像每次一提到党——特别是内党——的时候，就不能不用上在污水遍地的小巷墙壁上用粉笔写的那种话。对这点，他并非不喜欢，那只不过是她反感党及其种种行径的一种表示，而且不知为何，显得自然而又健康，如同一匹马在闻到不好的草料时，打了个响鼻一样。他们已经离开那片空地，在光影斑驳的树荫下散步。只要能并肩走路，他们的手臂都搭在一起。他留意到她的腰部在没了那条饰带后有多柔软。他们一直在压着嗓门悄声说话，茱莉娅说在空地外面最好悄悄走路。不久，他们到了小树林的边缘，她让他别再往前走。

“别走到空地上，可能有谁在监视，待在树后面就没事。”

他们站在榛树丛的树荫下，阳光经过无数树叶的过滤照在他们脸上，仍然感觉火辣辣的。温斯顿看着那边的原野，奇怪地心里渐渐有了种震惊的感觉，他认识这个地方。他知道这个地方的样子。这是块被啃噬得很厉害的古老草场，有条人行小径蜿蜒穿过，到处都有鼹鼠丘。对面参差不齐的树篱那里，榆树枝在微风的吹拂下，勉强能看到在摇动，上面的树叶在微微颤动，大团大团的，像是女人的头发。肯定附近某个地方有条小溪，还有鲮鱼在其中游着的绿色池塘。只是看不见而已。难道没有吗?

“附近难道没有一条小溪?”他低声说。

“没错,那边有一条,实际上就在那块地的边上。里面有鱼,很大的鱼。能看到鱼就浮在柳树下面的池塘里,摆着尾巴。”

“那就是黄金乡了——几乎是。”他喃喃地说。

“黄金乡?”

“没什么,真的。就是我有时候梦到的地方。”

“你看!”茱莉娅说。

一只画眉鸟飞到离他们不到五米远的一根树枝上,几乎跟他们的脸部在同一高度。也许它没看到他们,它在太阳地里,而他们在树荫下。它张开翅膀,又小心收好,接着猛然把头低下一会儿,似乎在向太阳行某种礼。接着,它开始啼唱出一连串的歌声。午后的静寂中,鸟啼声大得令人惊异。温斯顿和茱莉娅紧紧搂抱在一起,在着迷地听着。那啼唱声没完没了,唱了一分钟又一分钟,变化无穷,令人惊讶,而且一次也没重复,好像那只小鸟在从容展示它的完美技巧。有时它停了几秒,展开翅膀然后又收起,接着又鼓起它有斑点的胸部唱起来。温斯顿看着它,隐隐有了种敬畏之心。那只鸟是为谁、为何而啼唱?没有求偶对象,也没对手在看着它。是什么让它落脚到了这片偏僻的树林,然后向着空旷之处啼唱起来?他怀疑附近哪里到底还是藏了个话筒。他和茱莉娅只是在悄声说话,话筒拾不到音,然而会拾到画眉的啼叫。也许在设备的另一端,某个长得像甲虫的矮个男人正专心听着——听那个。然而渐渐地,那不绝的啼唱声让他脑子里什么都不再思考,似乎它是种液体东西,和树叶过滤下来的阳光混合在一起,全倾泻在他身上。他停止思考,只是去感觉。那个女孩的腰部在他臂弯里感觉柔软温暖。他把她的身子转过来,好让他们面对面。她的身体好像融进了他的,不管温斯顿把手放到哪儿,她的身体都像随物赋形的水一样。他们久久吻在一起,跟他们早些时候笨拙的亲吻很不一样。停止接吻后,他们都深深叹了口气。那只鸟儿受到惊吓,翅膀一振便飞走了。

温斯顿把嘴唇贴近她的耳朵。“现在。”他悄声说。

“别在这儿。”她也悄声说,“回到那个别人看不到的地方,安全些。”

他们很快又穿过树林,回到那片空地,偶尔踩断一两根小树枝。走到小树环绕的那片空地后，她转身面对着他。他们都呼吸急促，然而她的嘴角又现出微笑。她站在那里看了温斯顿一会儿，然后摸到自己工作服上的拉链。真是好极了！几乎跟温斯顿的梦境一模一样，几乎跟他想象的一样迅速，她一把扯下衣服。把衣服扔到一边时，动作也一样优雅无比，似乎整个一种文化被摧毁了。她的躯体在太阳地里闪着白色光芒。他的眼睛紧盯着那张有雀斑的脸庞，上面带着淡淡的、无所顾忌的笑容。他跪下去，握住了她的手。

“你以前也这么过吗？”

“当然，几百次——噢，几十次总有了吧。”

“跟党员？”

“当然，总是跟党员。”

“跟内党党员？”

“不跟那些猪猡，从来没有过。不过他们中间有很多人有半点儿机会就会，他们可不像装扮的那样神圣。”

温斯顿的心脏猛烈跳动起来。她已经做过几十次了，他希望会是几百次、几千次。凡是暗示堕落的事，总让他的心里充满狂想。天晓得，也许党已经是金玉其外，败絮其中，对艰苦生活和克己奉公的极力鼓吹只是为了掩盖罪恶的假象而已。如果温斯顿能向他们的许许多多人传染上麻风或梅毒，那他会极其愿意去做！凡是能起到腐化、削弱和破坏作用的事情都行！他把茱莉娅拉了下来，他们面对面跪在那里。

“听着，你有过的男人越多，我就越爱你。你明白我的话吗？”

“明白，完全明白。”

“我恨纯洁无瑕，我恨品质优良！我不想看到任何地方存在任何德行，我想看到人们都堕落到了骨头里。”

“这样的话，我应该是适合你的了，亲爱的，我堕落到了骨头里。”

“你喜欢这个吗？我不是说仅仅跟我，而是说这件事情本身。”

“极其喜欢。”

那是他最想听到的，不仅爱某个人，而且是那种动物本能，那种简单的、人人皆存的欲望，那是种能将党摧毁于无形的力量。他把她压倒在草地上，就在掉落的蓝铃花中间。这次没遇上困难。不久，他们的呼吸恢复到了正常频率。带着愉快的无助感，他们的身体分开了。他伸手把扔在一旁的那件工作服拉过去给她盖上了一点。他们几乎马上就睡着了，睡了差不多半个小时。

温斯顿首先醒来，他坐起来看那张长有雀斑的脸庞。她仍在安详地睡觉，头枕在手掌上。除了嘴唇，她不能说漂亮。仔细看的话，能看到她眼角有一两道皱纹。她一头短短的黑发特别浓密，特别柔软。他想起自己仍不知道她姓什么，以及住在哪里。

那年轻强壮的躯体此刻正无助地睡着，在他心里唤起一种怜悯的、要将其保护的感情。但那种不思不想的亲切感仍未完全重现，那是他在榛树下听画眉鸟唱歌时所感到的。他把她的工作服拉开，仔细看着她那光滑的白色腰腹。他想，在过去，男人看着女人的躯体，看得产生了欲望，就这么简单。如今却既没有纯粹的爱，也没有纯粹的肉欲，没有一种情感是纯粹的，因为一切都混合了恐惧及仇恨。他们的拥抱就是场战斗，高潮就是胜利。是向党的一击，是政治行为。

3

“这地方我们还可以再来一次，”茱莉娅说，“藏身处通常用两次还安全，不过当然要隔上一两个月。”

她一醒来，举止立刻变了个样，变得机警而且有条理。她穿上衣服，把那条鲜红色饰带在腰间打了个结后，就开始安排回去怎么走。把这些留给她安排好像很自然。她显然有种机变处事的能力，是温斯顿所缺乏的。茱莉娅似乎对伦敦周围的乡下了如指掌，那积累自无数次集体远足。茱莉娅跟他说的回家路线跟他来时走的很不一样，他要在另外一个火车站下车。“回家时走的路,永远不要跟出来时是同一条。"她好像是在宣布一条重要的基本原则。她会先走,温斯顿等半个小时后再走。

茱莉娅说了个他们下班后可以见面的地方,是在四天后。那里位于贫民窟,有个露天市场,一般情况下总是熙熙攘攘、人声鼎沸。她会在摊点间转悠,装着在找鞋带或者缝衣线。如果茱莉娅认为平安无事,会在他走近时擤一下鼻子,否则他就和她擦肩走过,装作互不相识。但如果运气好,他们可以在人群中谈上一刻钟话,安排下次会面。

"现在我得走了。" 温斯顿一明白给他的指示后茱莉娅就说,"我应该在十九点半回去, 我一定要在青少年反性同盟那里花两个小时, 要么散发传单,要么干别的事。是不是很操蛋?请你帮我把身上拍一拍。我头发里有没有小树枝?你肯定吗?那么再见了,亲爱的,再见!"

她一下子扑进他的怀里,几乎是猛烈地吻他。过了一会儿,她在小树苗中拨开一条路,便消失在树林中,弄出的声响很小。即使到这时,他还是不知道她姓什么,在哪里住,但这无所谓,因为不可能想象他们能在室内见面,也不可能有什么文字交流。

事实上,他们从未再去过那片林中空地。五月份,他们只有另外一次机会真正做了爱,是在茱莉娅知道的另一个很好的藏身之所,在一间废弃教堂的钟楼上。那里三十年前挨过原子弹,周围几乎完全荒废,只要能去,倒是个很好的藏身之所,但路上很危险。其他时间里,他们只能在街上见面,每天傍晚换个地方,而且每次见面从来不超过半小时。一般情况下,在街上可以勉强谈话。他们在熙熙攘攘的人行道上漫无目的地走着,不算是并排走,从不互相看。他们进行有一句没一句的奇特交谈,如同灯塔光柱的一闪一灭。接近身穿党员制服的人,或者到了电屏附近时突然打住话头,保持沉默,然后几分钟后接上没说完的那句继续说。到了商量好的地点突然中断谈话,第二天几乎不需要开场白就接着往下说。茱莉娅好像很习惯进行这种谈话,称之为"分期谈话",她擅长说话时不动嘴唇,令人吃惊。在几乎有一个月之久的傍晚会面中,他们只接过一次吻。那次,他们正在一条小街上走着(在大街以外的街上,茱莉娅从来不说话),突然传来震耳欲聋的一声巨响,大地在震动,空中一片黑烟。温斯顿发现自己侧躺在地上,皮肤擦伤了,吓得要命。一发火箭弹肯定落在离他们很近的地方。突然,他看到离他几厘米外的茱莉娅的脸庞，死一般苍白，连她的嘴唇也是苍白的。她死了！他紧紧抱着她，却感到亲吻的是一张活人的温暖面庞。然而有些粉末之类的东西进到他嘴里。他们两人的脸上，都落了一层厚厚的灰泥。

有几个晚上，他们到达约会地点后，却不得不连个信号也没打就擦肩而过，那是因为有支巡逻队正好从街角转过来，或者有一架直升飞机正在头顶盘旋。就算没那么危险时，仍然难以挤出时间见面。温斯顿一星期工作六十个小时，茱莉娅的工作时间还要长一些，他们的休息日则根据工作紧迫度调整，不一定是哪天，不能经常凑到一起。不管怎样，茱莉娅很少有哪个晚上完全空闲。她把令人吃惊的大量时间花在像听讲座、游行、散发青少年反性同盟的宣传品、为仇恨周准备旗帜、为节约运动收捐款之类的事情上。她说那都值得，是伪装，遵守一些小条条，就能违犯一些大框框。她甚至说服温斯顿牺牲一晚上时间去报名参加兼职军火生产工作，那都是党员积极分子自愿参加的。所以温斯顿每星期有一个晚上要烦得要命地度过四小时，把小金属块用螺丝拧在一起，大概是用来做炸弹的引信。干活的车间里过堂风很大，光线不足，锤子声跟电屏里的音乐声混在一起，令人生厌。

在教堂的塔楼里相见时，他们又补上了零零碎碎谈话的断茬。那是个炎热的下午，在大钟上面的小方屋子里，空气闷热且不流通，鸽子粪臭气熏天。他们坐在满是灰尘、遍布小树枝的地板上一谈就是几小时，还要不时透过瞭望孔往外看，以确保没人来。

茱莉娅二十六岁，跟三十个女孩住集体宿舍（“总是生活在女人的臭味当中！”她补充道）。她的工作，正如温斯顿已经猜到的，是负责小说司的一部小说写作机。她喜欢自己的工作，那主要是开动并维护一台功率很大、难以侍弄的电动马达。她“不算聪明”，却喜欢动手，机械方面是行家里手。她说得清楚生产一部小说的全部流程，从计划委员会发布总指令到由修写组进行最后的润色。但她对最终的成品不感兴趣，按她的话说，是“不怎么喜欢读书”。书籍只是种必须生产出来的日用品，如同果酱或者鞋带。

她不记得六十年代初之前的事，认识的唯一一个经常说起革命前生活如何如何的人是她爷爷，在她八岁时就失踪了。上学时，她当过曲棍球队队长，连续两年获得过体操比赛的奖杯。她当过侦察队的中队长，加入青少年反性同盟前，当过青年团的支部书记。她一贯表现出过硬的素质，甚至被选中（那是名誉很好的标志，绝对可靠）在色情科——小说司下面的一个科——工作，这个科负责生产出低级下流的黄色书籍在群众中发行。据她说，这个科被其工作人员起了个绰号叫“粪坑”。她在那里工作了一年，帮助生产用密封套封起来的小册子，有着像《打屁股故事》或《女校一夜》这种书名。群众里的青年偷偷摸摸地购买，觉得自己在购买某种违禁品。

“那些书是写什么的？”温斯顿好奇地问。

“哦，垃圾到了极点，都很没劲，真的。情节总共只有六种，不过他们把这几种情节翻来覆去地用。当然，我只是在小说写作机上工作，从来没在重写组干过。我文笔不行，亲爱的——根本不够格。”

他惊讶地得知，色情科里所有工作人员除了科长都是女孩子。有种说法是男人的性本能比女人的更难控制，因此男人受到所经手的淫秽作品腐蚀的危险更大。

“他们甚至不喜欢结了婚的女人在那儿工作，”她又说，“女孩子总被认为很纯洁，可是不管怎样，我不算。”

她第一次跟男人发生关系是在十六岁，跟一个六十岁的党员，他后来为避免被捕而自杀。“干得也很漂亮，”茱莉娅说，“要不然在他坦白时，他们会从他嘴里知道我的名字。”在那以后，她还跟别的许多男人发生过关系。生活在她看来很简单：你想开开心，“他们”——指的是党——不想让你开心，你就尽量去违反规定。她似乎觉得“他们”会力图剥夺你的快乐，就跟你力图不被抓到一样，是件自然而然的事。她仇恨党，而且是以最粗俗的语言说出来，但她也并非一切看不顺眼。除了影响到她个人生活的，她对党的教义没兴趣。他注意到除了已经进入日常生活的，她从不使用新话的词语。她从未听说过兄弟会，也不相信其存在。在她看来，凡是针对党的有组织反抗都注定会以失败告终，而且是愚蠢之举。聪明的做法是违反规定，同时也保住脑袋。他不知道年轻一代中还有多少人像她那样——在革命的天下长大，对别的一无所知，接受党就像接受天空一样，是不可改变的，不去对抗它的权威，只是躲避它，就像兔子会躲避狗一样。

他们没讨论过有没有可能结婚这个问题，那太遥不可及了，不值得去想。即便温斯顿的妻子凯瑟琳有办法摆脱，也想象不到哪个委员会批准这样一桩婚姻。连做梦都别想。

“你老婆是什么样的?”茱莉娅问道。

“她是——你知不知道新话里有个词叫‘思想好’,意思是生来正统,不会产生坏想法?”

“不,我不知道那个词,不过我认识那种人,认识得够多的了。”

他开始讲起有关他婚后生活的事,然而很奇怪的是,茱莉娅好像已经了解这种生活的基本内容。好像她已经看到过或者感到过一样,她开始向温斯顿描述他一碰到凯瑟琳,她的身子就变得僵硬,还有即使她的手臂紧搂着他,她仍好像在全力推开他的样子。跟茱莉娅在一起,他感到说起这种事情没有一点困难:不管怎样,关于凯瑟琳的记忆早已不再是痛苦的了,而是变得令人不快。

“要不是因为那件事,我本来还能忍下去。”温斯顿说。他告诉她凯瑟琳每周同一天晚上强迫他来一遍的令人沮丧的仪式:“她很不喜欢那样, 可是怎么样也不能让她停下来不做。你永远猜不到她怎样称呼它。”

“我们对党的义务。”茱莉娅马上说。

“你怎么知道?”

“我上过学,亲爱的。对十六岁以上的学生每周一次性教育,青年团里也有。他们花很多年时间把它强灌进人们的脑子。我敢说在很多人身上是奏效了。当然这永远也说不准,人们总是很虚伪。”

她开始就这一话题发了番议论。在茱莉娅眼里,一切以她自己的性欲为出发点。一谈到这个问题,她就有极为敏锐的看法。跟温斯顿不一样,她了解党的禁欲主义的内在含义:不仅因为性本能会造成一个自成一体的世界,那是党无法控制的,因而可能的话,一定得把它消灭掉,更重要的,是性压抑能导致歇斯底里, 这求之不得, 因为它能被转化成战争狂热和对领袖的崇拜。她是这样说的:

“你做爱时,耗尽了全部力气,然后你感到愉快,对一切都无所谓。他们不能忍受你有这种感觉,他们想要你时时保持精力充沛。所有那些来来去去的操练、欢呼、挥舞旗帜等等,都无非是另外的性发泄方式。如果你内心感觉愉快,你干吗还要为老大哥、三年计划、两分钟仇恨会以及所有别的操蛋玩意儿激动?”

一点没错,他想。禁欲和政治正统性之间有着直接和密不可分的关系,因为党想把党员们的恐惧、仇恨和理智尽失的轻信保持在合适水平，除了抑制某种强烈的本能并把它转化成驱动力，又有什么别的办法？性冲动对党危险，党对之加以利用。他们对父母本能也照此处理。家庭无法在事实上被消灭，人们甚至被鼓励以差不多古已有之的方式钟爱他们的孩子；另一方面，孩子被有系统地改造得与其父母为敌，被教导监视其父母，并揭发他们的越轨行为。家庭实际上成了思想警察的延伸物。这样，每个人就会被十分了解他们的告密者日以继夜地包围。

他的思绪突然又转回到凯瑟琳身上。如果她不至于愚蠢得察觉不到他的观念不合正统，无疑会向思想警察检举他。然而此刻让他想起凯瑟琳的，是那天下午令人窒息的燠热，他额头上因此冒出了汗珠。他开始向茱莉娅讲述以前发生过的一件事，或者说，是没有发生过的一件事，那也是在一个闷热的夏天下午，十一年前的事了。

那发生在结婚后三四个月，他们在去肯特郡的一次远足中迷了路。他们只落后其他人一两分钟，却转错了向，不久发现走到一个老白垩采石场的边缘，前无去路。边缘离底部的垂直高度有二三十米，底下全是大石头。他们看不到一个可以问路的人。凯瑟琳一意识到他们迷了路，就显得特别不安。离开闹哄哄的那群人哪怕只是一会儿，也让她有种做错事的感觉，想尽快沿原路返回，然后向别的方向寻找。但就在那时，温斯顿注意到他们脚下悬崖的裂缝里有几丛黄连花，其中一丛有两种颜色，品红和砖红，显然长在同一条根上。他从未见过那种黄连花，就叫凯瑟琳也过去看。

"你看，凯瑟琳！你看那些花，靠近底下的那一丛，你看到它们是两种不同颜色的吗？"

她已经转过身走了，但还是很不情愿地走回来待了一会儿。她甚至在悬崖上往前倾着身子看他手指的方向。他在她身后不远处站着，用手扶着她的腰。此时，他突然想到他们有多孤单，一个人也看不到，没有一片树叶在颤动，没有一只小鸟在啼叫。在这种地方，不大可能哪里藏有话筒，而且就算有，也只能拾音而已。那是下午最热、最让人想睡觉的时候，太阳火辣辣地照着他们，汗水在他脸上流着，痒痒的。他想到……

"你干吗不猛推她一下？"茱莉娅说，"换了我就会。"

"没错，亲爱的，你会。如果当时的我是像现在这样，我也会。要么说，我也许会——我不敢肯定。”

“你是不是后悔没干?”

“对,总的说来,我后悔没干。”

他们挨着坐在落满灰尘的地板上。他把她拉向自己,她的头靠在他肩膀上,她头发里好闻的气味盖过了鸽子粪味。他想,她很年轻,对生活还有点期盼,她不理解把一个碍事的人推下悬崖并不能解决任何问题。

“其实那也无济于事。”他说。

“那你干吗后悔没干?”

“我只是喜欢积极的,而不是消极的处事方式。在我们参加的这场比赛中,我们无法取胜。以某些方式失败比以别的方式失败要好一些,如此而已。”

他感到她的肩膀不同意地扭动了一下。每次他说出这种话时,她总是跟他意见相左, 她接受不了个人总会被打败是条自然法则。从某种意义上说,她也意识到自己劫数已定,或早或晚,思想警察会抓到并处死她,然而在她另一半心思中,她相信不管怎样,有可能构建一个秘密世界,可以按照自己的想法在其中生活,需要的只是运气、计谋和胆量。她不理解不存在幸福这回事,不理解唯一的胜利是在遥远的将来,在你死后很久,不理解从你向党宣战的那一刻起,你最好想象自己已经是一具尸体。

“我们是死人。”他说。

“我们还没死呢。”茱莉娅倒是实话实说。

“不是说在肉体上,那要再过半年、一年——五年,可以想象能再活那么久吧。我害怕死。你年轻,所以你大概比我更害怕死。显然我们会把死亡尽量往后推,但效果极其有限。只要人类仍然保持人性,生和死便是同等事情。”

“哦,废话!我跟骷髅,你更想跟哪个睡觉?你觉得活着不好吗?你来感觉一下:这是我的手,这是我的腿。我是真实的、有形的、活着的!你难道不喜欢这样?”

茱莉娅的身子转过来,把胸膛紧紧贴着温斯顿。透过工作服,他能感觉到她的乳房,成熟但仍坚挺。她的身体好像在把青春和活力倾注进他的体内。

“是的，我喜欢。”他说。

“那就别说死了。听着，亲爱的，我们要定好下次见面的时间。我们还可以回到树林里的那个地方，好久没去了。不过你这次去，一定要走另外一条路，我全计划好了，你坐火车——哎，我还是给你画出来吧。”

她以那种实际作风，很老练地用手聚拢了一小方块灰尘，用一根从鸽子窝里拿的树枝，开始在地板上画地图。

4

温斯顿环视着查林顿先生楼上那个破破烂烂的小房间。窗户旁边，那张特大的木床已经铺好，上面放着破旧的毯子和没盖枕巾的长枕头。那座有十二小时刻度的时钟在壁炉台上滴滴答答走着。墙角那张折叠桌上，放着上次来时买的那块玻璃镇纸，在半明半暗的光线下幽幽闪着光。

壁炉挡板那里，有个破旧的铁制油炉，一口深底锅，还有两只杯子，查林顿先生提供的。温斯顿点着油炉并把一锅水放到上面去煮，他带来了满满一信封胜利咖啡和一些糖精片。时钟指针指向七点二十，其实是十九点二十，她将在十九点半到。

愚蠢啊愚蠢，他心里一直在说：这是明知故犯、无缘无故、自寻绝路的愚蠢，在党员能犯下的所有罪行里，数这种罪行最不可能掩盖。实际上，他第一次有了这个想法，是在看到折叠桌面反射出的那块玻璃镇纸的样子时。不出所料，查林顿先生很爽快地把房间租给了他，他显然为能赚到几元钱而高兴。弄清楚温斯顿租房间是为了跟情人幽会后，他也没有流露出震惊或者令人反感的心照不宣的模样，而是目光前视，泛泛而谈起来，带着一种微妙的神色，给温斯顿造成的印象是他已经变得处于有形与无形之间。他说独处是件很重要的事情，谁都希望有地方让他们可以偶尔独自待一下。他们有了这么一个地方时，对任何一个知情人而言，不再外传是唯一有礼貌的做法。他甚至又加了一句，说那幢房子有两个入口，其中之一穿过后院通向一条小巷。说话时，他好像几乎就要隐身不见了。

窗户下边有人唱歌，温斯顿从挡得严严实实的平纹布窗帘后向外偷看。六月的太阳离下山还很早，楼下洒满阳光的院子里，一个身材高大的女人脚步通通响地来回于洗衣盆和晾衣绳之间，正在往绳上夹一溜四方形的小片东西，温斯顿认出那是尿布。那个女人结实得像根巨大的圆柱，长着肌肉结实的红色手臂，腰上系了一条粗麻布围裙。只要嘴里没噙着衣服夹子，她就会用浑厚的女低音唱道：

这不过是种无用的幻想，
就像四月天般易逝。
但是一个眼神、一句话和唤起的梦啊，
已经把我的心儿窃取！

过去几周里，伦敦到处能听到这首歌，它是音乐司之下某个科为群众出版的无数类似歌曲中的一首。谱写这些歌曲时，完全不用人动手，而是由一部韵曲机写出来。然而那个女人能把它唱得悦耳动听，以至于把那种臭大粪的东西变得几乎可以称得上悦耳。他能听到那个女人的歌声，她的鞋子走在石板路上发出的刺耳声音，还有街上小孩子的哭喊声，远处还隐隐传来隆隆的汽车声，但房间里似乎安静得出奇，那是没有电屏的缘故。

愚蠢，愚蠢，愚蠢啊！他又想。不可想象他们一连几周都来这个地方而不被抓到，然而对他们两人来说，有个完全属于他们的、在室内而且近在咫尺的藏身之处，这种诱惑太大了。去过那个教堂钟楼后，有段时间他们没办法再安排会面。为迎接仇恨周的到来，工作时间大大延长。距仇恨周还有一个月时间，但是随之而来的规模宏大而且复杂的准备活动让每个人都必须加班。终于，他们等来了两人都不用上班的一天下午，他们商量过要再去树林里的那块空地。之前一天的傍晚，他们在街上短暂地见了一面。他们在人群中向着对方渐渐走近时,温斯顿照例几乎不怎么看茱莉娅的脸庞,但在很快瞟了她一眼时,发现她的脸色比平时更为苍白。

“全吹了,”在觉得安全时,她马上低声说,“我是说明天。”

“什么?”

“明天下午我去不了。”

“为什么去不了?”

“哦,还是那个原因,这次提前了。”

有那么一阵子,温斯顿感到火冒三丈。认识茱莉娅之后的那个月里,他对于她的欲望性质改变了。一开始,这种欲望中真正性欲的成分很少。他们第一次做爱只是种兴之所至的行为,然而第二次以后变了。茱莉娅头发的气味、嘴里的味道、皮肤的触觉似乎已经进入他的内心,或者说进入他周围的空气中。她已经成为实际上的必需物,他不仅想拥有她,而且觉得有权拥有她。茱莉娅说她没法去时,他有种被她欺骗的感觉。但就在此时,人群把他们推到一起,他们的手无意中碰到了。茱莉娅把温斯顿的指尖很快地握了一下,好像那唤起的并非是肉欲,而是爱意。他突然想到男人跟女人一起生活时,像这种感到失望的情形肯定属于正常,一再出现。他突然陷入一种发自内心的柔情中,以前他对茱莉娅从未有过这种感觉。他希望他们是已经结了十年婚的夫妻,希望他和她是在大街上一起走着,就像那时候一样,然而是正大光明、无所恐惧的,说无关紧要的话,买零零碎碎的家庭用品。他最希望的,是能有个地方让他们可以不受打扰地待在一起,也不用感到每次非得做爱不可。那天之后的第二天而不是当天,他想到可以租下查林顿先生的房间。向茱莉娅提议时,出乎意料的是她欣然同意。他们两人都明白那是种疯狂而且愚蠢的行为,好像他们故意向自己的坟墓迈近了一步。他坐在床边等待时,他再次想到仁爱部里的牢房。那种注定降临的可怖之事会在一个人的意识里进进出出,这堪称怪事。它就在那里存在着,在未来某个时候,在死亡之前,就跟九十九之后是一百一样绝无差错。你不可能避开它,但有可能把它往后推,然而恰恰相反,人们会时不时在清醒状态下故意缩短这段时间,令其提前发生。

这时,楼梯上响起急促的脚步声,茱莉娅突然进了房间。她挎了个棕色粗帆布工具包,就是他有时看到她在部里上下班挎着的包。他向前一步,想把她抱到怀里，她却很着急地挣开，部分原因是她还挎着工具包。

“等会儿，”她说，“给你看看我带了什么来。你有没有带那种垃圾胜利咖啡过来？我想你会。你可以把它扔掉，因为我们不需要了。你看。”

茱莉娅跪在地上一把扯开袋子，把放在上层的扳手和螺丝刀掏出来。下层是几个漂亮的纸包，她递上的第一个纸包有种模模糊糊的熟悉感觉，里面装的是某种沉甸甸、沙子一样的东西，摸起来很松软。

“是糖吗？”温斯顿问。

“真正的糖，不是糖精，是糖。这儿还有块面包——正宗的白面包，不是我们吃的那种操蛋玩意儿——还有一小罐果酱，这儿还有一听牛奶——你看！这是我最得意的东西，我非得包上一点帆布，因为——”

不过茱莉娅不需要告诉温斯顿为什么要把它包起来，那种气味已经弥漫在整个房间，一种很浓烈的气味，似乎散发自温斯顿的童年早期，但即使在如今，也的确偶尔会闻到。在某间房门砰的一声关上之前，这种气味会从过道飘来，或者在人群里神秘地弥漫，有一阵子能闻到，然后又闻不到了。

“是咖啡，”他低声说，“真正的咖啡。”

“内党党员喝的咖啡，这儿有整整一公斤。”

“你怎么搞到这些东西的？”

“都是内党党员用的，那些猪猡一样也不缺，没有一样。不过当然还有服务员、仆人以及能偷到东西的人们会有，还有呢——看，我还弄来了一包茶叶。”

温斯顿在她身边蹲下来，把一个小纸包撕开一角。

“是真正的茶叶，不是黑刺莓叶。”

“最近的茶叶很多，他们攻下了印度还是哪里。”她含含糊糊地说，“可是听着，亲爱的，我要你转过身，三分钟别看我。你过去坐在床那边，别太靠近窗户。我叫你转身你再转身。”

温斯顿心不在焉地透过棉布窗帘往外看。下面的院子里，那个红胳膊女人仍在洗衣盆和晾衣绳之间阔步来回。她从嘴里又取下两个夹子，带着深沉的感情唱道：

他们说时间可以愈合一切，

说你早晚都会忘完。
但是多年前的笑容还有泪水，
仍把我的心儿给搅乱！

她好像已经把整首愚蠢的歌曲了记于心。她的声音和着怡人的夏日微风往上飘扬着，很悦耳，饱含感情，有种半是快乐半是忧郁的味道。人们对她会有种感觉，就是如果夏日傍晚无穷无尽，衣物也取之不完，即使让她那样待上一千年边夹尿布边唱垃圾歌曲，她也会很满足。他突然想到，他从未听过党员一个人自发性地唱歌。这件事说来奇怪，那种行为好像多少有点非正统，是种危险的怪癖，如同自言自语。也许只是当人们接近饿肚子时，才会去歌唱。

"你可以转过身了。"茱莉娅说。

温斯顿转过身，有那么一秒钟，几乎没能认出她来。实际上，他本以为会看到她赤身裸体，然而不是。那种转变比看到她赤身裸体更让人吃惊：她化了妆。

她肯定是溜到群众住处的某间铺子里买了一整套化妆用品。她的嘴唇涂得鲜红欲滴，脸颊搽了胭脂，鼻子上也扑了粉，甚至眼睛下边也不知用什么描了描，让她的眼睛显得更明亮。她的化妆技巧并不高明，而温斯顿在这方面的欣赏标准也不高。他从未看到或想象过女党员的脸上会用上化妆品。化妆后，她的容貌不知好看了多少。就那样，在合适的地方描上几笔，她漂亮了许多，最重要的是，更有女人味了。她的短头发和男孩式的工作服更是强化了这种效果。他把她搂到怀里时，一股合成的紫罗兰气味蹿进他的鼻孔。他想起那间地下室厨房里半明半暗的感觉，还有那个女人洞穴般的嘴巴。那个女人用的是同样的香水，但在此时，这好像也不重要了。

"还用了香水！"他说。

"对，亲爱的，还用了香水。你知道我接下来要干什么吗？我要找来一件连衣裙穿上，而不是这种操蛋的裤子。我要穿丝袜，还有高跟鞋！在这房间里，我要做个女人，而不是党员同志。"

他们扯掉身上的衣服并爬到那张特大的红木床上。这是他首次在她面前脱光衣服，在此之前，他一直为自己苍白而瘦削的身子、小腿肚上的静脉曲张和脚踝上方变了颜色的那一块感到很难为情。没有床单，他们躺在其上的毯子尽管破旧，但是平滑。那张床的宽度及弹性让他们两人都很吃惊。“里面肯定长满了臭虫，可是谁会在乎呢？”茱莉娅说。除了在群众的家里，人们现在是看不到双人床了。温斯顿小时候偶尔睡过，茱莉娅就记忆所及，从未睡过双人床。

很快，他们在那里躺着睡了一小会儿。温斯顿醒来时，那座时钟的指针已经溜到差不多九点的位置。他没有动，因为茱莉娅头枕在他的臂弯上睡着了。她脸上化妆品的绝大部分都蹭到了温斯顿的脸上或长枕头上，一道浅浅的胭脂仍让她的颧骨显得美丽。夕阳的一道黄色光线照射在床腿上，照亮了壁炉，锅里的水已经沸腾。下面院子里，那个女人已经不再唱歌，街上却仍然传来隐隐约约的小孩子的叫嚷声。他在模模糊糊琢磨像此时这样，一男一女在夏日傍晚的凉爽空气中不穿衣服躺在床上，想做爱就做爱，想聊什么聊什么，没有觉得必须起来不可，只是躺在那里听外面平和的声音，这在已被消灭的过去是不是一种很寻常的体验？肯定从来不会是寻常的，不是吗？茱莉娅醒了，她揉着眼睛，用胳膊肘撑起身来看油炉。

“水都烧干一半了。”她说，“我过会儿要起来煮点咖啡，我们还有一小时时间。你住的公寓什么时候关灯？”

“二十三点半。”

“宿舍里二十三点关灯。不过必须在那之前回去，因为——嘿！滚开，你这脏东西！”

她突然在床上一扭身，从地板上抓起一只鞋子，像男孩子一样突然胳膊一抡把它扔向墙角，跟她那天上午在两分钟仇恨会时，把词典扔向戈斯坦因的动作一模一样。

“什么？”他诧异地问。

“一只老鼠，我看见它从护壁板里伸出鼻子，那里有个洞。不管怎么样，我可是把它吓了一大跳。”

“老鼠！”温斯顿咕哝道，“就在房间里！”

“老鼠到处都有，”茱莉娅又躺下来无所谓地说，“我们宿舍那儿连厨房里都有。伦敦有些地方老鼠已经成灾了。你知不知道它们咬小孩子？真的，真的会。那种地方的街道上，妇女们不敢把婴儿自个儿放下两分钟不管，是那种个头很大、毛是褐色的老鼠干的。最恶心的是,这些东西总——"

"别说了!"温斯顿说着紧紧闭上了眼睛。

"我最亲爱的呀!你脸色苍白,怎么回事?老鼠让你不舒服?"

"世界上最可怕的就数老鼠了!"

她把自己贴紧温斯顿,四肢缠在他身上,像是在用她的体温让他放心。他没有马上睁开眼睛。很长一阵子,他有种回到了他不时会做的噩梦中的感觉。基本上总是完全一样:他站在一堵黑暗之墙的前方,墙那边是某种无法忍受、恐怖得不敢面对的东西。在梦里,他最基本的感觉总是在自欺欺人,因为他其实知道那堵黑暗之墙后面是什么。他用尽九牛二虎之力,就像从大脑上扭下来一块,他甚至本来能把那种东西拖出来,但总是在还没有发现那是什么之前醒来。不知为何,它总是跟他打断茱莉娅的话时她正说着的东西有关。

"对不起,"他说,"没什么,我讨厌老鼠,如此而已。"

"别担心,亲爱的,以后我们不会再有那种脏东西了。走之前,我会用帆布把洞塞住。下次来这儿时,我要带些灰泥把它封得严严实实。"

那个惊慌失措的黑色时刻已经差不多快被忘掉了。他略微感到难为情,靠着床头坐了起来。茱莉娅起了床,穿上工作服,开始煮咖啡。深底锅里冒出的气味浓烈而令人兴奋,他们关上窗子,以防别人在外面闻到而好奇。比咖啡味道更好的,是加了糖的绵滑口感。用了许多年糖精后,温斯顿几乎忘了还有糖这种东西。茱莉娅一只手揣在口袋里,另一只手拿着一块抹有果酱的面包在房间里随意走动,冷淡地扫视着书架,指出最好该怎样修理一下那张折叠桌,猛地一下坐到那张破扶手椅里,看它坐着是不是舒服,而且多少算是饶有兴味地研究那座古怪的时钟。她把玻璃镇纸拿到床上,好在亮一点的地方看,他把它从她手里拿过来,它柔和如雨水一般的样子总让他心醉神迷。

"你觉得它是干吗用的?"茱莉娅问他。

"我觉得它什么也不是——我是说我觉得它没做过什么用,这就是我喜欢它的原因。它是他们忘了篡改的一块历史,是来自一百年前的一则信息,如果你知道怎样读的话。"

"那幅画,"她示意对面墙上的版画,"会不会有一百年?"

“还要早些，我想会有两百年。没法确定，如今不可能发现哪样东西有多少年历史了。”

她走过去看那幅版画。“那东西就是在这儿露了一下头。”她说着用脚踢了一下那幅画正下方的护壁板。“这是什么地方？我以前在哪儿看到过。”

“那是座教堂，或者至少以前是，叫圣克莱门特的丹麦人。”他又想起查林顿先生教给他的那首押韵诗的片段，有点怀旧似的又说：“‘橘子和柠檬。’圣克莱门特教堂的大钟说！”

让他大吃一惊的是，她往下接道：

“你欠我三个法寻。”圣马丁教堂的大钟说，
“你什么时候还我？”老百利[1]的大钟说——

“我不记得下面是怎么说的了，可我总算还记着最后一句：‘这儿有支蜡烛照着你去睡觉，这儿有把斧头把你的头剁掉！’”

那就像一问一答的口令，但“老百利”那一行后面肯定还有，也许给查林顿先生以适当提示，就能从他的记忆中挖掘出来。

“谁教你的？”他问道。

“我爷爷，小时候他经常给我念。我八岁时他被蒸发掉了——不管怎么样，他失踪了。我不知道什么是柠檬。”她又随意说道，“我见过橘子，是圆圆的黄色水果，厚皮。”

“我记得什么是柠檬，”温斯顿说，“五十年代的时候很常见，酸得闻一下就能把牙齿给酸倒。”

“我敢说那张画后面有臭虫，” 茱莉娅说，“我哪天把它取下来好好打扫一下。我想差不多该走了，我得马上把这妆给洗掉。真烦人！等会儿我再把你脸上的口红擦掉。”

温斯顿在床上又待了几分钟。房间内正在变暗，他往光亮处挪了一点，盯着看那块玻璃镇纸。它让人百看不厌之处，不是珊瑚，而是玻璃内部。它很厚，但又几乎像空气一样透明。那块玻璃的表面像天空的穹顶，包容了一个

① 指伦敦中心刑事法庭，它位于老百利街，“老百利”是它的俗称，“老百利的大钟”实际上是指其对面的一座教堂的大钟。

小小的世界，各种特点无不具备。他感觉能够进入其中，而实际上他已经身处其中，跟那张红木床、折叠桌还有钢雕版画及镇纸本身一起都在其中。镇纸就是他所在的房间，珊瑚是茱莉娅和他自己的生命，被固定在清澈透明的玻璃中心，并成为一种永恒之物。

5

塞姆消失了。有天上午，他没上班，几个不长脑子的还在议论他怎么不来上班，第二天就没人再提起他。第三天，温斯顿去档案司的前厅看布告牌。其中有则布告是印出来的象棋委员会成员名单，塞姆一直是该委员会的成员。它看上去跟以前的成员名单一模一样——除了少一个名字，什么都没画掉。这就够了，塞姆已不复存在，他从未存在过。

天气炎热难耐。迷宫般的部里面，没窗户的空调房间里保持正常温度，但外面的人行道能灼伤行人的脚板，高峰时地铁里的恶臭更是能把人熏死。为仇恨周的准备活动进行得如火如荼，部里所有工作人员都在加班加点地工作。游行，开会，阅兵，演讲，蜡像展览，电影展，电屏节目，这些都得安排。还必须搭起摊位、制作模拟像、撰写标语、谱写歌曲、散播谣言、伪造照片等等。小说司里茱莉娅所在的部门已经暂停长篇小说生产，而是赶制出一系列有关敌人暴行的小册子。温斯顿在正常工作之外，每天花费大量时间翻看过去《泰晤士报》的档案，对将在讲话里引用的新闻进行改动或者润饰。一群群喧闹的群众深夜在街上闲逛时，市里有了种奇特的火热气氛。跟以前比起来，火箭弹轰炸得更频繁了，有时候在很远的地方，还传来巨大的爆炸声。谁都不明所以，因此谣言四起。

一首即将作为仇恨周主题歌的新歌(叫做《仇恨之歌》)已经谱写了出来,正在电屏上没完没了地播放。它有种野蛮的、咆哮般的节奏,不能准确称之为音乐,而和擂鼓声类似。它和着行军步伐声由几百个嗓门吼出来,令人不寒而栗。群众一下子就喜欢上了它,在午夜大街上,它和仍受欢迎的《这不过是种无用的幻想》此起彼伏。帕森斯家的孩子用梳子和一片卫生纸没日没夜地吹,令人无法忍受。温斯顿晚上比以前更忙碌了。由帕森斯组织的一队队志愿者在为仇恨周布置街道、缝旗帜、贴宣传画、在楼顶上树旗杆,还冒着危险在街道上拉铁丝以拦截火箭弹。帕森斯吹嘘说单在胜利大厦,就要亮出四百米长的彩旗。他本性尽显,快乐得像只百灵鸟,炎热加上体力劳动,让他有借口在晚上穿回了短裤和开领衬衫。他无处不在,总在推、拉、锯、砸、即兴出点子、跟每个人说笑并佐以同志式的鼓励,而且从他身上的每处褶子,都在向外散发着似乎源源不绝的刺鼻汗臭。

一张宣传画突然出现在伦敦各处,没有说明文字,只有一个面目狰狞的欧亚国士兵形象,有三四米高,长着一张面无表情的蒙古人种脸庞,脚蹬巨大的皮靴,正在大步往前跨,冲锋枪端在臀部的高度。不管从哪个角度看这张宣传画,被用透视画法放大的冲锋枪枪口总是正对着你。这张宣传画已经贴上了每堵墙上的空处,甚至在数量上超过了老大哥的肖像画。群众一向对战争缺乏兴趣,这次也被鞭策进入周期性的爱国主义狂热中。似乎要与普遍的情神状态保持一致,这一期间火箭弹比以前炸死的人更多。有一颗落到了位于斯泰普尼区的一家电影院,几百人被埋在废墟之下。那一带居住的所有人都上街参加了一次绵延不绝的葬礼,为时几小时之久,葬礼实际上变成了泄愤大会。还有颗炸弹落到一块作为游乐场的废地上,几十个小孩子被炸成碎块。后来又举行了几次愤怒的示威活动,戈斯坦因的模拟像被烧,几百张欧亚国士兵的宣传画被撕下来以助火势,有些商店在混乱中被洗劫。后来还有传闻,说有间谍在通过无线电为火箭弹指引方向。有对老夫妇被怀疑有外国血统,他们的房子因此被烧毁,两人都窒息而死。

查林顿先生的铺子上面的房间,每次他们只要能去,就会并排躺在打开的窗户下面那张没铺床单的床上,为了凉爽而赤着身子。老鼠再也没有露过头,臭虫却在炎热中猛烈繁殖,但好像那也无关紧要。不管肮脏还是干净,那房间就是天堂。他们一到,便用黑市上买来的胡椒粉到处撒了一些,然后扯掉衣服汗流浃背地做爱。睡了一觉后,会发现臭虫正在集结,准备大规模反攻呢。

六月份,他们幽会了六七次。温斯顿戒掉了不分什么时候都喝酒的习惯,似乎不再有那种需要。他长胖了一些,静脉曲张溃疡也好了,脚踝上方的皮肤上只留下褐色的一小块,早上的那阵咳嗽发作也不再有。日常生活不再不可忍受,他也不再有向电屏做鬼脸,或者扯着嗓子喊脏话的冲动了。他们现在有了个安全的藏身之地,几乎像是个家,就连他们的见面次数很少,以及每次只能在一起几个小时,也好像不算是件苦事。重要的是铺子上面的房间还存在。知道它还在那里,完整无损,就几乎相当于已身处其内。那个房间自成一统,是一块袖珍的过去,绝了种的动物可以在其中徜徉。温斯顿想到查林顿先生就是另外一种绝种动物。上楼前,他通常总要跟查林顿先生说上几分钟话。老头儿似乎很少或者说从不外出,另一方面,他好像几乎没什么顾客。他像个鬼魂般,活在很小的阴暗铺子和更小的厨房之间,他在那间厨房里做饭,里面除了别的东西,还有台老得让人不敢相信的留声机,有个巨大的喇叭。他好像为有机会说话而高兴。在那堆分文不值的货品中间走动时,他长长的鼻子、厚厚的眼镜片、弯得低低的套着丝绒夹克的肩膀,总让他隐约有种收藏家的样子,而不是个生意人。他会以略带热情的神态,用手指摸弄一片废品之类的东西——瓷制瓶塞,破鼻烟壶涂了颜色的盖子,仿金项链盒,里面放着一绺某个久已不在人世的婴孩的头发——从来不说温斯顿应该买下,而是说他应该欣赏一下。跟他说话,就像听一个破旧的音乐盒发出的丁当声。他从自己的记忆角落里,又扯出一些已被忘掉的押韵诗片段,一首关于二十四只黑八哥,一首关于长着弯弯角的奶牛,还有一首关于可怜的公知更鸟之死。“我刚好想到您也许感兴趣。”每次他想起新的一首时,就会自我解嘲地轻轻笑着这样说,不过他从来只能记起几行而已。

他们两人都知道——从某种意义上说,从来不曾忘记——现状不会长久。有时,死亡正在迫近这一事实似乎跟他们躺在身下的那张床一样触摸得到,他们会以绝望般的纵欲心理紧紧搂抱,就像一个将入地狱的灵魂在钟声敲响前五分钟,紧紧抓住最后些许快乐。然而还有些时候,他们不仅幻想自己是安全的,还幻想会是天长地久。只要能真的待在这个房间里,两人都感觉不会身遭不测。去那个房间不容易,也是危险的,但它本身是个避难所。温斯顿盯着玻璃镇纸中心时，感觉好像能进入那个玻璃世界，一到里面，时间就可以凝固。他们经常随心所欲地做起关于逃避的白日梦，他们的好运将永远持续下去，他们会像这样，在余生继续这种秘密行为。要么凯瑟琳会死去，通过精心的安排，他和茱莉娅能结成婚，要么会一同自杀，要么会藏匿起来，把自己改变得让别人认不出，学会用群众的口音说话，在一间工厂找到工作，然后在某条小街上不为人察地过一辈子。那全是胡思乱想，他们也都知道，现实中，他们无路可逃。即使是唯一可行的计划，即自杀，他们也无意行之。一天天，一周周，得过且过，在没有未来的当下消磨度日，这似乎是种不可遏止的本能，好像只要有空气，人的肺总要吸进下一口空气一样。

有时，他们也会谈论要采取积极行动跟党对着干，然而对如何走出第一步心里无数。就算传言中的兄弟会真的存在，如何加入仍是个难题。他跟她说了他和奥布兰之间有着或者说似乎有着的奇特亲近感，还有他时不时会感到的那种冲动，简单说来，就是走到奥布兰面前，宣称自己是党的敌人，并请他帮助自己。很奇怪的是，这在她看来并不是种轻率至极的举动。她习惯从别人的面庞来判断别人。对她来说，温斯顿因为一个眼神而认为奥布兰可以信赖是再正常不过的事情。再者，她想当然认为每个人，或者说几乎每个人私下都仇恨党，觉得安全的话，都会违反规定。但她不相信存在或者有可能存在广泛而有组织的反抗活动。她说关于戈斯坦因及其地下部队的传言都无非是一派胡言，是党为了自身的目的编造出来的，你不得不装作相信。在无数次党的集会以及自发示威活动中，她一直是用最大嗓门呼喊的那群人中的一员，要求处死她从未听说过其名字的人，但对他们据称犯下的罪行，她却一点也不相信。进行公审时，她参加了青年团派出的分队，从早到晚包围着法院，隔一阵就呼喊："处死卖国贼！"两分钟仇恨会里，她在大声辱骂戈斯坦因方面，总比别人喊得响，但对戈斯坦因是何人，以及他代表何种主义只有极为模糊的印象。她是革命后长大的，年轻得不记得五六十年代时发生过的意识形态之战。她无法想象会有这种独立的政治运动，再说党无往而不胜，是千秋万代、永恒不变的，你只能通过私下的不服从来反抗它，最多通过像杀死某个人或炸掉某物这种个别暴力行为来反抗。

从某些方面来说，她比温斯顿更敏锐，而且很大程度上更不被党的宣传所蛊惑。有一次，他刚好说到某件事时提到了跟欧亚国的战争，让他震惊的是，她随随便便地说在她看来，并没有进行什么战争，落到伦敦的火箭弹很可能是大洋国政府自己放的，“只是为了让人们继续生活在恐惧中”，这种看法他实际上从未有过。她还说她在两分钟仇恨会里最感困难的，是克制住想放声大笑的冲动，这让他略微有了点羡慕的感觉。但她只是在党的教义以某种方式对她自己的生活造成影响时，才会质疑它。一般情况下，她易于接受官方编造的鬼话，但那只是因为真相和谎言之间的区别对她来说，似乎并不重要。例如，她相信在学校里学到的是党发明了飞机的说法。（温斯顿记得五十年代后期他上学时，党只声称发明了直升飞机；过了十几年，茱莉娅上学时，党已经声称发明了飞机；而对下一代人，党会声称发明了蒸汽机。）他告诉她在他出生之前和革命以前飞机很早就已存在时，在她眼里，这一事实完全没意思。从她偶尔的说话中，他发现她不记得大洋国四年前是跟东亚国打仗、跟欧亚国处于和平状态。这让他更为吃惊。没错，她认为整场战争都是假的，但显然根本没注意到敌国的名字已经改变。“我以为我们一直在跟欧亚国打仗。”她含含糊糊地说。这让他有点吃惊，飞机的发明是在她出生前很久，但战争对象的改变才是四年前的事，是在她早已成年之后。他跟她争辩了也许有一刻钟之久，到最后，他总算成功复苏了她的回忆，她确实朦朦胧胧想起来敌国一度是东亚国而不是欧亚国，但这点在她看来仍然无关紧要。“谁在乎呢？”她不耐烦地说，“总是一次操蛋的战争接着一次，不管怎么样，我们知道新闻全是谎话。”

有时，他告诉她关于档案司和他在那里从事无耻伪造活动的事，好像那也没能吓坏她。想到谎言正变成事实时，她并未感受到正在她脚下扩张的深渊。他告诉她关于琼斯、艾朗森和鲁瑟福的事，还有他在手里拿过一阵子的纸条，但都没给她留下什么印象。事实上，从一开始，她就没领会他讲述这件事意图何在。

“他们跟你是朋友吗？”她问道。

“不，我从来不认识他们。他们是内党党员，再说年纪比我大多了，属于革命以前的旧时代，在革命之前。我只是知道他们长什么样。”

“那干吗要担心？什么时候都有人被杀，不是吗？”

他又试图让她明白：“这是个例外情况，不仅是某个人被杀的问题，你有没有意识到从昨天往前的过去实际上都已经被消灭了？如果它在什么地方存在,那会是在少数实实在在的东西上,没有文字说明,像那块玻璃一样。我们现在对革命和革命以前的年代实际上已经什么都不记得了。所有档案要么被销毁,要么被伪造。每本书都被重写过,每幅画都被重画过,每座雕塑、每条街以及每座建筑都被重新命名过,每个日期都被改动过,而且这种过程每天每分钟都在进行。历史已经停止,除了无休无止的现在,其他一切都不存在,而党在这种现在中永远正确。当然我知道过去是伪造的,可我永远证明不了这点,即便我自己也在从事伪造活动。这件事完成后,没有证据会留下来。唯一的证据在我内心,而且我也无法肯定是不是还有别人和我有着同样的记忆。我一辈子只有那次在事情发生**之后**——许多年以后——拥有过确确实实的证据。”

“那又有什么用?”

“没用,因为我几分钟后就把它扔掉了。可要是如今再遇到这种事,我会把它保存下去。”

“这个嘛,我是不会的!”茱莉娅说,“我很愿意冒险,但是只为值得一干的事,而不是为了几片旧报纸。你保存下来的话,会怎么处理它?”

“可能也不会怎么处理,但它是证据。假如我敢把它拿给别人看,它也许在这儿那儿播下一些怀疑的种子。我想象不到我们这辈子能改变什么,但是可以想象这儿那儿会产生小小的反抗情绪——一小群一小群人结合起来,然后慢慢发展壮大,甚至在身后留下一些记录,让下一代能继承我们未竟的事业。”

“我对下一代不感兴趣,亲爱的,我只对我们感兴趣。”

“你腰部以下才是个造反派。”他告诉她。

她觉得这句话异常精彩,高兴得一把抱住他。

她对党的说教带来的后果一点也没兴趣。每次他一开始说起英社的原则、双重思想、过去的易变性、对客观现实的否认以及使用新话单词时,她就变得厌倦和困惑。她说她从未留意过那种事情,但是既然知道全是垃圾,干吗还要让自己操那份心呢?她知道什么时候欢呼,什么时候发嘘声就够了。如果他非要谈论这种事,她有个让人难堪的习惯,就是会睡着,她是那种可以在任何地点、任何时间睡着的人。通过跟她谈话,他意识到在根本不知道何为正统的情况下,摆出一副正统的样子有多么容易。从某种意义上说,党强加于人的世界观在无法理解它的人们那里最容易被接受。他们被迫接受最明目张胆的指鹿为马的行径，因为他们从未全面理解对他们犯下的是何等滔天大罪。也因为对天下大事关心不够，他们没注意到正在发生何事。靠着缺乏理解力，他们仍保持清醒，只是轻信一切。而他们所轻信的也不会留下什么，如同一粒谷物不经消化通过小鸟的身体那样。

6

终于发生了，那个等待中的信息已经来了。他觉得似乎已经等了一辈子。

当时他正顺着部里的长走廊走着，几乎走到茱莉娅塞给他纸条的地方，他感到某个体形比他大的人紧跟在他身后。那个人——不管是谁——轻轻咳了一下，显然是准备说话。温斯顿猛地停步一转身，是奥布兰。

他们终于面对面了，而他唯一的冲动像是要跑掉。他的心脏猛烈跳动着，无法开口讲话。但奥布兰继续以同样的步伐走着，友好地把手在温斯顿的手臂上搭了一会儿，所以两人是在并肩走着。他开始以一种奇特的严肃然而彬彬有礼的方式开口说话，这一点让他跟大多数内党党员区别开来。

“我一直想找机会跟您谈谈，”他说，“我最近读了您在《泰晤士报》上写的新话文章。我想您对新话有种学术方面的兴趣，对不对？”

温斯顿部分恢复了常态。“谈不上学术方面，”他说，“我只是个业余爱好者。那不是我的专业，我从来没参加过这种语言的具体构建工作。”

“您写得倒是很得体，”奥布兰说，“这不只是我的看法。我最近跟您的一个朋友谈过，他没说的是个专家，可是我这会儿想不起他叫什么了。”

温斯顿的心里痛苦地颤动了一下,这句话指的如果不是塞姆,那才是不可想象。但塞姆不止是死了,而且是被消灭了,是个“非人”,只要明显提及他,就会带来生命危险。奥布兰的那句话显然意在发出一个信号,一个暗语。通过一同犯下一点点思想罪,他把他们两个人变成了共犯。他们本来在继续顺走廊走着,这时奥布兰停下脚步推了推眼镜,这种动作他总能奇怪地做得很亲切,能让人消除戒心。接着他又说道:

“我真正想说的是,您那篇文章里,用了两个已经过时的词,不过只是最近才过时的。您有没有看过新话词典第十版?”

“没有,”温斯顿说,“我想还没有发行吧。在档案司,我们用的还是第九版。”

“我想第十版要过几个月才会出,不过已经有一批提前发行了,我自己就有一本。您也许有兴趣看一看?”

“很有兴趣。”温斯顿答道,马上明白了这话意图何在。

“有些新发展最具天才性。关于削减动词数量这一点——我觉得您会对这一点感兴趣。让我看看,要不我派人把词典送给您?不过这种事我恐怕肯定会忘记。也许您可以在方便的时候,来我住的地方拿?等一下,我给您写我的地址。”

他们正好站在电屏前。奥布兰有点心不在焉地摸了摸他的两个口袋,然后掏出一个皮面笔记簿和一杆金色的墨水笔。他潦草地写下了地址。他就站在电屏下方,那个位置能让电屏设备那端的人读到他写的是什么。然后他把那页撕下来递给温斯顿。

“我晚上一般都在家。”他又说,“不在家的话,我的仆人会把词典给您。”

他走了,留下温斯顿拿着那片纸,这次不需要藏起来了。不过他还是仔细记下上面所写的东西,几小时后把它和别的东西一起丢进了记忆洞。

他们两人的交谈最多只有几分钟。这节插曲只可能具有一种意义,即这是为了让温斯顿知道奥布兰的地址的一个方法,是计划好的。这有必要,因为除非直接询问,否则总是不可能知道别人住在哪里,根本没有什么地址录。“想跟我见面的话,可以来这儿找我。”那是奥布兰对他说的话。也许甚至在词典里的某处,会藏着某种信息。但不管怎么样,有一件事确定无疑,那就是他一直想象的地下串联活动的确存在,而他已经摸到了它的外缘。

他知道或早或晚，他会听从奥布兰的召唤，也许是明天，也许是过了很久以后——他不能肯定。正在发生的事是水到渠成的结果而已，这一进程几年前就开始了。第一步是私下的一个无意识想法，第二步是开始记日记。他已经将想法付诸文字，现在是将文字付诸行动了。最后一步是发生在仁爱部的某种事情，他已经接受了这个结局，它包含在开始中，但那令人恐惧，要么更准确地说，像是先尝了口死亡，像有点没那么有活力了。即使在他跟奥布兰说话时，当他已经明白话里的意思时，一种冰冷的战栗感袭遍他全身，有种感觉是踏进了坟墓的潮气中，就算他一直知道坟墓就在那里，也没能让他感觉好很多。

7

温斯顿醒来时，眼里全是泪水，茱莉娅睡意朦胧地翻个身贴近他，嘴里咕哝着什么，似乎在说："怎么了？"

"我梦到——"他一开口马上又打住。它复杂得无法用言语讲述。一方面是所做的梦，另一方面是与之相关的记忆。醒来后的几秒钟内，那些记忆进入了他的脑海。

他又躺在那里，眼睛闭着，仍然沉浸在梦境的气氛里。那是个庞杂而亮堂的梦，他的整个人生似乎在他面前展开了，就像夏天雨后傍晚时分的风景，全展现在玻璃镇纸内。玻璃的表面就像天空的穹顶，在此穹顶下，万物都沐浴在清晰柔和的光线中，从那里，可以看到无限远的地方。这个梦境也是包含在——确实，从某种意义上说它存在于——他母亲的手臂动作里。三十年后，这个动作是由他在电影上看到的那个犹太女人做出的，她在试图为小男孩挡住子弹，就在直升飞机将他们两人炸成碎片之前。

“你知道吗？”他说，“直到现在，我仍然相信是我害死了我妈。”

“你为什么要害死她？”茱莉娅问道，她几乎已经睡着了。

“我没有害死她，不是在实际意义上。”

在梦里，他想起他对母亲的最后一瞥，睡醒前的一小段时间里，许多围绕着那一瞥的小事情都想起来了。就是那种记忆，许多年来，他一定都在有意识地将其从自己的意识里排除出去。他不能肯定那件事发生在哪一年，当时他不会比十岁还小，也许是十二岁吧。

温斯顿的父亲早些时候失踪了，他也不记得有多早。但是他记得那时令人不安的喧嚣情形：周期性的空袭带来的惊慌和到地铁站躲避，处处都有一堆堆瓦砾，街角张贴着看不明白的公告，一群群身穿同样颜色衬衫的少年，面包店外极长的队，远处断断续续的机关枪声——而最重要的，是从来填不饱肚子这件事实。他记得在漫长的下午和别的男孩一起，到处翻垃圾筒和垃圾堆找卷心菜梗和土豆皮的事，有时甚至能找到陈面包皮，他们会小心地把上面的煤灰擦掉。他们还去等候经过某条路的卡车开来，他们知道车上装的是喂牲畜的饲料，有时，当卡车开到起伏不平的路段时，会颠出几块油渣饼。

他父亲失踪后，他母亲并未表现出惊讶或者呼天抢地的悲痛，但在她身上，也发生了突变。她似乎变得完全无精打采，就连温斯顿也能看出，她在等候她已经明白必将发生的事情。她做着需要做的一切——做饭，洗涤，缝补，铺床，扫地，给壁炉台拂尘——总是做得很缓慢，奇怪地没有多余的动作，就好像一个艺术家的人体模型在机械行动着。她那高大匀称的身体似乎能自行恢复静止。她会一连几个钟头坐在床上，几乎一动不动地照看他的妹妹。他妹妹的身子骨很小，病恹恹的，很少出声，两三岁大，由于瘦，她的脸看上去像猴子脸。时不时地，他母亲会把温斯顿揽到怀里，很长时间紧搂着他，一句话也不说。虽然年纪小而且自私，但他也意识到不知为何，这跟那件从未提到过的、即将发生的事情有关。

他记起他们住过的房间，那是阴暗而且空气不流通的房间，好像那张铺着白色床单的床占了一半地方。壁炉挡板那边有个煤气灶，还有块放食物的搁板。门外平台那里，有个褐色的陶制水池，跟其他几个房间的一样。他记得母亲那雕像般的身躯在煤气灶前弯着，在搅动炖锅里的什么东西。他记得最清楚的是他从未吃饱过肚子，还有吃饭时进行的凶狠抢夺。他会纠缠不休地问母亲为何没有吃的了，会向她大吵大闹（他甚至还记得他的嗓音，那时候开始提前变声，有时候奇怪地瓮声瓮气的），或者是他试图以悲悲切切的啜泣来争取超过自己的应得份额。他的母亲也很愿意给他超过应得的份额，理所当然地认为他——“男孩子”——应该得到最大份额，然而不管给他多少，他总会要求更多。每次吃饭时，他母亲都会恳求他别自私，要记着他的小妹妹还在生病，也需要东西吃，可是没有用。她不再给他舀饭时，他会发怒地哭喊，用力想把锅和勺子从她手里夺过来，还会从他妹妹的盘子里抓一点。他也知道他在让她们两人挨饿，可他忍不住，甚至觉得他有权那样做，他那种饥肠辘辘的感觉好像让他可以理直气壮地那样做。在两顿饭的间隔，他母亲没看好的话，他还会不时偷拿一些搁板上放着的少得可怜的食物。

有一天，配给的巧克力发下来了，过去几周或者几个月里都未发过。他清楚地记得那珍贵的一小片巧克力。他们三个人分得两盎司重的一片（那年头他们还用盎司计重），显然应该平分成三份。突然，像是听从别的什么人的话，温斯顿听到自己在以瓮声瓮气的大嗓门要求得到整块。母亲告诉他别太贪心。他们没完没了争辩了很长时间，有过喊叫、呜咽、流泪、抗议、讨价还价等等。他那长得极小的妹妹双手抱着母亲，恰似一只小猴子，她坐在那里扭着头用大而忧伤的眼睛看着。到最后，他母亲把巧克力掰开四分之三给了温斯顿，剩下的四分之一给了他妹妹。那个小女孩拿着巧克力木然看着，似乎不知道那是什么。温斯顿站在那里看了一会，然后突然迅速跳起来，从她手里抢过巧克力就往门口跑去。

“温斯顿，温斯顿！”他母亲在身后叫他，“回来！把妹妹的巧克力还给她！”

他停下脚步，然而没回去。他母亲那双焦急的眼睛在盯着他。甚至到现在，他还想着那件事，但在即将发生时，他仍不知道是种什么事。他妹妹意识到被抢走了什么东西，开始细声细气地哭了起来。他母亲用胳膊搂着那个孩子，把她的脸贴向自己的乳房，那个动作里的某一方面告诉他妹妹快死了。他转身跑下楼梯，手里的巧克力变得黏糊糊的。

他自此再也没有见过他的母亲。三口两口吃完巧克力后，他感到有点羞愧，在街上闲逛了几小时，直到最后肚子饿得让他又回到家里。到家后却找不到母亲，这在当时已经是种正常现象。房间里什么也没少，只是他母亲和妹妹不见了。她们什么衣服也没带走，甚至没带走他母亲的大衣。直到今天，他仍不能肯定他母亲是不是已经死了，完全有可能的是她被送进了劳改营。至于他妹妹，可能像温斯顿一样，被转移到一处无家可归儿童的集中地（被称为感化中心），那是因为内战而设立的。要么可能跟母亲一起被送进了劳改营，要么只是被扔到哪里任其死去。

那梦境在温斯顿的脑海里依然生动，特别是手臂的遮挡保护动作，其中包含了梦境的全部意义。他又想起两个月前的另外一个梦。那次，他母亲坐在一艘沉船上，跟她坐在那张铺着白色床单的肮脏床上的样子一模一样，他的小妹妹仍在贴着她，是在他下面很深的地方，而且每分钟都在下沉，但她仍透过颜色越来越深的水看着他。

他告诉茱莉娅他母亲失踪的事。她也没有睁开眼，只是翻了个身，以便睡得更舒服。

"我估计你当时是个让人讨厌的小猪猡，"她吐字不清地说，"所有小孩儿都是猪猡。"

"对，可我讲这件事的意思不在于此。"

茱莉娅呼吸的样子显然说明她又快睡着了，他也不想继续谈论他的母亲。根据他所记得的，他估计她没什么特别之处，也不会是个聪明的人，然而拥有一种高贵和纯洁的气质，只因为她遵循的是自己的标准，她的感情是她自己的，无法从外部来改变。她不会想到一个行动既然没用，就毫无意义。你爱一个人，就去爱他，你什么也不能给他时，你仍然给他以爱。当最后一块巧克力也没了时，他母亲用胳膊搂她的小孩。那没用，并不会因此多产生出一点巧克力，也不会让她或她的小孩免于一死，然而她那样做似乎是自然而然的事。小艇上那个逃难妇女用手臂遮住她的儿子，在抵挡子弹方面，不会比一张纸更有效。党所做的最坏之事，是说服人们仅靠冲动或感情解决不了任何问题，而同时让你在现实世界中变得彻底软弱无力。一旦落入党的手里，你感觉到或者没感觉到什么，你做了或者控制住没做什么，那都完全无关紧要。不管发生什么事，你都是消失得无影无踪了，你和你的行为从此湮没无闻，你被不留痕迹地从历史河流中清除掉。然而对仅仅两代之前的人来说，这点似乎并非很重要，因为他们无意篡改历史，他们遵从的，是个人之间的忠诚，从来不会对之怀疑。重要的是个人之间的关系，一个完全徒劳的动作、一个拥抱、一滴眼泪、向垂死之人所说的一句话等等，都具有自身的价值。他突然想到，群众保持着这样，他们不会忠诚于一个党、一个国家或者一种思想，他们互相忠诚。他不再看不起群众，或者只是把他们看做一种早晚会猛醒并改造世界的惰性力量，这在他是第一次。群众仍保持有人性，他们的内心没有硬化，一直怀着朴素的感情，而他温斯顿却需要通过自觉努力再次学到。想到这点时，也没有什么明显的联系，他就想到几周前看到人行道上的一只断手时，他是怎样把它踢到阴沟里的，似乎那是片卷心菜梗。

“群众是人，”他大声说，“我们不是。”

“为什么？”茱莉娅问道，她又醒了。

他想了一小会儿。“你有没有想到过，”他说，“对我们来说，最好是在还来得及之前离开这儿，以后永远不再见面？”

“对，亲爱的，我想到过，想过很多次。可是不管怎样，我都不会那样做。”

“我们运气好，”他说，“不过好运气持续不了很久。你还年轻，看上去正常而且清白，如果能和我这种人保持距离，你有可能再活五十年。”

“不，我全想到过。你干什么，我也会干什么。你别太沮丧，我的生存能力强着呢。”

“我们也许能够再在一起半年或者一年，不晓得，可是最终我们还是注定会分开。你有没有意识到我们将何等孤立？他们抓了我们后，我们谁都没办法为对方做些什么，绝对什么也不能。如果我坦白，他们会枪毙你；如果我不坦白，他们一样会枪毙你。我能做什么或说什么，或者我不说什么，都绝对无法把你的死推迟五分钟。我们两个人甚至不会知道对方是死了还是活着，我们会完全无能为力。不过有一点是重要的，那就是我们不会互相背叛，虽然这点也不会影响结果。”

“如果你说的是坦白，”她说，“我们会坦白的，没错。每个人都会，你无法坚持不坦白，他们会拷打你。”

“我不是说坦白，坦白不是背叛。你说了什么没说什么都无关紧要：要紧的只有感情。可他们无法让我不爱你，那会是真正的背叛。”

她想了一下。“他们做不到，”她最后说，“那件事他们做不到。他们能强迫你说出任何话——**任何话**——却无法强迫你心里也相信，他们进入不了你内心。”

“对，”他说道，心里也多了点希望，“对，非常正确。他们进入不了你内心。如果你能觉得保持人性是值得的，即使那也不能带来任何结果，你就已经打败了他们。”

他想到了永远在监听的电屏，他们可以日日夜夜监视你，但只要你能保住项上人头，就仍然能智胜他们。他们尽管聪明绝顶，却仍然未能掌握如何发现另一个人心里在想什么的秘密。也许等你真正落到他们手里后，就并非绝对如此了。人们不知道在仁爱部会遭遇到什么，不过可以猜到：拷打，药品，记录你的神经反应的精密仪器，通过不让睡觉、单独监禁以及无休止的审讯一步步击垮你。不管怎样，你无法守住一直不说实话，他们会用审讯挖出来，用拷打的办法从你嘴里撬出来。但如果目标不是求得活命，而是保持人性，说到底，那又有什么关系？他们无法改变你的感情，在这个问题上，连你也不能改变自己的感情，即使你心里想。他们能够详细至极地挖出你所做、所说及所想的任何事，然而你内心仍然不可征服，它的运转即使对你自己来说，也是神秘莫测的。

8

他们来了，到底还是来了！

他们站在一间长方形房间里，灯光柔和，电屏的声音调得很小，华美的深蓝色地毯给人一种像是走在天鹅绒上的感觉。在房间内的远端，奥布兰正坐在一张桌子前，在一盏带有绿色灯罩的电灯下工作着，左右两边都有一堆文件。仆人领茱莉娅及温斯顿进去时，他也没有费神抬头看。

温斯顿的心脏扑通扑通跳得很厉害，他怀疑自己是否还能开口说话。他们来了，到底还是来了，那是他唯一的想法。来这里已经算是够轻率的，两人一起来，就更是愚蠢，尽管他们来时，确实走了不同的路线，只是在奥布兰的门口会合。单单走进这样一个地方，就需要鼓足勇气才行，从里面看一眼内党党员所住的地方，或者说就连进入他们所住的这一区，都是很少有的事。巨大的公寓楼房的总体气氛，所有东西的华美感和宽敞感，好食物、好烟丝的陌生气味，无声而且快得难以置信的电梯滑上滑下，身穿白色短上装的仆人匆匆来去——一切都令人生畏。虽然来这里有很好的借口，他还是每走一步都担心墙角会突然冒出一个身穿黑色制服的警卫，要求看他的证件并命令他滚开。但奥布兰的仆人没犹豫就让他们进去了。他是个身穿白色短上装的黑头发矮个男人，长了张全无表情的菱形面孔，也许是个中国人。他领他们走过的那条过道上，铺着柔软的地毯，墙上贴着奶黄色墙纸，还有白色护墙板，全都一尘不染，同样令人生畏。温斯顿记得他所见过的墙壁无一例外，都被许多人的身体蹭得脏兮兮的。

奥布兰的手指间捏了张纸条，好像正在专心看。他那张凝重的脸庞俯视着，以至于能看到他鼻子的轮廓，样子既令人敬畏，又是聪明的。在可能有二十秒的时间里，他坐在那里一动不动，然后他把口述记录器拉向自己，用部里的混合行话叽里咕噜说了一通：

“项目一逗号五逗号七批准句号建议包括第六项加加荒谬近于罪想取消句号前所未有建设性不取加满估计机械顶上句号通知结束。”

他不慌不忙地从椅子上起身，走过不发出脚步声的地毯到了他们面前。说完那些新话单词后，他身上好像少了点官气，脸色却比平时更为阴沉，似乎因为被打扰而感到不快。温斯顿内心已有的恐惧好像突然被一种正常的尴尬所取代。在他看来，似乎很有可能他完全犯了个愚蠢的错误。他又有什么实实在在的证据，认定奥布兰会是某种政治反叛者呢?除了一个眼神和仅仅一句意义模糊的话语外一无所有，剩下的只是他内心的想象，是建立在一个梦境的基础上。他甚至无法退一步假装他是来借词典的，因为那样的话，就无法解释茱莉娅何以跟他一起来了。奥布兰走过电屏时，似乎突然想到什么。他停下脚步，转身按下电屏上的一个开关，只听得一声脆响，那个声音停止了。

茱莉娅因为惊诧而轻轻尖叫了一声。温斯顿已经感到恐慌，但还是震惊得不由脱口而出：

“您可以把它关掉！”他说。

“对，”奥布兰说，“我们可以把它关掉，我们有这个特权。”

他这时正对着他们，魁梧的身体矗立在他们两人面前，他脸上的表情仍然不可捉摸。他有点像是在严肃地等温斯顿说话，可是说什么好呢？即使是现在，很有可能的是他这位忙人正恼火地琢磨他们为何要来打扰他。谁也没说话，电屏被关掉后，房间里是死一般的寂静，每一秒都好像过得很慢。温斯顿仍然费力地直盯着奥布兰的眼睛。接着那张阴沉的面孔突然放松了，似乎接下来就要微笑。奥布兰推了一下眼镜，那是他特有的动作。

“我先说还是您先说？”他说。

“我先说吧。”温斯顿马上说，“那个真的关了吗？”

“对，全关了。只有我们。”

“我们来这儿是因为——”

他顿了一下，首次意识到自己动机的模糊性。因为实际上，他不知道他指望能从奥布兰这里得到什么样的帮助，所以难以讲出自己来这里的原因。他继续开口说话，也意识到他一定说得既有气无力，又矫揉造作。

“我们相信存在着某种串联活动，某种与党对抗的地下组织，而且相信您有所参与，我们想加入，为它工作。我们与党为敌，不相信英社的原则，是思想犯，也是通奸者。我告诉您这些，是因为我们想把自己交给您，听凭您发落。如果您觉得我们是自投罗网，我们也认了。”

他感觉门被打开了，他停下来扭头瞟了一眼。一点没错，那个黄面孔矮个仆人没敲门就进来了，温斯顿看到他拿了个托盘，上面有一个玻璃瓶和几个玻璃杯。

“马丁是我们的人。”奥布兰淡淡地说，“把酒拿过来，马丁。放在圆桌上。这儿椅子够不够？我们最好还是坐下来舒舒服服地谈。给你自己搬张椅子进来，马丁。这是正事，你可以暂停十分钟不做仆人了。”

矮个子男人动作很自然地坐了下来，但仍然有种仆人式的神态，是仆人享受到另眼相待时的神态。温斯顿拿眼角瞄着他。他突然想到那人一辈子都在扮演一个角色，觉得即使仅仅暂时放下装扮的身份，也是危险的。奥布兰手握玻璃瓶的瓶颈，把一种深红色的液体倒进几只玻璃杯。这一动作唤起了温斯顿的模糊记忆，就是很久以前在墙上或是广告牌上看到过的——一个由电灯拼成的巨大瓶子似乎在上下动着，把里面的东西倒进杯子。从上方看，那东西几乎是黑色的，在玻璃瓶内，却闪着红宝石般的光芒，有种又酸又甜的味道。他看到茱莉娅拿起她那杯很好奇地闻了闻。

"这叫葡萄酒，"奥布兰带着一丝不易察觉的笑容说，"你们肯定在书本上读到过，不过恐怕外党党员很少能喝到。"他的脸色又沉下来，却又举起酒杯。"我觉得应该先让我们为健康干杯，祝我们的领袖，也就是伊曼纽尔·戈斯坦因身体健康。"

温斯顿多少有点急切地举起他那杯酒。葡萄酒是一种他读到也梦到过的东西，就像那块玻璃镇纸和查林顿先生记了一半的押韵诗，属于已经消失的、浪漫的过去——那是他自己心里对旧时代的叫法。不知为何，他总以为葡萄酒像黑莓酱一样，味道很甜，而且很快就能让人有醉意。实际上，他终于喝到时，那种东西显然令人失望。原因在于喝了许多年杜松子酒后，他变得几乎不会品酒。他放下空玻璃杯。

"这么说是有戈斯坦因这个人了？"他问道。

"对，有这么一个人，而且还活着。至于在哪儿，我也不知道。"

"那么串联活动还有地下组织呢？是不是真的有？不会纯粹是思想警察无中生有编出来的吧？"

"不，是真的，我们叫它兄弟会。除了它存在以及你属于其中一员，别的你什么都不会知道，我很快就会再谈到这点。"他看了看他的手表。"即使是内党党员，关掉电屏超过半小时也是不明智的。你们不应该一起来，必须分别离开。您，同志——"他向茱莉娅点了点头。"您先走。我们还有二十分钟左右。你们要明白我必须问一些问题。总的说来，你们准备做什么？"

"做任何我们力所能及的事。"温斯顿说。

奥布兰在椅子里把身子转过一点，好正对着温斯顿。他几乎对茱莉娅视而不见，似乎想当然认为温斯顿能代表她说话。他闭眼一会儿，然后开始以低沉而无感情的声音提问起来，好像是例行公事，是种问答教学法，多数问题的答案他已经心里有数。

“你们愿意牺牲自己的生命吗?”

“愿意。”

“你们愿意杀人吗?”

“愿意。”

“去干可能导致几百个无辜百姓丧命的破坏活动呢?”

“愿意。”

“去向外国出卖你的国家呢?”

“愿意。”

“你们愿意去欺骗、造假、勒索、腐蚀儿童的思想、散发让人上瘾的药品、教唆卖淫、传播性病——做任何可能导致道德败坏以及削弱党的力量的事吗?”

“愿意。”

“比如说,如果向小孩脸上泼硫酸这件事在某种意义上说对你们有利——你们也愿意去做吗?”

“愿意。”

“你们愿意隐姓埋名,余生都当一个服务员或码头工人吗?”

“愿意。”

“如果我们命令你们自杀,你们也愿意吗?”

“愿意。”

“你们愿意——你们两个人——永远分开不再见面吗?”

“不!”茱莉娅突然插了一句。

而温斯顿觉得自己好像过了很久才回答。有那么一阵子,他甚至好像无力说话。他的舌头在无声地动着,先是想发出某个词的音节,接着又想发另外一个词的开头音节,他不知道说什么好。“不。”他最后说。

“你们能告诉我很好,”奥布兰说,“我们有必要了解一切。”

他转过身面对茱莉娅又说起话来,语气里多了点感情。

“您明不明白就算他不死,他也可能变成另一个不同的人?我们可能不得不给他一个新身份。他的脸、动作、手形、头发颜色——甚至声音都会不一样了,而且有可能您自己也会变成另外一个人。我们的外科医生能把一个人改头换面得认不出来,有时候这也是必要的,有时候我们甚至会截去他的一只手或脚。”

温斯顿忍不住又很快瞟了一眼马丁那张蒙古人种的脸庞，上面看不到有什么疤痕。茱莉娅的脸略微变得苍白了一些，让她的雀斑显现出来，但她仍然大胆地看着奥布兰。她咕哝了一句什么话，似乎是表示同意。

“好，这就好了。”

桌子上有个装香烟的银盒，奥布兰很是心不在焉地把烟推给温斯顿他们抽，自己也抽了一根，接着他站起身，开始慢慢踱来踱去，似乎他站着可以更好地思考。那是种高级香烟，很粗，卷得很好，卷烟纸也有种不寻常的柔滑感。奥布兰又看了看手表。

“马丁，你最好去餐具室，”他说，“再过一刻钟我就要再打开电屏了。你走的时候，好好认认这两位同志的脸，你会再见到他们，我可能不会。”

跟刚才在大门口时一样，矮个男人的黑眼睛扫视着他们的脸庞。他的举止里丝毫没有友好的样子，他在记下他们的外貌，然而对他们不感兴趣，要么是看不出他感兴趣。温斯顿想到假面可能无法改变表情。马丁没说话，没做出任何打招呼的动作就出去了，走时无声地关上了门。奥布兰在踱来踱去，一只手放在黑色工作服的口袋里，另一只手夹着香烟。

“你们要明白，”他说，“你们将在黑暗里斗争，永远会是在黑暗里。你们会收到命令，然后服从命令，也不会明白是为什么。回头我送给你们一本书，从这本书里，你们会了解到我们在其中生活的这个社会的真正本质，还有我们据以摧毁它的策略。读完这本书，你们就是兄弟会的正式成员了。但是除了我们为之奋斗的总目标以及当前任务，你们对兄弟会永远了解不到什么。我告诉你们它存在，但是我告诉不了你们它的成员有一百个呢，还是一千万个。以你们的个人经历来说，你们永远连十几个兄弟会成员的名字也说不上来。你们会有三四个联系人，他们经常消失，然后由别人接上。因为这是你们的初次联系，所以会保持下去。你们收到命令时，会由我发出。如果我们觉得有必要跟你们联系，就会通过马丁。最终被抓到后，你们会坦白，那不可避免，但是除了自己的行为，你们能坦白的很少。你们坦白出来的，不过是少数几个不重要的人。很可能你们甚至无法出卖我。到那时，我要么已经死了，要么成了另外一个人，长着另外一副面孔。”

他又在柔软的地毯上走来走去。虽然他很魁梧，举动中却仍具有非凡的优雅之处。即使在他把手伸在口袋里，或者把弄那根香烟时，仍能散发出优雅的气质。他给人一种印象：他不仅有力量，而且自信和善解人意，尽管带有嘲讽意味。不管他内心可能有多么热切，他一点也没有狂热分子的那种执着的样子。说起谋杀、自杀、性病、截肢和易容时，他隐约有种开玩笑的样子。“这不可避免，”他的话音似乎这样表示，“这是我们一定要做的，不能退缩。然而如果生命再次变得值得活下去，我们就不会做这件事。”温斯顿对奥布兰的钦佩之情油然而生，那几乎是崇拜。他暂时忘了戈斯坦因那幽灵般的形象。看着奥布兰结实的肩膀和坚毅的脸庞时——非常丑陋而又非常文雅——不能不相信他不可击败。他精通谋略，能预见到所有危险。连茱莉娅也似乎被他打动了。她由着她那根烟自行燃尽，在聚精会神地听着。奥布兰继续说道：

“你们已经听到过有关存在兄弟会的传言，无疑你们也已经形成了自己的看法。以你们的想象，兄弟会进行规模巨大的地下串联活动，在地下室秘密聚会，在墙上涂写东西，通过暗号或者特殊手势互相接头等，然而这种事情一样也不存在。兄弟会的成员无法互相确认，对任何一个成员来说，除了很少几个人，不可能知道更多成员。即使戈斯坦因落到思想警察手里，他也招不出一份成员名单，也招不出什么资料让他们能顺藤摸瓜得到全体成员的名单，根本不存在这样的名单。兄弟会无法完全被消灭，因为它不是一般意义上的组织，它之所以存在，靠的是一种信念，那不可摧毁。除了这种信念，你们永远不会有别的来支撑自己。你们感受不到同志之情，也没人来鼓励你。最终被逮捕后，你们不会得到任何帮助。我们从来不对成员进行营救，最多是在绝对需要让某个人不能开口时，有时把一个剃须刀片夹带送进牢房。你们必须适应没有结果也没有希望的生活。你们会工作一段时间，然后会被逮捕，你们会坦白，后来就会被处死。这些是你们将看到的仅有的结果，任何可见的变化在我们这辈子里都不可能看到。我们是死了的人，我们真正的生命在于未来。我们会仅仅以几捧尘土、几块骨头参与到未来，然而未来有多远不得而知，可能在一千年后。目前，除了一点点扩大具有理智思想的人群，别的都不可能。我们不能合力行动，只能通过一个人向另一个人、一代向下一代这种方式来向外传播我们的认识。在思想警察当道时，你别无选择。”

奥布兰停了下来，第三次看他的手表。

“差不多到了您该走的时间了，同志。”他对茱莉娅说，“等等，瓶里还有一半呢。”

他把杯子全倒满，然后手持杯柄举起他那杯酒。

“这次是为什么而干杯呢？”他仍然带着一丝讥讽的样子说，“为了思想警察不辨东西？为了老大哥死掉？为了人性？为了未来？”

“为了过去。”温斯顿说。

“过去最重要。”奥布兰严肃地表示同意。他们喝完了杯子里的酒，然后过了一会儿，茱莉娅起身要走。奥布兰从橱柜顶上取下一个小盒子，递给她一片扁平的白色药片，要她放在舌头上。他说在出去时别冒酒气，这一点很重要，因为开电梯的是个善于观察的人。她出去后门一关上，奥布兰就似乎已经忘了她的存在。他又来回踱了几步，然后停了下来。

“还有些细节问题。”他说，“我估什你们有个藏身处？”

温斯顿跟他说了查林顿先生楼上的房间。

“那里暂时可以用，以后我给你们另外安排一个地方，重要的是经常变换藏身地。另外，我要把‘那本书’送给您。”温斯顿注意到就连奥布兰说起那个词时，好像也是带了引号。“您也明白，就是戈斯坦因的书，可能要过几天我才能拿到一本。您可以想象到，没有几本在世，思想警察对它的查抄和销毁跟我们印刷它的速度一样快，但那几乎无关紧要，这本书不可毁灭。上一本没有了，我们可以几乎一字不错地再印一本。您上班带不带公文包？”

“肯定带。”

“什么样的？”

“黑色，很破旧，有两根系带。”

“黑色，两根系带，很破旧——好。近期的某一天——我不能肯定是哪天——您上午上班时收到的通知中，有个词是印错的，您必须要求重发那个通知。第二天，您上班时别带公文包。那一天某个时候，有人会碰碰你的胳膊说：‘我想您的公文包掉了。’在他给您的公文包里，有本戈斯坦因的书。您要在两周内归还。”

他们有一阵没说话。

“还有几分钟您就得走了，”奥布兰说，“我们会再次见面——如果我们真能再次见面——”

温斯顿抬头看着他。“在没有黑暗的地方?”他迟疑地说。

奥布兰点了点头,没有显得惊讶。“在没有黑暗的地方。”他说,似乎也想起了这句话的出处。“还有,在您走之前,还有什么想说的话?有没有什么口信?什么问题要问?”

温斯顿想了一下,好像也没什么问题想问了,更没有想泛泛而言地唱高调。他想到的不是直接跟奥布兰或者兄弟会有关的任何事情,他脑子里出现的,是混合在一起的图像,包括他跟母亲度过最后一段时间的阴暗房间,查林顿先生铺子上面的房间,那块玻璃镇纸还有带玫瑰木画框的钢雕版版画。他几乎是随随便便地问:

“您会不会刚好知道一首老押韵诗?开头是:‘橘子和柠檬。’圣克莱门特教堂的大钟说。”

奥布兰又点了点头,他严肃而有彬彬有礼地说完了诗中那一节:

“橘子和柠檬。”圣克莱门特的大钟说。
“你欠我三个法寻。”圣马丁教堂的大钟说。
“你什么时候还我?”老百利的大钟说。
“等我富了再说。”肖尔迪奇教堂的大钟说。

“您知道最后一行!”温斯顿说。

“对,我知道最后一行。现在您恐怕该走了,到时间了,可是等一下,最好让我给您取片药。”

温斯顿站起身来,奥布兰伸出一只手,他握手有力得要把温斯顿的手给捏碎。到门口时,温斯顿转过头,奥布兰却似乎正在把他从心里忘掉。他在等待,手放在控制电屏的开关上。在他身后,温斯顿能看到写字台、绿色灯罩的电灯、口述记录器和放着厚厚文件的铁丝篮。这件事情已经结束。他想到过半分钟后,奥布兰又会重新为党做起中断的重要工作。

9

温斯顿疲劳得像凝胶一样。凝胶是个恰当的用词，自动出现在他脑海里。他的身体似乎不仅像果冻那样软，而且也呈半透明状。他觉得如果把手举起，会看到光线透过来。全部血液和淋巴液都因为无比繁重的工作而被抽干，只留下由神经、骨骼和皮肤组成的脆架子。所有知觉都似乎被放大，工作服在摩擦他的肩膀，人行道让他的脚底发痒，甚至把手张开攥住都是种费力的动作，能让他的关节格格作响。

他在五天内的工作时间超过九十个小时，部里其他所有人也是。现在全结束了，直到明天上午，他实际上无事可做，没有任何党安排的工作要做。他可以去那个藏身处过上六小时，然后再在自己的床上睡九小时。在不算炎热的下午阳光中，他慢腾腾地走上一条通向查林顿先生的铺子的肮脏街道，同时也注意看有没有巡逻队出现，然而他感情用事地相信这天下午不可能有谁来干涉他。他带的公文包重得每走一步都碰到他的膝盖，让他的腿部皮肤从上到下都有发麻的感觉。里面装的就是“那本书”，他带着它已有六天，但是还没有打开过，甚至也没看过一眼是什么样子。

仇恨周的第六天，在经过游行、讲话、呼喊、歌唱、旗帜、宣传画、电影、蜡像、军鼓敲打和小号尖响、操正步的踏地声、坦克履带的轧轧声、大批飞机的轰鸣、枪炮齐响——这样过了六天之后，最高潮颤动着接近顶点，对欧亚国的全面仇恨沸腾着达到狂乱的程度。将在仇恨周的最后一天被公开处以绞刑的两千个欧亚国战争犯如果落到人们手里，无疑会被撕成碎片。但就在这时，却宣布大洋国根本不是在跟欧亚国，而是在跟东亚国打仗，欧亚国是盟国。

当然，无人承认有过任何转变，只是极其突然地，每个人都知道了敌国是东亚国而不是欧亚国。大家知道的那一刻，温斯顿正在参加一次示威活动，在伦敦的中心广场举行。时当夜晚，那些白色的面孔及鲜红的旗帜被耀眼的泛光灯照射着。广场上集中了数千人，其中包括一千个身穿侦察队制服的小学生组成的方阵。在用红布装饰的讲台上，某个内党的演讲家正向人群做着慷慨激昂的讲话。他是个瘦削的矮个男人，长着跟身材不相称的长手臂和一颗硕大的秃顶头，上面还有几绺稀疏的头发。他长得像个侏儒，因为仇恨而扭动着身子，一只手抓着话筒柄，另一只手——胳膊瘦骨嶙峋，手却大如蒲扇——在头顶的空气中凶狠地抓舞。他的声音因为扩音器而带上了金属味，在没完没了地迸射着一系列内容，诸如暴行、屠杀、驱逐、抢劫、强奸、拷打战俘、轰炸平民、散布谎言的宣传、侵略、背信毁约等。听着他演讲，你不可能不先是相信，然后变得疯狂。每隔一阵子，人群的愤怒沸腾起来，喇叭的声音被野兽般的咆哮声压了下去，那是从几千个喉咙里不可遏制地爆发出来的。而最为野性十足的喊叫，来自那些学童。讲话持续了可能有二十分钟时，一个通讯员匆匆走上讲台，把一张纸条塞到演讲家手里。他打开看了一眼，然而并未停止演讲。他的声音和行为都没有任何改变，他演讲的内容也未改变，但是突然间，那些名字变了。不用说什么话，理解像波浪一样掠过人群。大洋国在跟东亚国打仗！然后出现一阵剧烈的骚动。广场上布置的旗帜和宣传画全错了！超过一半的宣传画上印错了面孔。这是蓄意破坏！戈斯坦因的特务在行动！接着出现了暴乱般的一段插曲，宣传画被人们从墙上扯下来，旗帜被撕成碎片踩到脚底。侦察队的队员表现出了惊人的敏捷身手，他们爬上楼顶，把烟囱那里飘扬的三角旗剪掉。才两三分钟时间，这些工作就全部完成了。那位演讲家仍紧攥话筒柄，肩部前倾，另一只空出来的手在空中抓舞，仍然在演讲。再过一分钟，人群中又爆发出因愤怒而引起的野蛮咆哮声。仇恨周跟刚才一样，丝毫不走样地进行，只是仇恨的对象变了。

温斯顿回头想一想时，令他印象深刻的是，那个演讲者实际上是在某句话中间变了调，不仅没打顿，而且甚至没破坏句子结构。但在那时，他还在想着另外一件事。宣传画被扯掉的混乱时刻，有个他没看到其长相的男人拍拍他肩膀说："对不起，我想您的公文包掉了。"他没说话，心不在焉地接过公文包。他知道还要再过几天，他才有机会看看里面的东西。示威活动结束后，他立即回到了真理部，尽管那时已经差不多二十三点。部里全体工作人员都是这样做的。电屏里已经传出要他们回到工作岗位上的命令，但那几乎是多此一举。

大洋国在跟东亚国打仗，大洋国一直在跟东亚国打仗。过去五年内的政治性文献的绝大部分都已完全落伍，所有报道和档案、报纸、书籍、小册子、电影、录音、照片等等——一切都必须以闪电般的速度改掉。虽然没有什么指示，但大家都明白，部里的首长希望在一星期内，让所有地方都不再提到跟欧亚国打仗、与大洋国结盟之事。这项工作极其艰巨，而且由于不得明言涉及到的做法而更显艰巨。档案司里的每个人都是每天工作十八个小时，小睡两次，每次三个小时。从地窖里取出了床垫，走廊上摊的全是。三餐饭由食堂服务员用推车推着到处发放，包括三明治和胜利咖啡。每次温斯顿暂停工作去睡会儿觉时，总是努力把桌子上的活干完；而每次当他眼皮沉重、腰酸背痛地拖着脚步回来后，他的桌子上又堆满积雪一样的纸卷，不仅把口述记录器埋了一半，而且多得掉到了地上，因此他要做的第一件事，总是把纸卷堆成够整齐的一堆，好给自己腾出地方干活。最难办的，是这项工作根本不是完全机械性的，一般情况下用一个名字代替另一个就行了，而是凡在处理某些事件的详细报道时，都需要细心再加上想象力，甚至在把某场战争搬到世界上另外一个地方时，都需要相当丰富的地理知识才行。

到了第三天，他的眼睛疼得难以忍受，眼镜片每隔几分钟就需要擦一次。这就像在撑着干一件极其累人的体力活，一件有权利拒绝去干，然而又神经质地渴望将其完成的活。他低声向口述记录器念出的每个词、蘸水笔的每一画都是精心编造的谎言，然而在有时间回想一下时，他不记得自己被这一事实困扰过。跟档案司里别的人一样，他渴望能把这种伪造工作干得十全十美。第六天上午，纸卷来量少了下来。长达半小时里，什么也没有从管子里吹送出来，然后又是一个纸卷，接着又没有了。差不多在同一时间，每个地方的工作都轻松了。记录司里的每个人都悄悄长叹一口气，一件不可提及的伟大功绩完成了。现在对任何人来说，都无法以文件证据证明跟欧亚国发生过战争。十二点时，出人意料地收到通知，说部里所有工作人员从下午到第二天上午都不用上班。温斯顿仍带着装有“那本书”的公文包——工作时放在两腿之间，睡觉时放在身子下面——回了家，刮过脸后，他几乎在浴缸里就睡着了，虽然水才微温而已。

他爬上查林顿先生铺子里的楼梯，关节有点叫人舒服地咯咯作响。他身上累，却不再困乏。他打开窗户，点亮肮脏的小油炉，在上面放了一锅水，准备煮咖啡。茱莉娅很快也会来，还有“那本书”也在这里。他坐在那张脏兮兮的扶手椅上，解开了公文包的系带。

这是本黑面厚书，装订较差，封面上没印作者名或书名，印刷字体也略微有点不一致。页边已经破旧不堪，很容易就会散页，似乎这本书已经过很多人手。有书名的那一页上印着：

寡头集体主义的理论与实践

伊曼纽尔·戈斯坦因 著

温斯顿开始阅读：

第一章

无知即力量

有史以来，很可能自新石器时代结束以来，世界上一直存在三种人：上等人、中等人和下等人。他们以很多方式再往下细分，有过无数不同的名称，他们的相对数量以及相互态度都因时代而异，然而社会的基本结构却从未改变。即使经过翻天覆地和似乎不可逆转的变化之后，同样的格局总是重新得以奠定，就像无论往哪个方向推得再远，陀螺仪都会恢复平衡一样。

这三个阶层的目标永远不可调和……

温斯顿停了下来，主要是为了体会一下他正在舒适安全地读书这一事实。他独自一人，没有电屏，锁眼上也无人偷听，没有扭头扫视或捂住书本这种不安的冲动。宜人的夏日微风吹拂他的脸颊，从远方某处，隐隐约约传来小孩子的叫喊声。在这房间里，除了时钟虫鸣般的走时声，没有别的声音。他往扶手椅里坐得更深一些，把脚放在壁炉前的挡板上。这是种无上的幸福，是不变的永恒。突然，正如一个人有时会翻一本他知道最终会把每个词都一读再读的书本那样，他把书翻到另外一处，发现已经是第三章。他继续阅读：

第三章

战争即和平

二十世纪中期以前，即可预见到世界将分成三个超级大国。由于俄国吞并了欧洲，大英帝国被美国所吞并，现存三大国中，有两个在当时已实际存在，第三个大国东亚国将在又经过十年混战后崛起。三者之间的边界在有些地区很明确，而在另外一些地区，随着战争形势发展而波动，但一般而言是按照地理界线。欧亚国包括整个欧亚大陆北部，从葡萄牙到白令海峡；大洋国包括美洲、大西洋岛屿以及不列颠各岛、澳大利亚和非洲南端；东亚国比另外两国小一些，西部边界不是很确定，它包括中国及其以南地区、日本群岛以及蒙古。

要么联甲攻乙，要么联乙攻甲，三个超级大国永远处于交战中，过去二十五年里一直如此。然而战争也不再像二十世纪前几十年的战争那样，具有孤注一掷、你死我活的性质。它是各个无法击溃对方的参战国之间目标有限的战事，既无具体开战原因，也无意识形态方面的真正差异。但这并不是说战争方式或者在战争问题上的盛行态度变得没那么嗜血或者多了点骑士精神，恰恰相反，战争歇斯底里症在各国内部都经久不衰并普遍存在，像强奸、劫掠、屠杀儿童、把大批人口变成奴隶，甚至发展到煮死及活埋这样针对战俘的报复行为都被视为正常，而且如果是己方而不是敌方所为，此种行为就更值得称颂。然而从实际意义上说，战争涉及的人数很少，其中绝大多数都是受到高度训练的专家，造成的伤亡数字相对少一些。战斗都是在一些不清不楚的边境地区，一般人都知之不详，要么在扼据海路战略地点位置的水上堡垒附近。从各国社会和生活方式意义上说，战争的意义仅限于消费品的常年短缺和偶尔打来一颗火箭弹炸死几十个人而已。事实上，战争的特点已经改变。说得更准确点，发动战争的理由在重要性顺序上已经改变。在二十世纪上半叶的大战中只占较小程度的动机现在已成为主导性的，被有意识认可并依照其行动。

为理解如今的战争——因为战争或结盟的对象每隔几年总会变化，但总是同样的战争——人们必须首先理解战争不可能是决定性的。三者的任何一个都不可能完全被征服，甚至另外两国联合起来也做不到，它们过于势均力敌，而且相互之间的天然屏障太难克服。欧亚国被其辽阔疆域所保护，大洋国依靠大西洋和太平洋的宽度，东亚国靠的是其居民善于生养以及勤劳的本性。第二，从实际意义上说，也没可以为之打仗的原因了。随着自给自足经济体制的形成，生产和消费达到互相平衡，在以前的战争中作为主要战争理由的争夺市场这点已不复存在，原材料之争也不再是你死我活的问题。不管怎样，三个超级大国辽阔得能够在各自疆域内取得所需全部物资。如果说战争还有直接经济原因，那就是对劳动力的争夺。各大国的国境之间，存在一个哪个国家都不曾长期占领的地带，大致呈四边形，四个角分别是丹吉尔、布拉柴维尔、达尔文港[①]、香港，它包括了全球五分之一的人口。三大国就是为了占领这一带人口密集的地区和北部的冰盖区而争斗不已。实际上，三者中谁都不曾占领过全部争议地区。它的各部分经常易手，要靠突然的背信弃义的行为，才能占据这一块或那一块地方，正是这一点，造成了结盟方式的不断变化。

所有被争夺的地区都蕴藏着宝贵的矿产资源，有些地方出产重要的植物产品，如橡胶。在较寒冷的地方生产橡胶，则需要以费用相对较高的合成方法。然而最重要的，是这些地区拥有永不枯竭的廉价劳动力储备。不管哪个国家，只要占领了赤道非洲或者中东地区，或者印度南部，或者印度尼西亚群岛，就同时能够支配几千万乃至几亿廉价而勤劳的苦力。这些地区的居民多少被公开置于被奴役的地位，永远是前一个征服者刚走，下一个又来，而且被当做煤和石油一样的消耗品，以竞赛制造更多军备，攫取更多领土，

① 丹吉尔为摩洛哥北部港口城市，布拉柴维尔为刚果共和国首都，达尔文港为澳大利亚北部港口城市。

控制更多劳动力，制造更多军备，攫取更多领土，就这样无限进行下去。应该看到的是，战斗从未越过被争夺地区的边界。欧亚国的国境在刚果河和地中海北岸之间波动；印度洋和太平洋的岛屿在大洋国和东亚国之间不停易手；在蒙古，欧亚国和东亚国的分界线从未稳定过；在北极地区，三者都声称对极其辽阔的疆域拥有主权，其实那里大部分地区都荒无人烟，也未经探测。力量平衡却总是被大体维持着，作为三大国的中心地域从未被侵犯过。此外，赤道地区被剥削人民的劳动对全球经济而言，也并非真正必需。他们对全球财富总量没有贡献，因为不管他们生产的是什么，总被用于战争这个目的，发动战争的目的，总是为了让己方国家在发动下次战争时处于有利地位。通过被奴役人民的劳动，永不停息的战争的速度会加快。然而即使他们不存在，全球社会结构以及这种结构自我维持的过程也不会有根本不同。

现代战争最重要的目标（根据**双重思想**原则，这一目标被内党的头头脑脑承认的同时也否认）是消耗机器的产品而不提高总体生活水准。从十九世纪末期开始，如何处理剩余消费品的问题就成为工业社会的潜在问题。当前，少数人就算能填饱肚子，这个问题显然仍不紧迫，即使不进行人为销毁，也可能不会成为紧迫问题。当今世界跟一九一四年以前的世界比较起来，是个物质缺乏、食不果腹、满目疮痍的世界，跟当时人们所设想的未来世界比起来更是如此。二十世纪初期，设想中的未来社会是个令人难以置信的富足安逸、井井有条、效率极高的社会——是个由钢铁和雪白水泥所构建的光彩夺目、一尘不染的世界——那是几乎每个识字的人们意识中的一部分。科学技术以惊人的速度发展，而且很自然可以想象科技会永远发展下去。但这些并未发生，部分由于长期战争和革命所造成的穷困，部分由于科技进步需要思想上的经验主义习惯，而在一个严格军事化管理的社会里，这种习惯无法幸存。总体而言，当今世界比五十年前的世界更原始。有些落后地区得到发展，不少东西被发明出来，但总是以某种方式跟战争和警方的侦察活动有关，实验和发明总体上说是停止了，二十世纪五十年代的核战争所造成的破坏从未被全面修复过。然而，机器的潜在危险性总是存在着。机器首次出现时，在所有能够思考的人们看来，人们不必再从事苦工，因此人与人之间的不平等现象很大程度上也将消失。如果机器是有意为此目标而使用，那么几代人以后，饥饿、过劳、肮脏、文盲和疾病就会被消除。实际上机器并非有意为此目标使用，而是按照一种自动的过程。在十九世纪末到二十世纪初差不多五十年时间里，机器确实大大提高了普通人的生活水平，这是通过生产出有时不可能不分配的财富来完成的。

然而同样明显的是，财富的全面增长具有毁灭性危险——确实如此，从某种意义上说，是要毁灭等级社会。如果这个世界上每个人都只需要工作很短的时间，能够填饱肚子，能够住在一幢有厕所、有冰箱的房屋里，而且拥有一辆汽车甚或一架飞机，最明显和也许是最重要的不平等将不复存在。如果这成为全面现象，那么财富就不会带来差别。无疑可以想象有这么一个社会，私人财产和奢侈品意义上的**财富**是平均分配的，而**权力**仍然把持在享受特权的少数人手里，但事实上，这种社会不可能保持长期稳定。如果所有人都能享受悠闲自在、高枕无忧的生活，绝大多数人都将学会识文断字和独立思考——而一般情况下，他们可能因为贫穷而变得愚昧——他们学会这些后，早晚会意识到享受特权的少数人是尸位素餐者，就会将之扫除。长远而言，等级社会只有建立在贫穷和无知的基础上，才有可能存在。回到农业社会——正如二十世纪初某些思想家梦想过的那样——实际上不可行，它跟机械化趋势相矛盾，而机械化在全球范围内已经差不多类似一种本能。再者，任何国家如果一直保持工业落后状态，那么在军事上都会过于软弱，肯定会直接或间接受制于更先进的对手国家。

通过控制物品产量来让广大人民保持贫穷状态，也不是令人满意的解决办法。在资本主义的最后阶段，约在一九二〇年到一九四〇年之间，很大程度上采用的就是这种办法。许多国家的经济因此一直处于停滞状态，土地抛荒，不再增添资本设备，很大一部分人没有工作，靠政府慈善行为才得以苟延残喘。然而也会导致军事上的弱势，因为它造成的贫困显然并非必需，使得反抗不可避免。问题是怎样让工业的车轮继续转动，而又不增加世界上的财富。必须生产出货物来，却又必须不去将之分配。实践中，只能通过不断的战争才能达到这一目标。

战争最根本的行为是毁灭，不一定是人命，而是人们的劳动产品。战争是个将物资粉碎或者抛到同温层，或者沉到海底的办法，否则这些物资就会让人们生活得过于舒适，因而从长远意义上说，会过于聪明。即使战争武器真的被摧毁了，武器生产仍是消耗劳动力的方便途径，而不用去生产任何可供消费的东西。例如,建造一个水上堡垒所使用的劳动力就能建造出一百艘货船,然而这一堡垒最终也会报废拆掉,永远不能为任何人带来物质上的好处,接着再花费极巨的劳动力去建造下一座水上堡垒。从原则上说,战争努力总是计划得能够消耗掉满足人们最低需求之外的所有剩余物。实际上,人们的需求总是被低估,结果是生活必需品中有一半总处于短缺状态,然而就连这点也被认为是有利条件。这是精心制订的政策,让即使享有特权的团体也在困苦的边缘徘徊,因为普遍的物资缺乏能够增加小小特权的重要性,从而能够导致不同集团之间的差别更为明显。以二十世纪初的标准衡量,甚至一个内党党员所过的生活也是艰苦朴素、工作繁重的。然而,他的确拥有的一些奢侈条件——他住面积很大、配套设施齐备的公寓,穿质地更好的衣服,享用高级的食物、酒类和烟草,还有两三个仆人供他驱遣,有自己的汽车或直升飞机——让他和外党党员的生活有天渊之别,而外党党员和他们称为“普罗”的贫不聊生的大批群众相比,又享有类似的特权地位。社会气氛是那种相当于被围困的城市之内的气氛,贫富的差别可能就是有没有一块马肉可吃。同时,由于人们意识到处于战争中,因此是处于危险中,这使得将全部权力交给一个小小的阶层似乎是自不待言,是为了生存下去不得已而为之。

可以看出,战争不仅完成了必需的摧毁工作,而且完成得在心理上也能接受。从原则上说,通过建造庙宇和金字塔,挖个坑然后再填上,或者甚至是生产出大批货物然后放把火烧掉这些方式,也能很简单地把过剩的劳动力浪费掉,然而这些方法仅能提供等级社会的经济基础,而非感情基础。在此,要关注的不是群众的精神面貌——只要让他们一直处于工作中,他们的态度便无关紧要——而是党自身的精神面貌。甚至是地位最低的党员也要求他们称职而且勤劳,甚至在有限的程度内头脑聪明,但是同样需要他们做易于轻信和愚昧无知的狂热分子,他们主要的精神状态是恐惧、仇恨、无限敬仰和欣喜如狂。换句话说,他应该具有和战争状态相适应的心理状态。战争是否真正发生着没有关系,而且因为不可能取得决定性胜利,战争进程的顺势逆势也没有关系,需要的只是应当保持战争状态。党要求其党员的智力分裂——这在战争气氛中更容易达到——现在几乎成了种普遍现象,而且所处职务越高,这一点就越突出。恰恰是在内党中,战争的歇斯底里症和对敌人的仇恨最强烈。以他作为管理者的身份,一个内党党员经常需要知道这条或那条战争消息是不实的,他也许经常也能意识到整个战争都是无中生有之事,既非正在发生着,也非为了跟所宣称的相去甚远的目的而发动,然而通过"双重思想",不难使这种认识失效。同时,没有一个内党党员对战争正在进行着的神秘信念有过一丝动摇,而战争注定将以己方取胜而结束,大洋国将成为无可争议的世界主宰。

对这种即将到来的征服,所有内党党员都将其当做事关信仰之事。征服要么通过攫取一块块领土逐渐达到,从而积聚起无坚不摧的强大力量,要么靠着研制出无法与之对抗的新式武器。这种研制新式武器的工作正在持续不断地进行,这也是具有创造力或者爱思考的头脑能得到用武之地的极少数活动之一。在当今大洋国,传统意义上的科学几乎已经不复存在。新话里没有"科学"这个词,过去的科学成就赖以建立的思维上的经验主义方法跟英社中最基本的原则相矛盾。就连技术进步,也必须是在它的产品能以某种方式用以减少人类自由的前提下才能取得。所有实用技术方面要么停滞不前,要么在倒退。耕作农田用的是马拉犁,书本却是用机器写就。但在至关重要的问题上——其实指的就是战争和警方的侦察活动——仍然鼓励用经验主义方法,要么至少这种方法得到容忍。党有两个目标,一是征服全世界,二是一劳永逸地消灭独立思考的可能性。因此,党要解决的最主要难题有两个,一是如何在并非本人自愿透露的情况下发现他正在想什么,二是在没有预警的情况下于几秒钟内消灭上亿人口。科学研究之所以仍继续进行,这些就是研究课题。现在的科学家要么是集心理学家和审讯者于一身,对脸部表情、动作和说话音调所蕴含的意义进行极其细致的研究,而且对让人说实话的药物、休克疗法、催眠和拷打肉体的效果进行试验;要么他是个化学家或者物理学家,或者生物学家,只研究专业上的特定分支,跟杀人有关。在和平部里的巨型试验室里和隐蔽在巴西森林里——或是在澳大利亚的沙漠中,或是南极洲的不为人知的岛屿上——的试验站里,一队队专家正在不知疲倦地工作着。有些专家只是在制订将来战争的后勤计划,有些专家在设计越来越大个的火箭弹、威力越来越大的炸药和防护性能越来越好的装甲;还有些专家在寻找更致命的毒气,或者可大批生产的可溶性毒药,以致能全部消灭地球上的植物或者能抵抗所有可用抗生素的病菌种类;另外有些专家在努力制造出可以在地下前进的车辆，如同潜艇在水下那样，或者像帆船一样不需要基地的飞机；还有些专家的研究方向更是匪夷所思，例如通过架设于几千公里以外太空中的透镜聚焦太阳光，或者利用地心热量，人为制造出地震和海啸。

但是所有这些项目离实现从来差得很远，三大国中，没有哪个能明显领先另两个。更值得注意的是，所有三者都已经拥有原子弹，那比他们目前任何一种研制工作有可能制造出来的武器的威力都更大。虽然党习惯性地将原子弹的发明归功于自己，然而原子弹早在二十世纪四十年代就已出现，差不多十年后开始大规模使用。当时，几百颗炸弹投在工业中心地区，主要在俄国的欧洲部分、西欧以及北美。其后果令三国的统治集团明白再多投几颗，就意味着有组织社会的末日，因而也是他们自己掌权的结束之日。因此，虽然正式的协定不曾存在过或者有迹象存在过，然而没有谁再扔原子弹。三大国全都只是继续制造原子弹并储备起来，等待决定性机会的到来，他们都相信那一天迟早会来。同时，战术在三四十年的时间里几乎被固定下来。直升飞机比以前使用得更频繁，轰炸机在很大程度上已被自动推进的炮弹所取代，易受攻击的可航战舰让路给了不会沉没的水上堡垒，然而在其他方面，几乎没有任何进展。坦克、潜水艇、鱼雷、机关枪，甚至步枪和手榴弹都仍在使用。虽然报章上和电屏里在报道没完没了的杀戮，但是像早期战争中孤注一掷的战斗，也就是在几周内使几十万甚至是几百万人送命的战斗，却从未再次发生过。

三大国中没有一个会企图进行有可能带来重大失败危险的部队调动。所采取的任何大规模军事行动，都是对盟国的突然袭击。三者都采用的，或自欺地采用的都是同样的策略。三者的计划是通过结合战斗、讨价还价和时机计算恰当的背叛行为，去占领多个基地，这些基地形成一个圆圈，将两个对手国家之一完全包围起来。然后跟该国家签下友好条约，在许多年时间里与其保持和平关系，以致其疑心全失、麻痹大意起来。这期间，装有核弹头的火箭弹可以集中到所有战略据点。到最后，这些火箭弹在同一时间发射，造成铺天盖地的效果，以至于不可能进行反击。然后再跟剩下的对手国家签订友好条约，并为下次攻击作准备。几乎不值一提的是，这种如意算盘只是白日做梦而已，没有实现的可能。不仅如此，除了赤道及北极附近的被争夺地区，从来没有哪个国家进攻过敌国领土，这就说明了各大国之间在某些地方有确定的边界。例如，欧亚国很容易就能攻占不列颠群岛，从地理位置上说，那是欧洲的一部分，另一方面，大洋国也能将其边界扩张到莱茵河甚至维斯图拉河[①]，但那样就违反了各大国都遵循的关于文化统一性的不成文原则。如果大洋国占领以前被称为法国和德国的地区，就需要或者消灭掉当地的居民——会是一项实行起来极为困难的工作，或者把差不多有一亿的人口同化，从技术发展角度来说，这些人口与大洋国的人口处于一致的水平。三大国都面临同样的难题，对其结构来说，绝对需要除了有限度地和战俘和黑人奴隶接触，不与外国人发生任何联系。甚至对目前的正式盟国，也以最复杂的猜忌之心度之。大洋国的普通公民除了见到战俘，从未见过一个欧亚国或者东亚国的公民，而且被禁止学习外语。如果他被允许跟外国人接触，就会发现他们跟他是一样的同类，他被告知的关于那些人的说法绝大部分是谎言，他在其中生活的封闭世界将被打破，而他的道德观赖以存在的恐惧、仇恨和自以为是的正义感就可能灰飞烟灭。因此，所有三方都意识到不管波斯或者埃及，或者爪哇岛，或者锡兰易手多少次，除了炮弹，一切都绝对不可越过边界。

在此背后，有一项从未明明白白讲出来的事实，然而被默认，并成了行为准则，那就是所有三大国中的生活状况都相差无几。在大洋国盛行的哲学叫英社，在欧亚国盛行的哲学被称为新布尔什维主义，而在东亚国盛行的哲学有个中文名字，通常被译做“崇死”，但是也许用“消灭自我”可以表达得更透彻一些。大洋国的公民被禁止了解另外两种哲学的任何宗旨，却被教导将其斥为野蛮地违背了道德和常识。实际上，这三种哲学几乎无法分别，所支持的社会体系根本没有任何区别，都是同样的金字塔结构，同样有着对半人半神领袖的个人崇拜，经济同样由连绵战争所维持并为战争而服务。因此，三者不仅不能将对方征服，而且征服了也不会有任何获益。恰恰相反，只要三者之间保持战争冲突，就会像三捆谷物那样互相支撑着。通常而言，三者的统治集团对其所作所为在意识到的同时也意识不到。生活中，他们都致力于征服全世界，然而他们也知道，有必要让战争在不可能取胜的情况下永远继续下去。同时，因为不存在征服或者被征服的可能，使得否认现实成为可

① 又称维斯瓦河，波兰最大的河流，流经华沙、克拉科夫等。

能，这也正是英社和与其对立的其他两种思想体系的特征。有必要重复一次之前已经讲过的东西，也就是通过变得连绵不断，战争从根本上说，改变了自身性质。

在过去，一场战争几乎从定义上说，是早晚会结束的，通常说来，胜利还是失败也明确无误。在过去，战争也是人类社会用以与具体现实保持联系的主要手段之一。每个时代的每位统治者都曾试图将错误的世界观强加给他们的追随者，然而不会鼓励他们拥有趋于影响军事效率的错觉，其后果令这些统治者承受不起。只要失败意味着失去独立，或者意味着通常被认为不好的结果，就一定要认真防备以避免失败。具体事实不能视而不见。哲学或宗教或伦理学或政治中，二加二可能等于五，但在设计枪支或者飞机时，二加二就必须等于四。缺乏效率的国家总是迟早会被征服，而追求效率则不利于产生错觉。再者，为追求效率，就有必要向过去学习，那就意味着对过去发生之事要有相当精确的观念。当然，以前的报纸和历史书经常是带着偏见和经过歪曲的，但不可能像如今这样进行伪造活动。战争能可靠地让人保持理智，对统治集团而言，它也许是让理智得以保持的所有措施中最重要的。不管战争是赢是输，没有哪个统治集团毫无干系。

然而，当战争实际上变成连绵不断时，它也不再是危险的了。战争连绵不断时，就没有军事必要这一概念，技术进步可以停止，最明显的事实可以被否认或漠视。正如我们已经看到的，仍在进行的、能称为科学研究的研究仍是为了战争这一目标，然而从本质上说，那是种白日梦，而研究出不了成果也不重要。效率，甚至军事效率都不再需要。在大洋国，除了思想警察，一切都无效率。因为三大国的每一个都不可征服，实际上每个国家都是个自成一体的世界，在其中，几乎想怎样歪曲思想都可以放心实行。现实只是在日常生活需要中凸现出来——饮食需要，住房需要，穿衣需要，避免服毒或者从顶楼窗户跳下来的需要，诸如此类。生与死、肉体的欢乐和疼痛之间仍有差别，但仅此而已。在被与外部世界以及过去切断联系的情况下，大洋国的公民就像位于星际之间的人，不知道哪个方向是上，哪个方向是下。这种国家里的统治者地位至高无上，就连以前的法老或恺撒都未曾达到。他们必须避免他们的追随者饿死太多，以致造成不便，而且还不得不与对手国家在军事技术上保持同样的低水平。然而一旦达到这些起码条件，他们就可以将现实随心所欲地进行扭曲。

因此，按照从前的战争标准来衡量，现代战争不过徒有虚名而已，它就像某种反刍动物之间的争斗，这种动物头顶的角所长的角度让它们不会互相伤害。但是尽管战争是不真实的，却并非没有意义。它会消耗掉剩余的消费品，也有助于保持那种特殊的精神氛围，那是等级社会所必需的。可以看出，现在的战争完全成了一种内部事务。过去，所有国家的统治集团虽然也承认他们的共同利益，因而对战争的破坏性进行控制，但他们的确互相开仗，而且胜利者也掠夺失败方。而在我们当今这个时代，他们根本没有互相开仗，战争是由统治集团向着自己的国民发动的，而且战争的目的，不是为了去攻占或防止被攻占领土，而是保持社会结构不变。因此，"战争"这个词就变得能使人误解。也许说得准确点，就是通过将其变得连绵不断，战争已不复存在。从新石器时代一直到二十世纪早期的战争对人们造成的那种独特压力也不复存在，而代之以很不相同的其他之事。如果三大国不是互相开战，而是同意永远保持和平，每个国家的边界都不受侵犯，结果将完全一样。因为在那种情况下，每个国家都仍是自成一统的天地，永远不会有外来危险所带来的使人头脑清醒的影响。真正永远的和平和战争将是一回事。这一点——虽然党员中的绝大多数只是在浅层意义上明白这一点——就是党的标语"战争即和平"的内在含义。

温斯顿停止了阅读。远处，一颗火箭弹雷鸣般爆炸了。独自在没有电屏的房间里读禁书的极乐感觉仍未消逝。独处和安全是种身体上的感觉，不知为何，它跟身体上的疲累感、扶手椅的柔软感以及窗外吹入的微风拂在脸颊上的感觉掺杂在一起。那本书让他读得入迷，或者说得更准确一点，它给了他安心的感觉。从某种意义上说，那本书上所写的内容没有什么他不知道，但那正是它吸引人的部分原因。如果他有可能把自己的零乱思想整理出来，书上所说的正是他会说的东西。它是由另外一个跟他具有类似思想的人写出来的，但在能力、系统性和无畏精神方面，此人比他强了许多倍。在他看来，最好的书本是告诉你一些你已知事情的书本。他刚刚翻回到第一章，就听到茱莉娅走上楼梯的声音，他从椅子上起身去迎接她。她把褐色工具包扔到地上，一下子扑进他怀里。他们超过一星期没见过面了。

“我拿到了‘那本书’。”松开她后温斯顿说。

“噢，你拿到了吗？好。”她没有多大兴趣地说，几乎马上就在油炉旁边跪下来开始煮咖啡。

直到在床上躺了有半小时后，他们才又回到这个话题。傍晚的凉意刚好可以让他们盖上床罩。楼下照常传来熟悉的唱歌声和靴子走在石板路上的摩擦声。温斯顿第一次来时看到的那个强壮的红胳膊女人几乎是院子里的固定景致，只要太阳不落山，她似乎没有一个钟头不是在洗衣盆和晾衣绳之间走来走去，嘴里不是塞着晾衣服的夹子，就是在兴致勃勃地唱歌。茱莉娅侧躺着，像是已经快睡着了。他伸手拿过在地板上放着的“那本书”，然后靠床头坐着。

“我们一定要读读它。”他说，“你也得读。所有兄弟会的成员都得读。”

“你读吧。”她眼也没睁地说，“读得大声点。这样最好了。你可以边读边解释给我听。”

时钟指向六点钟，即十八点，他们还有三四个小时。他把书本搁在膝盖上，开始读了起来。

第一章

无知即力量

有史以来，很可能自新石器时代结束以来，世界上一直存在三种人：上等人、中等人和下等人。他们以很多方式再往下细分，有过无数不同的名称，他们的相对数量以及相互态度都因时代而异，然而社会的基本结构却从未改变。即使经过翻天覆地和似乎不可逆转的变化之后，同样的格局总是重新得以奠定，就像无论往哪个方向推得再远，陀螺仪都会恢复平衡一样。

“茱莉娅，你醒着吗？”温斯顿问道。

“对，亲爱的，我听着呢。往下读，写得太棒了。”

他继续读下去：

这三个阶层的目标永远不可调和。上等阶层的目标是保持其地位，中等阶层的目标是跟上等阶层调换地位，下等阶层的目标，如果有——因为他们被苦工压得喘不过气，只是断断续续地意识到他们日常生活之外的事情，这已经成为他们恒久的特点——就是要消灭所有差别，创造出一个人人平等的社会。因此具有相同主要特点的斗争贯穿了整部历史。很长一段时期内，上等阶层似乎牢固地掌握着权力，然而迟早会到了这么一个时刻，他们要么对自己失去信心，要么无能力进行有效统治，要么两者皆有。接下来，他们被中等阶层推翻，中等阶层假装为了自由和正义而斗争，因而争取到了下等阶层的支持。但是中等阶层一旦达到目的，就立刻将下等阶层又强行置于原先受奴役的地位，然后自己成为上等阶层。很快，新的中等阶层从另外一种或两种人中分离出来，斗争又重新开始。三种人中间，只有下等阶层从未哪怕是暂时达到过目标。说自古至今从未有过实质上的进步是夸大其辞，即使在现在，虽然处于下降时期，一般人的生活水平跟几个世纪前比起来还是有实质性的进步。但无论是财富的增长，还是举止的文明化、改革或者革命，都不曾向着人类的平等推进过哪怕一毫米。从下等阶层的角度来看，历史性变动所意味的，除了主宰者的名称变化，从来别无其他。

到十九世纪后期，在许多观察者看来，此种模式的反复性显而易见，因此产生了一个思想家学派，他们将历史诠释为循环发展的，声称这一点表明了不平等乃人类生活的不变法则。当然，这一学说向来不乏拥护者，但在如今，它被提出的方式是大大不一样了。过去，等级社会这种社会形式的必要性特别被上等阶层宣扬，它被国王、贵族和靠其过着寄生生活的牧师、律师之类的人鼓吹，一般说来，是通过承诺死后可以进入一个想象出来的世界，从而淡化等级社会的严峻性。中等阶层只要仍在为掌权而斗争，便总是使用自由、平等、博爱这些字眼。然而如今的情况是，四海之内皆兄弟的观念受到目前还没有，只是希望不久就会掌权的人们的攻击。过去，中等阶层打着平等的旗帜闹革命，然后当旧的专制一被推翻，就马上会建立起新的专制，而新的中等阶层实际上事先就宣称要实行专制。社会主义作为一种理论，出现于十九世纪，是可以上溯到古代奴隶起义的一系列思想链条上的最后一环，它仍然深深受到旧时代乌托邦主义的影响。然而约从一九〇〇年以来出现的社会主义的每一变种都多少公开抛弃了建立自由、公平社会的目标。本世纪中叶出现的新运动——即大洋国的英社、欧亚国的新布尔什维主义、东亚国的通常被称为“崇死”的主义——都有自觉的目标，即保持**不自由、不平等**永远不变。这种新运动当然是从旧的发展而来，趋于变得有名无实，对旧的主义中的意识形态只是口头宣扬而已。然而这三种运动的目标都是抑制进步，在某个时刻让历史止步不前。那种常见的钟摆式运动将再次发生，然后就停下来。照例，上等阶层将被中等阶层推翻，后者就成了上等阶层，不过这一次，通过有意采取的策略，上等阶层将永远保持地位不变。

新学说之所以出现，部分是由于历史知识的积累和历史感的增强，那在十九世纪以前几乎不存在。历史的循环性前进如今已为人们所了解，要么说似乎如此。如果说它是可以理解的，那么就可以篡改。然而最重要也是最根本的原因，是早在二十世纪初，人类的平等已在技术上成为可能。仍然不变的是人们的天赋各不相同，能力也各不相同，有些人得天独厚，另一些人并非如此。然而到了二十世纪初，已经不再有阶级差别或者贫富悬殊的必要。在更早的时代，阶级差别不仅不可避免，而且有利。不平等是文明的代价。然而随着机器生产的发展，此种情形发生了变化。即使人们仍需要做不同种类的工作，却不再需要在不同的社会及经济水平上生活。因此，从正在夺取权力的新集团的角度看来，人类的平等不再是个值得奋斗的目标，而是需要避开的危险。在更远古的时代，在实际上不可能存在平等公正的社会时，就会相当容易相信其存在。几千年以来，人们一直梦想有人间天堂，在其中没有法律和累死累活的工作，人人亲如兄弟般在其中生活，甚至在确实从革命中获益的人们当中，这种憧憬也有一定的市场。法国、英国和美国革命的继承者部分相信对于人权、言论自由、法律面前人人平等之类他们自己的说法，甚至其行为某种程度上也受到这些说法的影响。然而到了二十世纪四十年代，所有主要政治思想的主流都是独裁主义的了。恰恰就在有可能实现时，人们却不再相信有人间天堂。每一种新的政治理论，不管如何自称，都导致倒退回等级化和军事化。从一九三〇年左右开始，在普遍正变得严峻的形势下，那些停止很久的做法，有些停止几百年了——不经审讯关押，把战俘当做奴隶使用，公开处决，刑讯逼供，扣押人质乃至放逐整个地区的人口——不仅变得平常，而且被自认开明和进步的人们容忍甚至辩护。

只是在全球范围内经过十年国际战争、内战、革命和反革命之后，英社和与其并立的其他主义才成为被全面贯彻执行的政治理论。不过其到来则早被其他许多体制预示过了，那些体制一般被称为极权主义，出现于本世纪早些时候，而将在大乱之后出现的新世界的轮廓则早就显而易见，由什么样的人来控制这个世界也同样显而易见。新生贵族绝大部分由官僚、科学家、技师、工会组织者、宣传专家、社会主义者、教师、记者和专业政治家所组成。这些人来源于领工资的中产阶级和工人阶级中的上层，由以垄断工业和中央集权政府所组成的贫瘠的世界造就，并团结到一起。跟旧时代相应阶层的人们比起来，他们没那么贪婪，更不易被奢侈生活所诱惑，更渴望拥有纯粹的权力，而最重要的是，他们对自己正在进行的行为有更清醒的认识，在镇压反抗方面更有决心。最后一个区别最重要。跟现今的专制比起来，过去的专制并非全力维持，而且缺乏效率。过去的统治集团某种程度上总受到开明思想的影响，对到处存在的控制不住的现象听之任之，只是关注明目张胆的行为，而且对他们的国民想什么毫不关心，甚至中世纪的教会以当今标准衡量，也具有宽容性。之所以如此的部分原因是，在过去，没有哪个政府能对其公民持续进行监视。然而印刷术的发明使得公众意见易于控制，而电影和收音机更在这方面推进一步。随着远程视像技术的开发，技术进步使得用同一台设备同时接收和传送变得可能，人们从此无法再过不受干涉的生活。在其他信息渠道都已断绝的情况下，任何公民，或者说至少每个重要到值得被监视的公民都可能每天二十四小时处于警方监视之下，也二十四小时被置于官方的宣传声浪中。这样，不仅是完全服从于国家的意志，而且在所有问题看法上的绝对统一就史无前例地成为可能之事。

在五六十年代的革命之后，社会照例进行自我重组，分成上、中、下三个阶层。但是新的上等阶层跟以前的上等阶层不一样，他们并非依本能行事，而是知道怎样做才能保住地位。他们早就认识到寡头政治最稳固的基础是集体主义。财富和特权如果被集体拥有，捍卫起来也最为容易。二十世纪中叶进行的所谓“消灭私有财产”运动，其实意味着财富集中到了比以前少得多的人们的手里，不同之处是新的财富拥有者是个集团，而不是许多单独的人。从单独个人意义上说，党员除了很少的个人财产，别的什么都不拥有，但在集体意义上，党拥有大洋国的一切，因为它控制一切，并以其认为合适的方式处置产品。革命之后那些年里，它几乎未遭反抗就获得了这种主宰地位，这是因为整个过程都以集体化为代表。一般人总会设想，如果资本家被剥夺财产所有权，社会主义就肯定随之而来。毫无疑问资本家被剥夺了财产，工厂、矿山、土地、房屋、运输工具——他们被剥夺了一切。因为这些不再是私有财产，那就一定应该是公共财产。作为源于早期社会主义运动的英社，沿用了社会主义的措辞，实际上也执行了社会主义纲领的主要部分，结果既是提前预见到，又是蓄意导向的，那就是经济上的不平等变成永久性的了。

然而为了长期保持等级社会，问题还要复杂得多。统治集团之所以下台，会有四种情形，要么被外部势力所征服，要么其统治的效率不高，以致大众被发动起来造反，要么它让一个强大的、心怀不满的中等阶层得以出现，要么它丧失了统治的自信和意愿。这些因素都不是单一起作用的，作为规律，某种程度上说，这四种因素全都存在。统治集团如果能防止此四种因素出现，就会永远掌权。说到底，决定性因素还是统治集团自身的精神状态。

本世纪中叶之后，上述第一种危险在现实中已不复存在。如今将世界瓜分的三个国家中的每一个，实际上都不可征服，只有通过缓慢的人口变化使其有可能被征服，然而作为一个拥有广泛权力的政府，很容易就可以避免这样。第二种危险也只是种理论上的危险。大众从来不会自发造反，他们也从来不会仅仅因为受到压迫而造反。确实，只要不让他们掌握做比较的标准，他们就根本永远意识不到自己在受压迫。过去周期性发生的经济危机毫无必要，如今也不允许发生，但是其他情形，具有同样大范围的混乱状况能够而且确实会发生，只是不会带来政治性后果，因为不满不可能被表达得清晰有力。至于生产过剩的问题——因为机械技术的进步，在我们的社会，这一直是个潜在问题——可以通过连绵不断的战争解决(参见第三章)，战争也有利于将大众的士气鼓舞到必要水平。因此，从我们目前的统治者的角度来说，唯一的真正危险，是从他们自身阶层分化出一个由能干、未尽其才、渴望权力的人所组成的集团，从而产生出自由主义和怀疑主义精神。这就是说，问题在教育，要不断促进领导集团和紧挨其下的更大的行政管理集团的觉悟，而大众的觉悟则要以否定的方式来影响。

在此背景下，即使一个人原先不了解大洋国社会的主要结构，也能够推断出来。金字塔的顶端为老大哥,老大哥永远正确,无所不能。每次成功、每项成就、每次胜利、每项科学发现、所有知识、所有智慧、所有幸福、所有德行,都被认为是直接在他的领导和鼓舞下取得的。谁也不曾见过老大哥,他是宣传牌上的一张面孔、电屏里的一个声音。我们可以合理地确信他将万寿无疆,至于他何时出生,已经成了很不确定的事情。老大哥是党选择用来向世界展示自己的一个形象,他的作用是作为热爱、恐惧、崇拜的焦点,在对象是某个人而非某个机构时,这些感情更易于产生。老大哥之下是内党,人数限制在六百万,或者说不到大洋国人口的百分之二。内党之下是外党,如果内党可以称之为国家的大脑,外党就像国家的手。再往下是愚昧的大众,习惯上称之为"群众",可能占全部人口的百分之八十五。我们前面所做的社会分类中,群众是下等阶层,因为赤道地区的被奴役人口经常在征服者之间易手,不是永远或者必要的组成部分。

从原则上说,这三个集团的成员并非世代相传。内党党员的后代理论上并非生来就是内党党员。能否当上内党或外党党员,要在十六岁时通过考试决定。也不存在任何种族歧视或任何明显的一个地区控制另一个地区的现象。党的最高层有具有犹太人、黑人、南美人血统的党员,每个地区的行政管理者总是从那一地区的居民中挑选出来的。大洋国的所有居民都没有自己被别人从一个遥远的首都殖民的感觉。大洋国无首都,其名义上的元首,是一个无人知其行踪的人。除了英语是通用语言,新话是官方语言,所有其他方面都未实行集中化。它的统治者不是靠血缘关系聚拢在一起,而是靠着信奉同样的教义。确实,我们的社会是分等级的,而且分得很严格,是按照乍一看似乎是世袭的脉络分等级。不同阶层之间发生的互相流动情况,比在资本主义甚至是工业前时代都要少得多。党的两个分支之间有一定数量的人员换位,但目的只是把意志薄弱者从内党剔除出去,并提拔外党那些野心勃勃的人,以使其不致造成危害。群众实际上得不到提拔,其中最具天赋的,有可能成为传播不满的核心人物,他们只是被思想警察盯上并消灭掉。但此种状况并非一定永远不变,而且并非原则问题。党不是原先意义上的阶级,其目的不是将权力交给自己的下一代这样简单。如无其他办法让最能干的人留在最高层,它会完全准备好从群众阶层中提拔整整新的一代。关键年代里,党并非世袭体制这一点很大程度上能化解反抗。老式社会主义者被训练跟所谓的“阶级特权”作斗争，他们以为不是世袭的，便不会是永远的，然而他们不明白寡头政治的连贯性并不需要在实际意义上世袭，也未能想一想世袭贵族统治总是短命的，而像天主教会这样具有吸纳性的机构，有时会维持几百到几千年。寡头统治的要旨不是父传子、子传孙，而是坚持死者加诸生者的某种世界观和生活方式。只要它能指派自己的后继者，统治集团就永远会是统治集团。党所关心的不是血统上的永存，而是自身的不朽。只要等级化结构永远保持不变，至于是**谁**掌握权力并非重要。

真正说起来，所有我们这个时代特有的信仰、习惯、喜好、情感、精神状态，都是为了保持党的神秘性，并防止当前社会的本质被看透而有意使其持续下去。实际的造反行为或者任何造反的铺垫工作在目前都不可能。完全不用害怕群众，由其放任自流，他们就会一代接一代、一个世纪接一个世纪地工作，生养，死去。他们不仅没有造反的冲动，而且不会明白世界可以变成另外一个样子。只有当工业技术的发展使得有必要对他们进行更高层次的教育时，他们才会变得危险，但是既然军事、商业以及竞争都不再重要，群众的教育水平实际上是降低了。群众有什么意见或者没有什么意见都被认为是无关紧要之事，他们之所以被允许享受思想的自由，是因为他们没有思想。另一方面，在党员身上，甚至在最不重要事项上最细微的思想越轨，也不能被容忍。

党员从出生到死亡都在思想警察的监视之下。即使独处时，他也永远不能确定他是否真的在独处。不管他在哪里，睡着还是醒着，工作还是休息，洗澡还是在床上，他都能在不经通知也不知晓的情况下被监视。他的一切行为都不是无关紧要的。他的友情、娱乐、对妻子儿女的行为、独处时脸上的表情、睡梦时的咕哝讲话，甚至独具特点的身体动作，都被警惕地、一点不漏地监视着。不只是任何轻罪，而且是任何不管有多不显眼的古怪行为、习惯上的改变、任何可能是内心斗争征兆的紧张姿态都注定会被发觉。在所有方面，他都不能随心所欲。另一方面，他的行为不是由法律或者任何清楚写明的行为规范所规定。大洋国没有法律，被查到就意味着肯定被处死的行为并未明示为严禁之列，持续不断的清洗、逮捕、拷打、监禁和蒸发这些惩罚手段并非针对实际所犯罪行而使用，而只是为消灭可能在未来某个时候犯下某种罪行的人而使用。对党员的要求是他不仅要有正确的思想，而且要有正确的本能。许多他被要求拥有的信念和态度从未被清楚地说明白，而要想说明白，就必然会将英社的内在矛盾之处赤裸裸地揭示出来。如果他天生是个思想正统的人（新话称为“好想者”），他在所有情况下不用想就知道什么是正确信念或者应有情感。然而不管怎样，由于在他的儿童时期对他进行过围绕着“止罪”、“黑白”和“双重思想”这些新话词语的精心思想培训，他不愿意，也无力对任何方面想得太深入。

党员不应该有任何个人情感，而且内心要永远保持热情。他应该生活在仇恨国外敌人和国内叛徒的持续狂热状态中，因为打胜仗而欢欣鼓舞，在党的力量和智慧面前对自身产生渺小感。通过像两分钟仇恨会这种活动，他对贫乏的、无法得到满足的生活产生的不满被精心导向外部并消散，而有可能导致反抗态度的怀疑感被他很早就形成的内心纪律提前消除。这种纪律中首要的也是最简单的，甚至能教给小孩子的，就是新话里所谓的“止罪”。“止罪”意味着在即将产生任何危险思想的关头，具有马上停下的能力，如同本能。它包括掌握不了类推、看不到逻辑错误的能力，如果某个最简单的论点对英社不利，就对其进行误解的能力，还有对可能导致向异端思想发展的思绪感到厌烦或者抵制的能力。简而言之，“止罪”意味着保护性的愚蠢，但光是愚蠢还不够，恰恰相反，在广义上，正统要求一个人像柔体杂技演员控制自己的身体那样，完全能控制自己的思路。大洋国社会从根本上守着这样的信条，即老大哥无所不能以及党永远正确，然而因为在现实中，老大哥并非无所不能，而党也并非永远正确，这就需要在现实问题上不懈地、时时刻刻地弹性对待。此处的关键词为“黑白”，跟新话里的许多词一样，这个词也有恰好相互矛盾的两种含义。用在敌人身上，它意味着无视客观事实、厚颜无耻地颠倒黑白的习惯。而用在党员身上时，它的意思是在党的纪律要求如此时，要出于忠诚的意愿去颠倒黑白。但它同时还意味着**相信**黑就是白这种能力，而且不止如此，**知道**黑的就是白的，然后忘记他曾相信黑就是黑，白就是白。这就要求一刻不停地篡改过去，这需要一种能够真正包容一切的思维体系，才有可能完成，在新话里，这被称为“双重思想”。

篡改过去有两个必要原因，其中一个是次要的，可以说，是预防性的。这个次要原因，就是党员之所以像群众一样忍受现状，部分原因是他没有可资比较的标准。一定要把他和过去切断，就像把他与外国切断一样，因为对于他，有必要相信他比他的祖先生活得更好，而且平均物质享受水准一直处于提高中。然而之所以需要对过去进行调整，重要得多的原因是要保证党的永远正确性。不只是讲话，统计数字和所有档案都必须不停被更新，以显出党在所有问题上预测都正确，也因为这样，才可以不承认所有教义以及政治联盟上的变化。因为改变自己的思想甚至是政策，都等于承认自己有缺点。例如，如果欧亚国或东亚国(不管哪一国)是当今的敌国，那么这个国家一定永远都是敌国。如果存在与此矛盾的其他事实，那些事实就必须被篡改，因此历史一直在被重写。这种每天都在伪造过去的工作由真理部进行，它跟由仁爱部进行的镇压及侦察行为一样，对政权的稳固性都是必要的。

过去的易变性是英社的基本教条之一。英社认为历史事件并非客观存在，而仅仅存在于文字档案以及人们的记忆里。档案和记忆在哪些方面一致，哪些就是过去。因为党全面控制档案，也全面控制党员的思想，所以过去就是党想让它什么样就是什么样。同时虽然过去可以被篡改，但它在任何特定事例上，却从未被篡改过。因为不管它在当时是需要按什么样子再创造，这一新版本**就成了**过去，没有任何不同形式的过去存在过。经常会这样，当同一事件在一年内被篡改好几遍，已改得面目全非时，依然存在上述情况。永永远远，党掌握着绝对事实，而且很清楚，这种绝对事实永远都是现在的样子。可以看出，控制过去最重要的，取决于对记忆的训练。确认所有文字档案都跟目前的正统性相一致无非是种机械行为，然而也需要**记住**，事件是按照所希望的方式发生的。如果有必要重新安排记忆或者篡改文字档案，就有必要**忘掉**自己做过这种事。这样做的窍门，可以像其他任何一种思考方法那样学会，绝大多数党员的确都学会了，既聪明又正统的人更不用说全学会了。旧话中，它被很直白地称为“现实控制”。新话中，它被称为“双重思想”，不过还包括很多别的含义。

“双重思想”意味着在一个人的脑子里，同时拥有两种相互矛盾的信念，而且两种都接受。党的知识分子明白他的记忆必须往哪个方向改变，因此他知道自己在玩弄现实，然而通过实行“双重思想”，也能让他心安理得地认为现实不曾被改变。这个过程一定要有意识地进行，否则过程中精确度就不够，而且它也一定要无意识地进行，否则会带来一种做伪的感觉，因而会有罪过感。“双重思想”是英社的核心，因为党最基本的行为，是进行有意识的欺骗，同时又保持目的的坚定性，那需要绝对诚实。讲着别有用心的谎言，同时又真心实意相信这些谎言；忘掉一切变得有碍的行为，然后一旦再次需要，又从遗忘中拣回来；否认客观现实的存在，同时又考虑到被否认的现实——这些都缺一不可。甚至在使用“双重思想”这个词时，也需要进行“双重思想”。因为使用这个词时，是承认在篡改现实，通过再来一次“双重思想”，就会清除这种认识，如此循环不已，谎言总跨在真实的前面。最终以“双重思想”为手段，党就能够——我们都明白，可能在几千年内继续能够——左右历史进程。

历史上所有寡头统治者都倒台了，是因为要么他们变得僵化，要么变得软弱，要么变得愚蠢自大，不能与时俱进地调整而被推翻，要么变得开明而且懦弱，在需要使用武力时却让步，所以也被推翻了。这就是说，他们倒台要么是有意识导致，要么是无意识。创造出两种情况并存的一种思想系统，这是党的成就，除此之外没有别的思想基础能让党的统治千秋万代。如果要实行统治并使之持续下去，就必须混淆现实感，因为统治的秘诀，在于把对自身永远正确的信念和从过去错误中吸取教训结合起来。

几乎毋庸置疑，“双重思想”最高明的实行者，是那些创造出“双重思想”并知晓它是种超级思想欺骗系统的人。我们这个社会上，对世事最明察的人也是最看不清其本质的人。总而言之，越是理解透彻，越是幻觉重重；越是聪明绝顶，越是头脑昏庸。一个明显的例证就是越往上层，战争的歇斯底里症就越厉害。对战争有着最接近理性认识的人，是被争夺地区的被统治对象。对他们而言，战争无非是持续不停的灾难，浪潮一样来回冲刷他们的身体。对他们来说，哪一方取得胜利完全无所谓。他们明白统治者变化无非意味着他们仍然要干同样的活，因为新主人会以旧主人的方式对待他们。地位稍高一点，我们称之为“群众”的工人只是偶尔才意识到战争的存在。需要时，他们能被刺激进入恐惧和仇恨的狂热状态中，然而在被放任自流时，他们可以很长时间都想不起来正在打仗。真正的战争狂热存在于党内上下，特别在内党。相信能够征服世界的人，正是知道那是不可能的人。这种对立面的奇特联系——有知和无知，悲观怀疑和狂热盲信——正是大洋国社会有别于其他社会的显著标志。官方意识形态中充满自相矛盾之处，甚至有时也看不出有什么实际原因需要这样。因此党抛弃并贬低以前社会主义运动中采用的每种原则,而且决定以社会主义的名义这样做。党宣扬要对工人阶级采取轻视态度,这在前几个世纪都未曾有过。党要求党员穿上制服,那曾是体力劳动者的特别制服,党如此决定正是出于这一原因。党有系统地削弱家庭的稳固性,用一个能直接唤起家庭式忠诚的称呼来称其领导人。甚至统治我们的四个部的名称在蓄意混淆事实方面,也揭示了一种厚颜无耻的行径。和平部负责战争,真理部制造谎言,仁爱部负责拷打,富足部则制造饥饿。这些矛盾之处不是偶然,也不是由一般的虚伪所致,而是精心运用"双重思想"的结果。因为只有通过调和矛盾,才能永远保住权力,要打破古老的循环别无他法。如果能做到永远避免人人平等——如果我们已经以高等阶层称之的那些人要永远保持统治地位——那么主要思想状态就必定是受控的疯狂状态。

然而仍然存在一个直到现在,我们险些将之忽略的问题,这就是:为何要避免人人平等?假设这一过程中的方法已得到正确说明,这种为了将历史凝固在某一特定时间的不遗余力、精确计划的全部努力出于何种动机?

至此,我们就要谈到最重要的奥秘。正如我们已经明白的,党的神秘性,最重要的是内党的神秘性,是依靠"双重思想"来实现的。然而比这更深一层就是最初的动机,也就是那种从未被怀疑过的本能,这种本能首先导致夺权,然后引出"双重思想"、思想警察、连绵不断的战争和随后出现的其他必要的那套东西。这种动机实际上包括……

温斯顿察觉到了寂静,就像察觉到新的声音一样,他觉得茱莉娅似乎有一阵子一动不动了。她侧躺着,腰部往上光着身子,脸枕在手上,一绺黑发散盖在她的眼睛上,她的乳房在缓慢而匀称地起伏。

"茱莉娅。"

没有回答。

"茱莉娅,你醒着吗?"

没有回答,她睡着了。他合上那本书,小心地放在地板上,躺下来把床罩拉上来盖住两个人。

他想,他仍对最根本的秘密不得而知。他明白**怎么做**,却不明白**为什么**。第一章和第三章一样,并未告诉任何他以前不知道的事,只是把他已经掌握的知识系统化了。然而读过之后，他比以前更明白他没疯。作为少数派，即使是一个人的少数派，也并不能说明你疯了。世界上存在着真理和非真理，如果你坚守的是真理，即使要跟整个世界对抗，你也不会是疯的。正在下沉的夕阳把一缕黄色光线从窗户斜射进来，照在枕头上。他闭上眼睛，照在脸上的阳光和挨着他的那个女孩的光滑躯体给了他一种强烈的、催人欲睡的、自信的感觉。他是安全的，一切正常。他嘴里咕哝着“理智不是个统计学概念”就睡着了，他觉得这句话蕴藏了深刻的智慧。

10

醒来后，温斯顿觉得自己已经睡了很长时间，可是扫了一眼老式时钟，才知道那时才二十点半。他躺着迷糊了一会儿，接着下面院子里又响起一如既往的低沉歌声：

> 这不过是种无用的幻想，
> 就像四月天般易逝。
> 但是一个眼神、一句话和唤起的梦啊，
> 已经把我的心儿窃取！

这首傻里傻气的歌曲流行不衰，仍然到处都能听到，比《仇恨之歌》还要命长。茱莉娅听到唱歌醒了，舒舒服服伸个懒腰就下了床。

“我饿了，”她说，“我再煮点咖啡。妈的！炉子里没油了，水也凉了。”她端起炉子晃了晃。“里面没油了。”

“我估计可以从老查林顿那里弄一点。”

“奇怪，我肯定油原来是满的。我要穿上衣服，”她又说，“好像越来越冷了。”

温斯顿也起床穿上了衣服。那个不曾疲倦的声音继续唱道：

他们说时间可以愈合一切，
说你早晚都会忘完。
但是多年前的笑容还有泪水，
仍把我的心儿给搅乱！

束紧工作服的腰带后，他踱到窗前。太阳一定是落到了房子那边，而不再直射着院子。石板是湿的，好像刚洗过，烟囱之间的天空蓝得那么鲜艳，他有种天空也被洗过了的感觉。那个女人在不知疲倦地大步来回，衣服夹子塞在嘴里又取出，一会儿唱歌一会儿不出声，晾着一块又一块取之不尽的尿布。他怀疑她是不是以洗衣为生，要么只是为二三十个孙辈操劳不已。茱莉娅来到他旁边，他们一起有点着迷地盯着下边那个身强体健的女人。他看着那个女人特有的举止，她粗壮的胳膊伸向晾衣绳，壮实得像母马一样的屁股往后撅着，他突然第一次想到她是漂亮的。这样一个五十岁的女人——由于生养而变得身躯庞大，然后由于干活而变得结实有力，直到粗糙到了骨子里，像是长得过了头的萝卜——他以前从未想过这种身体会是漂亮的，但的确如此。他想，到底为什么不可以说那是漂亮的？那具结实而全无曲线的、花岗岩一般的躯体再加上粗糙的红皮肤，它跟一个少女的躯体之间的关系，与玫瑰果跟玫瑰花之间的关系是一样的，但为何果实会被认为比不上花朵呢？

“她真漂亮。”

“她屁股那儿至少有一米阔。”茱莉娅说。

“那是她独特的美。”

他一只手就轻易地把茱莉娅柔软的腰部搂了一圈。从臀到膝，她身体的一侧在贴着他。他们两人不会生出孩子来，永远做不到这点，他们只能通过说话互相传递头脑里的秘密。下面那个女人缺乏智力，她只有粗壮的胳膊、温暖的内心和多产的肚皮。温斯顿想知道她生了多少孩子，可能至少有十五个。她有过为期不长的花季年华，也许有一年是像野蔷薇那样美丽。然后突然像个受了精的果实一样，她长得壮实、红润而且粗糙了，接着她的生活就一直是洗衣、拖地、缝补、做饭、扫地、擦亮东西、修理等等，先是给孩子，然后为孙辈，三十年如一日，从未间断过，到头来，她却依然在歌唱。不知为何，温斯顿对她所怀的神秘崇敬感跟烟囱帽后面天空的样子混合到了一起。那片天空苍白无云，向无限遥远的地方延伸着。想来奇怪，对每个人来说，天空都是同样的天空，无论在欧亚国或者东亚国或者这里。天空下的人们也几乎完全一样——在所有地方，包括全世界，有着上亿跟这里一样的人们，他们对彼此的存在一无所知，被仇恨和谎言之墙所隔，但仍然几乎完全一样。他们从未学会思考，但正是在他们的心里、肚子里和肌肉里，储备着某一天将推翻这个世界的力量。如果有希望，它就在群众身上！用不着非得把“那本书”读完，他就知道戈斯坦因最后要表达的一定也是这意思。未来属于群众。不过他能不能肯定他们翻身做主人时，对他温斯顿来说，他们建立起的世界不会跟党的世界一样，让他感觉格格不入？是的，他可以肯定，至少那将是个理智的世界。只要有平等，就会有理智。或早或晚，那都是将要发生的，力量会觉醒。群众是不朽的，看看院子里那个勇敢的女人，你就不会怀疑这点。最终他们会觉醒，直到那天到来之时——虽然可能要过一千年之久——他们会克服各种各样的困难活下来，像小鸟一样，从一个躯体向另一个躯体传递活力，那是党所缺乏的，也无法消灭。

“你还记不记得，”他问道，“第一天时，那只在树林边上对着我们唱歌的画眉？”

“它没在对着我们唱，”茱莉娅说，“它在自娱自乐。甚至也不能那么说。它只是在唱歌而已。”

小鸟唱歌，群众唱歌，党不唱歌。在全世界，在伦敦和纽约，在非洲、巴西和边界那边的神秘禁地，在巴黎和柏林的街上，在无限广袤的俄国平原上的村庄里，在中国、日本的市场上——每个地方，都伫立着同样的坚强而且无法被征服的身躯，由于干活和生养而变得身躯庞大，从生下来一直劳累到死去，却仍然在唱着歌。正是从她们强壮的两腿间，总有一天会诞生一个自知自觉的种族。你们是死人，他们拥有的是未来。但如果你能像他们那样保持躯体活着，让自己的大脑不死，并把二加二等于四这种秘密教义传下去，你就也能分享到未来。

“我们是死人。”他说。

“我们是死人。”茱莉娅顺从地附和道。

“你们是死人。”他们身后响起一个冷酷的声音。

他们一下子分开了。温斯顿似乎感到五内俱寒,他看到茱莉娅瞪圆了两眼,她的脸色变成了奶黄色。仍然留在她脸颊上的两个胭脂块格外显眼,几乎像是要游离下面的皮肤。

“你们是死人。”那个冷酷的声音又说。

“在画后面。”茱莉娅轻声说。

“在画后面。”那个声音说,“站着不许动,没有命令一步也不许动。”

来了,终于来了!他们除了看着对方的眼睛,什么也不能做。去逃命,在尚不太晚前离开这座房屋——他们从未动过这些念头,不可想象敢于违抗传自墙上的冷酷声音之命。只听见啪的一声,好像一个锁扣被扣上,还有打碎玻璃的声音。那张画掉到地上,露出后面的电屏。

“现在他们能看见我们了。”茱莉娅说。

“现在我们能看见你们了。”那个声音说,“站在房间中央,背靠背。手抱在脑袋后面。不准互相接触。”

他们没接触,但他似乎能感觉到茱莉娅的身子在颤抖,也许只是他自己在颤抖。他只能控制住不让自己的牙齿打战,可他的膝盖不听使唤。楼下响起了皮靴声,房内房外都是。院子里好像挤满了人,有什么东西被人在石板上拖着。那个女人的歌声突然停止了。又响起物体在地上不断滚动的声音,似乎是洗衣盆被扔落在地,从院子这头滚到了那头。接着是十分混乱的愤怒呼喊声,最后是一声痛苦的号叫。

“房子被包围了。”温斯顿说。

“房子被包围了。”那个声音说。

他听到茱莉娅在咬紧牙关。“我想我们最好还是说再见吧。”她说。

“你们最好还是说再见吧。”那个声音说。接着,另一个很不一样的声音插了进来,那是个细细的文雅的声音,温斯顿有种似曾相识的印象。“另外,顺便说句不跑题的话:‘这儿有支蜡烛照着你去睡觉, 这儿有把斧头把你的头剁掉!’”

温斯顿背后，有什么东西砸到了床上。一架梯子从窗口伸进来，压坏了窗户框，有人正在从窗口爬进来。上楼梯的皮靴声也响了起来，房间里站满身穿黑色制服的彪形大汉，脚上穿着钉了铁掌的皮靴，手里拿着警棍。

温斯顿不再颤抖了，连眼睛也几乎没转动。只有一件事要紧：保持别动，保持别动，以免让他们有理由打你！一个长着像职业拳击手的那种扁平下巴、嘴巴只是一条缝的男人跟他面对面站着，用拇指和食指掂着警棍，像是在考虑什么事情一样，把它上下晃悠着。温斯顿跟他的视线接触了一下。那种暴露的感觉，也就是手放在头后面，脸和身子完全没有遮挡时的感觉令人无法忍受。那个人把白色的舌尖伸出来舔了一下应该是嘴唇的地方，然后走了过去。又听见啪的一声，有人从桌子那里拿起玻璃镇纸，把它砸到壁炉底部的石头上摔成碎片。

那一小片珊瑚——一片小而起皱的粉红色东西，像是蛋糕上的糖制玫瑰花蓓蕾——滚过了床垫。温斯顿想，它多么小啊，它总是那么小！他听到在背后有吸气的声音，接着砰的一声，他的脚踝被狠狠踢了一脚，让他的身体猛然几乎失去平衡。有个男人一拳捅在茱莉娅的肚子上，她痛得像把折尺般弓着腰在地板上猛烈扭动着，难以喘上气来。温斯顿根本不敢把头转动哪怕一毫米，但有时能从眼角看到她那张苍白的脸庞，正在大口喘气。即使他自己也是满怀恐惧，但似乎他身上也能感受到那种痛楚，可是对茱莉娅来说，比彻骨痛楚更紧迫的是要能喘上气来。然后，有两个人拉着膝盖和肩膀把她像麻袋一样抬走了。温斯顿扫了一眼她的脸庞，朝着地，显出黄色而且变了形，眼睛闭着，脸颊上仍有胭脂印。那是他最后一眼看到她。

他站在那里一动也不动，还没有人打他。几点想法很快自动闪现在他的脑海，但似乎完全不能让他感兴趣。他想知道他们是不是也把查林顿先生抓起来了，也想知道他们把院子的里那个女人怎么样了。他注意到尿很憋，也略微感到吃惊，因为他只是两三个钟头前才尿过。他注意到壁炉台上的时钟指着九点钟，也就是二十一点。可是光线好像太强了。八月傍晚的光线到二十一点时不是越来越暗淡吗？他怀疑是不是说到底，是他和茱莉娅把时间弄错了——他们多睡了十二个小时，当时其实是第二天早晨八点半。不过他没再往下多想，没有意义。

过道里又响起轻一些的脚步声，查林顿先生进了房间，那些穿黑制服的人突然变得较为恭顺了些。查林顿先生的外表也有了些变化。他的眼光落到玻璃镇纸的碎片上。

“把碎片捡起来。”他厉声说道。

有人弯腰从命。查林顿先生话里的土腔消失了。温斯顿突然意识到刚才从电屏里听到的就是这个声音。查林顿先生仍然穿着那件旧丝绒夹克，但是他一直几乎是全白的头发又变成了黑色，也没再戴着眼镜了。他向温斯顿狠狠盯了一眼，似乎在对他验明正身，然后就不再多看他一眼。仍能将他认出来，但是变了个人。他的身体挺得直了，好像比以前魁梧些。他的脸庞只有很少变化，但足以让他面目全非。他的眉毛没那么浓密了，皱纹不见了，整个脸部轮廓似乎改变了，甚至鼻子也似乎短了些。这是张属于五十三岁左右的人警觉而严肃的脸庞。温斯顿想到这是他生平第一次心里明白地看着一位思想警察。

第三部

1

他不知道自己身在何处，大概在仁爱部，然而没办法确定。

他是在一间天花板很高、没有窗户的牢房里，墙上贴着亮闪闪的瓷砖，隐藏的电灯以冷光照亮了整间牢房，另外还有种低沉的、一刻不停的嗡嗡声，估计跟换气系统有关。除了牢门那里，四面墙上都安了条宽度刚好能坐上的长凳或者说搁板。对面有个马桶，可是没有垫板。牢房内有四张电屏，每面墙上一张。

他感到腹内隐隐作痛，自从被推进一辆没有窗的囚车带走以来，就一直感到那里疼。但他也感到饥饿，那是种折磨人的、影响健康的饥饿。他可能有一天时间没吃过东西了，也可能是一天半，他也不知道——很可能永远也不会知道——他被捕时是上午还是晚上。被捕以来，他就没再吃过东西。

他坐在那条窄窄的长凳上尽量一动不动，双手交叉放在膝盖上，他已经学会一动不动地坐着。如果你做出意外的动作，他们会通过电屏喝斥。想吃东西的渴望却越来越强烈。他最想吃的是一片面包，他想到工作服口袋里还有几片面包皮，甚至有可能——他这样想，是因为好像有什么东西不时蹭他的腿——口袋里还有不小的一块面包。到最后，想弄明白的诱惑压过了恐惧，他悄悄把一只手伸进口袋。

"史密斯！"电屏里传来一声喝斥，"六〇七九号温斯顿·史密斯！牢房里不准把手放进口袋！"

他又一动不动地坐着，双手交叉放在膝盖上。被带到这里之前，他被带到另外一个地方待了段时间，那肯定是巡逻队使用的一个普通临时拘留所。

他不知道在那里待了多长时间，不管怎样，会有几小时，在没有时钟也没有日光的情况下，难以判断有多长时间。那是个闹哄哄、臭气熏天的地方，他曾被关在跟现在这间差不多大的牢房里，可那间脏得要命，而且总是挤满十到十五个人。他们中的大多数是普通罪犯，但其中也有几个政治犯。他一直靠着墙不做声地坐着，被身上肮脏的人挤来挤去。他的心思全被恐惧和腹部的疼痛所占据，因此对周围之事兴趣不大，不过他还是留意到党员囚犯和其他囚犯在行为上有极大差别。党员囚犯总是默不做声，一副害怕的样子。普通囚犯倒像谁都不放在眼里，高声咒骂看守，在其财物被没收时奋力还击，在地板上写下流话，还把食物藏在衣服里不知什么地方偷偷带进牢房。电屏里传来想维持秩序的声音时，他们甚至嚷得比它的声音还大。另外，他们中间有几个似乎跟看守的关系很要好，他们喊看守的外号，并花言巧语从他们那里骗到烟卷，从门上的观察孔塞进来。看守对待普通囚犯时，也有一定的宽容，尽管他们也必须粗暴对待他们。他们经常谈论劳改营的事，大多数囚犯都要被送进那里。温斯顿听明白了，如果能跟别人搞好关系，懂得诀窍，劳改营也“不赖”。劳改营里有各种各样的行贿受贿、开后门和敲诈勒索行为，也有同性恋和卖淫行为，甚至还有用土豆做的非法蒸馏酒。被寄予信任的总是普通囚犯，特别是歹徒和杀人犯，他们组成类似贵族的群体。所有脏活累活都让政治犯来干。

临时拘留所里各种各样的囚犯走马灯般来来去去：毒品贩子，小偷，强盗，黑市交易者，醉汉，妓女。有些醉汉很凶，别的囚犯不得不合力把他制服。有个身材高大、六十岁左右的女人被四个看守一人抓着一条腿或胳膊抬进来，她仍在乱蹬乱嚷，她的乳房沉甸甸地垂着，一头浓密的白色鬈发在挣扎时散开了。几个看守扯下她用力踢人的靴子，然后隔着温斯顿的大腿就把她撂了过来，几乎把他的大腿骨压碎。那个女人坐正身子后向看守的背影大声嚷道：“操你们这些杂种！”然后她注意到自己坐得不平，就滑下温斯顿的膝盖坐到长凳上。

“请原谅，亲爱的。”她说，“我也不想坐到你身上，只是那几个该死的家伙把我撂这儿了。他们不知道该怎样对待女士，对不对？”她停下来，拍拍胸口打了个嗝。“请原谅，我不大舒服。”

她身子前俯，往地板上吐了一大摊东西。

“好点了。”她说着把身子向后靠并闭上了眼睛。“我的意思是永远别忍着，趁在胃里还没消化的时候吐出来。”

她恢复过来了，转过身子又看了一眼温斯顿，似乎一下子就喜欢上了他。她伸出一条粗壮的胳膊搭在温斯顿的肩上并把他扳向自己，她嘴里的啤酒和呕吐味直冲温斯顿的脸庞。

“你姓啥，亲爱的？”

“史密斯。”温斯顿说。

“史密斯？”那个女人说，“怪了，我也姓史密斯。怎么回事呢？”她又感伤地说：“我有可能是你妈！”

温斯顿想，她真有可能是他母亲，她们两人的岁数和体形都差不多，人们在劳改营里过二十年多少会有点变化，很有可能。

别的囚犯没一个跟他说话。很奇怪的是，普通囚犯对党员囚犯视而不见，他们称党员囚犯为“党棍”，语气里带着轻蔑和不屑。党员囚犯似乎害怕跟别人说话，最主要的，是害怕互相交谈。只有一次，两个女党员在长凳上被挤到一块时，一片嘈杂中，温斯顿无意间听到她们很快交谈了几句，特别提到所谓的“一〇一房间”，他不知道是什么意思。

可能在两三个小时前，他们把他带到了这里。他腹部的隐痛从未消退过，只是有时轻，有时厉害些，他的思绪也随之开阔或收缩。疼得厉害时，他想到的只是疼痛本身和想吃东西的渴望。感觉好一些时，他陷入恐慌。有时他真真切切预见到将要遭遇什么事时，他的心头乱跳，屏住呼吸。他感到警棍打在他的肘部，钉了铁掌的靴子踢在他小腿肚上；他看到自己在地上爬行，嘴里的牙齿被打落，但还在尖叫着请求饶恕。他几乎没怎么想起茱莉娅，没办法把心思固定在她身上。他爱她，不会背叛她，但那只是一项事实，他像知道算术规则一样知道这项事实。他感觉不到对她的爱，也几乎没怎么想她会遭遇何事。他想起奥布兰的时候更多，还怀着一丝希望。奥布兰肯定知道他被捕了。正如他曾经说过，兄弟会从不营救自己的成员，不过还有剃须刀片，他们在能做到的情况下会送进来。看守冲进牢房之前，他或许有五分钟时间可用。剃须刀片带着灼人的冰冷感觉割进他的身体，甚至拿着它的手指也会被割到骨头。他那种病躯的所有感觉全回来了，即使是最轻的痛楚，也让他缩着身子颤抖不已，他拿不准就算他有机会使用剃须刀片，他究竟会不会用。更为理所当然的是活一时算一时，即使肯定到最后还是要被拷打，多活上十分钟也好。

有时他试图计算出牢房墙上瓷砖的数量，应该不难，但他总是或早或晚忘了数到多少。更多时候，他琢磨的是自己身在何处和那时是几点钟的问题。有一阵子，他感到很肯定外面是一片光明，再过一阵，他又同样肯定地觉得外面是一片漆黑。在这里，他本能地知道电灯永远不会关，这是个没有黑暗的地方。他现在才明白为何奥布兰似乎明白他那句话里的暗示。仁爱部里没有窗户，他所在的牢房也许在大楼的中心部位，或者挨着外墙，又可能在地下十层或者地上三十层。想象中，他把自己换了一个又一个地方，试图通过身体的感觉，来确定自己是在高高的空中还是深深的地下。

外面响起皮靴走路的声音。铁门当的一声打开，一个年轻警官敏捷地一步跨入。他身穿整洁的黑制服，浑身上下像擦亮的皮革一样闪闪发光，他苍白而缺乏表情的脸庞像是蜡制面具。他向外面的看守示意把领来的囚犯带进来。诗人安普福斯踉跄着走进牢房，铁门当的一声又关上了。

安普福斯拿不准似的左右挪动，似乎觉得有另外一扇门可以出去，然后就开始在牢房里踱来踱去。他还没有注意到温斯顿也在里边，他不安的眼神盯着温斯顿头部上方一米处的墙上。他没有穿鞋，又大又脏的脚趾从袜子洞住外伸着。他也有几天没刮脸了，一脸又短又硬的胡须长到颧骨那里，让他有了副凶逞之徒的样子，跟他高大而虚弱的身体和不安的动作形成奇特的反差。

温斯顿尽管疲倦，还是坐直了一点身子。他必须跟安普福斯说话，即使要冒着被电屏里的声音喝斥的危险。甚至可能想象安普福斯身负夹带刀片之命。

“安普福斯。”他说。

电屏里没有传来喝斥声。安普福斯停下脚步，有点吃了一惊。他的两眼慢慢聚焦到了温斯顿身上。

“啊，史密斯！”他说，“你也在！”

“你怎么也进来了？”

“跟你说实话——”他在温斯顿对面的长凳上别别扭扭地坐了下来。“只有一种过错，对不对？”他说。

“你犯了吗?”

“我显然犯了。”

他把一只手放到前额上压了太阳穴一会儿,似乎想记起来什么事。

“这种情况是有的,”他含糊地说,“我能想到的有一次——可能就是那次。那一次是不谨慎,一点儿没错。我们当时正在为吉布林[1]的诗歌创作出定稿,我在其中一行的末尾保留了‘上帝’这个词,我也是没办法!”他抬眼看着温斯顿,几乎是愤慨地又说道:“那一行没法改,那首的韵脚是‘棍子’[2],你知不知道英语里总共只有十二个词跟‘棍子’押韵?我一连几天绞尽脑汁地想,但的确没有其他可以押韵的词。”

他的表情变了,暂时没了恼怒感,看上去几乎是高兴的。从他又短又硬的肮脏胡须上,绽放出一种知识分子式的激动,是某个学究发现一件无用事实时的喜悦。

“你有没有想到过,”他说,“整个英语诗史都受到了英语缺乏韵脚这一事实的决定性影响?”

没有,温斯顿从未想到过这一点,就在当下,这也不能让他觉得很重要或者有趣。

“你知不知道现在是几点钟?”他问道。

安普福斯好像又吃了一惊。“我几乎从来没想过这个问题。他们可能是两天或者三天前抓到我的。”他的眼睛在墙上扫来扫去,似乎有点想在哪里找到窗户。“这种地方白天黑夜没什么差别,我不明白怎样才能计算出是几点了。”

他们前言不搭后语地又谈了几分钟,冷不防从电屏里传来要他们住嘴的喝斥。温斯顿平静地坐着,两手交叉着。安普福斯的身躯庞大得没法舒舒服服地坐在窄凳子上,他不安地扭来扭去,瘦长的两手一会儿扣着一个膝盖,然后再换到另一个上。电屏里传来命令,厉声要求他老老实实坐着。时间在流逝,二十分钟,一小时——难以判断。外面再次响起皮靴声,温斯顿的心头一紧。很快,非常之快,也许再过五分钟,也许就是现在,那靴子声会意味

① 约瑟夫·路得雅·吉布林(一八六五——一九三六):英国小说家、诗人,代表作有《丛林的故事》、《吉姆》等,一九〇七年获诺贝尔文学奖。

② 原文为“rod”,上帝原文为“God”,两者押韵。

着轮到他了。

门打开，那个冷面的年轻警官跨进牢房，手向安普福斯一指。

“一〇一房间。”他说。

安普福斯被两个看守夹在中间脚步蹒跚地走了出去，他脸上隐约显出不安的样子，但仍是一副迷惘相。

好像又过去很长一段时间，温斯顿的腹部疼得更厉害些了，他的心思在同一段轨道上来来回回，就像一个球次次掉进同一道狭槽。他只能想到六件事：腹部的疼痛，一块面包，流血和呼号，奥布兰，茱莉娅，剃须刀片。这时，他心头又是猛地一紧，沉重的皮靴声越响越近。铁门打开时，它制造出的气流带进一股刺鼻难闻的冷汗味道。帕森斯走进牢房，他穿着卡其布短裤和一件运动衫。

这次温斯顿吃惊得有点忘了场合。

“你也进来了！”

帕森斯瞥了温斯顿一眼，眼神里既不是感兴趣，也不是吃惊，而只是痛苦。他开始急匆匆地走来走去，显然无法不动。每次他伸直胖乎乎的膝关节时，那里显然在颤抖。他的眼睛圆睁着，像在盯着什么，似乎他无法忍住不看那不远处一样。

“你怎么进来了？”温斯顿问他。

“思想罪！”帕森斯几乎是抽噎着说，他的声调听上去一方面是完全服罪，另外还有种不敢相信的震惊感，就是这个词居然会用到自己身上。他在温斯顿对面停下脚步，开始急切地向他诉说：“你不会认为他们会枪毙我吧，对不对，老兄？如果你没有真的做什么事——只是个念头，那是你无法控制的——他们不会枪毙你，对不对？我知道他们会给我辩解的机会。哦，我相信他们会那样做！他们了解我过去的表现，对不对？你了解我是什么样的人，我不能算是坏人。不算聪明，这不用说，可是热心。我一向全心全意为党服务，不是吗？我会被判五年就够了，你觉得呢？要么甚至十年？像我这样的伙计在劳改营里会很有用，他们不会因为我做错一次就枪毙我吧？”

“你有罪吗？”

“我当然有罪！”帕森斯嚷道，还奴性十足地看了一眼电屏。“你不是认为党会逮捕一个无辜的人吧？”他长得像青蛙一般的脸庞平静了一点，甚至略微带上了虔诚的表情。“思想罪是件可怕的事，老兄。”他用教育人的语气说，“它很阴险，能在你根本不知道的时候控制你。你知道它是怎么控制我的？在我睡觉的时候！对，这是事实。你看我，一天到晚都在工作，尽我的本分——从来根本不知道我的思想里有坏东西，后来我就开始说起梦话。你知道他们听到我说什么了吗？”

他压低嗓音，好像某个人为了治病的原因而说一句下流话。

“‘打倒老大哥！’对，我说了！好像说了一遍又一遍。老兄，我这是跟你说，我很高兴在我还没有进一步往下发展前，他们就抓到了我。你知不知道到法庭上我会怎么跟他们说？‘谢谢你们，’我会说，‘谢谢你们及时挽救了我。’”

“谁检举的你？”温斯顿问他。

“是我的小女儿。”帕森斯半是伤心，半是自豪地说，“她从锁眼里听到的。她听到我那样说，第二天就去巡逻队报告了。对一个七岁的小家伙来说，是够聪明的了，对不对？我一点也不埋怨她，事实上我还为她自豪呢。不管怎样，这说明我已经把她培养上了正路。”

他又急匆匆地走来走去，向马桶渴望地瞟了好几眼。到后来，他突然猛地扯下短裤。

“对不起，伙计，”他说，“我忍不住了，憋着呢。”

他的大屁股一下坐到马桶上，温斯顿用手捂住了脸。

“史密斯！”电屏里传来了喝斥的声音，“六〇七九号温斯顿·史密斯！把手放下来，在牢房里不准捂着脸！”

史密斯放下手，帕森斯在马桶上排便，声音很大，泄得干净。接下来才知道抽水装置有毛病，牢房里一连几个小时都臭气熏天。

帕森斯被带走了，更多囚犯被神秘地带来又被带走。有个女人被带去“一〇一房间”，温斯顿留意到她听到那个词时似乎瘫倒了，甚至脸色也变了。到后来——如果他是上午被带来这个地方的，那就是在下午，而如果他是下午被带来的，那就是在午夜——牢房里剩下六个人，有男有女，全一动不动地坐着。温斯顿的对面有个男人，胖得没了下巴，牙齿外露，特别像是某种个头很大、于人无害的啮齿动物。他红一块白一块的胖脸颊下部有很明显的颊袋，很难不让人以为他在那里还藏了点食物。他那双灰白色的眼睛胆怯地在人们的脸上扫来扫去，接触到别人的目光时，他很快就望向别处。

铁门开了，又一个囚犯被带进来，他的外表让温斯顿心头一惊。他是个普普通通、长相猥琐的男人，也许是个工程师或技术员之类。但是让人吃惊的是他脸部的瘦削程度。他像一具骷髅，出于瘦的原因，他的嘴巴和眼睛大得不成比例，而且那双眼睛里似乎充满对某人或某物杀气腾腾、不可遏止的仇恨。

那个男人在离温斯顿不远的凳子上坐下。温斯顿没再多看他一眼，那张骷髅一般的痛苦脸庞在他脑海里的形象却特别鲜明，以至于好像就在他眼前。突然，他意识到了是怎么回事：那个男人快饿死了。好像牢房里的每个人在同一时刻，都想到了同样的事，长凳上出现一阵轻微的骚动。无下巴的男人不停扫视那个脸似骷髅的人，然后内疚地转过眼，接着又被一种不可抗拒的吸引力拉了回来。很快，他在那里坐不安稳了，最后他站起来，蹒跚地走到牢房这边，把手深深掏进他的工作服口袋，然后带着难为情的神色拿出一片肮脏的面包，送到脸似骷髅的男人面前。

电屏里传来暴怒、震耳欲聋的咆哮声，无下巴的男人一下子跳起来，脸似骷髅的男人迅速把手放到背后，似乎在向全世界表明他拒绝了馈赠。

“巴姆斯德！”那个声音在咆哮，“二七一三号巴姆斯德！把面包扔到地上！”

无下巴的男人把面包扔到地上。

“站着不准动，”那个声音说，“面朝门，不准动。”

无下巴的男人服从了，他有袋的面颊在不可控制地颤抖着。铁门当的一声开了，那个年轻警官进来迈到一边，从他背后，闪现出一个膀阔胳膊粗的矮胖看守。他在无下巴的男人的对面站定，然后在警官的示意下凶猛地挥了一拳，这用尽全力的一击结结实实砸在无下巴的男人的嘴部，劲道之足好像几乎把他打得飞了起来。他的身体一下子从牢房这头跌到那头，只是马桶底座挡住了他的身体。有一阵子，他躺在那里像晕了过去，殷红的鲜血从他的口鼻里涌了出来。他发出了很微弱的呜咽或者说是吱吱声，似乎是在无意识状态下发出的。接着他翻了个身，歪歪斜斜地以手撑地跪了起来。在淌着的血和唾液中，他的上下两排假牙全掉了出来。

囚犯全一动不动地坐着，十指交叉放在膝盖上。无下巴的男人爬回坐的地方。他一侧脸庞的下部变得乌青，嘴巴肿成了不辨形状的一团肉，呈樱桃色，中间是嘴巴的黑洞，不时有少量鲜血滴到他工作服的胸前位置上。他那双灰白色眼睛仍在各人脸上扫来扫去，显得更加心虚，似乎想弄清楚别人因为他丢人现眼而鄙视他到了什么程度。

铁门开了。年轻警官做了个小小的手势，指着的是那个脸似骷髅的男人。

“一〇一房间。”

温斯顿旁边有人抽了口冷气，囚犯中传来一阵骚动。那个男人几乎是一下子跪倒在地板上，十指交错地扣着双手。

“同志！长官！”他叫道，“别带我去那里！我不是什么都向您交代了吗？您还想知道什么？我全坦白出来，全部！只要告诉我您想知道什么，我全坦白！写下来我就会签字——什么都行！别带我去一〇一房间！”

“一〇一房间。”警官说。

那个男人的脸庞本来已经很苍白，那时也变了颜色，温斯顿本来还不相信。那绝对是一层青色，不可能弄错。

“对我怎么样都行！”他喊道，“你们已经几个星期没让我吃东西了，干脆让我死了吧。枪毙我，吊死我，判我二十五年吧。你们还想让我把谁供出来？你们只用说是谁，想让我说什么我就会说什么，不管是谁，你们怎么样处置他我都无所谓。我有老婆还有三个孩子，最大的还不到六岁，您可以把他们全带走，在我面前割断他们的喉管，我会在旁边看，可是别带我去一〇一房间！”

“一〇一房间。”警官说。

那个男人发狂似的看了一圈其他囚犯，似乎想到了找替死鬼的办法。他的眼睛落到了无下巴的男人被打开花的脸上，他突然伸出一条瘦削的胳膊。

“您应该带走的是他，不是我！”他大喊大叫，“您没听到他的脸被打以后他说了什么话。给我一个机会吧，他说的每个字我都说给您听。**他**才是反党的，我不是。”看守往前跨了一步，那个男人的声音变成了尖叫，“您没听到他说什么！”他还在重复着，“电屏出毛病了。他才是你们要抓的人，带他走，别带我！”

两个强壮的看守上前要抓住他的胳膊,但就在那时,他身子在牢房的地板上一扑,抓住了撑着长凳的一根铁腿,像头野兽一样,发出没有词的号叫。两个看守抓住他,想把他扯开,他却以惊人的力气不放手。在也许有二十秒的时间里,他们在拉扯着他。囚犯全一动不动地坐着,手交叉放在膝盖上,眼睛正视前方。号叫声已经停止,那个男人除了抓紧,再也没力气发出别的声音。接着他又发出了另外一种哭叫,有个看守用皮靴踢断了他一只手的手指。他们把他拖起来。

“一〇一房间。”警官说。

那个男人被带了出去,蹒跚地走着,垂着头,捧着被踢伤的那只手,不再有一丝反抗。

又过了很久。如果那个脸似骷髅的男人是在午夜时被带走的,到那时就是上午;如果是在上午被带走的,到那时就是下午。温斯顿独自待在牢房里,已经达几小时。窄窄的凳子让他坐得全身疼痛,不得不经常起身走动一下,也没有受到电屏的斥责。那一小片面包还在那个无下巴的男人丢下的地方。一开始,他需要费很大劲才不去看它,但是不久口渴就更甚于饥饿感。他嘴巴发黏,还有恶臭。嗡嗡声和恒久的白色灯光给他的头脑带来一种晕眩和空洞感。他要站起来,是因为他疼到了骨头里,无法忍受,但几乎马上又坐了下来,因为感到太眩晕,弄不准他还能不能够站立。每当他身体上的感觉稍微可以控制时,那种恐怖感就会回来。有时,他怀着越来越小的希望想着奥布兰和剃须刀片。如果早晚会给他东西吃,可以想象他会拿到藏在食物里的剃须刀片。茱莉娅也依稀出现在他的脑海里。她正在某个地方受苦,也许比他受的苦要大得多。她可能此时正在号呼叫痛。他想:“如果把我的疼痛增加一倍就能救下茱莉娅,我会那样做吗?对,我会的。”但那只是理智状态下所做的决定,之所以如此决定,是因为他应该这样做。他没感觉到那种疼痛。在这种地方,除了疼痛和预知将有的疼痛,感觉不到其他任何事情。再说,当你真的在承受疼痛时,不管出于何种原因,你还有可能希望再增加自己的疼痛吗?到目前为止,这一问题仍无法回答。

又听到皮靴声越来越近。铁门打开,奥布兰走进来。

温斯顿一下子站起来,看到奥布兰,让他震惊得完全忘了应该更谨慎一点。他忘了电屏的存在,这是许多年来的第一次。

“他们也抓到你了！”他嚷道。

“他们很久以前就抓到我了。”奥布兰说，话里带着不温不火、几乎有歉意的讽刺味。他往旁边一让，在他身后出现一个胸部宽阔的看守，手里拎了根长长的警棍。

“你是知道的，温斯顿。”奥布兰说，“别再自己骗自己了，你以前就知道——你一直知道。”

对，他现在明白了，他一直就知道，可是已经没有时间想这些。他眼睛盯着的，只是看守手里的警棍。它有可能落在任何地方：头顶，耳朵，上臂，肘部——

在肘部！他猛然跪了下来，身体几乎瘫软，他用手紧捂被打了的肘部，眼前直冒金星。没想到，真没想到打一下就能那么疼！眼前冒过金星之后，他能看到另外两个人在俯视着他，看守在嘲笑他那扭曲的身体。总算有个问题得到了解答，不管有什么理由，你永远不会希望增加疼痛。对于疼痛，你只抱一个希望，那就是让它停止。世界上没有比身体上的疼痛更糟糕的事情，疼痛面前没有英雄，没有英雄。他徒劳地抱紧被打伤的左臂在地上翻滚时，这样想了一遍又一遍。

2

他躺在像是张行军床之类的东西上，不过离地面更高一些，他被绑在床上动弹不得，似乎有比平时更强的灯光正好照在他脸上。奥布兰站在他旁边，目不转睛地俯视着他，在他的另一侧，站着个身穿白大褂、手持注射器的人。

即使睁开眼睛后，他仍然只是逐渐看清了周围的东西。他有种印象：他是从一个很不相同的世界游进了这房间，那里有点像是个在房间之下很深的水下世界。他不知道在那里已有多久，自从他们逮捕他之后，他就再也没见过黑夜或者白天。另外，他的记忆也不连贯，有时他的意识完全停止了，就连睡觉时也是，然后在一段空白期后又重新拥有，然而他无从得知间隔究竟是几天、几周还是只有几秒钟。

从第一次肘部被打以来，噩梦便开始了。后来，他意识到当时发生的全部只是个前奏而已，是差不多每个囚犯都须经过的常规审问。罪行很广泛——间谍、破坏之类——不言而喻的是每个人都会坦白。坦白是种例行手续，拷打则是实实在在的。他不记得他被殴打过多少次以及每次殴打持续多久，总有五六个身穿黑制服的人在同时殴打他，有时用拳头，有时用警棍，有时用钢棍，有时用皮靴。很多次他在地上滚来滚去，像头牲畜一样不知羞耻地将身体扭来扭去，一直在企图躲避脚踢，然而没用，那样只不过招致被踢得更多，就在肋骨、腹部、肘部、小腿、腹股沟、睾丸、尾骨等地方。有许多次，这种毒打没完没了，到最后对他来说，残酷邪恶、无法原谅的事情不是看守不停殴打他，而是他无法强迫自己变得不省人事。许多次他完全吓破了胆，以至于甚至在毒打开始前，就喊着求饶，只是看到一个拳头往回收准备击打时，也能让他一股脑坦白出真实或者想象出来的罪行。有许多次，他决心什么也不说，每个字只能在他忍疼吸气的间隙从他嘴里挤出来。还有许多次，他软弱无力地想妥协，会对自己说："我会坦白，但不是现在。我一定要坚持到疼痛变得不可忍受时。再被踢三下，再被踢两下，我就会告诉他们想知道的事。"有时他一直被殴打到几乎无法站立，然后像袋土豆一样，被扔到牢房的石头地板上，让他恢复几个小时，然后又被拖出去再次殴打。还有些时候恢复的时间较长一些，他只是隐约记得，因为在那些时候，他要么在睡觉，要么处于昏迷中。他记得住进过一间牢房，里面有张木板床，一个从墙上突出来的类似搁板的东西，洗脸盆，还吃到了有热汤、面包和偶尔有咖啡的几顿饭。他记得有个粗鲁的理发匠来给他理发剃须，另外还有些身穿白大褂的公事公办、缺乏同情心的人，他们量他的脉搏，测试他的反应，翻开他的眼皮，用粗糙的手指摸索他有无骨折，还往他手臂上打针让他入睡。

殴打没那么厉害了，而主要变成一种威胁，一种在他的回答让人不满意时，随时会继续殴打他的恐惧感。审讯他的不再是身穿黑制服的暴徒，而是党员知识分子，都是些动作敏捷、戴着亮闪闪眼镜的矮胖男人，他们轮番审他，一次持续——他觉得有，没办法肯定——十到十二个小时。这些后来的审讯者确保他处于不厉害的疼痛中，但他们也并非主要靠让他疼痛。他们抽他耳光，扭他耳朵，让他单足站立，扯他的头发，不允许他去小便，用炫目的电灯照射他的脸，直到他的眼泪止不住流出来，但他们这样做的目的，只是羞辱他并摧毁他争辩和推理的能力。他们真正的武器，是残酷无情地对他审讯个没完没了，一小时接一小时，提出迷惑性的问题，让他说出不想说的话，给他设置陷阱，歪曲他所讲的一切，证明他每次都在撒谎和说话自相矛盾，直到他既是因为羞愧，也是因为精神疲劳而哭了起来，有时在一次审讯中，他会哭上十几次。几乎每次审讯时，他们都会高声辱骂他，每次回答得迟疑时，都会威胁要把他交回给看守。有时他们却突然改变语气，称他为同志，以英社和老大哥的名义向他恳求，不无伤感地问他即使到了现在，他还有没有剩下对党的足够忠诚，希望洗刷自己的罪恶。经过几小时审讯，他的神经已处于崩溃状态时，就连这种恳求的话，也能让他涕泪交流。到了最后，那种唠唠叨叨的声音跟看守的皮靴及拳头比起来，能让他垮掉得更彻底些。简而言之，他成了让他说什么就说什么的嘴巴，让他签什么就签什么的一只手。他唯一关心的，是发现他们想让他坦白什么，然后在凌辱再次开始前很快坦白出来。他坦白自己刺杀了党的高级干部、散发煽动性的小册子、贪污公款、出卖军事秘密、进行各种各样的破坏活动等等。他坦白早至一九六八年，他就是东亚国的间谍。他坦白自己是个宗教信徒，是资本主义的崇拜者和性变态者。他坦白自己杀害了妻子，尽管他知道，审讯他的人肯定也知道，他的妻子还活着。他坦白许多年来，他跟戈斯坦因保持个人联系，还是某地下组织的成员，几乎包括所有他认识的人。坦白一切，牵连进所有人，这样也较为容易，再说从某种意义上说这都没错。没错，他是党的敌人，在党看来，思想和行为之间没有任何区别。

然而也出现了另外一些记忆，孤立地出现在他脑海里，就像一圈全是黑色的照片。

他是在一间不知是明是暗的牢房里，因为除了一双眼睛看不到别的。近在咫尺，有台仪器正缓慢而有规律地滴滴答答走着。那双眼睛变得越来越大，越来越亮，突然他从座位上漂浮起来，跳进那双眼睛便被吞没。

他被绑在一张周围都是仪表的扶手椅上，就在炫目的电灯之下，一个白大褂正在读仪表。从外面传来沉重的皮靴声，铁门当的一声打开，那个长着蜡像脸的警官走进来，后面跟着两个看守。

“一〇一房间。”那个警官说。

那个身穿白大褂的人没转身，也没看温斯顿，只是在看仪表。

他正转动轮椅通过一条极阔的走廊，它有一公里宽，被灿烂的金色光线照彻。他用最大的嗓门哈哈大笑，并喊叫着坦白的话。他什么都坦白，甚至把被拷打时挺住没说的话也坦白了。他在把他一生的全部历史讲给一个已全部知悉的听众听。跟他在一起的有看守、其他审讯者、那个白大褂、奥布兰、茱莉娅、查林顿先生等，他们全都一起在走廊里转动轮椅往前走，在大喊大笑。某种隐藏在未来的恐怖之事被略过了，没有发生。一切顺利，不再有疼痛，他生命里最为微末的细节都暴露出来，他被理解并被原谅了。

他从木板床上向上瞪着，不太肯定他是否听到了奥布兰的声音。整个审讯过程中，虽然从未看到过他，但温斯顿感到奥布兰就在旁边，只是他看不见而已。是奥布兰在操纵一切，是他派来看守殴打温斯顿，又不让他们把他打死。是他决定温斯顿什么时候应该痛得尖叫，什么时候让他的痛苦暂缓，什么时候该给他东西吃，什么时候让他睡觉，什么时候把药物注射进他的胳膊，是他提问并提示问题的答案。他是折磨者、保护者、审讯者，也是朋友。有一次——温斯顿不知道自己是处于药物作用下的睡眠中还是在正常的睡眠中，要么甚至在没有睡着时——有个声音在他耳边低语：“别担心，温斯顿，你在我的照料之下。我观察你已经七年了，现在到了转折点。我会拯救你，我要让你变得完美。”他不肯定那是不是奥布兰的声音，但跟向他说“我们会在没有黑暗的地方见面”的声音一样，那是在另一次梦中，七年前的事。

他不记得审讯是怎样结束的。先是一段黑暗期，然后就到了现在所住的牢房或者说房间里，他这时逐渐看清了周围的东西。他几乎完全平躺着，无法移动身体。他身体的每个主要部位都被绑紧了，甚至后脑勺也不知怎样被固定住了。奥布兰在俯视着他，严肃并且相当悲伤。从下往上看，他的脸庞显得粗糙而衰老，眼下有眼袋，从鼻子到下巴有一些劳累留下的皱纹。他比温斯顿想象的还要老，可能有四十五或者五十岁。他的手下面有个控制盘，上面有个控制杆，盘上还有数字。

“我告诉过你，”奥布兰说，“我们再次见面的话，会是在这里。”

“对。”温斯顿说。

没有警告，只是奥布兰的手轻轻一动，一波疼痛感就袭过他的身体。这是种令人恐惧的疼痛，因为他不明白怎么回事，他感觉自己的身体正在承受某种致命的伤害。他不知道他是否真的在承受那种伤害，也不知道那种效果是否由电流造成，但他的身体扭曲得变了形，关节正被慢慢扯开。虽然那种疼痛让他的前额冒出汗珠，但最糟糕的是害怕他的脊椎会喀嚓一声扭断。他咬紧牙关，用力通过鼻孔呼吸，试图尽量久地保持沉默。

“你害怕了，”奥布兰看着他的脸说，“害怕再过一会儿什么东西就会断掉，你最害怕的是你的脊椎骨会扭断。你脑子里有幅生动的图像，就是你的脊椎喀嚓一声断掉，脊髓从里面流出来。这就是你正在想的，对不对，温斯顿？”

温斯顿没回答。奥布兰扭回控制盘上的控制杆，那种疼痛之波去得几乎和来时一样迅速。

“那是四十。”奥布兰说，“你可以看到，这个盘上最高的数字是一百。请你记好了，在我们的全部谈话时间里，我能随心所欲地随时用任何一种级数让你疼痛。你说任何谎话，或者试图以任何方式搪塞我，甚至显得比你的一般智力水平更低些，你就会马上疼得叫起来。明白吗？”

“明白。”温斯顿说。

奥布兰的举止没那么严肃了，他沉思地推了下眼镜，来回走了几步。再次开口说话时，他的声音既温柔又耐心。他有种医生或是教师，甚至是牧师的样子，苦口婆心地想解释或者说服别人，而不是惩罚。

“我在为你费神，温斯顿。”他说，“因为你值得。你很清楚自己有什么毛病，你已经认识到了好几年，尽管你试过想否认。你精神不正常，有记忆缺失的毛病。你记不住真正的事件，你还说服了自己，认为你记得别的一些从未发生过的事件。幸好你可以被治好。你自己从来没将自己治好，因为你不愿意那样做。你需要在意志上再努力一点，可是你不想那样做。即使到现在，你仍然抱着你的病症不放，自以为那是种德行，我很清楚。现在我们可以举例说明一下。目前，大洋国在跟那个国家打仗？”

"我被捕时,大洋国在跟东亚国打仗。"

"跟东亚国,好。大洋国一直在跟东亚国打仗,对不对?"

温斯顿吸了口气,他张口想说却没说出来,他没办法不看控制盘。

"请说实话,温斯顿,你的实话。告诉我你自以为记得什么。"

"我记得直到我被捕前一星期,我们根本不是在跟东亚国打仗,而跟他们是盟国。战争是跟欧亚国打的,已经持续四年。在那之前——"

奥布兰用手势制止了他。

"再举个例子吧。"他说,"几年前你有过确实很严重的错觉。你以为名叫琼斯、艾朗森和鲁瑟福的三个曾经是党员的人——他们在对其罪行完全供认不讳后,因为叛国罪和破坏行为而被处决了——你以为他们没犯下被指控的罪行。你相信你看到了确凿无疑的文件证据,可以证明他们的坦白都是假的。有一张让你产生了幻觉的照片,你以为你真的在手里拿过。那是张像这样的照片。"

奥布兰的手指间拿着一片长方形的报纸,在也许有五秒钟时间里,从温斯顿的角度能看到它。是张照片,是那张照片毋庸置疑,就是那张照片,另外一张琼斯、艾朗森和鲁瑟福在纽约进行党务活动的照片,他在十一年前碰巧看到过,但马上就毁掉了。它在他眼前一晃,然后又看不到了。但是他已经看到,毫无疑问他是看到了!他极度痛苦地拼命想把上身挣脱,可是不管向哪个方向,移动一厘米都不可能。他暂时忘记了控制盘。他想做的,只是把那张照片再次拿在手里,或者至少再看一眼。

"它存在的!"温斯顿叫道。

"不。"奥布兰说。

他走到房间另一边,对面墙上有个记忆洞。奥布兰掀起盖子,那薄薄的一片纸没看到就被一股暖气流卷走,在火焰一闪之际消失了。奥布兰从墙那边转过身。

"成灰了,"他说,"甚至不是可以辨认出来的灰,是尘土。它不存在,从来没存在过。"

"可是它存在过!现在也存在!它在记忆里存在。我记得,你也记得。"

"我不记得。"奥布兰说。

温斯顿的心沉了下去。这就是双重思想,他有了种彻底无助的感觉。如果他能肯定奥布兰在撒谎，那就似乎有其重要性，但完全有可能奥布兰真的忘了那张照片。真的如此，那么他也会忘记他否认过记得那张照片，然后又忘记忘记这一行为本身。你怎么能肯定这仅仅是个花招而已？也许大脑的疯狂混乱状态真的有可能发生，正是这想法打败了温斯顿。

奥布兰在沉思着低头看他。更有甚于以往，他有了种教师的样子，正在不辞辛苦地教一个任性但仍有希望的孩子。

“党的标语中有一条是关于对过去的控制的，”他说，“可以的话，请为我重复一下。”

“谁掌握历史，谁就掌握未来。”温斯顿顺从地重复道。

“谁掌握历史，谁就掌握未来。”奥布兰点着头说，算是终于表示了认可。“温斯顿，以你看来，过去是真实存在的吗？”

无助感再次笼罩了温斯顿。他用眼睛扫了一眼控制盘，他不知道“是”或者“不是”这两种回答哪种能让他免遭疼痛之苦，甚至也不知道哪种回答他相信是正确的。

奥布兰微微一笑。“你可根本不是什么玄学家，温斯顿。”他说，“直到这会儿，你从来没有考虑过存在意味着什么。我说得更准确一点吧。过去是有形地存在于空间中吗？有没有另外一个地方，一个由实物构成的世界，在那里，过去仍在进行中？”

“没有。”

“过去存在的话，会存在于哪里？”

“档案里，那是书面的。”

“档案里，还有呢？”

“脑子里，在人们的记忆里。”

“在记忆里，说得很好。可是我们，也就是党，控制所有的档案，我们也控制所有的记忆，因此我们控制过去，对不对？”

“可是你们怎么能阻止人们记东西？”温斯顿叫道，他再次暂时忘了控制盘。“那是不由自主的，个人控制不了的。你怎么能控制记忆？你还没能控制我的记忆呢！”

奥布兰的态度又变得严厉。他把手放在控制盘上。

“恰恰相反，”他说，“是你没能控制住它，所以让你到了这儿。你之所以到了这儿，是因为你在谦恭和自律上做得不够，没能做到服从，这是理智的代价。你宁愿当个疯子，当一个人的少数派。只有受过训练的头脑才能看到现实，温斯顿。你相信现实是客观和外在的东西，是独立存在的，你也相信现实的本质不言自明。当你让自己迷惑，以为自己看到什么东西时，你设想每个人都像你一样看到了。不过我告诉你，温斯顿，现实不是外在的。现实存在于人们的头脑中，而不是在别的地方。它不在个人的头脑里，个人的头脑会犯错，而且无论如何，很快就会消亡。现实仅仅存在于党的头脑里，那是集体性的，也是不朽的。无论如何，只要党认为对，它**就是**对的。除非从党的观点来看，否则不能看到现实。温斯顿，你必须重新学习，这就是事实。它需要自毁行为和意志上的努力。你一定要让自己变得谦恭，然后才能变得理智。”

他停顿了一阵子，好像是让他所说的被领会。

“你记得吗？”他又说道，“你在日记里写过‘自由就是说二加二等于四的自由’。”

“记得。”温斯顿说。

奥布兰举起左手，手背对着温斯顿，拇指藏着，伸出四根指头。

“我伸的是几根手指，温斯顿？”

“四根。”

“如果党说不是四根而是五根——那么是几根？”

“四根。”

说出这个词后他马上痛苦地抽了一口气，控制盘的指针一下子跳到了四十五。温斯顿猛地出了一身汗。他使劲吸着气，呼出来时，是低沉的呻吟声，即使牙关紧咬也控制不住。奥布兰看着他，仍然伸着四根手指。他把控制杆又复了位，这一次，疼痛只是稍微减轻了些。

“几根手指，温斯顿？”

“四根。”

指针达到了六十。

“四根！四根！还用说吗？四根！”

指针一定是更高了些，但他没看到，他看到的，只是那张阴沉严厉的脸庞和四根手指。几根手指柱子一样矗立在他眼前，巨大而模糊，好像在摇晃着，但无疑是四根。

“几根手指，温斯顿？”

“四根！停下来，停下来！你怎么能不停下来？四根！四根！”

“几根手指，温斯顿？”

“五根！五根！”

“不，温斯顿，这样没用。你在撒谎，你还在想着有四根。说吧！有几根手指？”

“四根！五根！四根！你想是几根就是几根，可是停下来吧，别让我受罪了！”

突然，他靠着奥布兰搭在他肩膀的手臂想坐起来。他也许有几秒钟昏了过去，绑着他的绳子松开了。他感到很冷，在控制不住地颤抖，牙齿咬得咔嗒咔嗒响，眼泪在顺着脸颊往下流。有那么一阵子，他像个婴儿似的抱紧了奥布兰，奇怪的是，那双抱着他肩膀的粗壮手臂给了他安慰。他有种奥布兰是他保护者的感觉，疼痛是外来的，来自别人，而奥布兰会让他免受疼痛。

“你学得很慢，温斯顿。”奥布兰和蔼地说。

“我能怎么办？”他哭哭啼啼地说，“我怎么会看不到在我眼前的东西？二加二等于四。”

“有时候是，温斯顿。有时候二加二等于五，有时候等于三，有时候三种答案都对。你一定要再努力一点，变得理智是不容易的。”

他把温斯顿放回床上，温斯顿的四肢又被绑紧，但疼痛感已经退去，他也不再颤抖了，只剩下虚弱和冰冷的感觉。奥布兰向那个身穿白大褂的人点头示意，那人在整个过程中一动不动地站着。白大褂弯下身子仔细检查了他的眼睛，摸了摸他的脉搏，耳朵贴在他心口听，到处敲了敲，然后向奥布兰点点头。

“再来。”奥布兰说。

疼痛掠过温斯顿的身体，指针一定到了七十或者七十五。这次他闭上了眼睛。他知道手指还在那里，还是四个。唯一重要的是不管怎样不能死，要坚持到疼痛结束。他不再留意自己哭了还是没哭。疼痛又减轻了一些。他睁开眼睛，奥布兰把控制杆又复了位。

“几根手指，温斯顿？”

“四根，我想是四根，我能看到五根就会看到五根了。我正在努力看到五根。”

“你希望的是什么:说服我你看到五根还是真的看到五根?”

“真的看到五根。”

“再来。”奥布兰说。

也许指针到了九十五，温斯顿只是断断续续记得为何会感到疼痛。他紧闭上眼睛之后,一片手指的森林跳舞般动来动去,时而交织,时而分开,一根遮挡着另一根,接着又重新显露出来。他在试图数数那是多少,不记得为什么要数,只知道不可能数清,而不知何故,那是由于四和五之间的神秘特性。疼痛又消失了,他再次睁开眼睛时,发现自己仍在看着同样的东西:数不清的手指就像移动的树木,正向两个方向不断掠过,交叉,分开。他又闭上眼睛。

“我伸着几根手指,温斯顿?”

“我不知道,我不知道。你再那么做我要死了。四根,五根,六根——一丝一毫也不骗你,我不知道。”

“有进步。”奥布兰说。

一个针头刺进温斯顿的手臂,几乎就在同时,一种令人极其愉快、能让人康复的温暖感扩展到了他的全身,疼痛几乎已经忘了一半。他睁开眼睛,感激地看着奥布兰,看着那张阴沉而有皱纹的脸——非常丑陋,但又非常聪明——他心里好像在翻腾着。如果能够活动身体,他会伸出一只手搭在奥布兰的胳膊上。他从来没有像此时这样真挚地爱着奥布兰,原因不仅是奥布兰让他不再疼痛。那种旧感觉又回来了,就是说到底,奥布兰是朋友还是敌人无关紧要,重要的是他是个可以与之交谈的人。也许和被人爱比起来,人们更想要的是被理解。奥布兰把他折磨得快疯了,要不了多久,他肯定会把他送上死路,但那无关紧要。从某种意义上说,那种感情比友谊还要深厚,他们是至交。总存在那么一个地方,让他们可以面对面交谈,虽然真正要说的话可能永远也不会说出。奥布兰在俯视着他,那种表情说明在他自己心里,可能有着同样的想法。他开口时,是种平易近人的谈话式语气。

“你知不知道你现在在哪里,温斯顿?”他问道。

“我不知道,不过我猜得到,是在仁爱部。”

“你知不知道你到这儿多长时间了?”

“我不知道,几天,几星期,几个月——我觉得有几个月。”

“在你看来,我们为什么把人带到这儿来呢?”

“让他们坦白。”

“不对,不是那个原因。再想想看。”

“惩罚他们。”

“不对!”奥布兰大叫一声。他的声音变化很大,他的脸庞突然变得既严厉又表情生动。“不对! 不仅仅是为了掏出你的供词, 也不仅仅是为了惩罚你。我告诉你我们为什么把你带到这儿好吗?为了治愈你!让你变得理智!我们带到这里的每个人没谁在离开时还没被治好。你明白吗,温斯顿?我们对你犯的那些愚蠢的罪行不感兴趣。党对公然的行为不感兴趣,我们关心的只是思想。我们不只是消灭敌人,我们还把他们改变过来。你明白我这句话的意思吗?”

他向温斯顿弯着身子。由于距离近的关系,他的脸庞看来奇大无比,而且极为丑陋,因为是从下往上看到的。除此之外,这张脸上还洋溢着得意和狂热。温斯顿的心再次抽紧了。如果可能,他会在床上再往下缩一些。他很有把握地认为奥布兰正要完全是随心所欲地扭动指针。但就在此时,奥布兰转过身子,来回走了几步,然后以没那么激动的语气继续说道:

“你首先要明白的是,在这里,没有烈士这个概念。你读过以前的宗教迫害。中世纪有过宗教裁判所,那是失败之举。它以铲除异教为目标,结果却让异教永远扎下了根。在火刑柱上烧死一个异教徒,会有几千个人站出来。怎么会这样?因为宗教裁判所公开把敌人杀死。是在他们还没有悔悟的情况下,就把他们杀掉的。实际上,他们是因为不肯悔悟而被杀掉。他们之所以被杀,是因为他们不肯放弃他们真正的信念。自然,所有的光荣都归于受害者,所有的耻辱都归于把他们烧死的人。到后来,二十世纪出现了所谓的极权主义者。他们是德国纳粹和俄国的共产党。俄国人对异端的迫害比宗教裁判所还要残酷。他们想象自己已经从过去的失误中吸取了教训,至少知道不能制造烈士。在对受害者进行公审时,决意摧毁他们的尊严。他们通过拷打和单独关押击垮受害者,直到受害者变成人所不齿、畏畏缩缩的无耻之徒,让他们坦白什么就坦白什么,把自己骂得狗血淋头,互相指责,拿别人当替罪羊,呜咽着请求原谅。然而仅仅几年后,同样的事情再次发生了。死去的人成了烈士，他们曾经名誉扫地，也被忘记了。还是那个问题，怎么会这样？首先，因为他们的坦白显然是逼供出来的，不真实。我们不会犯下这种错误。在这里，所有坦白都是真实的，我们让它是真实的。最重要的是，我们不允许死人再还魂反对我们。你必须别再想象后世会为你平反，温斯顿。后世会从来不曾听说过你，你会被从历史的河流中完全剔除出去。我们会把你变成气体，把你注入平流层。你一丁点儿也不会留下，档案里不会有你的名字，活人的脑子里也没有一点关于你的记忆。你在过去和未来的意义上都将被毁灭，你将永远不曾存在过。”

那干吗要费事来折磨我？温斯顿想，一时感到了痛苦。奥布兰停下脚步，就好像温斯顿把这个想法大声说了出来。他那张大而丑陋的脸庞又凑近一些，眼睛略微眯了起来。

“你在想，”他说，“既然我们有意彻底毁灭你，所以你所说或者所做的不会有任何作用——既然如此，我们干吗要费事先审讯你？你想的就是这个，对不对？”

“对。”温斯顿说。

奥布兰微微一笑：“你是图案上的一个瑕疵，温斯顿，你是个必须清除的污点。我刚才有没有跟你说过，我们和过去的迫害者不一样？我们不满足于负面的服从，即使对最奴性的服从也不满足。最后当你向我们屈服时，一定是出于你自己的意志。我们不是因为异端分子反抗我们而消灭他，而是只要他反抗我们，我们就从不消灭他。我们改变他，掌握他的头脑并重塑他，把他的罪恶和所有幻想都从他的头脑中除去。我们把他争取过来，不是在外表上，而是实实在在、全心全意的。在处死他之前，我们把他变成自己人。对我们来说，不可忍受的是世界上存在一个错误的念头，不管它是多么秘密和无力。即使在处死一个人时，我们也不允许他有任何离经叛道之处。过去，异教徒在走向火刑柱时，仍然是个异教徒，同时还在宣扬他的异端邪说并为之得意。即使那些俄国大清洗中的受害者，在他们走过过道等着挨子弹时，他的脑袋里仍然有反抗思想。但是我们在把大脑崩掉之前，先要让它变得完美。旧专制主义者的命令是‘你们不许怎么样’，极权主义者的命令是‘你们要怎么样’，而我们的命令是‘**你们是怎么样**’。我们带到这里的人再也没有一个跟我们为敌，每个人都洗干净了。就连那三个你相信他们是无辜的可怜的叛国者——琼斯、艾朗森和鲁瑟福——到最后也被我们击垮了。我参加了审讯工作，我看到他们一步步垮掉，呜咽着，在地上爬，哭——到最后他们有的不是痛苦或恐惧，而是悔悟之心。到我们结束对他们的审讯后，他们只是徒具人形。除了对他们所犯之事感到悔恨和对老大哥的热爱别无其他，看到他们那么热爱老大哥，我真感动。他们恳求尽快被枪决，以便死时他们的思想仍然干净。"

他的声音变得几乎像是梦呓一般，那种兴奋和狂热之情仍然挂在他脸上。温斯顿想，他没有装扮，他不是个虚伪的人，他相信他所说的每一个词。最折磨温斯顿的，是他意识到自己的智力不如他。他看着那具巨大然而优雅的躯体踱来踱去，一会儿出现在他的视野里，一会儿不在。奥布兰哪方面都比他强，他有过或者可能会有的想法没有一样不是奥布兰早就想到、思考并摈弃过的。他的头脑**包容**了温斯顿的。但既然如此，奥布兰又怎么会是疯狂的呢？一定是他，温斯顿，才是疯狂的。奥布兰停下脚步俯视着他，他的声音再次变得严厉。

"温斯顿，不管你向我们屈服得多彻底，你都别心存可以活命的妄想。走入歧途的人没有一个会被放过，就算我们决定让你尽享天年，你还是跑不出我们的手心。现在发生在你身上的事将永远抹不掉，你得先明白这一点。我们会把你收拾得永世不得翻身，就算你活上一千年，将要发生在你身上的事还会让你永远无法忘记。你永远不会再有普通人的情感，你内心的一切全会死掉，你永远无力再拥有爱、友谊，生的欢乐、好奇心、勇气或正直心。你将是空心的，我们把你挤空了，然后用我们自己把你填满。"

他停下来向那个白大褂示意。温斯顿意识到某种很沉重的器械在他脑袋后面被推到位。奥布兰在床边坐了下来，那让他的脸庞和温斯顿的处于同等高度。

"三千。"他向站在温斯顿头后面的那个白大褂说。

两个感觉稍微有点湿的软垫夹着温斯顿的太阳穴。他感到恐惧，感到疼痛——这是种新的疼痛。奥布兰用一只手抚慰地，也几乎是慈祥地把手放在温斯顿的手里。

"这次不会疼。"他说，"盯住我的眼睛。"

就在此时，有了一声毁灭性的爆炸，或者说好像是爆炸，不过也说不准是否真的有什么声音。但无疑有过一道炫目的光亮。温斯顿没感觉到疼痛，只是被放平了。虽然在发生之际，他也在仰面躺着，但他有种奇特的被打到那个位置的感觉。没有痛感的可怕一击把他打得平躺着了。他的脑子也受到了某种影响。他的眼睛重新能看清东西时，他记起了自己是谁，身处哪里，也认出了正盯着他看的那张脸，但在某个地方，有块很大的空白，似乎他的脑子被取走了一块。

"很快就不疼了。"奥布兰说，"看着我的眼睛。大洋国正在跟哪个国家打仗？"

温斯顿想了想。他知道大洋国是什么意思，他自己就是大洋国的公民。他也记得欧亚国和东亚国，然而不知道谁跟谁在打仗，事实上，他意识不到有什么战争。

"我想不起来了。"

"大洋国在跟东亚国打仗，现在你想起来了吧？"

"对。"

"大洋国一直在跟东亚国打仗。从你出生开始，从建党开始，从有史可查以来，战争一直没间断地进行着，一直是同一场战争。你想起来了吗？"

"对。"

"十一年前，你编造了一个关于三个因为叛国罪被判处死刑之人的传奇故事。你自以为你看到了能证明他们无辜的一片报纸。但是不存在这样一片报纸，是你虚构出来的。后来你就越来越信以为真。你现在还记得你第一次虚构的那一刻，记得吗？"

"对。"

"刚才我向你举起我的手指。你看到了五根手指，记得吗？"

"对。"

奥布兰举起左手伸出手指，只是把拇指弯了起来。

"这儿是五根手指，你看到五根手指了吗？"

"对。"

有那么一瞬间，在他头脑里的景象变化之前，他确实看到了。他看到五根手指，每根都伸直着。然后一切又都恢复正常，那种过去有过的恐惧、仇恨和困惑再次纷至沓来。但是有那么一刻——他不知道有多久，也许有半分钟——是清清楚楚、很有把握的一刻。在那时，奥布兰的每个新暗示都填充了那块空白，成为绝对的真实。在那时，二加二很容易可以根据需要等于五，也可以等于三。那一刻在奥布兰把手拿开之前就已经结束。虽然他无法再次体验那一刻，但他仍然记得，如同一个人会生动地记得许多年前的一次经历，而当时他其实是另外一个不同的人。

“你现在看到了，”奥布兰说，“不管怎么样那是可能的。”

“对。”温斯顿说。

奥布兰带着满足的神情站了起来。在他左边，温斯顿看到那个白大褂打破一支针剂，抽了一针管药。奥布兰面带笑容地转向温斯顿，几乎跟以前一样，他推了一下鼻子上的眼镜。

“你在日记里写过，”他说，“不管我是朋友还是敌人都没关系，因为我至少是个能理解你、可以跟你交谈的人，还记得吗？你写得没错，我喜欢跟你谈话。你的头脑让我感兴趣，跟我的类似，只不过你刚好是精神失常的。我们结束这节谈话之前，如果你愿意，可以问我一些问题。”

“问什么都可以？”

“任何问题。”他看到温斯顿的眼睛在看控制盘，“已经关掉了。你想先问什么？”

“你们把茱莉娅怎么样了？”

奥布兰又微笑起来。“她背叛了你，温斯顿，迅速而且彻底，我还从来没见到有谁那么快就投向我们。你见到她的话会几乎认不出她。她的反叛性、欺骗性、愚蠢、肮脏思想——一切从她身心里消除干净了，是种完美的转变，教科书式的。”

“你拷打过她吗？”

奥布兰避而不答。“下一个问题。”他说。

“老大哥存在吗？”

“他当然存在，党也存在，老大哥是党的体现。”

“他像我一样存在吗？”

“你不存在。”奥布兰说道。

那种无助感再次向他袭来。他知道，或者说他能想象到证明他不存在的理由，但都是胡说八道，是文字游戏。像“你是不存在的”这句话，难道没包含一种逻辑上的荒谬之处?不过这样说又有什么用处?想到奥布兰可能用以把他驳得一败涂地的那些疯狂理由,他的头脑陷入枯竭。

“我想我是存在的,”他有气无力地说,“我意识到自己的身份。我出生,我将死去,有胳膊有腿,在宇宙中占据一个特定的位置,没有另外一个固体跟我同时占据同一个位置。在这种意义上,老大哥存在吗?”

“这无关紧要,他存在。”

“老大哥会死吗?”

“当然不会,他怎么会死呢?下一个问题。”

“兄弟会存在吗?”

“这个嘛,温斯顿,你永远也不会知道。就算我们把你审完后决定释放你,就算你活上九十岁,你仍然永远不会知道这个问题的答案是‘对’还是‘不对’。只要你活着,它就是你脑子里的不解之谜。”

温斯顿不说话躺在那儿,他的呼吸急促了一些。他还是没有问他最先想到的那个问题。一定要问,但好像他的嘴巴说不出话。奥布兰的脸上有一丝开心的样子,连他的眼镜也似乎闪着嘲弄的光芒。他知道,温斯顿突然想,他知道我要问什么!想到这里,他脱口而出:

“一〇一房间里有什么?”

奥布兰脸上的表情仍然没变,他冷冷地说:

“你知道一〇一房间里有什么,温斯顿。谁都知道一〇一房间里有什么。”

他向白大褂举起一根手指,显然这节谈话到此为止。一个针头突然刺进温斯顿的手臂,他几乎马上就沉沉睡去。

3

“你的改造分三个阶段。”奥布兰说，“也就是学习、理解和接受。现在你该进入第二阶段了。”

跟往常一样，温斯顿脸朝上平躺着。最近以来，他被绑得没那么紧了，虽然仍被绑在床上，但是能够活动一点膝部，头能往两侧转动，还能抬起小臂。控制盘也没那么可怕了，如果他够机智，就能免受那种剧痛：主要在他表现得愚蠢时，奥布兰才会扳动控制杆，有时在他们整整一节谈话里，控制盘一次也没用上。他不记得他们进行过多少节谈话，整个过程似乎难以确定地拖长了——可能有几个星期——而两次的间隔有时可能是几天，有时只有一两个小时。

“你躺着时，”奥布兰说，“经常在琢磨——你甚至问过我——为什么仁爱部会在你身上这样费时费神，你被释放后，还会感到困惑，基本上是为了同一个问题。你能理解你在其中生活的社会机制，可你不理解根本的动机。你记不记得你在日记本上写过‘我明白怎么做，但是我不明白为什么’？你就是在想到‘为什么’时，怀疑起自己神志是否清楚。你已经读过‘那本书’，戈斯坦因的书，或者说至少已经读了一部分。它有没有告诉你以前不知道的东西？”

“你读过了吗？”

“我写的，也就是说我参与了写作。你也知道，没有哪本书能由一个人写出来。”

“它说得对不对？”

“作为说明是对的，它列出的计划则是胡扯。秘密积累起知识——逐渐扩大启蒙的范围——最终导致群众起来造反——推翻党的统治。你也料到会怎样写，全是胡扯。群众永远不会造反，再过成千上万年也不会，他们没能力。我没必要告诉你为什么，因为你已经知道了。如果你怀有什么暴动的梦想，最好还是放弃吧。党是无法被推翻的，党的统治永永远远，把这个当做思考的出发点吧。”

他向床又走近了一些。“永永远远！”他重复道，“现在让我们回到那个‘怎么做’和‘为什么’的问题上。你对党是**怎么做**来保证掌权的有透彻的理解。现在你告诉我为什么我们要抓住权力不放。我们的动机是什么？为什么想掌权？说吧。”温斯顿不说话，他又加上一句。

但温斯顿还是有一阵子没说活，一阵疲劳感汹涌而来。奥布兰的脸上又隐约现出那种狂热神情，他提前就知道奥布兰会说什么话，那就是党要掌权并非为了自身，而是为了多数人的利益。它要掌权，是因为人民大众是意志薄弱的胆怯之徒，不能忍受自由或者面对事实，一定要被另外那些比他们更坚强的人统治和有系统地欺骗。人类有两种选择，即自由和幸福，对大多数人而言，选择幸福比较好。还有党永远是弱者的保护人，是具有献身精神的一群人，为了美好的未来能够来到而做罪恶之事，为了他人的幸福而牺牲了自己的幸福。可怕的是，温斯顿想，可怕的是奥布兰说这些话时，他在内心里也相信，这点从他脸上看得出。奥布兰无所不知，比温斯顿对世事真相的理解力要超过一千倍，也就是大批人的生活有多么潦倒不堪，以及党为了让他们保持那样，采用什么样的谎言和暴行。他全都明白，全都盘算过，不过这无关紧要，一切因为最终目的而正当化了。温斯顿想，你又能拿一个比你更聪明的疯子怎么样？他可以充分聆听你的论点，却只是守着他的疯狂不放。

“你们是为了我们的利益而统治我们，”他有气无力地说，“你们相信人类不适于自己管理自己，所以——”

他刚开口就几乎大叫起来。一阵剧痛穿透了他的身体，奥布兰把控制盘上的控制杆扳到三十五的位置。

“那是蠢话，温斯顿，愚蠢！”他说，“你明白你不该说这种话！”

他把控制杆扳回来，继续说道：

“现在让我告诉你这个问题的答案，是这样的：党要掌权，完全是为了自身利益，我们对他人的幸福不感兴趣，只对权力感兴趣。不是财富、奢侈生活、长寿或者幸福，只是权力，纯粹的权力。什么是纯粹的权力，你很快就会明白。我们跟过去所有的寡头统治者都不一样，区别在于我们知道自己在做什么。所有其他人，甚至跟我们类似的人，都是懦夫和伪善者。德国纳粹和俄国共产党在统治手段上很相似，但他们永远没勇气承认自己的手段。他们伪称——也许甚至还相信——他们是不情愿地取得了有限时间内的权力，在不远的将来，会有一个天堂社会，到那时，人人自由平等。我们和他们不一样，我们知道从来不曾有谁取得权力是为了放弃。权力不是手段，而是目的。人们不会为了保卫革命而建立独裁政权。迫害的目的就是迫害，权力的目的就是权力。你现在开始明白我的话了吗？”

正如以前曾经有过的，温斯顿被奥布兰脸上的疲惫之态打动了。这张脸是坚强的、易于感动的，然而又是残酷的，它充满了智慧，还有种克制的热情，在这张脸面前，他感到自己是无助的，但那是张疲惫的脸，眼袋明显，颧骨下方皮肤松弛。奥布兰向他侧过身，有意把那张充满疲惫之态的脸靠近他。

“你在想，”他说，“你在想我的脸又老又疲惫。你在想，我一方面谈论着权力，另一方面，我甚至挡不住自己身体的衰败。温斯顿，你难道不明白个人只是细胞？有了细胞的疲劳，才有机体的活力。你给自己剪指甲会死吗？”

他从床那里转身走开，又开始来回踱起步来，一只手放在口袋里。

“我们是权力的祭司，”他说，“权力是上帝，但目前对你来说，权力只是个单词而已，现在到了该让你掌握一点权力的含义的时候了。你必须明白的头一件事就是权力具有集体性，个人只有在他不成其为个人的情况下才拥有权力。你知道党的标语：‘自由即奴役’。你有没有想到过反过来说也行？奴役即自由。单个的、不受约束的人总会被打败，人们必然受到约束，那是因为每个人必然死去，这是最大的失败。可是如果他能完全彻底地服从，如果他能挣脱个体身份的束缚，那么他就无所不能、永生不死。你要明白的第二件事是权力是对人的权力，建立在身体上——但最重要的，是建立在思想上，对于实体，你会称其为外在的现实——的权力不重要。我们对实体的控制已经是绝对性的。”

有那么一阵子，温斯顿置控制盘于不顾，猛地用力想坐起身子，但只能痛苦地扭动身体而已。

“可你们怎么能控制实体呢?”他脱口而出,“你们甚至控制不了气候或者重力定律,还有疾病、疼痛、死亡——”

奥布兰做了个手势,让他不再往下说。“我们控制实体,是因为我们控制了思想。现实是装在脑袋里的,你会逐步认识到,温斯顿。没有我们办不到的事,隐身、升空——任何事。如果我想像个肥皂泡一样浮离地板,我就能做到,可是我不想这样,因为党不想这样。你一定要清除十九世纪关于自然规律的那些想法,自然规律由我们来制定。”

“可是你们没有!你们甚至不是我们这个行星上的主人。欧亚国和东亚国又怎么样?你们还没征服呢。”

“那不重要,我们会在我们认为合适的时候征服它们。即使我们不去征服,那又有什么关系?我们可以让它们不存在,大洋国就是整个世界。”

“可是世界本身只是一粒灰尘,人类是渺小的——无能为力的!人类才存在多久?在几百万年的时间里,地球上没有人类居住。”

“胡说,地球跟我们人类一样古老,不会更古老。它怎么会更古老呢?除非通过人类的意识来反映,否则一切都不存在。”

“可是石头里都是绝种动物的骨头——是根本没听说过有人类存在之前很久的猛犸、乳齿象还有巨大的爬行动物的骨头。”

“你看到过那些骨头了吗,温斯顿?你当然没有,那是十九世纪考古学家杜撰出来的。有人类之前一无所有,人类之后——如果他会走到终点的话——也将是一无所有。除人类之外,都一无所有。”

“可是整个宇宙都在我们之外。你看那些星星!有些有几百万光年之远,永远不可能到达。”

“什么是星星?”奥布兰漠不关心地说,“那只是几公里外的火光,我们想的话,就能到达那儿,或者说我们可以抹灭它。地球是宇宙的中心,太阳和星星绕着它转动。”

温斯顿又猛然动了一下,这次他没再说什么。奥布兰像是听到一个说出来的反对意见一样继续说道:

“当然,某些特定情况下并非如此。在大海上航行或者预测日食、月食时,我们经常发现假定地球围绕太阳转、星星在亿万公里之外的地方较为方便，可那又怎么样？你以为我们不可能创造出两套天文学体系吗？星星可以根据我们的需要或远或近，你以为我们的数学家无法胜任？你忘了有双重思想吗？”

温斯顿在床上缩着身子。不管他说什么，张口就来的回答都会像根大头棒一样把他砸倒。但他仍然知道，**知道**他是对的。关于在你自己的头脑之外什么都不存在的信念——是不是肯定有办法能证明是错的？那不是在很久以前已被揭露是个谬论吗？它甚至有个名称，他忘了是什么。奥布兰俯视着他，一丝淡淡的微笑浮现在他嘴角。

“我告诉过你，温斯顿。”他说，“玄学不是你的专长。你想找的词是唯我论，可是你错了。这不是唯我论，你愿意的话，可以称它为集体唯我论。但不是一回事，其实恰恰相反。这些都是题外话，”他又换了口气说，“真正的权力——我们必须日日夜夜奋力争取的权力——不是对物体的权力，而是对人的权力。”他顿了一下，有那么一阵子，他又带上了老师提问一个有希望的学生时的样子。“一个人怎样对另一个人实施权力，温斯顿？”

温斯顿想了一下。“通过让他受折磨。”他说。

“完全正确，通过让他受折磨。服从还不够，除非他在受折磨，否则你怎么能肯定他服从的是你的意志，而不是他自己的意志？权力就在于对别人施加痛楚和屈辱。权力就是把人们的头脑撕成碎片，然后再按照你自己的决定拼成新的形状。你有没有开始明白我们正在创造什么样的世界？它跟先前的改革家设想过的愚蠢的、享乐主义的乌托邦刚好对立，它是个恐惧、背叛和痛苦的世界，是个践踏和被践踏的世界，是个随着自身的完善变得不是没那么残忍，而是**更加**残忍的世界。我们这个世界的进步将是向更多痛苦发展的进步。旧文明声称自身建立于仁爱或者公平的基础上，我们的文明，则建立在仇恨上。我们这个世界上，除了恐惧、愤怒、狂喜和自贬，没有别的情感。我们会摧毁一切情感。我们已经在打破革命以前遗留下来的思想习惯。我们切断了孩子和父母之间、男人之间和男女之间的联系纽带，没有人再敢信任妻子、孩子或者朋友了，不过将来也不会有妻子和朋友。孩子刚生下来就被从母亲身边带走，如同从母鸡身边拿走鸡蛋一样。性本能将被根除。生育将是一年一度的例行手续，就像更新一个配额卡。我们将消灭性高潮，我们的神经学者现在正在进行研究。除了对党的忠诚，不会有别的忠诚；除了对老大哥的爱,不会有别的爱;除了因为打败敌人而笑,不会有别的笑。不会有艺术、文学或者科学。在我们是全能的情况下,就不再需要科学了。美和丑之间不再有区别,不会再有好奇心和生命进程中的乐趣,所有其他类型的快乐将被摧毁。但是始终——一定别忘了这一点,温斯顿——始终存在着对权力的陶醉感,始终呈增强之势,始终在变得更为敏感。每时每刻,始终有对胜利的兴奋和践踏一个无力抵抗之人时的激动之情。你如果愿意想象一下未来是什么样,就设想一下皮靴践踏在一张人脸上的感觉吧——那会是永永远远的。"

他停顿了一下,似乎在期待温斯顿说话。温斯顿又一次试图在床上缩得更紧一些,什么话也说不出,他心里好像结了冰。奥布兰继续说道:

"记着那是永永远远的。永远有脸可供践踏,异端分子以及社会的敌人总是存在的,因此可以一次次打败他们,羞辱他们。从你落到我们手里之后经过的一切——那些都将继续下去,而且还会越来越厉害。侦察,背叛,逮捕,折磨,处决,失踪,这些都永远不会停止。这既是个恐怖的世界,也是个狂欢的世界。党越强大,它的容忍度就越小;反抗越弱,就越变本加厉地实行专制。戈斯坦因和他的邪说将继续存在下去,每一天,每一刻,它们会被粉碎、怀疑、嘲笑、唾弃,但总是会存在。我和你在过去七年里演出的这场戏将一遍又一遍、一代又一代演下去,总的形式上越来越微妙。这里总会有异端分子任我们摆布。他会因为疼痛而尖叫,精神崩溃,变得可鄙——到最后他彻底悔悟,从自我中拯救出来,自愿爬到我们的脚前。这就是我们正在建设的世界,温斯顿。这是个一场胜利接着一场胜利,一次凯旋接着一次凯旋的世界,没完没了压迫着权力神经的世界。我看得出,你开始明白那个世界是怎么样的了,但是到最后,你不止理解它就够了,你还会接受它,欢迎它,并成为其中一部分。"

温斯顿恢复得有气力说话了。"你们做不到。"他虚弱地说。

"你这话什么意思,温斯顿?"

"你们创造不了一个你刚才描述的世界,是做梦,不可能。"

"为什么呢?"

"因为不可能以恐惧、仇恨和残酷为基础建立一种文明,它永远不会支持很久。"

“为什么不可能?”

“它不会有活力,会解体,会自行毁灭。”

“胡说。你的印象是仇恨比爱更有消耗性,怎么会呢?即便如此,那又有什么关系?假设我们决定让自己衰老得更快,假设我们调快人类生命的速度,到三十岁时就已衰老,还是同样的问题,那又有什么关系?你难道不明白个体的死亡不是死亡吗?党是不朽的。”

同样,这个声音又一次打击了温斯顿,让他茫然无助。再者,他害怕如果他坚持不同意,奥布兰会再次扳动控制杆,然而他无法保持沉默。他有气无力地又开始反击,不是争辩,除了对于奥布兰所说的怀有说不出的极端厌恶,支撑他的别无其他。

“我不知道——我不管。不管怎么样,你们会失败,某种东西会击败你们,生命会击败你们。”

“我们控制生命,温斯顿,在所有层次上都是。你在想象有种所谓人性的东西,它会被我们的所作所为激怒,因此会反抗我们,不过是我们创造的人性。人具有无限可塑性,如果你是回到你的旧想法上,认为群众或者奴隶会起来推翻我们,那你最好还是忘了那个想法吧,他们是无能为力的,就像动物。人性就是党,其他都是外在的——不相干。”

“我不管,到最后他们会打败你们。或早或晚,他们会看清你们的本来面目,然后就会把你们撕成碎片。”

“你看到过有证据表明正在发生那种情况吗?或者任何会是这样的理由?”

“不,我相信如此。我知道你们会失败,宇宙中有某种东西——某种精神或者某种法则,我不知道——你们永远不能战胜。”

“你相信上帝吗,温斯顿?”

“不。”

“那么会是什么,这种会打败我们的法则是什么?”

“我不知道,是人类的精神吧。”

“你觉得自己算是个人吗?”

“对。”

“温斯顿,你是人的话,那你就是最后一个。可是你这种人已经绝种,我们是继承者。你明白你是独一无二的吗?你在历史之外,你不存在。”他的举止改变了,语气也更加严厉,“因为我们说谎而且残酷,你就自以为在道德上高出我们一等?”

“对,我认为自己要高一等。”

奥布兰没说话。这时听到有两个声音在说话,过了一会儿,温斯顿辨认出其中一个声音是自己的,那是他报名加入兄弟会的那天晚上与奥布兰交谈的录音,他听到自己保证会撒谎、偷盗、造假、杀人、唆使吸毒及卖淫、传播性病、向小孩脸上泼硫酸等等。奥布兰做了个不耐烦的动作,似乎这番演示几乎不值得。他转动一个钮,那声音就停止了。

“你起身下床吧。”他说。

他身上的束缚自动松开了,温斯顿自己下了床,在地板上摇摇晃晃地站着。

“你是最后一个人,”奥布兰说,“你是人类精神的守护者,你会看到自己的真实模样。把衣服脱掉。”

温斯顿解开把工作服连在一起的细带子,拉链扣早被扯掉了。他不记得从被捕以来,他有没有脱过一次衣服。工作服下面,他身上套着肮脏的、颜色有点发黄的破布,勉强还能认出那是残存的内衣。把衣服脱到地上后,他看到房间那头有个分为三面的镜子。他向那面镜子走去,接着突然停下脚步,不由自主地大哭起来。

“再往前走,”奥布兰说,“站在镜子边上,就能看到侧面的样子。”

他停下脚步是因为他被吓坏了。一个驼背、面色苍白、貌似骷髅的物体正向他走来,让他感觉恐惧的,是它的实际外表,而不单是知道那就是他自己这一事实。他又向着玻璃镜走近了一些,那个怪物的脸部好像向前突出,是因为它弯着腰的姿势所造成。那是一张绝望的囚犯的脸,有着和秃顶连成一片的宽阔前额、鹰钩鼻子和似乎被击打过的颧骨,颧骨之上是一双凶狠而警觉的眼睛。脸颊上布满皱纹,嘴巴有种凹进去的样子。这无疑是他自己的脸,但在他看来,他的脸跟内心比起来改变得更多,表现出来的情感跟他所感到的不一样。他已经部分秃顶。他一开始以为自己已经变得脸色苍白,但只不过是他的头皮变成了苍白色。除了手和脸部,他浑身上下一片苍白,积着陈垢,灰垢下面还有处处皆有的红色疤痕。脚踝附近的静脉曲张溃疡处红肿了一大片，皮肤正在掉碎屑。但真正可怕的，是他身体的消瘦程度：他的肋骨腔窄小得像是骷髅身上的，腿上瘦缩得以至于膝部比大腿还粗。这时他也明白了奥布兰让他看看侧面是什么意思。他脊椎的弯曲度让他触目惊心，他瘦削的肩膀往前方耸着，好保持有胸腔，只剩骨头的脖子在头颅的重量之下似乎在对折着。如果让他猜，他会认为这是个六十岁男人的身体，而且患了某种不治之症。

"你有时候想，"奥布兰说，"我的脸——内党党员的脸——看上去既老又疲惫。你觉得自己的脸又怎么样呢？"

他抓住温斯顿的肩膀，把他扭过来，好正对着自己。

"看看你现在的样子！"他说，"看看你全身的肮脏样子，看看你脚趾缝里的灰尘，看看你腿上让人恶心的溃疡。你知不知道你身上臭得像只山羊？也许你已经不再注意了。看看你这副瘦削的样子，看到了吗？我一只手就能捏住你的胳膊，能把它像根红萝卜一样扭断。你知不知道从你落到我们手里以来，你的体重下降了二十五公斤？就连你的头发也在一把把往下掉，你看！"他在温斯顿的头上一下就揪下了一把。"张开你的嘴巴，九，十，十一，还剩下十一颗牙齿。你到这里时有多少颗？就连你剩下的这几颗也快掉了。你看！"

他用有力的拇指和食指抓住温斯顿剩下的一颗门牙，温斯顿的颌部掠过一阵刺心的疼痛，奥布兰把那颗松动的牙齿连根拔掉并把它扔到了牢房的那头。

"你正在烂掉，"他说，"正在散架。你算什么？一袋垃圾而已。现在转过去再看看镜子，你看到和你面对面的东西了吗？那是最后一个人。如果你是人类，那就是人性。现在再把衣服穿上。"

温斯顿开始用缓慢而僵硬的动作穿上衣服。直至现在，他好像仍未留意到自己有多么瘦削和虚弱。他心里只有一个念头：他在这里一定待得比他想象的还要久。他把那些肮脏的破布裹上身时，陷入对自己被毁掉的身体的怜悯感。他还没明白自己在干什么，就跌坐在床边一张小凳子上，眼泪夺眶而出。他意识到自己的丑陋和不堪入目，他是穿在肮脏衣服里的一捆骨头，正在刺眼的白色光线下啜泣，可是他无法停下来。奥布兰几乎可以说是仁慈地把一只手搭在他肩膀上。

“不会永远这样的。”他说，“你什么时候决定好了，就可以什么时候避免，一切取决于你。”

“是你干的！”温斯顿呜咽着说，“你把我弄成了这样！”

“不，温斯顿，是你把自己弄成了这样。这是你决心跟党作对时，就已经接受了的，这全包含在第一步行为中。所发生的事情，没有一样是你没预见到的。”

他停顿了一下，然后继续说道：

“我们把你击败了，温斯顿，我们已经把你打垮了。你已经看到你的身体是什么样子，你的思想处于同样的状态，我不认为你还剩下什么自尊心了。你已经被拳打脚踢过，也被辱骂过；你因为疼痛而尖叫过，在地板上自己的血迹和呕吐物中翻滚过，哀求饶恕过，背叛了所有人、所有事。你还能想起哪一样丢脸的事情没做过？”

温斯顿停止了啜泣，不过眼泪仍从他的眼里往外涌着。他抬头看着奥布兰。

“我没有背叛茱莉娅。”他说。

奥布兰沉思着俯视温斯顿。“对，”他说，“对，完全正确，你没有背叛茱莉娅。”

温斯顿的心里又涌起对奥布兰的奇特敬意，似乎一切都不能摧毁这种敬意。多么有智慧，他想，多么有智慧啊！没有一次奥布兰不理解向他所说的话。换了世界上别的任何人，都会马上说他**已经**背叛了茱莉娅，因为在拷打之下，还有什么是他没坦白过的呢？他告诉过他所知道的关于她的一切：她的习惯、性格和以前的生活，他巨细无遗地坦白了他们每次见面时所发生的一切，包括他们之间所有的谈话，在黑市上吃的几餐饭，通奸，针对党所订的不清不楚的计划——无所不及。然而从他话里的本意上说，他并未背叛她。他没有停止爱她，对她的感情依然未变。奥布兰不需要解释，就明白了他话里的意思。

“告诉我，”他问道，“他们还有多久会枪毙我？”

“可能要很久，”奥布兰说，“你的情况棘手一些，但是别放弃希望，每个人都或早或晚会被治愈，到最后我们才枪毙你。”

4

温斯顿的状况好多了。如果每天这个词还适用，那么他每天都在长胖起来，强壮起来。

白色光线和嗡嗡的声音还是一如既往，但这间牢房比他待过的别的牢房都要舒服一些。木板床上有枕头和床垫，还有张凳子可以坐。他们给他洗了个澡，还允许他较为经常地在一个铁盆里冲洗，甚至还提供冲洗用的热水；他们给了他新内衣和一套干净的工作服，给他静脉曲张的溃疡处抹了镇痛的药膏，把他剩下的牙齿拔掉，并为他新配了假牙。

肯定又过去了几星期或者几个月。现在他有兴趣的话，还是能够计算出时间进程的，因为好像是按照正常间隔给他送饭。据他判断，他每二十四小时吃三顿饭，有时候他会琢磨那几顿饭是白天还是夜里吃的。食物好得让人吃惊，每三顿有一顿能吃到肉，有次甚至给了他一盒香烟。他没有火柴，那个从不说话的看守会为他点个火。第一次吸的时候他感到恶心，不过坚持下来了。这盒烟让他抽了很长时间，每顿饭后抽半根。

他们给了他一个白色的记事板，角上绑了个铅笔头，一开始他没使用。就算醒着，他也完全不想动。他经常在两顿饭的间隔躺在那里，几乎一动不动，有时候在睡觉，有时候会醒着模模糊糊幻想起来，这种时候，睁开眼睛太费事了。他早就习惯了强光照在脸上时仍能睡觉，强光好像无关紧要，只是他所做的梦更有连贯性了。他在这段期间做了很多梦，而且总是愉快的梦。他会在黄金乡，有时他和母亲、茱莉娅以及奥布兰一起，坐在广阔无垠、环境宜人、阳光普照的废墟之间——也没做什么，只是坐在太阳地里聊着家常话。他醒来后所想的绝大部分是关于他做的梦。现在少了疼痛的刺激，他似乎已经失去思维的能力。他并不觉得无聊，不想与人交谈或者分散一下心思。只是独自待着，不被殴打及审问，有够吃的东西，浑身上下都干净，这完全令人满足。

渐渐地，他在睡觉上花费的时间开始越来越少，不过仍然不想起床。他想做的，只是静静地躺着，感觉体内正在积聚的力量。他会到处摸摸自己，想弄清这不是幻觉，那就是他的肌肉正向着圆滚的方向生长，他的皮肤越来越紧绷了。最后可以确定无疑的是，他正在长胖，他的大腿肯定比膝部粗些了。此后，他开始定期锻炼，一开始不大情愿。不久就可以走上三公里，那是通过在牢房里踱步计算出来的。他佝偻的肩膀也挺直了一些。他试图做更复杂的锻炼动作，却既震惊又羞愧地发现有些动作他做不到。他只能走，不能跑，不能把凳子平举起来，不能单腿站立，每站必倒；他蹲下去，把体重集中到脚后跟上，却发现忍着大腿和腿肚子钻心的剧痛，也只是能站起来而已；他俯卧着试图用双手撑起身体，但一点希望也没有，他甚至无法把自己撑起一厘米高。然而又过了几天后——也就是在又吃了几顿饭后——他连这项壮举也能完成了，后来他一口气就能做六次。在他心里，竟然开始对自己的身体感到自豪，而且时不时还抱有一种信念，即他的脸庞也在长回正常模样。只是当他正好把手放在秃顶的头皮上时，才会想起曾从镜子里望向他的那张布满皱纹、备受摧残的脸庞。

他的头脑变得更活跃了一些。他坐在木板床上，背靠着墙，记事板放在膝盖上，他开始工作了，有意以重新教育自己为任务。

他投降了，在这点上已经达成共识。事实上，现在他也明白了，做出决定之前很久，他就准备好投降了。从他到了仁爱部的那一刻——没错，甚至当他和茱莉娅无助地站立着，听着电屏里传来的刺耳声音让他们怎么做的几分钟内——他已经看透他试图以自身对抗党的力量的轻率及肤浅之处。他现在已经知道，思想警察就像透过放大镜看甲虫一样看了他七年整。每一个具体动作，每一句大声讲出来的话都逃脱不了他们的监视，没有一种思绪他们猜不出来。他们甚至把那粒白色灰尘小心放回到日记本上。他们给他放过录音，展示过照片，有几张是茱莉娅跟他自己的合影，对了，甚至还有……他不能再跟党作对，再说党也是对的，必然如此。不朽的、集体的大脑怎么会错呢?你又有什么外在标准来衡量它的判断呢?理智是个统计学概念,只是个学会像他们那样思考的问题。只是——

他握着铅笔,感觉又粗又不好用。他开始写下想到的东西,首先以笨拙的大写字母写下:

自由即奴役

然后几乎没停顿就又写下:

二加二等于五

接下来却出现了停滞。他的大脑好像在躲避什么,似乎无法集中思想。他知道自己明白接下来是什么,却暂时记不起来。确实记起来时,只是通过有意识的推理,而非自动出现。他写道:

权力即上帝

他接受了一切。过去可以被篡改,过去从未被篡改过。大洋国在跟东亚国打仗,大洋国一直在跟东亚国打仗。琼斯、艾朗森和鲁瑟福犯下了被指控的罪行,他从未见过可以推翻他们罪行的照片,从未存在,是他杜撰出来的。他想起来他记住过相反的事情,但那是错误的记忆,自欺的产物。这全都多么容易啊!只要一投降,其他都顺理成章。如同逆流游泳时,不管你如何用力,水流都把你往回冲,可是突然,你决定顺流而下而非逆流而上。除了你自己的态度,什么都没变化,命里注定的事情总要发生。他几乎不知道他为何反抗过。一切都容易,只是——

任何事情都可能对,所谓自然规则全是胡扯,重力定律是胡扯。奥布兰说过:"如果我想像个肥皂泡一样浮离于地板,我就能做到。"温斯顿琢磨出来了:"如果他认为他浮离于地板,而我同时**认为**我看到他这样做,那么这件事就是发生了。"突然,就像淹没于水下的一大块残骸露出水面那样,一个想法突然浮现在他的脑海:“它不会真的发生,而是我们想象出来的,是幻觉。”他马上压住了这个念头,其谬误之处显而易见。它预先假定在某处,在个体外部存在一个“真实的”世界,其中发生着“真实的”事情。然而又怎么会存在这样一个世界?事情全发生在大脑里,不管是什么,只要在大脑里发生,就真的发生了。

他轻而易举就清除了那个谬见,没有受其诱惑的危险,但他仍然意识到,他永远不该动这种念头。大脑应该在危险思想冒头之际产生一个盲点,这个过程应该是自动的、本能的,在新话里,被称为“止罪”。

他开始锻炼自己学习止罪, 他向自己提出命题——“党说地球是平坦的”,“党说冰比水重”——然后训练让自己看不到或者理解不了与其矛盾的观点。这并不容易,它需要很强的能力和即时反应。例如,像“二加二等于五”这样一句陈述所引出的算术问题,就非他的思维所能解决。这也需要大脑类似体育运动那样活动,在某一刻能运用最精细的逻辑,而在下一刻变得意识不到最基本的逻辑错误。愚蠢像智慧一样必要,也同样难以学到。

同时,他的脑子里部分也在琢磨有多快他们会枪毙他。“一切都取决于你自己。”奥布兰这样说过,然而他知道不能靠有意识的行为让这天提前到来。可能在十分钟之后,或者十年之后。他们可能把他单独关押好几年,可能把他送进劳改营,可能像有时会做的,释放他一段时间。完全有可能的是,被枪毙之前, 他被逮捕和被审讯的整套情节都会重演一遍。唯一可以肯定的是,死亡从来不会在某个预期的时间到来。传统做法——未曾说出口的传统做法,不管怎样你会知道,但从未听别人说起过——就是他们会从后面枪毙你,总在脑袋后面,没有警告,就在你顺着走廊从一间牢房走向另一间时。

某天——不过“某天”不是正确的用词,只是因为它可能在某个深夜,可以说曾经——他陷入奇特而极其愉快的幻想。他正顺走廊走着,等待着子弹。他知道子弹在下一刻就要到来。一切都解决了,消除了,和解了。不再有疑惑,不再有争辩,不再有痛楚,不再有恐惧。他的身体健康而强壮,他轻快地走着,因为感动而快乐,有种走在阳光下的感觉。他不再是走在仁爱部里那道长长的白色走廊上,而是在一条阳光普照的过道上,有一公里阔。走在那里,他好像处于药物作用下的极度兴奋中。他是在黄金乡,走在野兔啃噬的草场上的一条小径上,他能感受到脚下短短的、富于弹性的草地和照在脸上的温暖阳光。草场边上是榆树，在微微颤动着，草场尽头某处是那条溪流，鲮鱼在柳树之下的绿色池塘里懒懒游动着。

突然，他变得惊恐万状，汗水顺着他的脊梁一下子流下来。他听到自己在大声喊叫：

“茱莉娅！茱莉娅！茱莉娅，我的爱人！茱莉娅！”

有那么一阵子，他有了极其强烈的幻觉，就是茱莉娅出现在他面前。她似乎不仅出现了，而且到了他体内，似乎她进入了他的皮肤肌理中。那一刻，他对她的爱比他们在一起并且自由时还要强烈得多，他也知道在某个地方，她还活着，而且需要他的帮助。

他又躺回床上。他做了什么？那软弱的一刻会让他的苦役增加多少年？

又过了一阵子，他听到外面响起皮靴声。他们不可能不对这样的发作进行惩罚。如果他们以前不曾知道，这次则是知道了，也就是他正在违反和他们之间达成的协议。他服从党，却依然仇恨党。过去，他在顺从的外表下掩藏着异端思想，现在又后退了一步：他在大脑里已经投降，却希望自己的内心深处保持不变。他知道自己做错了，却宁愿做错。他们会明白的——也就是说奥布兰会明白，在那愚蠢的一声叫喊里，全坦白出来了。

他只能从头开始，也许要花上几年。他抚摸自己的脸庞，想让自己熟悉新的模样。他的脸颊凹陷很深，颧骨摸着很尖，鼻子变平了。另外，从上次看到自己的镜中模样以来，他领到了一副新的假牙。在不知道自己的脸庞是什么样时，不容易保持难测的表情，不管怎样，仅仅控制外表还不够。他第一次认识到，要想保住秘密，必须把它藏得连自己也不知道。你必须时时知道它就在那儿，然而不到需要时，你必须永远不让它以任何叫得上来的名堂进入你的意识。从此以后，他必须不止要想得正确，还必须感觉正确，梦得正确。同时，他也必须把自己的仇恨锁在体内，它就像是个有形的球体，成了身体的一部分，却跟他的其余部分没有联系，类似囊肿。

有一天，他们会决定枪毙他，说不准何时发生，然而可以提前几秒钟猜到。总是从后面，正在走廊上走着时，只要十秒钟就够。那时，他体内的世界会翻转过来，然后突然之间，不说一句话，没有停下脚步，脸上的表情一点没变——伪装突然撤下。砰！他仇恨的炮群开火了。仇恨会像熊熊大火一样充满他，几乎就在同时，砰！子弹来了，太晚了，或者太早了。他们会在改造他的大脑之前把他崩成碎片，那种异端思想会不受惩罚，未曾悔悟，永远在他们的掌握之外。他们会在自身的完美之上崩一个洞。死时仍然仇恨他们，这就是自由。

他闭上眼睛。这比接受一条思维准则还要困难，是个自我贬低、自我糟塌的问题，他一定会投入最最肮脏的污秽中，而最可怕、最令人厌恶的会是什么?他想到了老大哥。那张巨大的面孔(因为经常在宣传画上看到，他总觉得有一米宽)好像自动浮现在他脑海，长着浓密的黑色八字胡，眼睛跟着人转来转去。他对老大哥的真实感情是什么？

过道里响起了沉重的皮靴声，铁门当的一声打开了，奥布兰走进牢房，他身后，是那个长着蜡像脸的警官和身穿黑制服的看守。

"起来，"奥布兰说，"过来。"

温斯顿站在他面前，奥布兰把双手放在温斯顿的肩膀上，死死盯着他。

"你有过欺骗我的想法，"他说，"那是愚蠢的。站直一些，看着我的脸。"

他顿了一下，然后又以更温柔的声音说：

"你在进步，在思维上，你只有很小的毛病，只是情感上没进步。告诉我，温斯顿——记着，别撒谎，你知道我总能识别谎言——告诉我，你对老大哥的真实感情是什么?"

"我恨他。"

"你恨他，好，那么你该进入最后一个阶段。你必须热爱老大哥，单是服从还不够，你必须热爱他。"

他松开温斯顿，把他向着看守轻推了一下。

"一〇一房间。"他说。

5

在他被关押的每个阶段，他都知道——或者说他似乎知道——他在那幢没有窗户的大楼里的方位，也许在气压上有些微差异。看守殴打他的那间牢房是在地下，奥布兰审讯他是在高处靠近楼顶的地方。现在这个地方是在地下许多米，在最下边。

这间牢房比他待过的牢房中的多数都要大一些，但他几乎没注意周围的情况，只注意到他正前方有两张小桌子，每张上面都铺了绿呢布。其中一张离他只有一两米，另外一张还要远些，靠近门口。他被直直绑在一张椅子上，紧得让他不能活动分毫，连脑袋也不能。有个类似垫子的东西从后面紧紧夹着他的脑袋，迫使他往正前方看。

有一阵子，他独自待着，后来铁门打开，奥布兰走进来。

“你曾经问过我，”奥布兰说，“一〇一房间里有什么。我告诉过你，你是知道答案的，每个人都知道。一〇一房间里的东西是世界上最可怕的。”

铁门又打开了，走进一个看守，手里提着一个铁丝编织的东西，是盒子或篮子之类。看守把它放在远处那张桌子上。因为奥布兰所站的位置，温斯顿看不到是什么。

“什么是世界上最可怕的？”奥布兰说，“这要因人而异。可能是被活埋，或者被烧死，或者被淹死，或者被用钉子钉死，或者是别的五十种死法。然而对有些人来说，最可怕的可能是很普通的东西，根本不致命。”

奥布兰往旁边挪了一点，温斯顿得以更清楚地看到桌子上那件东西。它是个长方形铁丝笼，有个可以拎的把手。固定在前端的，是个看上去像是击剑面罩的东西，凹面向外。虽然相距三四米，他仍能看出笼子被纵向隔成两半，每间里面都有某种动物。是老鼠。

“以你而言，”奥布兰说，“世界上最可怕的正好是老鼠。”

温斯顿第一眼看到笼子，立刻有预感一般全身战栗起来，另外还有种不太清楚的恐惧感。但在此时，他突然明白笼子前端安装面罩状东西的意图何在，他感到五内俱寒。

“你不能那样做！”他声音嘶哑地高声喊道，“你不会的，不会的！那不可能！”

“你还记得吗？”奥布兰说，“那些在你梦里经常会有的恐慌时刻。你前面有堵黑墙，还有你听到的喧闹声音。墙那边有某种可怕的东西，你也知道你明白那是什么，可是你不敢把它们拖出来。墙那边是老鼠。”

“奥布兰！”温斯顿尽力控制着自己的声音说，“你知道不需要这样。你想让我干什么？”

奥布兰没有直接回答，再次开口时，他带上有时会表现出的老师神态。他沉思着望向远处，像是在跟温斯顿身后的听众讲话。

“就其本身而言，”他说，“疼痛并非总能奏效，有时候一个人能够承受疼痛，甚至到了死时那一刻也能。然而对每个人来说，都有种不可忍受的东西——一种想都不敢想的东西，跟勇气和怯懦无关。你从高处摔下时，抓紧一条绳子并不是怯懦行为；你从深水里上来，往肺里吸满空气也不是怯懦行为，只是种不可违背的本能。老鼠也一样。对你来说，它们不可忍受，是你无法承受的一种压力，即使你希望承受也无法做到。让你干什么你都会。”

“可那是什么，是什么？我不知道是什么又怎么能做呢？”

奥布兰提起笼子，放到近处那张桌子上，把它小心翼翼地放在呢子桌布上。温斯顿能听到自己血脉贲张的声音，有种他正在绝对孤寂地坐着的感觉，是在空旷而广袤的平地上，一块沐浴在阳光下的平坦沙漠，所有声音隔着沙漠从极其遥远的地方传入他耳中。然而装着两只老鼠的笼子离他不到两米。那是两只硕大无比的老鼠，老得鼻口部已经变得钝平凶猛，毛呈褐色而不是灰白色。

“老鼠，”奥布兰仍像对着无形的观众一样说道，“虽然它不过是啮齿类动物，但也是肉食性的。你明白这一点。你也听说过这个城市的贫民窟里有过的事。在有些街区，妇女不敢把她们的婴儿一个人留在家里，五分钟也不行。老鼠肯定会袭击婴儿，只要很短一段时间，就会把婴儿啃得只剩骨头。老鼠也会袭击生病或者快死的人，表现出惊人的智力，知道一个人什么时候是无助的。”

笼子里突然传出一阵吱吱的尖叫声，在温斯顿听来，像是从很远的地方传来。两只老鼠正在打架，想冲破隔离网互咬。他还听到了绝望的低沉呻吟声，好像也不是他发出的。

奥布兰拎起笼子，拎起来时，他按下了笼子上的某个东西，传来一声脆响。温斯顿发狂似的想从椅子上挣脱，但那是没指望的，他身体的每一部分，甚至他的头部，都被固定得不可移动。奥布兰把笼子拿近一些，离温斯顿的脸不到一米。

“我已经按下了第一个控制杆。”奥布兰说，“你也明白这个笼子的构造。这个面罩会紧紧扣到你头上，不留一丁点儿空隙。我按下另一个控制杆，笼门就会滑开，这两个正在挨饿的东西会像子弹一样蹿出来。你有没有见过一只老鼠跳到空中的样子？它会跳到你的脸上并一直掏进去。有时候先咬眼睛，有时候会从颧骨那儿直掏进去，咬掉你的舌头。”

笼子又移近一些，越逼越近。温斯顿听到一连串尖叫声，似乎在他头部上方的空气中响着。但是他在跟自己的恐慌激烈斗争。想，想，甚至在最后一刹那——想是唯一的希望。突然，那东西难闻的霉味直冲他的鼻孔。他有种想呕吐的强烈感觉，几乎让他昏了过去，眼前一片漆黑。有那么一刻，他精神错乱，是头尖叫的动物。然而在一片漆黑中，他抓住了一个念头，只有一个办法可以救自己，他一定要把另外一个人——另外一个人的身体——放在他和老鼠之间。

这时，面罩的边缘大到能挡住外界，让他看不到其他一切东西。铁丝门离他只有两手掌那么远，两只老鼠那时知道能啃到什么，其中一只跳上跳下，另一只比阴沟老鼠大得多，老得已经脱毛，它粉红色的爪子搭在铁丝栅上站立着，在猛嗅空气。温斯顿能看到它的鼠须和黄色牙齿。他再次陷入那种黑色的恐慌感中，他看不见东西，毫无办法，脑子里空空如也。

“在中华帝国，这是种常见的刑罚。”奥布兰以他好为人师的一贯方式说道。

面罩逼向他的脸，铁丝在拂拭他的脸颊。接着——不，那不是解脱，只是一丁点希望。太晚了，可能已经太晚了。但他突然明白在全世界只有一个人，他可以向其转移他所受的惩罚——只有一个躯体，他可以将其推到自己与老鼠之间。于是他狂乱地喊了一遍又一遍：

“咬茱莉娅！咬茱莉娅！别咬我！咬茱莉娅！我不管你们把她怎么样。把她的脸撕碎，把她啃得只剩骨头。别咬我！咬茱莉娅！别咬我！”

他往后倒去，往极深的地方落下去，远离了老鼠。他仍被绑在椅子上，但已穿过地板向下坠落，穿过楼上的墙壁，穿过地球，穿过海洋，穿过大气层，进入外层空间，进入星际深渊——一直和老鼠远离，远离，远离。他远去了许多光年，但奥布兰仍站在他旁边，温斯顿的脸颊上仍有铁丝的冷冷触觉，然而从裹着他的黑暗中，他又听到一声金属相碰的咔嗒声，他知道笼子门咔嗒一声关上了，没有打开过。

6

栗树咖啡馆里几乎空无一人。一道黄黄的阳光从窗户斜射进来，照在落满灰尘的桌面上。那是十五点的人少时刻，电屏里传出细细的音乐声。

温斯顿坐在经常坐的角落位置，在盯着一只空玻璃杯。他不时抬头扫一眼对面墙上的一张巨大的面孔。“老大哥在看着你”，那是下方的标题。一个服务员主动过来往他的杯子里斟满胜利杜松子酒，又拿过一个瓶塞中间插了根管子的瓶子，往酒里倒进几滴液体并晃了晃。那是加了丁香味的糖精，是这家咖啡馆的特制品。

温斯顿在听电屏里传来的声音。这时只是在播放音乐，但随时可能有来自和平部的特别公报。来自非洲前线的新闻令人极为不安,他整天不时为之担心。一支欧亚国的军队(大洋国在跟欧亚国打仗,大洋国一直在跟欧亚国打仗)正以惊人的速度向南推进。午间的公报没有明确提到任何地区,但很有可能刚果河口已经是战场。布拉柴维尔和利奥波德维尔[1]有陷落的危险。人们没必要通过看地图,才会了解这意味着什么。不只是即将失去中部非洲的问题,就连大洋国的领土也受到威胁,这在整场战争中是第一次。

一种强烈的情感在他心里燃烧起来,然后又消退了,说是恐惧并不确切,而是种说不清楚的激动之情。他不再想关于战争的事。这段时间,他从来不能长时间把心思集中到一件事情上。他端起酒杯一饮而尽,跟往常一样,这让他打了个寒战,甚至还有点恶心。那种玩意儿太可怕了,丁香和糖精本身就让人恶心欲吐,但还是盖不住浓浓的油味。而最糟糕的是杜松子酒的气味——他一天到晚身上都有这种气味——在他脑海里不可避免地与某种东西的气味搀和在一起,那是——

他从未点明那是什么,即使想到时也没有,只要有可能,他一直避免去想它们的样子。它们是他部分意识到的东西,近在眼前逗留着,那股气味在他鼻孔里久久不去。酒意泛上来时,他张开紫色的嘴唇打了个嗝。自从获释以来,他长得胖了些,也恢复了以前的肤色——甚至不仅仅恢复了而已。他的面貌有起色,鼻子和颧骨上是粗糙的红色,甚至他秃顶的头皮也颜色深得不能算是粉红色。一个服务员又是不用吩咐,就拿来一张棋盘和最新一期《泰晤士报》,而且已经翻到有象棋残局的那页。然后看到温斯顿的杯子已空时,他拿来酒瓶又给他斟满,不需要吩咐,他们知道他的习惯。棋盘总是准备好让他玩,他所坐的那张位于角落的桌子总是为他留着。甚至当咖啡馆里坐满人时,他仍是独自坐在那张桌子前,因为没人愿意被看到跟他坐得较近。他从来懒得数他喝了几杯。过上或长或短一段时间,他们会给他送上一张脏纸,说那是账单,但他感觉他们总少算他钱。就算他们多收他钱也没什么关系,他如今钱总是够花。他甚至还有了份工作,是个挂名的闲职,却比他以前的工作收入还多一些。

电屏里播放的音乐停了,接着响起一个说话声,温斯顿仰起脑袋听。没有来自前方的公报,只是来自富足部的一则简短通知。好像上个季度,第十

① 利奥波德维尔:刚果民主共和国(原国名为扎伊尔)首都金沙萨的旧称。

个三年计划中关于鞋带的生产指标超额完成了百分之九十八。

他研究了一下象棋残局，开始摆上棋子。那是个棘手的残局，要用到两个马。“白方先走，两步将死对方。”温斯顿抬头看着老大哥的肖像。总是白方将死对方，他以一种模糊的神秘感思考着。总是如此，从无例外，就是如此安排好的。自从开天辟地以来，在所有象棋残局中，黑方从未赢过一次。难道这不是象征着正义永远会，而且无一例外会战胜邪恶吗？那张巨大的面孔也盯着他，它充满了沉着的力量。只有白方是重要的。

电屏里传来的声音停顿了一下，然后又以一种不同的，然而严肃得多的声调说：“特此提醒，要准备好在十五点三十分收听一项重要通知。十五点三十分！这是最重要的新闻！注意不要错过。十五点三十分！”接着又响起丁丁冬冬的音乐声。

温斯顿心里动了一下。那会是来自前方的公报，直觉告诉他将要来的是坏消息。关于在非洲惨败的念头一整天都时不时出现在他脑海里，给他带来一小阵一小阵的激动。他似乎真的看到欧亚国军队像一队队蚂蚁拥过从来未被攻破过的边界，向非洲下方的尖角拥去。为什么没有可能以某种方式包抄他们呢？他的脑海里出现了西非海岸的鲜明轮廓。他拿起白方的马在棋盘上移动，那里就是合适的位置。甚至正当他看着黑压压的军队向南挺进时，他也看到另外一支神秘集合起来的军队突然插入他们后方，将其陆路及海路联系全部切断。他感觉通过意愿，他可以无中生有地令一支部队出现，然而需要迅速行动。如果他们控制整个非洲，在南非好望角建造起机场及潜艇基地，大洋国就会被一分为二。这也许会带来某种后果：失败，解体，世界的重新分割，还有党被摧毁！他深吸一口气，百感交集的感觉——但准确点说不能算是百感交集，而是一层叠一层的感觉，也不好说哪层感觉是最基本的——在他心里翻腾着。

那阵感情波澜过去了，他把白马放回原位，但这时他无法认真思考棋局的问题。他又走了神，几乎是无意识地在桌面的落尘上写道：

$$2 + 2 = 5$$

“他们进入不了你的内心。”她曾经说过，然而他们能够进入你的内心。“在这里发生在你身上的事将**永远抹不掉**。”奥布兰曾经说过，那是实话。你无法恢复某些事情，还有自己的行为，你内心的某些东西被毁掉、烧掉并且烙掉了。

他见到过她，甚至跟她说过话，那样做不会有什么危险，他似乎本能地知道他们现在对他的所作所为不再感兴趣。他们两人如果谁愿意，他能和她再次见面。实际上他们碰巧遇到过，那是在公园里，在三月里寒冷刺骨、天气恶劣的一天。当时的地面像铁块一般冰硬，小草似乎全死光了，到处看不到一个花蕾，只有很少几株番红花费力地露出头，却被风摧残得凋零不堪。他当时正在脚步匆匆地走着，双手冰冷，眼里还流着泪，就在那时，他看到她就在前方不到十米远。他马上看出她变了，但说不上来怎样变了。他们几乎没有表示地擦肩而过，接着他转过身，也不是很急切地跟在她身后。他知道那不会有危险，没有谁会注意他们。她没说话，而是斜向穿过草地，似乎想摆脱他，后来好像又接受了他在旁边。不久，他们到了一带蓬乱无叶的灌木丛边，既藏不了身，也挡不住风。他们停下脚步。那天冷得邪门，风呼啸着掠过树枝，撕扯着零星几朵脏兮兮的番红花。他搂住了她的腰。

那里没有电屏，但肯定藏有麦克风，另外他们也能被看到。那无关紧要，一切都是无关紧要的。他们想的话，可以躺到地上做**那种事**。想到这里，他的身体因为极度厌恶而变得僵硬。她对他紧紧搂着她未做出任何反应，甚至也没有努力挣脱。他现在知道她有什么变化了。她脸上多了点黄灰色，还有一道长长的疤痕，从前额一直到太阳穴，然而主要变化不在此，而在于她的腰部变粗了一些，而且令人惊讶地变得僵硬。他记得有一次在一颗火箭弹爆炸后，他曾帮忙把一具尸体从废墟中拖出来。当时让他震惊的，不仅是那具尸体难以置信的重量，而且还有其僵硬程度和收拾的难度，使得与其说是血肉之躯，倒不如说更像一块石头。摸着茱莉娅的身体感觉也是如此，他想到她皮肤的肌理跟他见过的肯定也大不一样了。

他没有试图去吻她，他们也没说话。他们又穿回草地后，她第一次正面看了他一眼，但那仅仅是为时极短的一瞟，充满了鄙视和厌恶。他不知道厌恶纯粹是由于往事引起的，还是同时因为看到他那张浮肿的脸庞，以及由于刮风而让他不断往外流着的泪水所导致。他们坐到两张铁椅子上，并排，但不是紧挨着。他看到她就要开口说话。她把笨重的鞋子移开几厘米，有意踩断一根树枝。他注意到她的脚似乎变得宽了些。

“我背叛了你。”她直言不讳地说。

“我也背叛了你。”他说。

她厌恶地扫了他一眼。

“有时候，”她说，“他们会用一样东西威胁你——一样你无法忍受的东西，甚至是想不到的东西，你会说：‘别对我那样，对别人那样吧，对谁谁那样吧。’事后，你也许假装说那只是个计策，之所以那样说，是想让他们停下来，并非真的那样想。可那不是真的。发生那件事时，你确实是那样想的。你以为没有别的办法可以救自己，你完全愿意通过那种方式救自己。你**想**让它发生在另外一个人身上，你根本不在乎别人受什么罪，在乎的只是你自己。”

“你在乎的只是你自己。”他附和道。

“在那之后，你对另一个人的感觉就变了。”

“对，”他说，“你感觉不一样了。”

似乎没有更多的话可说。他们薄薄的工作服被风吹得贴紧身体，他们几乎同时都觉得不说话坐在那里是件尴尬事，另外坐着不动也太冷了。她说了要去赶地铁什么的，起身就要走。

“我们一定要再见面。”他说。

“对，”她说，“我们一定要再见面。”

他迟迟疑疑地跟着她走了一小段路，在她后面落后半步。他们没再开口说话。她也不是真的想甩掉他，走的速度却刚好能避免让他跟她并排走。他已经打定主意要跟着她一直走到地铁站，但是突然，像这样在寒风中跟在别人身后走似乎既无意义，又无法忍受。他强烈地想躲开茱莉娅再回到栗树咖啡馆，那里好像前所未有地具有强烈的吸引力。他怀旧地想起他那张位于角落的桌子，还有报纸、棋盘以及长喝长添的杜松子酒，最主要是那里会是暖和的。又过了一阵子，也不完全是出于意外，他由着一小群人把他和茱莉娅隔开了。他半心半意想赶上她，接着又放慢脚步，转身向相反方向走开。他走了有五十米时，又回头看了看。那条街上的人并非很多，却已经看不清她在哪里。十几个匆匆走着的人当中，哪一个都有可能是她，可能她那变粗也变僵硬的身躯从后面已经认不出了。

“发生那件事时，”她这样说过，“你确实是那样想的。”他的确是那样想的，他不仅那样说了，而且希望过那样。他希望是她而不是他，被任由——

电屏里传来的音乐声变了，一个刺耳的嘲弄音符，一个预警音响起来了。接着——也许并未发生什么，也许只是种类似声音的记忆——一个声音唱道：

在绿荫如盖的栗子树下，
我背叛了你，你背叛了我——

他眼里涌出了泪水，一个经过的服务员看他的杯子空了，就拿着酒瓶又走过来。

他举起酒杯闻了闻。每喝一口那种东西，它的难喝程度不是减轻而是更甚，然而它已经成为他生活中不可或缺的东西，就是他的生命、死亡和再生。是杜松子酒让他每天夜里变得不省人事，每天早晨也是靠它恢复精力。他很少能在十一点前醒来，而醒来时难以睁开眼睛，嘴巴发炎，脊骨也好像断了，如果不是有前一天晚上放在床边的酒瓶和茶杯，他甚至不可能坐起身。中午几个小时里，他会表情呆滞地坐着听电屏里传出的声音，酒瓶就在手边。从十五点到打烊时间，他是栗树咖啡馆的固定顾客。不再有人理会他干什么，没有唤醒他的哨声，没有电屏来警告他。有时，也许一星期两次吧，他会去真理部的一间布满灰尘，似乎被弃置的办公室里干上一点工作，或者说所谓的工作。他被分配到某个委员会下面分委员会的分委员会，第一个委员会是为处理编纂第十一版新话词典中遇到的次要难点而成立的无数委员会之一。他们负责编制所谓中期报告，然而他从未查清楚他们要报告的是什么，好像跟逗号应该放在括号内还是括号外有关。这个分委员会里另外还有四个人，情况都跟他类似。某些天里他们会聚到一起，然后马上又分开，他们互相坦白承认实际上没有什么事情可做。但是还有一些时候，他们几乎是热切地着手工作，极尽表现之能事，填写记录，起草从未完成的备忘录。他们为按说需要争论的事情而争论，越争论越复杂、越深奥，为定义玄玄乎乎各执一词，跑题千里，争吵，甚至还威胁要捅到上一级。后来突然，他们都没了精神，会围坐在桌子前眼神暗淡地互相看着，就像听到鸡鸣的鬼魂一样。

电屏沉默了一会儿。温斯顿又抬起头。公报！不过没有，只是换播音乐而已。他闭上眼睛就能想起非洲地图，军队的动向以示意图显示出来：一条黑箭头垂直插向南方，一条白箭头往东水平切去，穿过黑箭头的尾部。像是为了寻找安慰，他抬头看着那张肖像的沉着面孔。有没有可能第二个箭头根本不存在？

他的兴趣衰退了。他又喝了一大口酒，捡起白方的马试探着走了一步。将。但是显然走得不正确，因为——

一段记忆又自动浮现在他脑海，他看到一个点着蜡烛的房间，里面有张铺着白色床单的大床，还有他自己。他是个九岁或十岁的小男孩，正坐在地上，在摇着骰子盒兴奋地笑着，他母亲坐在他对面，也在笑。

那肯定是在她失踪前一个月的事。那是个和好的时刻，温斯顿忘了肚子里从未停止过的饿意，对她有过的爱意暂时复苏了。那天的事他记得很清楚。外面电闪雷鸣，大雨如注，雨水顺着窗棂哗哗流着，室内暗得无法看书。他们两个小孩子在那间阴暗狭窄的卧室里厌烦得无法忍受。温斯顿又是哭啼，又是哀求，徒劳地想多要一点食物，在房间里烦躁不安，把所有东西都东拉西扯，还踢护墙板，直到邻居敲打隔墙，而那个比他还小的孩子在断断续续哭着。直到最后他母亲说："听话，我去给你买个玩具，一个好玩的玩具，你会喜欢的。"然后她就走进雨里，当时附近零星还有几间小杂货店。她回来时手里拿了个纸板盒，里面装了一副蛇梯棋[①]。他仍然能闻到淋湿了的棋盘的气味。那副棋做得很糟糕，棋盘裂了纹，小木头骰子切割得不好，以至于难以躺平。温斯顿不高兴也不感兴趣地看着它，但后来他母亲点了根蜡烛，他们坐在地板上玩了起来。不久，当那个小圆片带着希望爬到梯顶，然后又一滑而下到了有蛇的地方，几乎回到开始处时，他变得兴高采烈而且大声笑着。他们玩了八盘，他赢了四盘。他那长得很小的妹妹年幼得不明白怎么下棋，却也靠着枕头坐在那里笑，那是因为别人都在笑。他们在一起开心了整整一下午，像他早期童年时那样。

他努力想把这一场景从脑子里忘掉。那是种虚假的记忆，他有时会受到虚假记忆的困扰。只要知道其本质，就无关紧要。有些事情发生过，别的没发生过。他转过身看着棋盘，再次拿起白方的马。几乎就在同时，它咔嗒一声掉到棋盘上，他吓了一跳，似乎有根大头针插进了他的身体。

---

① 一种棋类，棋盘上标有蛇和梯的图案，棋子走到蛇头一格时要退至蛇尾，走到梯脚一格时可进至梯顶一格，以先抵终格者胜。

一声尖厉的小号声刺破空气。公告来了！胜利！新闻之前响起小号总意味着胜利。一种电流般的震颤掠过咖啡馆，就连服务员也吓了一跳，也竖起耳朵。

小号声之后是十分高亢的噪音。电屏里传来一个激动的声音，在急促地念着，但是刚一开始，就被外面雷鸣般的欢呼声淹没。新闻在街头奇迹般不胫而走。他勉强能听到电屏里播放的东西，明白事情正是按照他所预测的发生：一支巨大的海上舰队秘密集结起来，对敌人后方进行了突袭，白色箭头切过黑色箭头的尾巴。胜利的语句不时从一片喧嚣中冒出来："大规模的战略调动——完美的协同作战——完全击溃——俘敌五十万——对士气的彻底打击——控制整个非洲——向战争的结束推进了一大步——胜利——人类历史上最辉煌的胜利——胜利，胜利，胜利！"

温斯顿的脚在桌子下面痉挛性抽动着。他没有从座位上起身，然而在脑子里，他在跑着，飞快地跑着，跟外面的人群在一起，欢呼得双耳欲聋。他又抬头看着老大哥的肖像。驾驭世界的巨人啊！抵挡亚洲群氓的中流砥柱！他想到十分钟之前——对，仅仅十分钟之前——在想着前线的消息不知是胜利还是失败时，他心里还有些模糊的感觉。啊，不止是一支欧亚国的军队被消灭了！从他进了仁爱部的第一天以来，他身上发生了很多变化，但是最终的、必不可少的、康复性的变化却从未发生过，直至这一刻。

电屏里的声音仍在滔滔不绝播报关于俘虏、战利品和屠杀的消息，外面的喊叫声却低了一些。服务员转过身又开始工作，其中有个拿着酒瓶走过来。温斯顿依然沉浸在喜悦的白日梦中，没有注意到服务员正在斟满他的酒杯。他在内心里既没再奔跑，也没再欢呼，他又回到了仁爱部，一切都被宽恕了，他的灵魂像雪一样洁白。他站在法庭的被告席上，坦白一切，牵连进每个人。他在铺了白瓷砖的走廊上走着，感觉像是走在阳光下。一个持枪看守在他身后。那颗期待了很久的子弹正在射进他的大脑。

他抬头盯着那张巨大的面孔，他用了四十年才了解到隐藏在那两撇黑色八字胡下的微笑。哦，残酷啊，不必要的误解啊！哦，顽固啊，从那个博爱的胸怀处自行放逐自己！两颗杜松子气味的泪珠从他鼻侧流了下来。不过那样也好，一切都很好，斗争已经结束，他赢得了跟自己的战争，他热爱老大哥。

附　录

新话的原则

新话为大洋国的官方语言，是为满足“英社”（Ingsoc）或称“英国社会主义”（English Socialism）的意识形态需要而发明的。一九八四年时，还未能达到人人将其作为讲话或写作的唯一一种交流工具。《泰晤士报》上的重头文章是用新话写的，但那是只能由专家操笔完成的精心杰作。按计划，到二〇五〇年左右，新话将最终替代旧话（或者按照我们所称是“标准英语”）。同时新话正稳步替代旧话，所有党员倾向于越来越多在日常生活中使用新话中的词及语法结构。一九八四年时使用的新话版本以及在第九、第十版新话词典中体现出来的新话是临时性的，其中包含许多过剩的词以及旧词形，那些以后都将在被废止之列。在此我们要讨论的，是新话的最终和完善的版本，体现在新话词典第十一版中。

新话的目标不仅是提供一种表达工具，用以表达对英社的忠实信徒来说适于拥有的世界观及思维习惯，而且要让其他任何思考模式变得不可能存在。新话的目标是当新话彻底被采用而且旧话被遗忘后，任何异端思想——即与英社原则相悖的思想——将完全不可能被想到，至少在思想尚依赖话语表达的情况下将是如此。新话的词汇之所以如此构建，目的是让党员在欲合适表达每种意图时，都能精确而且常常是十分敏锐地表达，而排除了所有其他意图存在以及通过间接途径使其得到表达的可能性。要想做到这一点，部分是靠发明出新词，但主要是靠消灭一些不合需要的词，以及清除被保留下来的单词的非正统含义，而且只要可能，将所有次一层的含义全部清除。举个简单的例子，“free”这个词在新话中仍然存在，但只能用在“this dog is free from lice”（这条狗身上不长虱子）或“this field is free from weeds”（这块田里不长野草）这样的陈述中，而不能用到这个词的旧含义，即“politically free”（政治上自由）和“intellectually free”（思想上自由）。因为政治自由及思想自由即使作为概念都已不复存在，因而有必要不以名称称之。而且远不限于废止那些确实具有异端性质的词，词汇总量被认为是为减少而减少，凡是并非一定用得到的词，都不允许存在。发明新话的目的，不是为了扩展思想的范围，而是为了缩小它，将可供选择的词汇数量减到最少，能够间接有利于达到这一目的。

新话建立在我们所掌握的英语的基础上，然而有许多新话的句子，甚至那些不含有新造词的句子对于我们当今操英语的人来说，也几乎不可理解。新话的词汇分成不同类型的三类，以 A 类词汇、B 类词汇（又称复合词）、C 类词汇称之。较简单的办法是分别讨论三类词汇，有关这种语言在语法上的独特性，可以在讨论 A 类词的那部分论及，因为同样的规则对这三类词汇都适用。

A 类词汇：A 类词汇包括日常生活中做各种事情时需要用到的词，这些事情包括吃、喝、工作、穿衣、上下楼梯、乘车、栽培花木、烹调等等。这类词几乎完全是由已有的单词组成的——像 “hit”、“run”、“dog”、“tree”、“sugar”、“house”、“field”等——不过跟我们当今的英语比起来，这些词的数量特别少，对其定义却严格得多，所有含糊不清以及其他多层含义都被一概清除。在能够做到的情况下，新话中的这类词汇简单地说，就是一个断音，表达的是一个在理解上清晰无误的概念。完全不可能使用 A 类词汇进行文学写作或进行政治及哲学性讨论，其用途就是表达简单及意图明确的想法，一般说来涉及的是具体事物或者身体动作。

新话的语法有两个突出特性。第一，不同时态几乎完全可以混用。这种语言中的任何一个词（从原则上说，这一点甚至适用于像“if”或“when”这类非常抽象的词）都能用作动词、名词、形容词甚至副词。在词根相同的情况下，动词和名词之间无任何词形变化，这条规则本身导致许多旧词形被消灭。以“thought”一词为例，它在新话中不存在，而被“think”一词所代替，该词既充当名词，又充当动词。在此情况下，不遵循语源学的规则，但在有些情况下，决定保留原来的名词形式，在另外一些情况下则保留原来的动词形式。甚至在两个含义相近的名词或动词没有语源学联系的情况下，其中之一经常被废止。例如根本没有“cut”这个词，它的含义完全被名词兼动词“knife”所包括。形容词是通过给名词加“-ful”这样的后缀，副词是名词加后缀“-wise”而得到。因此，例如“speedful”的含义就是“rapid”，“speedwise”的含义就是“quickly”。我们目前所使用的某些形容词，像“good”、“strong”、“big”、“black”、“soft”都被保留下来了，然而这些被保留下来的单词的总量很少。人们很少需要用到这些词,因为几乎所有的形容词含义都可以通过在名词兼动词后面加"-ful"而得到。除了很少几个已经是以"-wise"为结尾的词,现在的所有副词一个都不会被保留下来,副词无一例外都将以"-wise"结尾。例如像"well"这个词,它会被"goodwise"所代替。

另外,任何单词——这在原则上也适用于新话语言里所有的词——都能通过加"un-"前缀而使其具有否定意义,或者通过加"plus-"前缀进行强调,或者如果为了进一步强调,可以加上"doubleplus-"这样的前缀。因此,例如"uncold"的意义是"暖和","pluscold"和"doublepluscold"的意义分别是"很冷"和"极其冷"。跟现代英语一样,也有可能通过利用像"ante-"、"post-"、"up-"、"down-"等前缀对几乎任何单词的含义进行更改。可以看出,通过这些方法,能对词汇总量进行极大删减。例如既然有了"good"一词,就没必要保留"bad"这样的词,因为"ungood"同样可以表达所需意义——事实上还要更好。凡是在两个词天然互为反义词的情况下,都需要决定两者之中哪个将被废止。例如,"dark"这个词可以被"unlight"所取代,或者"light"也可以被"undark"取代,如何选择,视喜好而定。

新话语法的第二个突出特点是它的规律性。除了下面提到的几种例外情况,所有词形变化都遵循同样的规则。因此,所有动词的过去式和过去分词都同样以"-ed"结尾。"steal"的过去式是"stealed","think"的过去式是"thinked",全部新话语言中都是这样,所有像"swam"、"gave"、"brought"、"spoke"、"taken"等旧词形都被废止。所有复数都视情况而定加"-s"或"-es"。"man"、"ox"、"life"这些词的复数形式是"mans"、"oxes"、"lifes"。形容词的比较级和最高级无一例外都是加"-er"和"-est"("good","gooder","goodest")。不规则变化和像加"more"和"most"这种结构,都在被废止之列。

仅剩的仍被允许进行不规则变化的词是名词、关系形容词、指示形容词及副词,除了"whom"已被当做多余词去掉,以及像"shall"、"should"所代表的时态已被取消之外——这些时态的用法都已被"will"和"would"所包括——所有这些词都仍按以前的旧用法使用。另外,出于迅速及易于说出的需要,仍存在一些不规则变化。如果一个词不易发音,或者有可能让人听不准,就会根据该事实本身,被当做是个坏词,因此考虑到悦耳因素,偶尔会在一个词中间加上别的字母或者保留旧词形。但这种需求主要体现在 B 类词汇中。至于为什么易于发音这么重要,下文会解释清楚。

B 类词汇:B 类词汇都是为了政治目的而有意创造出来,也就是说,这些词不仅每个都具有政治含义,而且创造这些词的目的,就是让使用这些词的人具有合乎需要的思想态度。如果未能全面理解英社的原则,就用不好这些词。对有些词而言,可以翻译成旧话,甚至可以用A类词汇翻译出来,但通常都需要大段的释义,而且总会造成这些词所具有的言外之意的丧失。B类词汇是种口头速记,总是把一系列概念放进几个音节之中,同时又比一般语言更准确、更有力。

B类词汇都是复合词[①],由两个或两个以上的单词,或者几个单词的部分所组成,以一种易于发音的词形结合而成。由此产生的混合词都会是名词兼动词,遵循一般的变形规则。举个简单的例子,“goodthink”的含义大致就是“正统”,或者在用作动词时,含义就是“以正统的方法思考”。这个单词的变形如下:名词兼动词,“goodthink”;过去式及过去分词,“goodthinked”;现在分词,“goodthinking”;形容词,“goodthinkful”;副词,“goodthinkwise”;动名词,“goodthinker”。

B类词汇完全不是按照词源学方案造出来的。构成B类词汇的单词可以是任何时态,以任何顺序排列,以及按照任何方式修改,目的是使这些词易于发音,而且同时也能说明其出处。例如,在“crimethink”一词中“think”在后,而在“thinkpol”一词中它在词首。后一个单词“police”少了第二个音节。因为达到悦耳这点更困难些,B类词汇中的非常规词形比A类词汇中出现得还要多一些。例如说,“Minitrue”、“Minipax”、“Miniluv” 三词的形容词分别是“Minitruthful”、“Minipeaceful”和“Minilovely”,这只是因为“-trueful”、“-paxful”和“-loveful”略微难于发音。然而从原则上说,所有B类词汇都可以变形,而且都以完全同样的方式变形。

B类词汇中有些词的含义非常隐晦,未能在整体上掌握这种语言的人很难理解这些词。例如拿《泰晤士报》的重头文章中“Oldthinks unbellyfeel Ingsoc”这典型一句来说,用旧话把它表达出来的最简短的说法是“那些其观念在革命之前就形成的人们对英国社会主义无法拥有感情上的充分理解”。然而这种翻译不完整。首先,为理解上面所引新话的全部含义,人们必须充分理解“Ingsoc”的含义;其次,只有精通英社的人,才能充分体会到“bellyfeel”一词的全部力量,它意味着如今难以想象的盲目而且热情的赞同;还有“oldthink”一词,它与邪恶和堕落牢牢挂上了钩。但是新话中的某些词汇具有特殊功用——“oldthink”就是其中之一——与其说这些词在表达含义,倒不如说在消灭含义。这些词——数目

① 像“speakwrite” 这样的复合词当然也存在于A类词汇中,但这些只不过是为了方便起见的缩写,并没有意识形态色彩。——原注

不大,这是必要的——将自身的含义扩展,直到自身包含了一连串单词,这些单词由于已被完全包含在一个综合术语中,因而可以被抛弃并忘掉。新话编纂者要面对的最大困难不是创造新词,而是创造出新词后,确定其含义为何,也就是说在造出这些词后,确定其取消的是哪类词。

我们已经看到以“free”为例的一词,有过异端含义的词有时为方便起见被保留下来,但被清除掉不合适的含义。像“honour”、“justice”、“morality”、“internationalism”、“democracy”、“science”和“religion”一类的无数单词简单地说,是被消灭了。少数几个表示总称的词包含了这些词,通过包含而将其消灭。例如,所有围绕自由和平等概念的单词都被“crimethink”这个词所包含,所有围绕客观和理性主义的词都被“oldthink”这个词所包含,要想更精确一点则是危险的。党员被要求具有的世界观跟古代希伯来人的世界观类似,那些人不需要知道很多别的事,只需要知道除了他那个民族,别的民族崇拜的都是“假神”就够了,他们不需要知道那些神叫做“Baal”、“Osiris”、“Moloch”、“Ashtaroth”之类。也许知道得越少,就越能正统。他们知道耶和华和耶和华的诫条,与此类似,党员知道什么是正当行为,也非常模糊地笼统知道不正当行为可能是什么样的行为。例如,他们的性生活完全由新话中的“sexcrime”和“goodsex”两个词所约束。“sexcrime”概括了所有种类的性犯罪,包括淫乱、通奸、同性恋及其他变态行为。没必要将其一一列举,因为它们同样应受到惩罚,而且原则上说惩罚都是死刑。C类词汇中——由科学技术方面的单词所组成——可能需要为某些性失常行为命名,但一般人用不着那些词。他们知道“goodsex”是什么意思,也就是男人跟他妻子之间为了生出孩子这唯一目的而进行的性交,女方身体上没有快感,所有别的都是“sexcrime”。新话中,很少有可能在认识到某个念头是异端念头后还能继续往下想,除了能想到它是异端念头这一点,其他所需之词都不存在。

B类词汇在意识形态上都并非中立,很多是委婉语。例如,像“joycamp”(劳改营)或“minipax”(和平部,即战争部)所指的几乎与其表面意思恰恰相反。另一方面,有些单词所表现的,是对大洋国社会本质的赤裸裸而且有着蔑视意味的理解。以“prolefeed”为例,它的含义是党给予群众的垃圾娱乐以及欺骗性新闻。还有另外一些词褒贬均有,用到党身上是指“好的”,用到敌人身上是指“坏的”。另外还有大量单词,乍一看不过是些缩写,其意识形态色彩不是来自其含义,而是构造。

只要有可能,一切具有或可能具有任何政治重要性的词都被放进B类词汇。所有组织、团体、学说、地区、机构或者公共建筑的名称都无一例外，都被削减成一个为人熟悉的词形，即一个易于发音的单词，具有尽可能少的音节，又能保存原来的词源。例如在真理部，温斯顿·史密斯所在的档案司（the Record Department）被称为“Recdep”，小说司（the Fiction Department）被称为“Ficdep”，电屏节目部（the Teleprogrammes Department）被称为“Teledep”，诸如此类。这样做并非单纯为了节省时间。甚至在二十世纪的头几十年里，电报式简明语言已经是政治语言的特征之一。人们也注意到在极权主义国家和极权主义组织中，使用这种缩略语的倾向最为明显，例如这些词：“Nazi”、“Gestapo”、“Comintern”、“Inprecor”、“Agiprop”。一开始，采用缩略语是本能行为，但在新话中则是目的明确地使用。他们认识到通过对某个名称进行缩略，削除不用缩略语时会产生的其他联想，该名称的含义就会被窄化而且被微妙地改变。例如，“Communist International”（共产主义者国际组织）这个词能让人联想到一幅由全人类友爱、红旗、街垒、卡尔·马克思和巴黎公社所组成的画面；另一方面，“Comintern”一词仅代表一个结构严密的组织和一种明确的教义，它指的是像一张椅子或一张桌子这样一听即明、别无他义的东西。“Comintern”这个词能被几乎不假思索地说出来，“Communist International”则能让人在说出时，必定有至少是片刻的踌躇。同样，“Minitrue”所引起的联想比“Ministry of Truth”要更少一些，而且更易于控制。这不仅能够解释为何会有尽可能使用缩略语这种习惯，而且可以解释为何人们不遗余力让每个词易于发音，以致做得有些过分。

在新话中，除了含义精确这一点，最重要的就是悦耳，必要时，总是不惜违反语法来迁就这点。这也正体现在那些发音短促、意义明白的单词上，因为这些词最重要的目的，是政治性目的，它们可以被说话者迅速说出，并在其大脑内激起的回响最小。B类词汇甚至因为个个很类似，而显得更有力。几乎无一例外，这些单词——“goodthink”、“minipax”、“prolefeed”、“sexcrime”、“joycamp”、“Ingsoc”、“bellyfeel”、“thinkpol”及无数别的单词——都只有两个或三个音节，重音均匀落在第一和最后的音节上。使用这些词，有助于形成一种急促而含糊的讲话风格，它既单调，又不抑扬顿挫，这也正是目的所在，用意就是让讲话时——特别在讲到并非中性的主题时——尽量接近于脱离意识。日常说话时，无疑需要——或者说有时候需要——先想后说，然而当一个党员在被要求做出某个政治性或道德性判断时，他会像一架机关枪迸射出子弹一样，自动迸射出正确的意见。他所接受的训练让他可以做到这点，新话语言给了他一种几乎万无一失的工具，这些词的构造——由于跟英社精神相一致的刺耳发音以及一定程度上的不堪入耳之处——更是让他用得得心应手。

还有项事实是可供选择的单词很少。跟我们如今的词汇量相比，新话的词汇量极小，而且经常还会想出一些减少词汇量的新方法。确实，新话跟几乎所有其他种类语言的区别之处，在于其词汇量每年都在缩减，而不是增多。每减少一次，就是前进一步，因为可选用的词汇越少，进行思考的诱惑就越小。希望最后能达到这样的目的，即可以直接从喉咙里滔滔不绝地讲话，完全不需用到高一级的大脑中枢。这一目标在新话中以“duckspeak”不加掩饰地承认了，这个词的含义就是“像鸭子那样嘎嘎叫着说话”。如同B类词汇中为数极多的单词，“duckspeak”在含义上褒贬均有。在那些嘎嘎讲出的意见属正统的情况下，它除了赞美没有别的意义，而当《泰晤士报》上称党内某位演讲家是个“doubleplusgood duckspeaker”时，就是对其热情洋溢、殊为难得的褒扬。

C类词汇：C类词汇是对另两类词汇的补充，完全由科技术语组成。这些词汇跟我们如今使用的科学术语类似，由同样的词根构建，但通常也要注意将其严格定义，并去掉不合适的含义。跟其他两类词汇一样，C类词汇遵循的是同样的语法规则。C类词汇中，有很少几个会在日常说话或政治讲话中用到。对任何一个科学工作人员或者技术员来说，都能在一个专门供他专业使用的单词表中，找到所需的全部单词，然而对其他单词表中出现的单词，只认识少数几个而已。只有很少几个词在各个单词表中共有，但是没有能够表述把科学当做思维习惯或者思想方法这方面功能的词汇，不管科学的哪个分支都是如此。确实，没有“science”（科学）这样的词，它可能具有的全部意义都已完全被“Ingsoc”所包含。

综上所述，可以看出在新话中，除了在很低的水平上，想表达非正统意见几乎不可能。当然，异端邪说可能以很粗鲁的方式说出来，也就是谩骂性的话。例如，有可能说出“Big Brother is ungood”（老大哥不好）这种话，然而在正统的耳朵听来，如此宣称无非是种不言自明的荒谬意见，不可能被理由充分的论证所支持，因为没有所需的单词。对英社有害的观点只能以无词可以表达的模糊方式持有，而且只能以非常广义的术语称之，这些术语总括了一系列异端邪说并将其批判，但在这样做的同时，不需要将其定义。实际上，人们只能在把某些词非法翻译回旧话时，才能非正统地使用新话。例如，用新话也许会说出“All mans are equal”（人人平等）这样的句子，但仅仅和用旧话可能说出的“All men are redhaired”（人人都是红头发）是同一类话。这句话无语法错误，然而所表达的，是个显而易见的谎言——即每个人在个头、体重和力量上都相等。政治平等的概念不复存在，这个次要含义相应地从“equal”（平等）一词中已被清除。在一九八四年，当旧话仍是交流的常用手段时，理论上存在这种可能，即人们使用新话词语时，仍会记起原来的含义。实际上，对精通“双重思想”的人来说，避免这种情况毫不困难，然而再过两代人，甚至这种失误的可能性也不复存在。对一个在新话是唯一语言的环境下长大的人来说，他不会知道“equal”一词有过“政治自由”这种次要含义，或者“free”有过“思想自由”这样的次要含义，正如一个从未听说过象棋的人不会意识到“王后”和“车”的次要含义。有许多罪行和错误他无力去犯，原因仅在于其无以名之，所以想象不到。可以预见，随着时间的推移，新话的突出特点将越来越显著——其词汇量变得越来越少，含义越来越严格，将新话词语用于不正当目的的可能性也日益减少。

旧话被一劳永逸地取代时，和过去的最后一缕联系就会被切断。如今历史已被重写，但过去的文献片断会在这里那里存在着，没有进行彻底的审查。只要人们还会用旧话，他就有可能阅读。将来，那些片段即使留下来，也会是不可理解、不可翻译的。除非它指的是某种技术步骤或者很简单的日常行为，或者在倾向上已经是正统的（用新话来说是“goodthinking”），否则不可能将旧话的任何一段翻译到新话中。实际上，这意味着凡是写于大约一九六〇年以前的书本总体上说来，没有一本能被翻译出来。革命前的文献只能进行意识形态上的翻译——这就是说，在意义和语言上都改变了。拿《独立宣言》中著名的一段来说：

> 我们认为下述真理是不言而喻的：人人生而平等，造物主赋予了他们若干不可让与的权利，其中包括生命权、自由权和追求幸福的权利。为保障这些权利，人们才在他们中间设立了政府，而政府的正当权利，则来自被统治者的同意。任何形式的政府一旦对这些目标的实现起破坏作用，人民便有权予以更换或废除，以建立一个新政府……

如果将这段用新话翻译出来，根本不可能依然保留原意，最接近原意的翻译，可以用“crimethink”这个词来概括这一段。完全译出只能是种意识形态上的翻译，杰弗逊的话会变成对拥有绝对权力的政府的颂扬之词。

确实，大批过去的文献都被这样改头换面过。为了面子起见，保存关于某些历史人物的记忆是可取的，但同时要把他们的成就变得与英社的哲学相一致。许多作家，如莎士比亚、弥尔顿、斯威夫特、拜伦、狄更斯及其他作家因此正在被翻译中。此项工作完成后，他们原先的作品以及留下来的其他文学作品都会被销毁。这些翻译工作进展缓慢而且艰难，预计在二十一世纪前十到二十年内可以完成。另外还有大批仅仅是实用方面的文献——不可缺少的技术手册之类——也必须以同样的方式处理。主要出于留出时间来完成前期翻译工作的考虑，最终采用新话的年份被定得晚至二〇五〇年。

动物农场

1

这天晚上，曼纳农场的琼斯先生锁好了鸡舍，可是醉得忘了把鸡舍上的小洞也堵上。他脚步踉跄地走过院子，手里提灯的光圈晃来晃去。在后门处，他踢掉靴子，从洗碗间的啤酒桶里倒了最后一杯酒喝，然后摸到床边。床上的琼斯太太已经打起了呼噜。

卧室里刚一灭灯，农场的棚圈里便一片忙乱。白天已经传开话，说是老少校——即那头得过"中等白鬃"奖的公猪——在前一天晚上做了个奇怪的梦，想跟别的动物讲一讲。大家同意一等到琼斯先生不再碍事，就全到大谷仓里碰头。老少校（大家一直这样称呼他，不过他被送展时名字叫"威灵顿美物"）在农场里德高望重，大家都很愿意少睡一个钟头，来听听他有什么话要说。

大谷仓里的一头有个稍稍凸起的平台，少校已经舒服地卧在秸秆垫上，头顶的屋梁上吊着一盏灯。他十二岁了，最近胖了许多，但依然仪表堂堂，一副睿智、和蔼之相，尽管他的獠牙从来没被锯短过。不久，别的动物陆续来了，并以各自不同的方式安顿下来。先到的是三条狗：蓝铃、杰西和品彻。然后到的是猪，他们马上卧在平台前的秸秆堆里。母鸡飞上了窗台，鸽子振翅飞上了屋椽，绵羊和奶牛卧在猪后面并开始反刍。拉车的两匹马博克瑟和克洛弗是一块来的。他们走得很慢，毛烘烘的蹄子往下放时小心翼翼，以防秸秆里藏了小动物。克洛弗是匹肥壮的母马，富于母性，接近中年。生了四只马驹后，她再也没能恢复到原来的体形。博克瑟是匹高头大马，快有十八手①

① 此处的"手"(hand)为一种度量单位，尤其用于测定马的高度，一手相当于四英寸(十点二厘米)。

高，力气赶得上一般的两匹马。顺着他的鼻子有道白纹，让他的样子看上去有点笨。老实说他的智力并非一流，但是他以坚韧不拔的个性和力大无比的干活能耐赢得了大伙的普遍敬重。在马后面来的是白山羊穆丽尔和驴子本杰明。本杰明是农场上年龄最大的动物，脾气也最坏。他很少开口说话。不说则已，一说通常是些愤世嫉俗之语——比如，他会说上帝给了他尾巴来赶苍蝇，可是他很愿意不要尾巴，也别让世界上有苍蝇。农场上的动物里头，唯有他从来不笑。如果有谁问他为什么不笑，他会说他看不出有什么好笑的。然而，尽管从未公开承认过，他对博克瑟忠贞不贰。星期天时，他俩经常在果园那边的小草场上一言不发地并肩吃草。

两匹马刚躺下，没了妈妈的一窝小鸭排成一行进了谷仓。他们一边细声细气地嘎嘎叫着，一边走来走去，想找个不会被踩到的地方。克洛弗用她的前腿当成一堵墙围着他们，小鸭在里面舒舒服服地躺下，马上就睡着了。快开始前，莫莉——给琼斯先生拉车的漂亮母马，不够聪明——才娇气地踏着小碎步进来，嘴里还嚼着一块糖。她在靠近前排的地方找了个位置，然后开始甩动她的白马鬃，希望别的动物能看到扎在马鬃上的红饰带。猫最后到，像通常那样，她转了一圈，找最暖和的地方，最后挤到了博克瑟和克洛弗之间。少校讲话时，她从头到尾都在心满意足地打呼噜，少校的讲话她一个字也没听到。

全体动物现在都到齐了，除了摩西——它是只被驯化了的乌鸦，正在后门背后的一根挂杆上睡觉。少校看到他们全都找好位置，在聚精会神地等待，便清清喉咙，开始讲话了：

“同志们，你们已经听说昨天夜里我做了个奇怪的梦，不过我稍候再说。首先我有别的话要讲。同志们，我想我跟你们过不了几个月了。在我死之前，我觉得有义务把我已经获得的智慧传授给你们。我这辈子活得很长；独自躺在圈里时，有很多时间可以思考。我想我可以说，我对活在世上之本质的理解之深，不亚于任何活着的动物。我想告诉你们的就是这一点。

“同志们，我们所过的这种生活，其本质是什么？我们还是正视这一点吧：我们的一生悲惨、艰苦而短暂。我们出生，所得到的食物只够维持我们有口活气儿。我们中间能干活的，要被逼着出尽最后一丝力气；而一旦我们不再有用，就被残忍至极地杀害。英格兰没有一头动物年满一岁后还了解幸福或者安逸的意义,英格兰没有一头动物是自由的。动物过的是被奴役的悲惨生活,这是一清二楚的事实。

“但这是否只不过是自然秩序的一部分?是否因为我们这片土地太过贫瘠,生活在这里的动物都过不上像样的生活?不,同志们,绝对不是!英格兰土地肥沃,气候适宜,能为为数比现在多得多的动物提供充足的食物。单是我们这一座农场,就能养活十几匹马、二十几头奶牛、几百只绵羊——都能过上舒适而且有尊严的生活,几乎是我们现在想象不到的。为什么我们还要继续过着悲惨的生活? 那是因为我们辛苦得来的劳动成果几乎全被人类偷去了。同志们,这就是我们所有问题的答案。归结为一个字——人。人是我们唯一真正的敌人。消灭了人,饥饿和过度劳累的根子就能被一劳永逸地除掉。

“人是唯一一种只管消耗、不事生产的动物。他挤不出奶,下不了蛋,拉不动犁,撵不上兔子,然而他是所有动物的主宰。他驱使动物干活,所给的少得不能再少,只够让动物饿不死,剩余的全留给自己。我们出力耕地,我们的粪便让土地肥沃;但是我们除了自己身上的一张皮,还拥有什么别的东西?坐在我面前的这几头奶牛, 去年你们产了几千加仑牛奶? 本来应该去养壮牛,可是去了哪儿?每一滴都进了敌人的喉咙。还有你们母鸡,去年总共下了多少蛋?其中有多少孵成了小鸡?没被孵化的鸡蛋全被卖掉了,被琼斯和他那伙人换成了钱。还有你,克洛弗,你生的四只马驹本来应当成为你年老时的依靠和欢乐所在,可是他们在哪儿呢?每一只都在一岁时被卖掉了——无论哪一只,你都再也见不到了。你四次生产,还在田里干了那么多活,可是除了少得可怜的饲料和一间马厩,你还得到了什么?

“更有甚者,我们就连把这种悲惨生活过到头,得个善终也不行。我自己没什么好抱怨的,因为我还算走运。我十二岁了,孩子超过四百个。猪就该这样活。可是没有哪头动物到最后能逃过那残忍的一刀。坐在我面前的你们这几头猪,不出一年,你们都会在杀猪台上号叫连天。我们都注定躲不过这种厄运——奶牛、猪、母鸡、绵羊,每一种动物。就连狗和马的命运也好不到哪儿去。你,博克瑟,一旦你的肌肉不再强健,琼斯当天就会把你卖给宰马的。宰马的会割断你的喉咙,把你煮了喂猎犬。至于狗嘛,等他们老了,牙也掉了,琼斯就会在狗脖子上绑块砖头,就近淹死到池塘里。

“那么同志们，这不是一清二楚吗？我们生活中的一切祸患，根子都可以归结到人类的暴虐上。只有消灭了人，我们的劳动成果才会归我们所有。几乎一夜之间，我们就会富有而自由。那么我们必须怎么办？当然要夜以继日、全心全意为推翻人类而奋斗！这是我要交代你们的：造反！我不知道哪天起事，可能再过一周，可能再过一百年，但是我知道，就像我能看到我脚下的秸秆一样肯定，正义迟早会伸张。在你们短暂的余生里，锁定这一目标吧！最重要的是，把我交代你们的话转告给后来者，让未来的许多代继续奋斗，直至胜利。

“记住，同志们，你们的决心永远不可动摇，不要受任何说词误导。谁要是告诉你们人类和动物之间有共同利益，一荣俱荣，千万不要相信。那全是谎言。除了自身，人类从来不会为任何动物谋利益。在我们动物中间，斗争时要绝对团结，绝对齐心协力。所有人类都是敌人，所有动物都是同志。”

这时突然出现一阵骚动。少校讲话时，四只大老鼠溜出洞口，坐在那儿听。几条狗一眼看到他们。要不是老鼠猛一下蹿回洞内，准会没命。少校举蹄要大家肃静。

“同志们，”他说，“这一点必须弄清楚，野生动物，例如老鼠和兔子——他们是朋友还是敌人？我们来表决吧。我向全体与会者问一个问题：老鼠是我们的同志吗？”

马上进行了表决，大家以压倒性多数同意老鼠是同志。只有四票反对，是三条狗加上那只猫投的。后来发现猫既投了赞成票也投了反对票。少校接着说：

“我还有几句话要说。只是重申一下，永远记住你们的责任，仇视人类及其所有行径。凡是两条腿走路的都是敌人，凡是四条腿走路或者用翅膀飞的都是朋友。也要记住在跟人类斗争时，我们千万别到头来模仿起他们。就算等到你们征服了他们，也一定别沾染上他们的恶习。任何动物都永远不得住在房子里，不得在床上睡觉，不得穿衣服，不得饮酒，不得抽烟，不得接触钱，不得从事买卖。人类的一切习惯都属于邪恶。另外，最重要的是，任何动物都永远不得对同类实行暴政。无论力气是大是小，脑子聪明还是简单，我们都是兄弟。任何动物都永远不得杀害其他动物。所有动物一律平等。

“同志们，现在我来跟你们讲讲昨天夜里我所做的梦。我没办法把它描绘出来。这个梦是关于人被赶走后的世界图景的，让我想起已经忘却很久的事。很多年前，我还是头小猪时，我的妈妈和别的母猪经常唱一首老歌。她们只知道曲调和歌词的头三个词。我从小就会哼那个调，不过已经忘了很久。然而昨天夜里，我在梦中又想起来了，连歌词也想起来了——我肯定那就是很久以前的动物所唱过的歌词，失传许多代的歌词。我现在就给你们唱唱这首歌，同志们。我老了，嗓子也哑了，可是等我教会你们唱，你们自己可以唱得更好。这首歌叫《英格兰牲畜之歌》。”

老少校清了清喉咙，开始唱起来。如他所言，他的嗓子已经沙哑，不过也唱得够好的了。这是一首旋律激昂的歌，有点介于《克莱门泰因》[①]和《库卡拉查》[②]之间。歌词如下：

英格兰的牲畜，爱尔兰的牲畜，
普天下的牲畜，
关于美好的未来，
听我把好消息宣布。

那天迟早会到来，
暴虐的人类被推翻，
英格兰富饶的田野上，
只有牲畜在徜徉。

我们的鼻子上不再挂鼻环，
背上不再驮鞍鞯，
嚼子、马刺永远生锈，
无情的鞭子也不再抽。

我们的东西会多得想象不到，

① 在一八四九年美国加州淘金热时开始传唱的歌曲，后流传到世界各地。

② 即墨西哥名曲《蟑螂歌》。

小麦、大麦、燕麦和干草，
苜蓿、豆子还有甜菜，
到那天全归我们自己。

等到我们得解放的那天，
阳光将普照英格兰的田野，
水也变得更清，
微风吹得更惬意。

我们必须为那一天而奋斗，
尽管活不到那天；
奶牛、马、鹅还有火鸡，
都要为自由而出力。

英格兰的牲畜，爱尔兰的牲畜，
普天下的牲畜，
关于美好的未来，
听清楚我的消息再去传布。

这首歌唱得动物们欣喜若狂。少校几乎还没唱完，他们自己也唱了起来。连里头最笨的都学会了这首歌的曲调和几句歌词。至于那些比较聪明的，例如猪和狗，他们只用几分钟就记住了整首歌。然后，在试唱几次后，整个农场上响起了《英格兰牲畜之歌》，声音极为整齐。奶牛哞哞唱，狗汪汪唱，绵羊咩咩唱，马嘶嘶唱，鸭子嘎嘎唱。他们都很喜欢这首歌，以至于一口气唱了五遍，要不是因故被打断，他们本来可能唱个通宵呢。

可惜，这番闹腾惊醒了琼斯先生，他一下子跳下床，认定是院子里闹狐狸，一把拎过一直放在卧室角落的枪，往黑地里开了一枪，是六号子弹，弹丸打进了谷仓的墙里，动物们顿时散去，逃回各自睡觉的地方。小鸟跳上自己的栖木，其他动物卧在秸秆窝里，农场顷刻陷入沉寂。

2

三天后的夜里，老少校在睡梦中平静辞世，他的遗体被埋在果园里的树根处。

这是三月初的事。接下来的三个月里，秘密活动进行得很频繁。少校的讲话让农场上较为聪明的动物对生活有了全新的认识。他们不知道少校所预言的造反何时起事，也没理由认为会在自己的有生之年发生，可是他们清楚地看到自己有责任为之准备。教导和组织其他动物的工作自然落在了猪身上，他们被公认为是动物中最聪明的。而在猪中间，最突出的是两头年轻的公猪，一头叫斯诺鲍，一头叫拿破仑。琼斯先生养他们是为了卖钱。拿破仑是头样子很凶的大块头伯克夏公猪，是农场上的唯一一头伯克夏猪，不擅言辞，却是有名的脾气倔强。跟拿破仑比起来，斯诺鲍的性格更活泼，口才更好，更具有创新精神，但被认为不如拿破仑稳重。农场上别的猪全是肉猪。最有名的是一头名叫"尖嗓"的小肥猪。他脸颊圆鼓鼓的，爱眨眼睛，动作敏捷，嗓门较尖。他口才极好，在为一个难以服众的观点而辩论时，他会蹦来蹦去，甩动尾巴。不知为什么，那样很有说服力。别的动物说，"尖嗓"能把黑的说成白的。

这三头猪把老少校的教导阐发为一整套思想体系，并称之为动物主义。每周有几个晚上，等琼斯先生睡觉后，他们在谷仓里秘密开会，为大家讲解动物主义的原则。一开始，听众经常不开窍，反应冷淡。有的动物说起对琼斯先生忠诚的义务，提到琼斯时，他们的用词是"主人"；要么说些很幼稚的话，比如："琼斯先生养活我们，没了他，我们会饿死的。"别的也问过问题，诸如："我们干吗要关心死后的事？"或者："要是造反不管怎样都会发生，我们奋不奋斗又有什么关系?"这三头猪费了很多口舌,才让他们明白这些想法与动物主义是背道而驰的。最蠢到家的问题是白母马莫莉提的。她一上来就问斯诺鲍:"造反后还有糖吃吗?"

"没有,"斯诺鲍说,"我们在农场上没办法制造糖,再说你也不需要糖。有燕麦或者干草,想吃多少都行。"

"我还能在马鬃上系饰带吗?"莫莉问。

"同志,"斯诺鲍说,"你如此念念不忘的饰带是被奴役的标志。你难道不明白自由比饰带更有价值吗?"

莫莉没有提出异议,然而听她的口气,不是很信服。

为了拆穿被驯顺了的乌鸦摩西所散布的谎言,这三头猪更是做了大量工作。摩西是琼斯先生特殊的宠物,是个探子,也是个散播谣言者,可他也是个聪明的空谈客。他声称知道一个神秘的地方,名叫糖果山,动物死后都会去那儿。它位于天上的某处,云彩再往上不远,摩西说。在糖果山,每天都是星期天,一年四季都有苜蓿,树篱上长着糖块和亚麻籽饼。动物们讨厌摩西,因为他光编瞎话不干活。可是有的动物相信有糖果山。三头猪不得不费尽口舌驳斥此说,让他们别相信有这种地方。

三头猪最忠诚的信徒数两匹拉车的马,博克瑟和克洛弗。这两匹马自己很难有什么想法,可是既然接受了三头猪为老师,猪跟他们说什么,他们就信什么,并通过简单的论证再教给其他动物。他们从不缺席在谷仓里举行的秘密会议,并带头唱《英格兰牲畜之歌》。每次开会结束时都要唱这首歌。

到头来,所有动物都没想到造反会来得早得多,也容易得多。过去几年里,琼斯先生尽管是个苛刻的主人,却是个能干的农场主,只是近来走了背运。他在一宗官司中赔了钱,变得很是灰心丧气,喝酒无度。有段时间,他会整天懒洋洋地躺卧在厨房里的高背躺椅上,读报纸,喝酒,不时拿蘸了啤酒的面包皮喂摩西。他的帮工又懒惰又奸滑。田里野草丛生,棚圈需要换顶,树篱没人照管,农场上的动物吃不饱肚子。

六月到了,干草眼看可以收割了。夏至节的前一天晚上,那天是星期六,琼斯先生去了威灵顿,在红狮酒馆喝醉了,结果直到星期天中午才回家。帮工们一大早挤完牛奶,就出去打兔子了,懒得去饲喂农场上的动物。琼斯先生一回来,躺到客厅的沙发上便睡着了,脸上盖着《环球新闻报》。这样等到傍晚,还是没人去喂那些动物。最后动物们再也受不了了,一头奶牛用角顶开饲料室的门,动物们全都自顾自在饲料箱里吃起来。恰好这时琼斯先生醒了,跟手下四个人马上冲进饲料室,挥着鞭子乱抽。这让还饿着肚子的动物们忍无可忍,一起冲向折磨他们的人,尽管以前从未商量过这样做。琼斯和他的手下顿时发现要应付来自四面八方的攻击:又是被撞,又是被踢。局面完全失控。他们以前从未见过动物这样。他们一贯随便鞭打、随便虐待的动物们突然造反,简直把他们吓得魂飞魄散。一转眼,他们便放弃抵抗,撒腿就跑。一分钟后,五个人沿着通向大路的马车道仓皇逃窜,动物们则乘胜追击。

琼斯太太从卧室窗口望出去,看到形势不对,赶紧把几样细软塞进一只毛毡手提袋,从另一条路溜出农场。摩西飞下木杆,大声嘎嘎叫着拍动翅膀跟她去了。同时,动物们把琼斯和他的手下赶到大路上,在他们身后猛地关上了五道栅的大门。就这样,动物们还没明白过来,便已经造反成功:琼斯被赶走了,曼纳农场是他们的了。

一开始的几分钟内,动物们简直不敢相信自己的运气竟会这样好。他们最先做的,是全体沿着农场边界快跑一圈,似乎是为了要百分之百确认农场上哪儿也没藏着人。然后他们冲回棚圈,来清除琼斯万恶统治的最后痕迹。马厩一头的挽具室被撞开了,马嚼子、鼻环、拴狗链子和琼斯先生骗猪羊用的刑具刀全被扔到井里,缰绳、马眼罩和带有侮辱性质的马粮袋被扔到院子里烧垃圾的火堆上。鞭子也扔了进去。看到鞭子烧起来,动物们无不为之雀跃。斯诺鲍也把赶集时往马鬃和马尾上拴的饰带扔到火堆里。

"饰带,"他说,"应当被看做是衣服的一种,这是人类的标志。所有动物都应当光着身子。"

博克瑟听了,就把他夏天防止苍蝇钻进耳朵的小草帽找来,和别的东西一起扔进火堆。

很快,动物们就把能让他们想起琼斯先生的东西全毁掉了。然后拿破仑又领他们去了饲料室,每只动物都分到了双份粮食饲料,每条狗两块饼干。他们一口气把《英格兰牲畜之歌》从头到尾连唱七遍,这才安顿下来睡觉。他们从来没像今晚睡得那么香过。

可是他们照常黎明即醒,突然又想起发生过的辉煌事件,全都冲出去,一起到了草场上。离草场不远有个小丘,从那里看,整座农场几乎尽收眼底。

动物们冲上小丘的最高处,早晨光线明亮,他们这边看看,那边望望。没错,这是他们的——能看到的全是他们的!他们为之狂喜,转着圈跳个不停,兴奋地大步跃起。他们在露水里打滚,大口吃着夏天鲜美的青草。他们踢起一块块黑土,闻着浓郁的香气。他们把整个农场巡视一遍。怀着无言的欣赏之情,他们仔细看了耕地、牧草地、果园、矮树林,好像以前从来不曾见过这些地方。甚至到现在,他们也几乎不敢相信农场全是他们自己的。

然后他们排队回棚圈,在农舍门口停住了。那也是他们的,可是不敢进去。只是过了一会儿,斯诺鲍和拿破仑用肩膀顶开门,动物们排成一队进去,走得小心翼翼,生怕碰乱什么东西。他们踮着脚从这间屋走到那间屋,只敢悄声说话,有点害怕地盯着令人难以置信的豪华布置:铺有羽毛床垫的床、镜子、马毛填充的沙发、布鲁塞尔地毯,还有客厅的壁炉台上方挂的维多利亚女王版画。他们正下楼梯时,发现莫莉不见了,回来发现她拖在后面,在最好的一间卧室里。她从琼斯太太的梳妆台上拿了根蓝饰带,正照着镜子在肩膀上比画,样子很蠢。别的动物严厉批评了她,然后一起到了外面。挂在厨房里的几根火腿被拿出去埋掉了,博克瑟一下子便踢破洗碗间里的那个啤酒桶。除此之外,房子里的一切都没动。动物们当场一致通过决议:农舍将作为博物馆保留下来。大家都同意所有动物永远不得住进那里。

动物们吃了早饭,斯诺鲍和拿破仑又让他们集合。

"同志们,"斯诺鲍说,"现在是六点半,一天才刚开始呢。今天我们开始收干草,不过首先要完成另外一件事。"

那三头猪此时披露,在过去三个月里,他们自学了阅读和写字,教材是琼斯先生的孩子们留下的旧拼写书,本来被丢在垃圾堆上。拿破仑让别的动物取来几罐黑漆和白漆,他带头去了对着大路的五道栅的大门。然后斯诺鲍(因为他字写得最好)用蹄子的两个关节夹着刷子,涂掉大门最上面一条横木上的"曼纳农场",在原处写上了"动物农场"。从此农场就叫这个名字。写完后,他们又回到棚圈,斯诺鲍和拿破仑让别的动物弄来一架梯子,要他们把梯子靠在大谷仓的一面山墙上。三头猪解释说,经过最近三个月的学习,他们已经成功地把动物主义的原则简化为七诫,现在要将其写在山墙上,并成为不可更改的法律,动物农场的全体动物往后永远得照此生活。斯诺鲍有点艰难地(因为一头猪在梯子上不容易保持平衡)爬上梯子,"尖嗓"也上了

梯子,在他下面几档处提着油漆罐。七诫用特别大的白色字母写在涂了柏油的墙壁上,隔着三十码都能看清:

七诫

1. 凡是两条腿走路的都是敌人;
2. 凡是四条腿走路或者有翅膀的都是朋友;
3. 任何动物不得穿衣服;
4. 任何动物不得睡在床上;
5. 任何动物不得饮酒;
6. 任何动物不得杀害别的动物;
7. 所有动物一律平等。

写得很整齐,除了“朋友”一词拼错和一个“S”写错,从头到尾再无其他拼写错误。斯诺鲍为大家响亮地诵读一遍。动物们无不点头,完全没有异议。那些较为聪明的动物开始默背七诫。

“同志们,”斯诺鲍扔下油漆桶大声说,“现在就去牧草地!我们要比琼斯和他的手下收割得更快,此举事关荣誉!”

然而就在此时,三头奶牛大声哞哞叫了起来,她们看样子已经有好大一会不舒服了。因为一天一夜没挤过奶,乳房快要涨破了。三头猪想了一下,便叫别的动物取来桶,很成功地给奶牛挤了奶,他们的蹄子很适合干这种活。很快便挤了五桶泛着泡沫的白牛奶,许多动物看得直咽口水。

“这么多牛奶怎么办?”有动物说。

“琼斯有时候会往我们的饲料里掺一点。”一只母鸡说。

“别管牛奶了,同志们!”拿破仑站到几桶牛奶前喊道,“以后自会处理。收割干草更重要,斯诺鲍同志带队,我随后就到。前进,同志们,干草在等着收割呢。”

动物们列队去地里收割干草。傍晚回来后,大家注意到牛奶不见了。

3

为了收割干草,他们出了多少力,流了多少汗!然而他们的努力得到了回报,因为收成甚至比期望的还要好。

这项工作有时很不容易:那些工具都是为人类而不是为动物设计的,没有一只动物会使用需后腿站立才可操作的工具,所以困难特别大。然而针对每种困难,那三头猪都很聪明地想出了解决办法。至于马,他们熟悉田里的每一英寸地方。事实上,他们对割草、耙地比琼斯以及他的手下在行得多。三头猪不干具体活,只是指导和监督别的动物。由于他们比其他动物懂得更多,自然担负起了领导之责。博克瑟和克洛弗会自己套上割草机或者马拉耙(如今当然根本不需要嚼子和缰绳)在田里稳稳当当地走了一圈又一圈,后面那头猪则视情况需要喊着:“驾,同志!”或者:“吁,同志!”每只动物,包括最不起眼的在内,都参与了干草的晾晒和堆存工作。就连鸭子和母鸡也不辞辛苦地在太阳底下整天跑来跑去,嘴里衔着一小束干草。结果,他们完成收割工作比琼斯和他的手下通常所需的时间少了两天。更不简单的是,这次的丰收创了农场上的新记录,未出现任何浪费。母鸡和鸭子凭借锐利的眼睛,没漏过一根干草,而且农场上没有一只动物偷吃过,一口也没有。

那年整个夏天,农场上的活计像钟点一样进行得有条不紊。动物们感到快乐,因为之前从未想过会这样。既然食物如今真正属于他们自己,而不是由吝啬的主人所施舍,每吃一口,都会涌上强烈的、确定无疑的幸福感。因为百无一用、寄生虫般的人类已被赶走,大家都有更多东西吃。动物们也有了更多空闲时间,不过他们一时还不习惯。他们遇到了很多困难——例如那年晚些时候,收割了谷物后,因为农场上根本没有脱粒机,他们不得不以古老的方式脱粒，然后把糠吹走——但是凭着那几头猪的聪明才智和博克瑟无比强健的肌肉，总能克服困难。动物们无不佩服博克瑟。即使在琼斯时代，他也是个大劳力，现在他似乎顶得上三匹马。有时，农场上的全部活计好像全压到了他有力的肩膀上。一天到晚，他又拉又推，总是哪儿活最累哪儿就有他。他跟一只小公鸡说好早上提前叫醒他，比所有别的动物早起半个钟头。每天的正常工作开始前，只要哪儿看上去最需要，他就在哪儿义务地干点活。他对一切困难或者挫折的回答都是："我要更加努力工作！"——他已经把这句话当成自己的座右铭。

不过大家都是各尽所能。例如母鸡和鸭子收割时捡掉落的谷粒，挽回谷物损失达五蒲式耳。没有谁偷东西，没有谁抱怨自己吃得不好。争吵、咬斗和嫉妒原先司空见惯，如今已几乎绝迹。没有偷懒的——或者说几乎没有。没错，莫莉早上起得不够早，还习惯早退，理由是她蹄子里卡了石子。猫的行为有点古怪。不久大家注意到每次有活要干时，总是找不到猫去了哪儿。她会一连几个钟头不见踪影，吃饭时才露面，一副若无其事的样子。不过她总能说出无懈可击的理由，亲热地呜呜叫，让别的动物没法相信她会存有坏心。驴子老本杰明在造反后好像完全还是老样子。他干起活来还跟琼斯在的时候一样，迟缓而执着，从不偷懒，也从不主动多干活。对于造反及其带来的变化，他完全不发表意见。问他现在琼斯被赶走了，他是不是更开心，他只会说一句："驴子的命长，你们还没谁见过死驴子呢。"对这样难以琢磨透的回答，别的动物听了只得不再多问。

星期天不干活。早饭比平时晚一个钟头，饭后有个仪式，每周必有。先是升旗。斯诺鲍在挽具室找了块琼斯先生用过的桌布，用油漆在上面涂了一只蹄子和一只犄角。每个星期天上午都要在农场花园里升起这面旗。旗是绿色的，斯诺鲍解释说这代表英格兰的田野，蹄子和犄角代表将来的动物共和国。等到所有人类最终都被推翻后，就会成立这样的共和国。升完旗，所有动物列队进入大谷仓，参加称为大会的集会。在这样的会议上计划下一周的工作、提出议案并进行辩论。议案总是由那几头猪提出，别的动物知道怎样投票，却从来想不出议案。辩论时，斯诺鲍和拿破仑总是最活跃，远非其他动物所及。不过大家注意到这两位的意见永远不统一，一位提出建议，另一位肯定会反对。就算是已经通过决议——这件事本身谁也不反对——把果园那边和一小块草场辟为退休动物之家，他们也还就各种动物退休年龄的问题，展开激烈争论。大会结束时必唱《英格兰牲畜之歌》。星期天下午为娱乐时间。

那三头猪把挽具室当成自己的总部。傍晚时，他们从农舍的书本上学习打铁、木工以及其他有用的技艺。斯诺鲍忙于把别的动物组织成所谓的动物委员会。他乐此不疲。除了开办读写班，他还为母鸡们组织了产蛋委员会，为奶牛组织了洁尾联盟，为野生动物同志组织了再教育委员会（此委员会的目标是驯化老鼠和兔子），为绵羊组织了更洁白羊毛运动，还有很多别的名堂。总体而言，这些活动都以失败而告终。例如，本来想驯化野生动物，却几乎一开始便停顿不前。野生动物很大程度上跟以前一样，在被慷慨相待时，只会乘机占便宜。猫加入了野生动物再教育委员会，有段时间很积极。一天，有动物看到她坐在房顶上跟几只她够不着的麻雀说话。她告诉他们现在所有动物都是同志，不管哪只麻雀，愿意的话都可以过来落到她的爪子上，但是那几只麻雀仍对她敬而远之。

然而读写班取得了很大成功。到秋天时，几乎农场上的全体动物某种程度上都脱了盲。

至于猪们，他们已经能读会写，毫无困难。狗们在读的方面学得相当好，可是除了七诫，对别的都没兴趣读。山羊穆丽尔多少比狗们读得更好，有时候会在傍晚给别的动物读她在垃圾堆上找到的小片报纸。本杰明能和任何一头猪读得一样好，却从不利用他的这一能力。他说就他所知，没什么东西值得读。克洛弗字母全学会了，就是不会拼成词。博克瑟学到 D 就再也学不下去了。他会用他的大蹄子在土里描出 A、B、C、D，然后站在那里盯着这几个字母看，耳朵往后竖起，有时晃动额头上的马鬃，绞尽脑汁地想接下去是什么，却总是想不出来。的确，有几次他学了 E、F、G、H，可是等到他记住了这四个字母，却总是发现又忘了 A、B、C、D。最后他决定学会打头的四个字母就行了，每天把这几个字母写上一两遍来复习。莫莉除了组成她名字的六个字母，别的都不学。她会用小树枝很漂亮地堆出这几个字母，还会放上一两朵花作为点缀，然后转上几圈来欣赏。

农场上别的动物都是学了 A 就再也学不下去。还有一个发现：那些脑袋不灵的动物——例如绵羊、母鸡和鸭——记不住七诫。深思熟虑后，斯诺鲍宣布七诫实际上可以简化成一条准则，即："四条腿好，两条腿坏。"他说这句话概括了动物主义的基本原则。无论是谁，只要领会了这条，就不怕受到人类的影响。禽鸟们一开始反对，因为他们觉得自己好像也是只有两条腿，然而斯诺鲍向他们证明事实并非如此。

"禽鸟的翅膀，同志们，"他说，"是推进器官，而不是用来持物，因此应当被看做腿。人类的特殊标志是手，这是他干所有坏事的工具。"

禽鸟们听不懂斯诺鲍绕来绕去的话，然而接受了他的解释。所有低等动物开始努力记住这条新准则。"四条腿好，两条腿坏"题写在谷仓山墙上的"七诫"上方，字体比"七诫"更大。绵羊们刚会背，便对这条准则喜欢之至，卧在地里时，经常一起咩咩叫起来："四条腿好，两条腿坏！"一口气叫上几个钟头，从来叫不够。

拿破仑对斯诺鲍组织的委员会毫无兴趣。他说与为已经长成的动物做事相比，教育下一代更为重要。刚好杰西和蓝铃在收了干草后不久生了崽，总共生了九条健壮的小狗。刚断奶，拿破仑就把这九条小狗从他们的母亲那儿带走，说他会亲自负责他们的教育。他把他们领到一间阁楼上，只有从挽具室里爬梯子才能上去。他把小狗关在里面，与外界隔绝，结果农场上别的动物很快就忘了这几条小狗。

牛奶的去向之谜不久就解开了：每天都掺进了猪食。早苹果这时快熟了，果园里的草地上到处都有被风吹落的苹果。动物们想当然地以为这些苹果会平均地分给大家。然而有一天传下命令，说所有吹落的苹果都要收起来，送到挽具室让猪享用。其他动物对此议论纷纷，然而没用，猪们对此意见完全一致，就连斯诺鲍和拿破仑也是。"尖嗓"被派去向其他动物做必要的解释工作。

"同志们！"他喊叫道，"我希望你们不是在猜想我们猪这样做，是出于自私自利和特权思想吧？我们中间有很多实际上不喜欢喝牛奶、吃苹果。我自己就不喜欢嘛。我们吃这些、喝这些的唯一目的，就是保证我们的健康。牛奶和苹果——这已被科学所证实，同志们——里面含有让猪保持良好状态而绝对需要的物质。我们猪是脑力工作者，这间农场的管理和组织都有赖于我们。白天黑夜，我们都为你们的福祉操心，我们喝牛奶、吃苹果是为了你们。万一我们猪失职，你们知道会怎么样？琼斯会回来！对，琼斯会回来！一点没错,同志们,”“尖嗓”用几乎是恳求的语气叫道,一边蹦来蹦去,一边甩动尾巴,“你们中间肯定谁也不想看到琼斯回来吧?”

如果说那些动物有一件事可以完全肯定，那就是他们不想让琼斯回来。讲到这种程度,他们无话可说。让猪们有个好身体完全是不言自明的事。所以大家不再争论,同意牛奶和吹落的苹果(还有苹果成熟后的大部分)应当只留给猪们食用。

4

到夏天快过完时,动物农场所发生的事传遍了半个国家。每天,斯诺鲍和拿破仑放出一群群鸽子,指示他们混迹于附近农场的动物之中,告诉他们造反的事迹,并教他们唱《英格兰牲畜之歌》。

琼斯先生大部分时间都在威灵顿的红狮酒吧泡着,逢人便抱怨被一群完全不好好干活的动物从自己的地盘赶走,这真是天大的不公。别的农场主大体上抱以同情,可是一开始没怎么帮琼斯的忙。那些农场主心里暗自盘算怎样趁琼斯倒霉捞一把。幸好与动物农场相邻的两个农场关系一直不好。一个叫福克斯伍德农场,是个面积很大却管理不善的老式农场。大部分田地都长成了树林,草场都已废弃,树篱也很不像样。这个农场的主人皮尔京顿先生是个性格随和的绅士型农场主,视季节不同,大部分时间不是钓鱼就是打猎。另外一个叫品奇菲尔德农场,比前者小一点,经营得好一些。主人叫弗里德雷克先生,他精明难缠,官司不断,出了名地斤斤计较。这两个农场的主人互相看不顺眼,难以达成任何协议,即便是为了保护自身利益。

不管怎样,他们都被动物农场上的造反彻底吓坏了。为了不让自己农场上的动物对此知道得太多,他们劳心费神。一开始,他们嘲笑动物居然能自己管理农场,整件事会在两周内玩完。他们还散布谣言说曼纳农场(他们坚持叫它曼纳农场,因为容忍不了动物农场这个名称)的动物们一天到晚你争我斗,就快饿死了。随着时间的推移,那些动物显然没有饿死时,弗里德雷克和皮尔京顿又换了腔调,开始谈论当前动物农场上处处可见的丑恶现象。据说那些动物弱肉强食,用烧红的马蹄铁互相折磨,把母的当成共有的加以霸占。这是违背自然法则进行造反的结果,弗里德雷克和皮尔京顿说。

然而大家对这些说法绝不会全信。各种语焉不详且越传越走样的小道消息继续传播,说那是家很不简单的农场,人类被赶走了,动物们自己管理自己的事。整个那一年,造反浪潮席卷了农村地区。一向温顺的公牛突然变得凶猛,奶牛踢翻奶桶,绵羊弄倒树篱并啃吃苜蓿,猎马[①]不肯跃过障碍并把骑马的甩到另一边。最重要的是,《英格兰牲畜之歌》的调子甚至歌词无处不知,已经以惊人的速度传播开来。人类一听到这首歌便怒不可遏,尽管他们假装不屑地称这不过是首荒唐可笑的歌, 说他们不明白动物竟学会唱这种臭垃圾玩意儿。任何动物被逮住唱这首歌,都会当场挨顿揍。然而这首歌是禁不掉的。乌鸫在树篱里唱这首歌,鸽子在榆树的枝干间唱,而且混进了铁匠铺的丁当声,混进了教堂的钟声。从这首歌里,人类因听到对他们终将灭亡的预言而暗自发抖。

十月初,谷子已经收割上垛,部分已经脱了粒。这天,一群鸽子疾飞而来,万分激动地落在动物农场的院子里。琼斯和他的全体手下,还有来自福克斯伍德及品奇菲尔德农场的六个人,已经进了五道栅的大门,正沿着通向农场的马车道行进。他们都拿着棍子,琼斯拎了一杆枪在前面领头。显然他们想夺回农场。

这早在预料之中,一切都已安排妥当。斯诺鲍负责保卫行动,他已经研究了一本关于尤利乌斯·恺撒打仗的书,是在农舍里找到的。他很快发号施令,不出几分钟,动物们便各就各位。

当那伙人接近农场棚圈时,斯诺鲍发起了第一轮攻势。所有鸽子——数量达三十五只——在那伙人的头顶飞来飞去,从空中往他们身上拉屎。趁他们应付此事时,埋伏在树篱后面的鹅冲出来猛啄他们的腿肚子。不过这只

① 猎马:指为狩猎而驯养的马,尤其指奔跑速度快、体型强壮、善于跳跃障碍物的马。

是个小小的伏击战术，目的是造成些微混乱，那伙人没怎么费事就用棍子把鹅赶走了。这时斯诺鲍发起第二轮攻势，穆丽尔、本杰明和全体绵羊由斯诺鲍领头冲上来，全方位进攻那伙人。他们多数又顶又撞，只有本杰明是转过身用小蹄子尥。然而人类凭借棍子和钉了平头钉的靴子，再次占了动物的上风。突然，斯诺鲍发出一声尖叫，这是退却的信号，所有动物转头从大门处窜回了院子。

那伙人一阵欢呼。他们看到——是他们的想象——敌人逃跑了，便乱哄哄地追了上去。这正中斯诺鲍的下怀。他们刚刚全部进了院子，埋伏在牛棚里的三匹马、三头奶牛和其余的猪突然从后面包抄，截断他们的退路。斯诺鲍此时发出进攻的信号，率先冲着琼斯扑过去。琼斯看到他过来，举枪放了一响。铅弹在斯诺鲍的背部擦了几条血道，一只绵羊倒地毙命。斯诺鲍一刻也没耽误，用十五英石[①]重的身躯撞向琼斯的腿。琼斯被撞翻到一个粪堆上，手里的枪飞了出去。然而最令人闻风丧胆的是博克瑟，他像匹种马一样，后腿撑地站立起来，用钉了蹄铁的蹄子蹬人。只一下，便蹬中福克斯伍德农场一个马房伙计的头。他趴倒在地，一动不动了。几个人见状，扔掉棍子便想跑。他们惊慌失措，众动物立刻追得他们在院子里团团转。动物们又是顶，又是踢，又是咬，又是踩。农场上没有一只动物不以自己的方式来报仇雪恨，就连猫也突然从屋顶跳到一个养牛工的肩膀上，狠挠他的脖子，让他撕心裂肺地惨叫。趁着有一会儿门口没动物挡着，那伙人万分庆幸能冲出院子，向着大路逃窜。就这样，他们进攻后还不到五分钟，就顺着来时走的路可耻地败退了。一群鹅嘶叫着在后面追赶，一路啄他们的腿肚子。

那伙人全跑了，除了一个。回到院子里后，博克瑟用蹄子拨弄那个脸朝下浸在泥浆里的马房伙计，想把他翻过来。那人一动不动。

“他死了。”博克瑟伤心地说，“我根本没想那样做，我忘了我蹄子上有蹄铁。谁会相信我不是有意的呢？”

“别感情用事了，同志！”斯诺鲍喊道，他的伤口还在滴血。“打仗就是打仗嘛。人只有死了才算是好人。”

“我不想杀生，即使杀的是人。”博克瑟一再说，眼里满含泪水。

“莫莉呢？”有动物大声说。

---

① 英石：英制重量单位，相当于十四磅。十五英石相当于九十五公斤左右。

事实上莫莉失踪了。有一阵子大家特别紧张，担心那伙人也许怎么样弄伤了她，要么甚至把她抢走了。然而到最后，发现她一头埋进了马槽的草料里。枪一响她就跑掉了。别的动物找到她之后返回院子，却发现马房伙计实际上只是被蹬昏，已经苏醒过来跑掉了。

动物们这时激动万分地重新集合在一起，无不扯着嗓子讲述自己在战斗中的功劳。他们马上即兴举行活动庆祝胜利。他们升起了旗帜，唱了几遍《英格兰牲畜之歌》，然后为被打死的绵羊举行了隆重的葬礼，在她的坟头种了一丛山楂。在坟前，斯诺鲍讲了一小段话，强调需要的话，所有动物都要准备好为动物农场献出生命。

动物们一致通过了决定，设立一种军事勋章——“一等动物英雄”——并当场授予斯诺鲍和博克瑟这一勋章。勋章是一个铜制奖章(实际上是在挽具室找到的几种黄铜马饰)，可以在星期天以及节日时佩戴。还设立了“二等动物英雄”勋章，追授给战死的那只绵羊。

关于这次战斗应如何命名，动物们讨论得很热烈。最后定为“牛棚之战”，因为伏击地点是在那里。动物们发现琼斯先生的枪掉在泥淖里，又知道农舍里有弹药，于是决定在旗杆根处像炮一样支起那杆枪，一年放两次——一次是在十月十二日，即“牛棚之战”的周年纪念日；一次是在夏至节：造反纪念日。

5

冬天快到了，莫莉越来越难管。她以睡过头为托辞，天天干活姗姗来迟；她抱怨说不出哪儿疼，胃口却出奇之好。她用尽借口在工作时开溜，来到饮水池塘，愚蠢地站在那里凝视自己的倒影。然而还有传言，涉及到性质更严重的事件。一天，正当莫莉无忧无虑地漫步走进院子——甩动长尾巴，嚼着一根干草时，克洛弗把她叫到一边。

“莫莉，”她说，“我要跟你谈一件性质很严重的事。今天早上，我看到你往动物农场和福克斯伍德农场之间的树篱那头张望。皮尔京顿先生的一个手下站在树篱那头。而且——我离得很远，可是我几乎敢肯定我看到了——他在跟你说话，你还让他摸你的鼻子。这是怎么回事，莫莉？”

“他没有！我没让他摸！没这回事！”莫莉大声说，来回腾跳，还用蹄子刨土。

“莫莉！看着我。你能以名誉保证那人没摸你的鼻子吗？”

“没这回事！”莫莉一再说，可她不敢看克洛弗，接着撒蹄跑掉，一溜烟跑进田里。

克洛弗心头一动。她没跟别的动物说，径直去了莫莉的马厩，用蹄子翻秸秆。在那下面，藏了一小堆糖块和几束不同颜色的饰带。

三天后，莫莉失踪了。一连几周下落不明。后来鸽子报告在威灵顿镇的另一头看到过她，套在一辆漆成红黑两色的漂亮马车上。那马车停在一间酒馆外面。一个穿格子纹马裤、脚蹬一双长统橡胶靴的红脸膛胖男人——看样子像是酒馆老板——在摸她的鼻子，还喂她糖吃。她的鬃毛刚修剪过，额毛上绑了根鲜红色饰带。她看上去自得其乐，鸽子说。从此以后，再也没有哪只动物提起莫莉。

一月时，天气变得很恶劣。土地硬得像铁板，田里什么活也干不了。在大谷仓开了很多次会，猪们忙于为开春制订工作计划。大家已经同意农场上的所有政策问题，皆由显然比其他动物都要聪明的猪来决定，但是要获得多数赞成票方可通过。要不是斯诺鲍跟拿破仑存有争执，这样安排本来很管用。只要有可能产生意见分歧，这两头猪就必定各执己见。一个建议多种大麦，另一个笃定要求多种燕麦；一个说哪块地很合适种卷心菜，另一位会声称这块地只能种块茎作物，别的什么也种不了。两头猪各有各的追随者，有时争论得很激烈。在大会上，斯诺鲍因为口才极佳，常常能争取到多数动物的支持；拿破仑则更善于在休会期间为自己拉票，他在绵羊那里说话特别管用。最近，绵羊随时随地会咩咩叫起“四条腿好，两条腿坏”，常常导致会议中断。有动物发觉尤其是斯诺鲍讲到关键地方时，他们很可能会突然发出“四条腿好，两条腿坏”的咩咩叫声。斯诺鲍仔细研究了他在农舍里找到的《农场主和畜牧业者》杂志过刊，满脑子革新及改进计划。他学识渊博，满口农田排水沟、青贮饲料和碱性炉渣等术语；他还设计出复杂的计划，让所有动物每天在不同地点把粪便直接排进田里，省得还要运过去。拿破仑自己什么计划也不拿出来，却沉着地说斯诺鲍的计划根本是白费劲，一副走着瞧的样子。他们争执了那么多次，最激烈的莫过于建造风车之争。

狭长的草场上有个小丘，离农舍不远，是农场的制高点。实地研究过后，斯诺鲍宣布那里适合建风车，可以用来带动发电机，为农场供电。电会照亮畜栏，冬天时，还可以为动物供暖，并且能用上圆锯、谷糠粉碎机、甜菜切片机以及电动挤奶机。动物们以前对这些全都闻所未闻(因为这是个老式农场，只有最简陋的机械)。他们目瞪口呆地听斯诺鲍描绘这些不可思议的机器。机器可以替他们干活，他们则悠闲地在地里吃草，或者通过读书和聊天长见识。

几周之内，斯诺鲍的风车设计图便全部画好。机械方面的细节主要来自琼斯先生的三本书：《改善家居一千例》、《大家来动手》和《初级电工》。斯诺鲍把一间以前用于孵小鸡的窝棚当做工作间，因为里面有平整的木地板，适合画图。他把自己关在里面，一待就是几个钟头。他把书本摊开，用石头压着，用蹄子的关节夹着一截粉笔。他会兴奋地快步走来走去，画出一条又一条线条，嘴里兴奋地轻声哼唧。渐渐地，设计图变成了许多曲柄和齿轮的复杂组合，占了地板上超过一半的地方。别的动物完全看不懂，但是很叹服。他们全都每天至少会来一次，观看斯诺鲍的绘图。就连母鸡和鸭子也来了，他们小心翼翼，避免踩到粉笔线条上。只有拿破仑漠不关心，一开始就宣布自己反对建风车。然而有一天，他出乎意料地来看设计图，偶尔嗤笑一两声。他站了一会儿，用眼角端详，随后突然抬起腿，往设计图上撒了泡尿，一言不发地走了出去。

整个农场在风车一事上意见十分对立。斯诺鲍不否认建风车是项艰巨的任务，必须运来石头垒墙，制造风车叶片，还需要发电机和电线。(怎样得到这些东西，斯诺鲍没讲。)但是他坚持认为全部可以在一年内完成，并声称大功告成后，就可以少干很多活，动物们只需要每周干三天活。另一方面，拿破仑表示反对，说当前最紧迫的是增加粮食产量。如果把时间浪费到建风车上，他们都会饿死。动物们自动分成两派，各有各的口号："支持斯诺鲍，每周干三天"和"支持拿破仑，天天管吃饱"。只有本杰明两派都不参加，他既不相信食料会更充足，也不相信风车会让动物少干活。他说，管他有没有风车，日子会照常过下去——也就是说，糟糕地过下去。

除了有关风车的争端，还有农场的保卫问题。大家完全明白，尽管在牛棚一战中人类吃了败仗，他们仍然可能再次企图夺回农场，让琼斯先生复位，而且会更志在必得。他们有无比充分的理由这样做，因为他们被打败的消息传遍了乡间，导致邻近农场的动物从来没那么不听话过。斯诺鲍和拿破仑照例意见不合。拿破仑认为农场上的动物必须要做的，是得到武器并训练自己学会使用。而斯诺鲍认为，他们必须派出越来越多的鸽子去其他农场的动物中煽动造反。前一位提出倘若他们无力自卫，就必然被征服，另一位则称如果到处造起反来，他们便不需要自卫了。那些动物先是听拿破仑说，然后听斯诺鲍说，无法确定究竟谁说得对。的确，他们总是发现自己当时在听谁讲话，就赞同谁的观点。

最后到了斯诺鲍的设计图完成之日。在紧接着的星期天会议上，将投票决定是否开始建风车的问题。动物们在大谷仓里集合后，斯诺鲍站起来，尽管偶尔被绵羊的咩咩叫声所打断，他还是讲述了自己主张建风车的理由。然后拿破仑站起来回应。他很是心平气和地说建风车是异想天开，建议大家不要投票支持，说完马上坐下。才说了几乎不到半分钟，好像对自己讲话的效果几乎全无所谓。斯诺鲍听了腾地站起来，厉声要求再度咩咩叫起来的绵羊肃静，滔滔不绝、热情洋溢地鼓吹建风车的好处。至此，动物们对斯诺鲍和拿破仑两者的感情所向还几乎是一半对一半，然而很快，斯诺鲍的雄辩就把他们争取了过去。他用堂皇的语言，描述了动物们不再需要辛苦劳作后农场上可能出现的情景。他的想象力已经远不限于谷糠粉碎机和甜菜切片机，他说可用电力开动脱粒机、犁、耙、磙子、收割机和割捆机，电力还能为每个厩舍提供自用的电灯、冷热水和一台电取暖器。等他说完后，投票结果会怎样已经没有疑问了。可就在此时，拿破仑站起来，奇怪地睨视了斯诺鲍一眼，发出一声尖厉的嘶叫，以前谁也没听他发出过这种声音。

马上，从外面传来一阵可怕的狂吠，九条戴着铜钉项圈的大个头猛犬冲进谷仓,直扑斯诺鲍。后者幸亏原地奋力一跃,才躲过他们的撕咬。一转眼,他就跑出谷仓,几条狗在后面追赶。动物们全都又惊又怕,说不出话,拥出门外看这场追逐。斯诺鲍飞快地跑过通向大路的长条草场。作为一头猪,他跑得也只能那么快了,可是几条狗紧追不舍。突然,斯诺鲍滑倒了,好像狗肯定要追上他了。马上斯诺鲍又起身,以前所未有的速度奔跑。接着狗越追越近,其中有一条几乎咬到了斯诺鲍的尾巴,斯诺鲍迅速甩尾,这才逃脱。然后他又做了个冲刺,只差几英寸就会被咬到。他从树篱间的一个洞挤出去,再也看不到了。

动物们一片默然,被吓坏了,慢腾腾地回到谷仓。不一会儿,几条狗又跑了回来。一开始,谁也想不出这几头畜牲是哪儿来的,然而很快就有了答案:他们就是拿破仑从其妈妈身边带走并私下养大的那几条狗。尽管还未完全长成,他们的个头已经很大,像狼一般面目狰狞。他们紧挨着拿破仑,大家注意到这几条狗对拿破仑摇尾巴,就像以前别的狗向琼斯先生摇尾巴那样。

拿破仑由一群狗簇拥着,走上了谷仓内那块凸起的地方。当初少校就是在那里讲话的。拿破仑宣布从此不再举行星期天会议,他说开这种会没有必要、浪费时间。以后与农场工作有关的全部事宜,都由猪组成的特别委员会来决定,他担任该委员会的主席。委员会将关门开会,之后再把他们的决定传达给其他动物。动物们仍要在星期天上午集合,向旗敬礼,唱《英格兰牲畜之歌》,听取有关下周安排的命令,但是不举行辩论。

尽管斯诺鲍被逐一事已经让动物们感到震惊,他们听到拿破仑如此宣布还是为之愕然。其中有几只本来会表示不满,只是想不出能说到点子上的话。就连博克瑟也略微感到困惑,他耳朵后拢,晃了几下额毛,很努力地想理清自己的想法,可是后来还是根本想不出该说什么话。不过在猪内部,有几头比较能言善辩些。前排的四头小肉猪尖叫着反对,他们全都呼的一下站起来,异口同声地发言。可是围坐在拿破仑旁边的那几条狗突然低沉而恐吓地吠叫,四头猪见状闭上了嘴,重新坐下来。接着绵羊们猛地咩咩大叫起来:"四条腿好,两条腿坏!"叫了快一刻钟,完全不可能有机会讨论。

事后,"尖嗓"受命在农场上转了一圈,向别的动物解释为何要改变以前的做法。

"同志们,"他说,"我相信这儿的每只动物都能体会到拿破仑同志为承担这一额外工作所做的牺牲。同志们,别以为当领导是件乐事!恰恰相反,这是种艰深而且繁重的责任。没有谁比拿破仑同志更相信所有动物一律平等,他求之不得要让你们决定自己的事。可是有时候你们可能会做出错误决定,同志们,那我们会怎么样呢?假如说你们当初听了有关风车的胡扯八道,支持斯诺鲍呢?斯诺鲍,我们现在知道,他根本就是个罪犯!"

"他在牛棚之战中作战勇敢。"有动物说。

"勇敢还不够。""尖嗓"说,"忠诚和服从更重要。说到牛棚之战,我相信早晚有一天,我们会发现斯诺鲍在这场战斗中的作用被极度夸大了。纪律,同志们,铁的纪律!这是我们今天的口号。走错一步,敌人就会打败我们。同志们,你们肯定不想让琼斯回来吧?"

话说到这个程度,别的动物再也无法反驳。他们当然不想让琼斯回来。如果星期天上午举行辩论会导致琼斯回来,那就一定别再辩论了。到这时,博克瑟已经把事情考虑了一番,并表达了大家的想法:"既然拿破仑是这样说的,那就必定正确。"从此,博克瑟就用上了"拿破仑永远正确"这句格言,作为对他个人座右铭"我会更加努力工作"的补充。

到这时,天气转好,春耕开始了。斯诺鲍曾在里面画风车设计图的窝棚一直关着门,大家都以为设计图已被擦掉。每个星期天上午十点,动物们在大谷仓里集合,听取下周工作的命令。老少校的头颅被从果园里挖出来,如今只剩下骨头,放在旗杆脚的一个树墩上,就在那杆枪旁边。升旗后,动物们被要求在进入谷仓之前排成一队,恭恭敬敬地经过那个头颅。如今,他们不再像以前那样坐在一起。拿破仑由"尖嗓"和另外一头叫做"小不点"的猪——他在创作歌曲和诗方面才能非凡——陪着,坐在平台前部,九条壮狗在他们旁边围成一个半圆形,别的猪坐在后面。其他动物则坐在谷仓内的中间位置,面对平台上的他们。拿破仑像军人那样粗声粗气地宣布有关下周安排的命令,然后全体动物唱一遍《英格兰牲畜之歌》就解散。

斯诺鲍被逐后的第三个星期天,动物们多少有点惊讶地听到拿破仑宣布最终还是要建风车。他根本没讲明自己改弦更张的理由,只是警告动物们此项额外任务将意味着异常艰巨的工作,可能需要减少他们的食料。然而,计划已经全部准备妥当,具体到了每个细节。过去三周内,一个由猪组成的特别委员会一直在准备计划。建造风车,再加上其他许多方面的改进措施,预计需花两年时间来完成。

当天晚上,“尖嗓”私下跟别的动物解释,事实上拿破仑从来不反对建风车。恰恰相反,一开始就是他主张建的,斯诺鲍在孵化棚地板上画的设计图实际上是从拿破仑的文件里偷去的。事实上,风车本来就是拿破仑自己的创意。有动物问,那为什么他当初如此强烈地反对呢?“尖嗓”此时一脸诡秘,说那正是拿破仑同志的精明之处。他一开始表现得反对建风车,那只是除掉斯诺鲍的一种手段,后者是个危险角色,影响极坏。现在既然斯诺鲍已被赶走,没有他来干扰,计划就可以付诸实施了。“尖嗓”说,这种做法就是所谓的策略。他重复了好几遍:“策略,同志们,策略!”一边跳来跳去,甩着尾巴,开心地大笑。动物们不是很清楚这个词的含义,但“尖嗓”的话那么有说服力,刚好跟着他的三条狗又叫得那么气势汹汹,他们便接受了他的解释,不再质疑。

6

那一整年里,动物们干活辛苦得如同奴隶,不辞劳苦,勇于奉献。然而他们干得很快乐,完全明白所做的一切,都是为了自己和子孙后代的利益,而不是为了一伙游手好闲、偷窃成性的人类。

整个春夏两季,他们每周都干活达六十个小时。八月里,拿破仑宣布星期天下午也要干活,完全是自愿参加,但是任何动物一旦缺席,所分食料将减半。即便这样,也发现需要撇下一些活不干。收成略逊于去年。两块地本来应该在初夏时种块茎作物,可是没有,原因是翻耕完成得不够早。可以预见,即将到来的冬天会很难挨。

风车建造中遇到了意外困难。农场上有个不错的石灰石采石坑，在一间外屋里也发现了很多沙子和水泥，这样全部建造材料都齐备了。然而动物们一开始无法解决的难题是怎样把石头砸成合适大小。好像非得用上鹤嘴锄以及撬棍不可，但是这些动物没有谁会使用这两种工具，因为他们都无法以后腿站立。只是在徒劳地忙碌几周后，才有动物想到奏效的办法，即利用重力。采石坑的底部到处都是巨型大石，实在太大了，不弄碎就没法用。动物们用绳子把这种大石头四周捆好，然后全体一起——奶牛、马、绵羊，任何能抓住绳子的动物，关键时候猪们甚至也不时帮一把——用尽力气，把石头一点一点慢慢拉上采石坑的顶部，然后从边上推下去，让石头掉到底部摔成碎块，石头碎了后再运输就相对容易些。马用马车拉，绵羊一块块地拖，就连穆丽尔和本杰明也自已套了辆轻便两轮马车，尽了自己的一份力。到了夏末，拉回来的石头已经够用，于是开始在猪的监工下建风车。

然而收集石头的过程又缓慢又费力。经常需要筋疲力尽地干上一整天，才能把一块大石头拖到采石坑的顶上，有时候推下去又没摔碎。好在有博克瑟，否则什么也干不成，他的力气好像相当于其他动物的全部力气加到一起。当石头开始往下滑，动物们发现自己被拖下小山而绝望地叫起来时，总是博克瑟用尽全力拖紧绳子，让石头不再下滑。看着他把大石头一点一点拖上坡，急促地喘着气，蹄尖紧扣着地，庞大的身躯上满是汗水，大家的钦佩之情油然而生。克洛弗有时警告他别劳累过度，而对博克瑟来说，他的两句口头禅“我要更加努力工作”和“拿破仑永远正确”似乎足以回答所有疑问。他跟小公鸡说好早上提前三刻钟叫醒他，而不是半个钟头。他闲下来时——如今很少有——会独自去到采石坑那里，不用别的动物协助，装好一车碎石，拉到风车建造地点。

尽管干活辛苦，动物们都过得不算糟糕。如果说他们得到的食物不比琼斯在的时候多，至少也不比那时少。只用养活自己，不用再去供养五个花天酒地的人，这个好处能抵消很多负面因素。在许多方面，动物们的做法效率更高，而且省力。例如像除草这种活能干得很彻底，人类望尘莫及。另外，因为没有动物偷东西，就不需要隔开草场和耕地，这样就在维护树篱和大门方面节省了大量劳力。尽管如此，随着夏日将尽，以前未曾料到的缺这缺那的情况开始暴露出来。需要石蜡油、钉子、绳子、狗饼干和马蹄掌用铁，这些在农场上全都无法制造。以后还需要种子和化肥。除了各式各样的工具，还需要建风车所需的机器。谁都想象不出怎样才能弄来。

某个星期天上午，动物们集合听指示时，拿破仑宣布他已经确定一项新政策。从现在开始，动物农场要跟邻近农场做生意，当然完全不是为了商业目的，而仅仅是为了取得急需的物资。必须首先考虑建造风车的需求，因此他已经安排好卖掉一堆干草和今年小麦收成的一部分。以后如果还需要钱，就不得不通过卖鸡蛋来补足，鸡蛋在威灵顿总是有市场的。拿破仑说，母鸡们应当乐于做出这种牺牲，作为她们对建造风车的特殊贡献。

动物们再次隐隐感到不安。永远不跟人类做交易，永远不从事买卖，永远不使用钱——在琼斯被赶走后所开的首次庆功会上，最早通过的决议中不是有这几条吗?动物们都记得曾经通过这样的决议，或者说他们自以为记得。拿破仑宣布停止开大会时抗议过的四头小猪怯生生地刚一开口，就被狗的狂吠吓得住了口。接着像通常那样，绵羊们突然又叫起"四条腿好，两条腿坏"来。暂时的紧张场面得以缓和。最后拿破仑举起蹄子要大家肃静，他宣布他已经全部安排好，根本不需要动物中的任何一位跟人类接触，显然大家都极不愿意那样，他打算独自挑起这项重担。有位住在威灵顿的律师温普尔先生已经同意担任动物农场与外界的中间人。每星期一上午，他会来动物农场接受指示。结束讲话时，拿破仑像往常那样喊了句："动物农场万岁！"唱过《英格兰牲畜之歌》后，动物们散会。

后来，"尖嗓"在农场上做了一轮安抚工作。他向动物们肯定地说从未通过决议禁止买卖及使用钱，甚至从未提议过，完全是想象出来的。追究起来，大概根子出在斯诺鲍散布的谎言上。有少数几只动物仍稍存怀疑，可是"尖嗓"狡猾地问："同志们，你们肯定这不是你们梦到的吗?这样的决议，你们有记录吗?写在哪儿呢?"自然不用说，这样的决议事实上从未形成书面文件，动物们便自认为记错了，不再多想。

每星期一，温普尔先生依约来到动物农场。他一脸狡黠之相，小个子，连鬓胡，是个生意很不怎么样的律师，但是足够精明，比别人更早意识到动物农场需要一个经纪人，看在佣金的分上，值得一做。动物们看着他来来去去有点害怕，并尽量避开他。然而看到四条腿站立的拿破仑对两条腿站立的温普尔发号施令，还是让他们陡生自豪之感，这也多少让他们觉得新做法并非完全不可接受。他们和人类的关系跟以前不太一样了。动物农场经营得蒸蒸日上,人类对它的仇恨丝毫没有减少。的确,他们比以前还要仇恨它。每个人都打心眼里相信这农场早晚会垮掉。最重要的是,风车建不成。他们会在酒馆里碰头,用图表向彼此证明动物农场的风车注定会倒塌,或者就算真的能建起来,也永远不可能发电。然而另一方面,尽管不情愿,他们还是对那些动物管理自身事务的效率有了一定的敬意。关于这点的表现之一,就是他们开始叫动物农场的正确名字,而不是自欺欺人地称之为曼纳农场。他们已经不再跟琼斯同仇敌忾,后者对夺回农场已不抱奢望,搬到他乡居住。除了通过温普尔,动物农场跟外界仍然全无接触。然而一直有谣言说,拿破仑准备跟福克斯伍德农场的皮尔京顿先生或者品奇菲尔德农场的弗里德雷克先生达成明确的买卖协议——不过人们又注意到,从来没说跟两者同时达成协议。

差不多在此前后,猪们突然搬进了农舍居住。动物们又一次好像记得早期曾通过决议禁止这样做,然而"尖嗓"再次成功地说服他们并非如此,他说绝对有必要让作为农场大脑的猪们有个安静的工作场所。比起单单住在猪圈里,这与领袖(最近他在提到拿破仑时,开始用"领袖"这一称号)的尊严更相符。尽管这样,在听说猪们不只在厨房里吃饭,把客厅当做娱乐室,而且睡在床上时,有些动物还是感到不安,博克瑟像通常那样说了句"拿破仑永远正确"后便不再多想,可是克洛弗因为记得绝对规定过不准睡在床上,就去了谷仓的山墙那儿,想辨认出上面所写的七诫。她发现自己只会读单个的字母,就找来了穆丽尔。

"穆丽尔,"她说,"给我念念第四诫。不是说过什么永远不得睡在床上吗?"

穆丽尔有点费力地拼了出来。

"这一条是,'任何动物不得睡在**铺有床单**的床上'。"她最后说。

很奇怪,克洛弗不记得第四诫提到过床单,但是既然墙上写着,就一定是那样写的。"尖嗓"刚好经过此处,后面还跟了两三条狗,他得以从正确的角度把整件事情解释一番。

"同志们,你们听说了,"他说,"我们猪现在睡在农舍里的床上,对吧?干吗不可以呢?你们肯定没有认为**床**在被禁止之列吧?床仅仅指的是睡觉的地方，厩里铺上一堆秸秆就可恰如其分地算成是一张床。禁止的是**床单**，那可是人类的发明。我们已经扯掉了农舍床上的床单，裹着毯子睡。这样的床也很舒服！但是我可以告诉你们，同志们，鉴于我们现在要做那么多脑力工作，床的舒服程度并未超出我们的需要。你们不会让我们得不到休息的吧，同志们？你们不会让我们累得无法尽职尽责吧？你们肯定不想看到琼斯回来吧？”

动物们马上要他放心，遂不再议论猪们睡在农舍里的床上这件事。几天后宣布从此以后，猪们要比其他动物晚一个钟头起床时，也没有谁提意见。

到了秋天时，动物们虽然疲劳，但是快乐。他们度过了艰苦的一年，在卖掉一部分干草和谷物后，过冬的食物储备根本不充裕，然而风车弥补了一切。这时风车已经建起一半。收割之后，一连许多天晴朗无雨，动物们更是前所未有地辛勤干活。他们一天到晚迈着沉重的脚步一趟趟拉石头，想着这样的劳作如果能把墙再垒高一英尺，还是很值得的。博克瑟甚至会夜里出来，借着明亮的月光独自再干上一两个钟头的活。不干活时，动物们会绕着建了一半的风车转上一圈又一圈，欣赏墙体的坚固和笔直，为自己竟能建成如此宏伟之物而惊讶。只有老本杰明仍然对风车缺乏热情，而是像平时一样，只是玄乎地说了句驴子的命很长，便不再开口。

到了十一月，西南风肆虐。因为雨水太多，无法拌制混凝土，工程不得不停工。终于有天晚上，大风刮得很凶，让棚圈整个儿摇摇晃晃，谷仓上有几片瓦被吹掉了。母鸡吓醒了，咯咯乱叫，因为她们都同时梦到远处传来一声枪响。第二天早上，动物们走出棚圈，发现旗杆被刮倒了，果园最边上有棵榆树也被像萝卜一样连根拔起。他们刚看到这里，就全都从喉咙里发出一声绝望的喊叫。他们看到了可怕的景象：风车成了废墟。

他们不约而同地冲向现场，很少跑起来的拿破仑冲在最前面。没错，倒在那儿，他们所有奋斗的成果，被连根毁掉了，他们如此费尽力气弄碎并拉来的石头散落在四周。一开始他们说不出话，而是站在那里沉痛地看着七零八落的石头。拿破仑一言不发地踱来踱去，偶尔在地上闻闻。他的尾巴变硬了，猛地甩来甩去，这是他正在苦思冥想的表现。突然他站住，似乎想明白了。

“同志们，”他沉着地说，“你们知道是谁捣的鬼吗？你们知道是哪个敌人半夜弄倒了我们的风车吗?是**斯诺鲍**!”他突然雷鸣般吼叫道,“是斯诺鲍干的!恶毒至极,妄图阻挠我们的计划,为自己被不光彩地驱逐出去而报复。这个叛徒摸黑溜进来,破坏了我们将近一年的工作。同志们,我在此宣布判处斯诺鲍死刑。谁能将他正法,就授予他‘二等动物英雄’勋章,并奖励半蒲式耳苹果。谁能活捉他,奖励一蒲式耳!”

得知斯诺鲍竟犯下如此罪行,动物们无比震惊。一阵怒吼后,大家开始考虑他胆敢再回来,该怎样捉到他。几乎是紧接着,小丘不远处发现了一头猪的蹄印,只延伸了几码远,不过好像通向树篱上的一个洞。拿破仑猛嗅蹄印,然后宣布是斯诺鲍留下来的。他讲了自己的看法,即斯诺鲍很可能是从福克斯伍德农场方向来的。

“别再耽搁了,同志们!”检查过蹄印后,拿破仑喊道,“还有工作要做。今天上午,我们就开始重建风车,我们整个冬天都要建造,不管天气怎么样。我们要给那个卑鄙的叛徒上一课,别想这么容易就破坏我们的工作。记住,同志们,我们的计划一定不能有任何改动,要一天不差地完成。前进,同志们!风车万岁!动物农场万岁!”

7

这是个严酷的冬天。风暴天气之后是雨夹雪,然后是下雪,接着是严重的冰冻,直到来年二月份才结束。动物们竭尽全力重建风车,心里很清楚外界在看着他们,万一风车未能如期建成,嫉妒的人类就会幸灾乐祸。

出于嫉恨,人类装做不相信是斯诺鲍破坏了风车,他们说风车之所以倒掉,是因为墙体建得太薄。动物们虽然知道并非如此,但这次还是把墙体垒到了三英尺厚，而不是原来的十八英寸，这就意味着需拉来的石头数量大增。在很长一段时间内，采石坑里全是积雪，什么活也干不成。在后来没有雨雪却有霜冻期间，总算有了点进展，但是工作无比艰苦，动物们对风车不再像以往那样满怀期望。他们总觉得冷，通常还吃不饱肚子，只有博克瑟和克洛弗从不灰心。“尖嗓”就奉献的快乐和劳动的高贵做了番很精彩的讲话，但是更能激励其他动物的，是博克瑟的力量和他永不气馁的呐喊：“我要更加努力工作！”

一月，食物开始短缺。谷类食料大幅削减，农场上宣布为了弥补，将会额外分发土豆。后来却发现窖里的土豆很大一部分都冻坏了——上面盖的土不够厚。土豆变软变色，只有少数可以食用。一连几天，动物们除了糠和甜菜别无可食。挨饿看来就在眼前了。

绝对必要的，是不让外界得知这一事实。人类对风车倒塌事件来了劲，此时正在捏造新的谎言，再次传言动物农场上的所有动物因为饥饿和生病濒临死亡，而且内讧不断，并开始同类相食，连没多大的也不放过。拿破仑完全意识到假如食物状况的真实情形为外界所知，后果将不堪设想，于是决定利用温普尔先生制造相反的印象。在此之前，温普尔先生每周来，动物们都跟他很少接触或者全无接触，但是这一次，几种挑选过的动物——主要是绵羊——得到指示要在温普尔先生能听到的范围内随意谈论食料增加了。另外，拿破仑又命令往仓房几乎全空的箱柜里装沙子，到快装满为止，然后在上面撒上仅剩的谷物和磨粉。之后用了个适当的借口，温普尔先生被领着穿过仓房，看到了那些箱柜。他上了当，继续向外界宣称动物农场上并未出现食物短缺现象。

然而到一月底时，凸现出来的问题是需要从不管哪儿再弄到点谷物。这期间，拿破仑很少公开露面，而是一天到晚待在农舍里，每扇门都由一条凶恶的狗看守。他不露面则已，一露面便阵势很大：由六条狗护卫，紧紧围着他。谁离得太近，狗就会叫。他甚至经常星期天上午也不露面，而是通过其他猪中的某一头来发号施令，通常是“尖嗓”。

某个星期天上午，“尖嗓”宣布母鸡——她们刚进来要下蛋——必须交出鸡蛋。通过温普尔，拿破仑已经接受了一份合同，每周提供四百个鸡蛋。卖鸡蛋的钱将用来购买足够的谷物和磨粉以维持农场生计，直到夏天形势好转为止。

母鸡们一听便大吵大闹。早些时候已经跟她们打过招呼有可能需要做出这种牺牲,但是她们不相信会来真的。她们就快攒好一窝蛋春天时抱窝,抗议说现在把蛋拿走,无异于谋杀。琼斯被逐后第一次出现了类似造反的情形。由三只年轻的米诺卡母鸡带头,母鸡们孤注一掷,决意不让拿破仑得逞,做法是飞到屋椽上下蛋,蛋掉到地下摔烂。拿破仑行动迅速而且无情。他下令停发母鸡的食料,并命令谁敢给一只母鸡哪怕一颗谷粒,都会被处死。狗负责监督执行命令。母鸡们坚持五天后投降,回到了鸡窝。在此期间死了九只鸡,尸体被埋在果园里,放出去的消息是她们死于球虫病。温普尔对此一无所闻,鸡蛋按时交货,一间杂货铺的货车每周来农场一次,把鸡蛋拉走。

这件事前前后后,都没有再见到斯诺鲍。传言他藏在邻近的两个农场之一,不是福克斯伍德便是品奇菲尔德。跟以前比起来,拿破仑现在跟别的农场主关系有所好转。院子里刚好有堆木料,十年前堆在那儿的,当时砍掉了一片山毛榉小树林。木料已经完全风干,温普尔曾建议卖掉,皮尔京顿先生和弗里德雷克先生都很想买下。拿破仑在两者之间拿不定主意。大家注意到每当他好像就要跟弗里德雷克达成协议时,就有人声称斯诺鲍藏在福克斯伍德;而在他倾向跟皮尔京顿达成协议时,就有传言说斯诺鲍在品奇菲尔德。

早春时突然出现了一件令大家恐慌的事。斯诺鲍常常趁夜里溜进农场!动物们很不安,以至于在棚圈里几乎睡不着觉。据说每天晚上,斯诺鲍摸黑溜进农场干尽坏事。他偷谷物,踢倒牛奶桶,打破鸡蛋,践踏苗圃,啃掉果树的树皮。每当哪儿出问题,通常都归咎于斯诺鲍。要是一扇窗户破了或者下水道阻塞,就肯定有动物说是斯诺鲍夜里跑来干的。库房里的钥匙丢了时,整个农场上的动物都相信是斯诺鲍把钥匙扔到了井里。很奇怪的是,就算又找到错放在一袋磨粉下的钥匙,动物们仍这样认为。奶牛们一致声称斯诺鲍夜里溜进来,趁她们睡觉把奶挤掉了,那年冬天一直惹是生非的老鼠据说也跟斯诺鲍结成了一伙。

拿破仑下令全面调查斯诺鲍的行为。他带着狗,开始对农场的棚圈仔细巡视一圈,别的动物恭敬地远远跟在后面。每走几步,拿破仑就停下来在地上闻,看有没有斯诺鲍经过的线索。他说他能够通过气味闻出来。他在谷仓、牛棚、鸡舍、菜园的每个角落都闻,几乎在每一处都发现了斯诺鲍留下的痕迹。他会用嘴拱地，狠狠闻几下，然后用可怕的声音大声说："斯诺鲍！他来过这儿！我能清清楚楚地闻到他！"那几条狗一听到"斯诺鲍"的名字，便一起呲牙狂吠，让其他动物心惊胆战。

动物们完全被吓坏了。在他们看来，斯诺鲍尽管不在，却余威犹存，周围的空气里到处有他的影子，危机四伏，威胁着他们。晚上，"尖嗓"把他们集合到一起，一脸惊恐，说有件重要的事情要通报大家。

"同志们！""尖嗓"大声说，一边紧张地跳来跳去。"我们发现了一件性质极为严重的事情。斯诺鲍卖身投靠了品奇菲尔德农场的弗里德雷克。他现在甚至正阴谋进攻我们，还要夺走我们的农场！进攻将由斯诺鲍领头发动。可是还有比这更严重的呢。我们本以为斯诺鲍的叛变只是因为他自负，有野心。可是我们错了，同志们。你们知道真正的原因是什么？斯诺鲍一开始就跟琼斯是一伙的！他一直是琼斯的特务，这已被他留下的文件所证明。我们刚刚发现了这些文件。依我看，这可以解释很多事情，同志们。在牛棚之战中，他企图让我们打败仗、被消灭，幸亏没成功。难道我们自己还看不出来？"

动物们惊呆了。斯诺鲍这一邪恶之举远远超过了他对风车的破坏。但是动物需要几分钟时间才能接受此事。他们都记得，或者说自以为记得斯诺鲍是怎样在牛棚之战中冲锋在前的；在每个关头，他是怎样让他们重整旗鼓、激励他们的；还有甚至在琼斯开枪用铅弹打伤他的背部之后，他是怎样一刻也没有停止战斗的。一开始，怎么把这些情况和他跟琼斯是一伙的对得上，还是有点困难。就连很少提问题的博克瑟也大惑不解。他躺了下来，把前蹄缩在身下，闭上眼睛，好不容易才理顺了自己的思路。

"我不相信。"他说，"斯诺鲍在牛棚之战中英勇战斗，我亲眼看到的。我们难道不是后来马上就授予了他'一等动物英雄'勋章吗？"

"那是我们的失误，同志。因为我们现在知道——全都写在我们发现的秘密文件上——事实上他当时企图把我们引入绝境。"

"可是他负伤了，"博克瑟说，"我们全都看见他流着血还在跑。"

"那是安排好的！""尖嗓"喊道，"琼斯开枪只擦破了他的皮。你识字的话，我可以给你看看他自己是怎么写的。这个阴谋是让斯诺鲍在关键时刻发出逃跑的信号，把战场拱手让给敌人。差一点点他就成功了——我甚至可以说，同志们，要不是有我们英勇的领袖拿破仑同志，他本来就要得逞了。琼斯一伙冲进院子，斯诺鲍转身就跑，还有很多动物跟着他，你们还记得吧？就在那时，正当大家都惊慌失措，好像大势已去时，拿破仑同志喊了声‘消灭人类’并扑上去咬住琼斯的腿。你们难道不记得了？同志们，这你们肯定都记得吧？”“尖嗓”大声说着，一边蹦来跳去。

既然“尖嗓”对当时情景描述得如此形象，动物们似乎真的觉得自己想起来了。反正他们记得在那场战斗的关键时刻，斯诺鲍曾经转身就跑。但博克瑟还是有点不放心。

“我不相信斯诺鲍一开始就是叛徒，”他最后说，“他后来的表现另当别论，可是我相信在牛棚之战中，他是个好同志。”

“我们的领袖，拿破仑同志，”“尖嗓”一字一顿、不容置疑地宣布道，“已经明确指出——明确地，同志——斯诺鲍一开始就是琼斯的特务——对，在首次出现造反这个概念前很久。”

“啊，那就不一样了！”博克瑟说，“既然是拿破仑说的，那就肯定正确。”

“就该这样想，同志！”“尖嗓”喊道，可是有动物注意到他那双闪烁的小眼睛狠狠盯了博克瑟一眼。“尖嗓”转身要走，却又停下脚步说了一句让大家想了很久的话：“我警告农场上的每只动物，大家要睁大眼睛，因为我们有理由认为斯诺鲍的几个特务此刻正潜伏在我们中间！”

四天后的一个傍晚，拿破仑命令全体动物在院子里集合。聚齐后，拿破仑从农舍里出来，两枚勋章都佩戴着（因为他最近授予自己“一等动物英雄”勋章和“二等动物英雄”勋章），他的九条大狗围着他跳来跳去，叫得所有动物都脊背发冷。他们都不出声地原地缩成一团，似乎预感到即将发生什么可怕的事。

拿破仑站在那里威严地扫视听众，然后发出一声尖叫，四条狗立刻冲上去，咬住四头猪的耳朵，把他们拖到拿破仑脚前，四头猪又疼又怕地尖叫着，耳朵流着血。四条狗因为尝到了血，有一阵子好像完全疯掉了。让大家都感到惊讶的是，三条狗不待听到信号便扑向博克瑟。博克瑟看他们扑过来，扬起巨蹄，凌空截住一条狗并把它按在地上。这条狗尖叫着求饶，另外两条夹着尾巴跑掉了。博克瑟看看拿破仑，不知道该踩死这条狗还是放掉。拿破仑好像变了脸色，厉声命令博克瑟放掉狗。博克瑟听到后抬起蹄子，那条狗溜掉了，身上带着伤，一路尖嚎。

很快，这场骚动平息下来。四头猪浑身发抖地等候发落，他们脸上处处表现得有罪，拿破仑这时要他们坦白。他们就是拿破仑宣布取消星期天大会时提出抗议的那四头猪，没有谁再催他们，他们就坦白在斯诺鲍被赶走后，他们一直跟他保持联系，合谋破坏了风车，还同意和他一起把动物农场交给弗里德雷克先生。他们又说斯诺鲍私下向他们承认在过去几年里，他一直是琼斯先生的特务。他们坦白完后，几条狗立即咬开他们的喉咙。拿破仑声色俱厉地质问还有没有别的动物要坦白。

这时有三只母鸡走上前——她们在鸡蛋一事的未遂造反中起过带头作用——声称斯诺鲍出现在她们的梦里，鼓动她们违抗拿破仑的命令。她们也被当场杀掉。然后一只鹅出来，承认去年收割时私藏过六根谷穗并在夜里吃掉了。然后一只绵羊承认在饮水池塘里撒过尿——说是斯诺鲍唆使她这样干的。还有两只绵羊承认害死过一只老公羊——拿破仑的一位忠心耿耿的追随者，手段是在那头公羊咳嗽时，追赶他绕着野火堆跑了一圈又一圈。他们全被当场正法。如此这般，坦白和处决接二连三，直到拿破仑的脚前堆起一堆尸体，空气里弥漫着浓浓的血腥味。琼斯被驱逐后，还不曾出现过这种情况。

全部结束时，除了猪和狗，剩下的动物一起小心翼翼地离去。他们感到震惊，内心痛苦，不知道对哪样更感到惊骇——是跟斯诺鲍结成一伙的动物的背叛行为，还是他们刚刚目睹的残酷惩罚行为。过去也时常有流血场面，同样可怕，然而在他们全体动物看来，这次还要可怕得多，因为发生在他们中间。自从琼斯被赶出农场以来，直到今天之前，还不曾出现过一只动物杀害另一只动物的事，连老鼠也从没被弄死过。他们径直去了小丘那里，已经建成一半的风车就在小丘上。他们不约而同地躺下来，似乎是要挤在一起取暖——克洛弗、穆丽尔、本杰明、奶牛、绵羊和整群的鹅和母鸡。动物们都在，除了那只猫——她刚好在拿破仑命令集合前不见了。有一阵子谁也没说话，只有博克瑟还站着。他不安地走来走去，把他长长的黑尾巴嗖嗖地往身上甩，偶尔发出一小声惊慌的嘶叫。最后他说：

"我不明白。我本来不相信这种事情会发生在我们农场上，肯定是因为我们在哪方面犯了错误。依我看，解决办法是更加努力地工作。从今往后，早上我要提前起整整一个钟头。"

说完他脚步笨拙地小跑着走了，去了采石坑。那天晚上他一连装了两车石头并拉到风车那里，然后才回去睡觉。

动物们围着克洛弗挤在一起，一言不发。他们所躺的小丘上四面都能望出很远，动物农场的几乎所有地方都尽收眼底——延伸到大路的狭长草场、牧草地、矮树林、饮水池塘。犁过的田地上麦苗又密又绿，农场房屋的红色房顶那里，烟雾从烟囱里袅袅升起。这是一个晴朗的春日傍晚，太阳平射的光线给绿草和枝叶繁茂的树篱镀了一层金色。这个农场——他们有点吃惊地想起这是他们自己的农场，每英寸土地都是他们的——在这些动物眼里，以前从未感到如此值得珍惜。克洛弗望着小山坡，眼里充满了泪水。要是她能表达自己的想法，就会说这不是他们在决心为推翻人类而奋斗时确定的目标。那天晚上，当老少校首次鼓动他们造反时，这一幕幕恐怖和屠戮的场景不是他们期望看到的。如果她自己对未来有任何设想，那将是一个让所有动物免遭饥饿和鞭打的社会，一律平等，各尽所能，强者保护弱者，就像在老少校讲话的那天夜里，她自己用前腿保护那群失去母亲的小鸭子一样。相反——她不知道为什么——他们都到了这样一个时候，当狂吠的恶狗四处游荡时，没有谁敢说出自己的想法，还得看着你的同志在坦白了滔天罪行后被撕成碎片。克洛弗的脑子里从未想过造反或违抗命令，她知道即使有上述种种情形，他们也过得比琼斯在的时候要好得多，而且最重要的是防止人类卷土重来。无论发生什么事，她都会忠诚如一，努力干活，执行命令，接受拿破仑的领导。然而，这不是她和所有别的动物希望和奋斗的目标；他们建造风车、面对琼斯的子弹也不是为了这个目标。这是她所想的，然而她找不到合适的语言表达出来。

最后，她开始唱《英格兰牲畜之歌》，觉得这在某种意义上代替了她想不出来的话，坐在她周围的其他动物也跟着唱了起来，唱了三遍——很悠扬，但是缓慢而哀怨，之前他们从未这样唱过。

他们刚唱完第三遍，“尖嗓”带着两条狗走到他们跟前，看神色像是要宣布重要事情。他宣布根据拿破仑同志的特别命令，《英格兰牲畜之歌》被废止了。从今以后，这首歌禁止再唱。

动物们大吃一惊。

“为什么？”穆丽尔大声说。

"不再需要这首歌了,同志们。""尖嗓"语气生硬地说,"《英格兰牲畜之歌》是造反之歌,但是造反现在已经圆满结束,今天下午对叛徒的处决是最后一幕,农场内外的敌人都被打败了。在《英格兰牲畜之歌》中,我们表达了对将来更好社会的向往,但是这个社会现在已经建立,显然这首歌就完全无用了。"

有些动物尽管害怕,然而有可能的话,他们还是会抗议的。但就在此时,绵羊们又开始像往常那样咩咩叫起"四条腿好,两条腿坏"来,一连叫了几分钟,让他们无法开口。

就这样,再也听不到《英格兰牲畜之歌》了。取而代之的,是诗人"小不点"谱写的另外一首歌,它是这样开头的:

动物农场,动物农场,
我决不干危害你的勾当!

每个星期天上午升旗后都会唱这首歌。然而在动物们看来,这首歌无论是曲调还是歌词,怎么都比不上《英格兰牲畜之歌》。

8

过了几天,处决所引起的恐惧消退后,有的动物想起来——或者说他们自以为想起来——第六诫规定"任何动物不得杀害别的动物"。尽管谁也不想在猪或者狗能听到的范围内提起这件事,但仍有动物觉得杀戮不符合这条。克洛弗让本杰明给她读读第六诫,本杰明却照例说这种事他不愿意掺和，克洛弗就找来了穆丽尔，穆丽尔给她读了第六诫。它是这样写的：“任何动物不得无故杀害别的动物。”不知为何，动物们都不记得有过“无故”这两个字。但是他们现在看到并未违反这一诫，因为处死跟斯诺鲍结成一伙的那几个叛徒显然理由充分。

那一整年，动物们干活比上一年还要辛苦。修建风车——墙体比以前厚两倍——而且要在指定日期前完工，再加上农场上的日常工作，工作量极大。有时在动物们看来，跟琼斯还在的时候相比，他们好像干活时间更长，吃的也根本好不到哪儿去。每个星期天上午，“尖嗓”都会用蹄子捏着一张长纸条，给他们念一系列数字，以证明每类食物都比过去增产了百分之两百、三百或者五百，视种类而定。动物们找不到任何理由怀疑他的话，特别由于他们对造反前的情形记得不太清楚。然而仍会有些时候，他们觉得更愿意得到更多食物，而非听到更多数字。

如今，命令全都是通过“尖嗓”或者别的哪头猪发出，拿破仑自己常常一连两周不公开露面。确实露面时，侍驾的不仅有两条狗，还有只黑色的小公鸡在前方开道。他多少充当了号兵的角色，在拿破仑讲话之前响亮地啼叫一声。甚至有传言说在农舍里，拿破仑独自住一套房。他独自用餐，由两条狗在旁边服侍，还总是用带有英国王冠标志的德比郡瓷器——那些瓷器以前放在客厅的玻璃橱柜里。又有通告说每年除了另外两个纪念日，拿破仑生日那天也要鸣枪。

如今在提到拿破仑时，从来不会只称“拿破仑”，而总是以正式语气称“我们的领袖拿破仑同志”。那些猪乐于为他创造出新名称，诸如“全体动物之父”、“人类克星”、“绵羊的保护神”、“小鸭之友”等等。讲话时，“尖嗓”会泪流满面地提到拿破仑的智慧、他的慈悲心肠、他对全天下的动物——甚至而且特别是仍在其他农场上那些在无知中受奴役的动物——所怀的挚爱。把每一项成就以及每一次好运全归功于拿破仑已成为惯例。经常能听到一只母鸡对另一只说：“在我们的领袖拿破仑同志的指引下，我六天下了五个蛋。”或者两头奶牛在池塘边惬意饮水时大声说：“感谢拿破仑同志的领导，这水是多么甘美啊！”“小不点”写了首名为《拿破仑同志》的诗，完美地表达了农场上的这种普遍情感，该诗如下：

无父者之友！
幸福之源泉！
赐与食物之神！哦，看着您沉着而慑人的眼睛，
我的灵魂真像着了火！
您就像太阳高挂于天上，
拿破仑同志！

是您给予
所有动物以爱，
他们每天饱餐两顿，能在干净的秸秆上打滚；
无分大小的每种牲畜
在厩圈里安然入睡。
您的恩情无处不在，
拿破仑同志！

倘若我有头幼崽，
甚至在他远未长大之时，
他就应当学会对您忠诚，
对，他叫的第一声就是：
“拿破仑同志！”

拿破仑对这首诗感到满意，命令把它题写在大谷仓的墙上，与七诫相对。上方是拿破仑的肖像，侧面像，由“尖嗓”用白漆所画。

同时，由温普尔代理，拿破仑与弗里德雷克和皮尔京顿进行了复杂的谈判。那堆木料尚未卖掉。比较而言，弗里德雷克更急于买下，但是他不肯出合理的价钱。与此同时，流言再起，说是弗里德雷克跟他的手下正密谋进攻动物农场并毁掉风车。风车的建造令他嫉妒万分。据说斯诺鲍还躲在品奇菲尔德农场。仲夏时，让动物们感到恐慌的是听说有三只母鸡自首，供认她们在斯诺鲍的唆使下策划了一起谋害拿破仑的阴谋。她们马上被处以极刑。为拿破仑安全计，新的保卫措施出台。夜里有四条狗守着他的床，每个角有一

条;还有头名叫“粉红眼”的壮猪负责在拿破仑进食前品尝每样食物,以防被下毒。

差不多与此同时,有消息说拿破仑已经安排把那堆木料卖给皮尔京顿先生,也将就动物农场和福克斯伍德的某些产品达成长期易货协议。尽管是通过温普尔,拿破仑和皮尔京顿之间的关系到这时几乎算是友好。动物们不信任皮尔京顿,因为他是人;但是跟弗里德雷克相比,皮尔京顿还是好得多。对弗里德雷克,他们又恨又怕。随着夏日将尽,风车接近竣工之时,关于弗里德雷克和他的手下即将大举来犯的谣言尘嚣日上。据说弗里德雷克会率二十个人——全部以枪武装——来攻打他们。他已经贿赂了地方官以及警察,只要他能拿到动物农场的所有权文件,他们就绝不过问。这还不算,从品奇菲尔德那里传来了有关弗里德雷克对他的动物施以暴行的消息:他曾用鞭子抽死一匹老马,活活饿死数头奶牛,把一条狗扔到炉子里烧死,晚上让脚上绑了刀片的公鸡相斗以取乐。动物农场上的动物因听到自己的同志被如此虐待而义愤填膺,有时叫喊着请求全体出动攻打品奇菲尔德农场,赶走人类,解放那里的动物。但是“尖嗓”让他们切勿冲动行事,要相信拿破仑同志能够运筹帷幄。

然而,针对弗里德雷克的愤怒情绪继续高涨。某个星期天上午,拿破仑在谷仓里露面,解释说他从未考虑过把木料卖给弗里德雷克,他认为跟那种无耻之徒做交易有失身份。鸽子们仍被派出散布造反的消息,然而受命禁止在福克斯伍德落脚,还要放弃以前“消灭人类”的口号,改为“消灭弗里德雷克”。夏末,斯诺鲍的又一个诡计大白于天下。麦地里长满野草,经查是斯诺鲍有天晚上溜进来在种子里混了野草籽。参与此项密谋的一只鹅向“尖嗓”坦白了罪行,随即吞下致命的毒茄果自尽。这时动物们又得知斯诺鲍从未像许多动物以前相信的,被授予过“一等动物英雄”勋章,那只是牛棚之战后不久斯诺鲍自己散布的无稽之谈。他绝未被授勋,而是因在战斗中表现怯懦受到批评。跟以前一样,有的动物听后感到茫然,然而“尖嗓”很快便说服他们是他们的记忆出了错。

秋天时,经过艰苦卓绝、耗尽体力的奋战——因为几乎要在同一时间内完成收割——风车建成了。机器仍有待安装,温普尔正在洽购,但建筑部分已经完成。尽管他们缺乏经验、工具简陋、运气不佳并遭到斯诺鲍的背叛,然而在克服了种种困难后，他们一天不差地完了工！动物们筋疲力尽却感到自豪，他们绕着自己的杰作走了一圈又一圈。在他们眼里，比起第一次所建的风车，这次的似乎更加漂亮。另外，墙体也比上次的厚了两倍。这下子不用炸药是倒不了的了！他们想到自己何其辛苦，也想到等到风车片转动，发电机发电后，他们的生活将会发生多么大的变化——他们想到这一切，不再感到疲劳，而是一边蹦蹦跳跳地绕着风车跑，一边兴高采烈地叫。拿破仑本人由狗和小公鸡簇拥着，来视察此项竣工的工程，他亲自对动物们的成就表示祝贺，并宣布风车将被命名为"拿破仑风车"。

两天后，动物们被召集到谷仓参加特别会议。让他们目瞪口呆的是，拿破仑宣布他已经把那堆木料卖给弗里德雷克，弗里德雷克的马车第二天会前来运木料。就在拿破仑跟皮尔京顿表面上关系友好的整个期间，他实际上已跟弗里德雷克达成了秘密协议。

与福克斯伍德的所有关系都已断绝，并向皮尔京顿捎去了侮辱性的话。鸽子们已被告知要避开品奇菲尔德农场，并把口号从"消灭弗里德雷克"改为"消灭皮尔京顿"。同时，拿破仑让动物们放心，称动物农场即将受到攻击的说法完全是子虚乌有，另外所谓弗里德雷克对他的动物的残暴行为也被极度夸大了。这些谣言很可能都来自斯诺鲍的特务。现在看来，好像斯诺鲍到底没有藏在品奇菲尔德农场，事实上从未踏足过那个农场。他住在福克斯伍德，据说生活得相当奢侈。实际上在过去几年里，他一直从皮尔京顿处领取津贴。

猪们为拿破仑的足智多谋而欣喜若狂。通过表面上跟皮尔京顿友好，他让弗里德雷克不得不多出了十二英镑。但是拿破仑思维方式的高明之处，在于他谁也信不过，连弗里德雷克也信不过。弗里德雷克本来想用所谓的支票支付木料款，看着是一张纸，上面写着承诺付款的数额。但是他不是聪明的拿破仑的对手，拿破仑要求用真正的五英镑钞票支付，而且要在运走木料前交款。弗里德雷克已经付清款项，金额刚好够买风车所需的机器。

这期间，木料被迅速用马车拉走了。全拉完后，一次特别会议在谷仓举行，向动物们展示弗里德雷克所付的钞票。拿破仑佩戴着两枚勋章安卧在秸秆垫上，慈祥地微笑着。钱就在他身边，在从农舍厨房里取来的一个瓷盘上整齐地摞成一沓。动物缓慢地列队走过，一个个目不转睛。博克瑟伸过鼻子闻钞票，那些又轻又薄的玩意儿随着他的呼吸而沙沙作响、微微掀动。

三天后的真相大白掀起一场轩然大波。温普尔脸色煞白，骑着自行车急急赶来，把自行车往院子里一扔就直接进了农舍。紧接着，从拿破仑的住处传来愤怒的咆哮声。出事的消息像野火般传遍整个农场：钞票是假的！弗里德雷克分文未花就拉走了木料！

拿破仑马上召集全体动物，咬牙切齿地宣布缺席判决弗里德雷克死刑，称捉到弗里德雷克后会把他下锅煮了。同时，他警告动物们在领教了这一背信弃义的勾当后，要做最坏的准备，弗里德雷克和他的手下随时可能发动蓄谋已久的进攻。动物农场的各个路口都布置了岗哨，另外四只鸽子被派往福克斯伍德，带去和解的消息，希望能跟皮尔京顿重修旧好。

就在第二天，进攻开始了。动物们吃早饭时，负责瞭望的动物冲回来报告，弗里德雷克及其手下已经从五道栅的大门进来。动物们十分勇敢地迎战，然而这一次，他们未能像牛棚之战那次轻易取胜。对方有十五个人，带了六条枪，一有五十码近就开枪。动物们抵挡不住可怕的爆响及打到身上疼得钻心的铅弹，尽管拿破仑和博克瑟努力让动物们重整旗鼓，他们还是很快就被赶了回来，有的已经挂彩。他们藏在棚圈内，透过缝隙或者木板上的节孔小心地往外看。整个大草场，包括风车，已经落入敌手。一时间，甚至拿破仑好像也束手无策。他踱来踱去，尾巴硬硬地抽搐着，往福克斯伍德方向渴望地看了又看。皮尔京顿和他的手下如果肯出手相助，或许还能转败为胜。然而就在此时，之前一天被派出去的四只鸽子飞了回来，其中有一只带回了皮尔京顿答复的纸条，上面用铅笔写着："活该。"

与此同时，弗里德雷克和他的手下在风车附近停下来。动物们看着他们，发出一片泄气的咕哝声。只见两个人拿出一根撬棍和一杆大锤。他们要把风车砸倒。

"办不到！"拿破仑大声说，"我们把墙垒得很厚，根本没法砸，他们一星期也砸不倒。拿出勇气来，同志们！"

本杰明全神贯注地看着那伙人的一举一动。两个拿着大锤和撬棍的人正在靠近风车底部的地方钻眼。本杰明慢腾腾地点着头，几乎像是觉得有趣的样子。

"我明白了。"他说，"你们难道没看到他们在干什么吗？再过一会儿，他们就要往洞里填炸药了。”

动物们惊恐地等待着。此时不可能冒险从棚圈里的藏身处冲出来。过了几分钟，只见那些人四散奔逃，接着传来震耳欲聋的一声爆炸。鸽子飞了起来。除了拿破仑，所有动物都趴在地上，还捂住了脸。等他们再站起来，一大块黑云笼罩在原先风车所在之处。渐渐地，微风吹散了黑云，风车已荡然无存！

看到这副景象，动物们又有了勇气。对这一卑鄙可耻行为的愤怒压过了刚才的恐惧和绝望。他们高喊报仇，不待下令便一起冲了出去，直扑敌人。无情的铅弹像冰雹一样扫过来。这一次，他们不再顾忌。这是一场激烈的鏖战。那几个人不断开枪。动物们攻到跟前时，他们手里挥舞着棍子，还用沉重的皮靴乱踢。一头奶牛、三只绵羊、两只鹅被打死，几乎每只动物都挂了彩。就连在后面指挥战斗的拿破仑的尾巴尖也被铅弹扫了一下。不过那些人也并非毫发无损。博克瑟的蹄子踢破了三个人的头，一头奶牛用角顶伤了一个人的肚子，还有一个人的裤子几乎被杰西和蓝铃扯掉。作为拿破仑私人保镖的九条狗遵照指示，在树篱的遮挡下包抄对方。等这几条狗突然出现在那些人的侧翼凶猛地吠叫时，他们看到被包围的危险而惊慌失措。弗里德雷克对他的手下喊着要趁好就收，这些怯懦的敌人随即逃命去了。动物们一直追到田地边，趁他们挤过山楂树篱时，又踢了他们几脚。

动物们获胜了，但是疲惫不堪，伤口还在流血。他们一瘸一拐地慢慢地走回场院。看到阵亡的同志躺在草地上，他们流下了眼泪。有一阵子，他们悲哀地沉默着，在风车原来所在之处驻足。是的，没有了，他们的劳动成果几乎荡然无存！就连地基也有一部分被炸掉了。就算重建，也不能像以前那样，可以使用垮下来的石头。这次连石头也不见了，爆炸力把石头炸飞几百码远。就好像从来不曾有过风车。

他们接近场院时，不知何故在战斗中不见踪影的“尖嗓”跳跃着向他们跑来，甩着尾巴，满面笑容，一副高兴的样子。从农场棚圈方向传来一声枪响，低沉的轰鸣，动物们听到了。

“干吗开枪？”博克瑟问。

“为了庆祝我们的胜利！”“尖嗓”大声说。

“什么胜利？”博克瑟问道。他的膝盖在流血，还掉了一块蹄铁，蹄子也破裂了，后腿里中了十几粒铅弹。

“什么胜利，同志？我们难道没有把敌人赶出了我们的土地——动物农场的神圣土地吗？”

“可是他们毁掉了风车。我们花了两年才建造起来的啊！”

“有什么关系？我们会再建一座风车。想的话，六座我们也能建。同志，你是没看到我们的丰功伟绩啊。敌人曾经占领了我们脚下的这片土地。现在，由于拿破仑同志的领导——我们又夺回了每一寸土地！”

“就是说我们夺回了以前就拥有的东西。”博克瑟说。

“这就是我们的胜利。”“尖嗓”说。

他们一瘸一拐地走进院子。钻到博克瑟后腿里的铅弹让他感到刺痛，他预见到从头建造风车的任务之艰巨，而且在想象中又铆足劲想去完成。他第一次意识到自己十一岁了，也许他结实的肌肉已不比往昔。

然而当动物们看到飘扬的绿旗，听到枪声又响起来——总共开了七枪——而且听到拿破仑讲话祝贺他们的表现时，在他们看来，自己毕竟取得了一场伟大的胜利。他们为在战斗中牺牲的动物举行了隆重的葬礼。博克瑟和克洛弗拉着权当灵车的马车，拿破仑走在送葬行列的前排。整整两天都用来庆祝。动物们唱了歌，听了讲话，又鸣了几次枪。每只动物都额外分到一只苹果，每只鸟分到两盎司的谷物，每条狗分到三块饼干。此次战斗被宣布命名为风车之战，拿破仑又设立了绿旗勋章并将该勋章授予了自己。一片欢欣中，关于钞票的倒霉事被忘掉了。

几天后，猪们在农舍的地窖里找到一箱威士忌，最初占领农舍时竟然没发现。当天夜里，从农舍里传来大声唱歌的声音，让大家都感到吃惊的是，其中还夹杂了《英格兰牲畜之歌》的调子。九点半左右，有动物清清楚楚看到拿破仑戴着琼斯先生的旧圆顶礼帽在院子里飞跑，然后就钻进屋内看不到了。然而到第二天早上，农舍那边死气沉沉，一头猪的影子也看不到。快到九点时“尖嗓”才出现，走得慢腾腾的，垂头丧气，眼内无神，尾巴软绵绵地耷拉在后面，怎么看都像是患了重病的样子。他把动物们集合到一起，说他要宣布一则噩耗：拿破仑同志病危！

动物们一片悲叹声。农舍门外铺了秸秆，动物们踮着脚从上面走。他们含着泪，互相询问万一失去领袖他们该怎么办。有传言说斯诺鲍到底还是在拿破仑的食物里下了毒。十一点钟时,“尖嗓”出来再次宣布拿破仑弥留之际所做的最后一件事——颁布一条严厉的命令:饮酒将被处以极刑。

然而到傍晚时,拿破仑好像多少好了点。第二天早上,“尖嗓”又告诉他们拿破仑康复在望。当天傍晚,拿破仑重新投入工作。第二天,动物们得知他已指示温普尔去威灵顿购买几本关于酿酒和蒸馏的小册子。过了一周,拿破仑又下令开垦果园那头的小草场,那本来是计划留给退休后的动物吃草的。放出的话是那片草场肥力已尽,需要重新播种。但是不久大家得知,拿破仑想在那儿种大麦。

差不多在这前后出了件蹊跷事,几乎所有动物都不明所以。有天晚上大约十二点钟,院子里传来什么东西摔到地上的声音,很响亮。动物们都冲出棚圈。那天晚上有月亮,在大谷仓写有七诫的山墙根处,倒着断成两截的梯子。一时摔晕了的“尖嗓”四肢摊开躺在梯子附近。旁边有一盏提灯、一把油漆刷和一桶打翻了的白漆。几条狗马上把“尖嗓”围成一圈。他刚可以走路,就把他护送回农舍。动物们都摸不着头脑,除了老本杰明。他点着头,一副心知肚明的样子,却什么也没说。

然而几天后,穆丽尔独自看七诫时,发现其中又有一条动物们记错了。他们本以为第五诫是“任何动物不得饮酒”,却漏记了两个字。事实上这一诫是这样的:“任何动物不得饮酒**过量**。”

9

博克瑟开裂的蹄子过了很久才痊愈。庆祝胜利的活动结束不久,风车便开始重建。博克瑟一天也不肯休息,并把不让别的动物看出自己疼痛看做名誉攸关之事。晚上，他会悄悄地向克洛弗承认那只蹄子让他很受折磨，克洛弗把草药嚼成糊敷在那里。她和本杰明都力劝博克瑟别那么辛苦。“马又不是铁打的筋骨。”克洛弗对博克瑟说，可是博克瑟不听。他说他只剩下一个真正的雄心，即在他到达退休年龄前，看到风车建成在望。

一开始，在商定动物农场的规章制度时，所订的退休年龄为马和猪十二岁，奶牛十四岁，狗九岁，绵羊七岁，母鸡和鹅五岁，也一致同意老年补贴应当定得可观。然而一直到那时，还不曾有动物退休并享受补贴，不过这个话题最近谈得越来越多。如今既然果园那头的小草场被留作种大麦，就有传言说大草场的一角将围起来作为高龄动物吃草的地方。据说马的补贴将会是春夏秋季每天五磅谷物，冬季每天十五磅干草，公共节日会有一根红萝卜或一只苹果。明年夏天过完，博克瑟就满十二岁了。

这期间日子过得很艰难。冬天跟去年一样冷，食物甚至更为短缺。除了猪和狗，所有动物的食料都减少了。“尖嗓”解释说在食料上过于追求平等，与动物主义的原则相悖。反正他不费吹灰之力，就能向其他动物证明他们实际上并未出现食物短缺，不管表面如何。当然，他们发现有必要暂时调整食料（“尖嗓”总称为“调整”，从来不说“减少”），但是跟琼斯还在的时候相比，情况有了极大改善。“尖嗓”用尖细的嗓子列举了一连串数字，详细向他们证明跟琼斯在的时候比起来，他们有了更多燕麦、更多干草和更多萝卜。干活时间缩短了，饮用水质更好，寿命更长，幼崽成活率更高，栏厩里干草更厚，受虱子的侵扰更少。动物们相信了他说的每个字。的确，琼斯及其代表的一切到这时已经几乎淡出了他们的记忆。他们知道如今的日子过得艰辛而窘迫，经常挨饿和受冻，不睡觉的时候一般都在干活。然而无疑以前更糟糕。他们乐于相信这一点。另外，当时他们身属他人，现在他们则是自由的，这是关键所在，正像“尖嗓”每次总不忘指出的那样。

到这时要养活更多动物。秋天时，四头母猪差不多同时产仔，总共生了三十一头小猪。小猪的毛色黑白相间。鉴于拿破仑是农场上的唯一一头公猪，所以猜得出小猪的父亲是谁。后来在购买了砖和木料后，有通告称要在农场的花园里建一座教室。小猪暂时在农舍厨房里由拿破仑亲自教育。小猪在花园里锻炼，不鼓励他们跟别的动物幼仔玩耍。在这前后又有了条新规定，凡是猪和别的动物在小路上相遇，别的动物必须站到路旁。另外，所有猪无论职务高低，都有特权星期天在尾巴上佩戴绿色饰带。

农场那年取得了大丰收，然而还是缺钱。要为建教室购买砖头、沙子和石灰，也需要再次为买建风车的机器存钱。还要购买农舍里用的灯油和蜡烛，拿破仑自己餐桌上的糖（他禁止别的猪吃糖，理由是会让他们发胖），另外还有通常需要补充的东西，如工具、钉子、绳子、煤、铁丝、铁片和硬饼干等等。已经卖了一堆干草和一部分收获的土豆，卖鸡蛋的合同数额增加到每周六百个，结果那一年母鸡所孵小鸡数量勉强让鸡群总数持平。已经在十二月减少过的食料到二月时再次被削减。为了省油，栏厩内禁止点马灯。但是猪们却好像过得很舒服，事实上别的先不说，单从他们都长了膘这一点就说明问题了。二月底的一天下午，从小酒坊——靠近厨房那边，琼斯还在时就已废弃——飘出一股香浓而且吊胃口的气味，从院子里就能闻到。有动物说那是煮大麦的味道。动物们贪婪地在空气里嗅着，心想是不是晚饭给他们准备了热麦糊吃。然而热麦糊影子也没见到。到了星期天，有通知说从此以后，大麦全都要留给猪们。果园那头的地里已经种了大麦。不久传出消息，说是现在猪们每天分一品脱啤酒，拿破仑自己每天半加仑，总是盛在有皇冠标志的德比瓷汤盆里给他端上。

然而如果说他们要含辛茹苦，这也是能部分得到补偿的，那就是跟过去比起来，他们事实上活得更有尊严。歌唱得更多，听讲话和游行的次数更多。拿破仑命令每周都要举行一次所谓的自发游行，目的是庆祝动物农场的奋斗及胜利。动物们于指定时间放下活计，以军队队型在农场范围内来回正步行进，由猪打头，然后是马、奶牛、绵羊、家禽。狗们在游行队伍的侧翼，最前面的是拿破仑的黑色小公鸡。博克瑟和克洛弗总是共同举着一面绿色横幅，上面画着蹄子和角，标题是："拿破仑万岁！"之后是背诵为颂扬拿破仑而创作的诗歌。"尖嗓"会发言，陈述最近食物产量提高的详细情况，偶尔还放一枪。参加这种自发游行最积极的是绵羊，只要有动物抱怨（附近没有猪或狗时，少数动物的确会）他们在浪费时间，意味着要在冷地里站很久，绵羊们就注定会大声咩咩叫唤"四条腿好，两条腿坏"，让他们不得不闭嘴。动物们感到欣慰的是被提醒他们是自己真正的主人，干活是为了自己。就这样，有了唱歌、游行、来自"尖嗓"的数字、枪的轰响、小公鸡的啼叫和飘扬的旗帜，他们就能忘记自己在挨饿，至少有些时候能。

四月时，动物农场宣布成立共和国，需要选出一名总统。候选人只有一位，即拿破仑。他全票当选。就在同一天，有消息说又发现了新的文件，进一步揭露了斯诺鲍跟琼斯合谋的细节。现在看来不像动物们以前想象的那样，斯诺鲍只是设计让牛棚之战失利，并且公开跟琼斯并肩战斗。事实上，他居然替人类的队伍打头阵，嘴里喊着“人类万岁”冲上战场。有几只动物还记得看到斯诺鲍背上有伤口，那是拿破仑咬出来的。

仲夏时，几年没露过面的乌鸦摩西又出现在农场上。他一点没变，还是不干活，以跟以前同样的论调谈论起糖果山。他会落到一截树桩上，拍动黑翅膀，只要有听众就聒噪几个钟头。“同志们，在上边，”他会用大嘴巴冲着天空，一本正经地说，“在上边，你们能看到那块乌云，乌云那边——就是糖果山，那里是个安乐乡，我们这些可怜的动物都将永远不用干活！”他甚至声称他有一次飞得高的时候去过那里，看到了一望无垠的苜蓿，树篱上长着亚麻籽饼和糖块。很多动物信了他的话，他们盘算自己每天干活辛苦却还饿肚子，别处应该有个更好的世界，这不是合情又合理吗？难以琢磨透的是猪们对摩西的态度，他们一边不屑地称摩西宣扬的糖果山是骗人的，一边却允许他待在农场上，不用干活，每天还给他一吉耳[①]啤酒喝。

博克瑟的蹄子痊愈后，干活更是前所未有地卖力。的确，全体动物那一年都像奴隶一样干活。除了农场上一般的活，还要重建风车，给小猪建教室——从三月份就开始了。动物们有时受不了饿着肚子长时间干活，博克瑟却从不松懈。从他的言行和举止中完全看不出力气已不如往昔，只是他的外表有了一点点变化，他的毛色光泽不比以前，极为粗壮的腰腿部好像缩小了一点。别的动物都说：“等到春天草长出来，博克瑟就会长膘。”可是到了春天，博克瑟根本没长膘。有时在通向采石坑顶部的斜坡上，当博克瑟绷紧肌肉拖着一块大石头不让它往下滚时，好像他只能咬牙坚持才能站稳脚。每当此时，大家能看到他的嘴唇翕动，像是在说“我要更加努力工作”，他已经说不出话了。克洛弗和本杰明再次告诫博克瑟注意身体，可是他全当耳旁风。他的十二岁生日就快到了，他不在乎会怎样，只求在他开始享受补贴前能多储备石头。

一个夏天傍晚夜色较深时，农场上突然传言博克瑟出事了。他独自去往

① 容积单位，相当于一百四十二毫升。

风车那里拉一车石头。一点没错，传言是真的。几分钟后，两只鸽子急急飞回，带来了消息："博克瑟倒下了！他歪倒在地，起不来了！"

农场上有一半动物冲去风车所在的小丘处。博克瑟躺在那里，卡在马车的车杠中间。他脖子伸着，甚至无力抬头。他眼神呆滞，一侧身体因为出汗而毛色灰暗。一股鲜血从他嘴里流出。克洛弗在他身旁跪下。

"博克瑟！"她喊道，"你感觉怎样？"

"我的肺受伤了，"博克瑟虚弱地说，"没关系，我想你们没我也能把风车建好。已经储备了好多石头，反正我只能再干一个月了。说实话，我一直盼望着退休。也许因为本杰明也越来越老，他们会让他跟我同时退休，和我做个伴。"

"我们得赶紧想办法救他。"克洛弗说，"快，去一个人，把这里的情况告诉'尖嗓'。"

别的动物全都马上冲回去报告"尖嗓"，只有克洛弗和本杰明留了下来。本杰明躺到博克瑟旁边，默不作声地用长尾巴帮博克瑟赶苍蝇。差不多一刻钟后，"尖嗓"赶来了，一脸同情和关切之色。他说拿破仑同志在得知全农场最为忠心的劳动者遭遇不幸时极为悲痛，已经安排送博克瑟去威灵顿的医院接受治疗。动物们听了有点不安。除了莫莉和斯诺鲍，没有一头动物离开过农场，把自己的同志交到人类手里让他们感到匪夷所思。然而"尖嗓"很容易就让他们相信，让威灵顿镇上的兽医治疗博克瑟，比在农场上接受治疗更好。差不多过了一个钟头，博克瑟多少好了点。他艰难地站了起来，勉强一瘸一拐地回到了马厩。克洛弗和本杰明已经为他准备了一个舒服的秸秆垫。

随后的两天里，博克瑟待在马厩。猪们送来过一大瓶粉红色的药，他们在浴室药柜里找到的。克洛弗给博克瑟一日喂吃两次，饭后服用。晚上，她躺在博克瑟的马厩里陪他说话，本杰明则给他赶苍蝇。博克瑟说他对所发生的事不后悔。他能好利落的话，有可能再活三年。他期盼着在大草场一角安度晚年。那将是他第一次可以闲下来学习和增长知识，他说他打算把余生都用在学习字母表剩下的二十二个字母上。

然而，本杰明和克洛弗只有收工后才能陪博克瑟，拉货马车来拉走博克瑟时正值中午。动物们当时正在一头猪的监督下给萝卜除草。这时，他们万分惊讶地发现本杰明从农场棚圈那边飞奔过来，一边扯着嗓子叫喊。他们从来没见过本杰明情绪激动——事实上，大家都是第一次看到他飞跑。“快点，快点！”他喊道，“赶快来！他们要把博克瑟拉走了！”动物们不待那头猪发令，全都放下活计冲回农场棚圈。一点没错，院子里停了辆大货车，车厢门关着，拉车的是两匹马，车身有字母，坐在车夫位置的是个样子狡猾的人，戴着一顶矮顶圆礼帽。博克瑟的马厩已经空了。

动物们团团围着货车。“再见，博克瑟！”他们异口同声地说，“再见！”

“笨蛋！笨蛋！”本杰明喊道，一边绕着他们跳，一边用小蹄子踢地。“笨蛋！你们难道没看到车身上写着什么吗？”

动物们一下子愣住了，一时都不出声。穆丽尔开始拼读那几个词，可是本杰明把她推过去，在死一般的静寂中，他读道：

“‘阿尔弗里德·西蒙兹，威灵顿屠马、熬胶商，经销兽皮、骨粉。供应狗舍。’你们难道不明白？他们要把博克瑟运走杀掉啊！”

全体动物一阵惊叫。车夫座上那个人这时拿鞭子抽马，马轻快地把货车拉出了院子。全体动物跟在后面扯着嗓子喊。克洛弗挤到了最前面。货车开始加速，到了慢跑速度。“博克瑟！”她喊道，“博克瑟！博克瑟！博克瑟！”这时，好像博克瑟听到了外面的喧闹，他那张白条纹延伸到鼻子的脸出现在货车后面的小窗口处。

“博克瑟！”克洛弗声嘶力竭地喊道，“博克瑟！出来！赶紧出来！他们要带走你，把你弄死呢！”

全体动物一起喊道：“出来，博克瑟，出来！”然而货车已在加速，把他们抛得远远的。无法确定博克瑟是否已经听明白克洛弗的话。但是过了一会儿，窗口处看不到他的脸，货车里传出蹄子的踢打声，很响。他想踢开门跳下来。要是在以前，博克瑟几蹄就能把货车踢成碎片。但是天可怜见！他已经力不如前。不久，蹄子的踢打声越来越小，最后再也听不到了。绝望中，动物们转而恳求拉货车的两匹马停下来。“同志，同志！”他们喊道，“别把自己的兄弟拉去送命啊！”可是那两匹愚蠢的牲畜太无知了，不明所以，只是垂下耳朵加快速度。窗口处再也不能看到博克瑟的脸。太晚了，有动物想冲到前面关上五道栅的大门，可是货车转瞬冲出大门上了大路，随即就看不到了。大家再也没能看到博克瑟。

三天后，博克瑟被宣布多方医治无效，死于威灵顿的医院。“尖嗓”向大家宣布了这条消息，他说博克瑟弥留之际，他一直在旁守候。

“我从来没见过那么感人的场面！”“尖嗓”说，一边举起蹄子抹掉一滴眼泪。“直到最后一刻，我都在他旁边。最后他虚弱得几乎说不出话，气息微弱地对着我耳朵说他唯一伤心的，是风车还没有建好就去世。‘前进，同志们！’他轻声说，‘以造反的名义前进。动物农场万岁！拿破仑同志万岁！拿破仑永远正确。’这就是他的遗言，同志们。”

说到这儿，“尖嗓”突然换了副神态。他有一阵没吭声，小眼睛猜疑地扫来扫去，然后才继续说话。

他说据他所知，博克瑟被拉走时，流传过一个愚蠢而且性质恶劣的谣言。有动物注意到把博克瑟拉走的货车上写着“屠马商”，居然武断地说博克瑟是被送到屠马商那里。“尖嗓”说，竟然有动物如此愚蠢，简直不可思议。他甩着尾巴跳来跳去，一边气愤地大声说，毫无疑问，以他们对敬爱领袖拿破仑同志的了解，不会轻信那种话，难道不是吗?解释起来实在简单：那辆货车以前是屠马商的，兽医买了过来，只是还没来得及把原来的名字涂掉。这就是引起误解的原因。

动物们闻言如释重负。随后“尖嗓”继续绘声绘色、巨细无遗地讲述博克瑟的临终情形、他所得到的精心治疗和拿破仑在购买昂贵药物时的慷慨大度，动物们的最后一丝怀疑也被驱散了。博克瑟在幸福中死去，这让他们对自己同志的死没那么难受了。

星期天上午开会时，拿破仑亲自到场，并就博克瑟专门讲了一小段话。他说，没法把他们所哀悼的同志的遗体运回安葬，但是他已经命令用农舍花园里的月桂树枝做成一个大花环放在博克瑟的坟墓上。再过几天，猪们计划为博克瑟开一个纪念宴会。讲话的最后，拿破仑再次提到博克瑟喜欢的两则座右铭：“我会更加努力工作”和“拿破仑永远正确”。他说，全体动物也应该把这两则座右铭当成自己的座右铭。

在开宴会那天，从威灵顿来了辆杂货店的货车，给农舍里拉来一个大木头箱子。那天晚上传出了闹哄哄的唱歌声，之后的声音像是在激烈争吵，到十一点左右时，以一声很响亮的玻璃杯摔碎的声音结束。第二天直到中午，农舍里的猪全睡得死沉沉的。大家议论猪们不知道从哪儿弄了笔钱，又买了箱威士忌。

10

几年过去了。寒来暑往,动物们一个个走完了短促的一生。到后来,除了克洛弗、本杰明、乌鸦摩西以及几头猪,没有动物记得造反前的旧日子了。

穆丽尔死了,蓝铃、杰西和品彻都死了,琼斯也死了——死在外地一间酗酒流浪汉收容所里。斯诺鲍被忘掉了,博克瑟也被忘掉了,只有认识他的几位还记得。克洛弗现在是匹矮胖的老马,关节僵硬,眼里经常流黏液。她已经超过退休年龄两年,然而实际上,从来没有任何动物真正退休过,把草场一角留给高龄动物的话早就不再提起。拿破仑如今成了一头膘肥体壮的公猪,体重达二十四英石。"尖嗓"胖得看东西都困难。只有老本杰明还跟以前几乎一模一样,只是口鼻处的毛色更为花白。博克瑟死后,本杰明比以前更闷闷不乐,更少言寡语。

如今农场上的动物增加了许多,尽管赶不上早些年所期望的。很多动物在农场上出生。对他们而言,造反是口耳相传、模模糊糊的久远之事。其他的动物是买来的,来这之前,他们从未听谁说起过造反。如今农场上除了克洛弗还有三匹马。他们都很健壮,干活积极,是好同志,然而很笨,没有一匹能学会 B 之后的字母。他们全盘接受了灌输给他们的造反道理和动物主义原则,特别是从克洛弗——这几匹马对她尊敬得近乎孝顺——嘴里听到的那些。不过他们是否都能听明白值得怀疑。

农场更繁荣了,组织得也更好,甚至因为从皮尔京顿先生那儿购买了两块地而得以扩大。风车最终还是竣工了,农场有了自己的脱粒机和干草仓库,还增建了多个棚圈。温普尔为自己购置了一辆轻便两轮马车。然而风车到底还是未能用作发电,而是用来磨谷物,利润可观。动物们正在辛辛苦苦建造第二座风车,据说等到这座建成后,将会安装发电机。但是像斯诺鲍以前让动物们梦想的奢侈享受,如栏厩里安电灯,有冷热水用,每周干三天活等等都不再谈起。拿破仑批评过这些想法,说与动物主义的精神背道而驰。他说真正的幸福,来自于艰苦朴素的生活。

然而尽管农场好像越来越富裕,动物们自己却根本没有富起来——当然除了猪和狗——部分原因也许是农场上有很多猪和狗。也不能说这些动物没有按照自己的方式工作。如"尖嗓"总是不厌其烦解释的,农场上的监工和组织工作就是干不完的活。这种工作别的动物很大程度上都愚蠢得理解不了。例如"尖嗓"告诉他们,猪们每天都必须把大量精力花在一些神秘之事上,所谓的"文件"、"报告、"参考"以及"备忘录"等等。用的都是大张的纸,必须往上面密密麻麻地写满字,一写满就投入炉子烧掉。"尖嗓"说,这样做对农场的兴旺极为重要。但是尽管如此,猪或狗都无法通过自己的劳动生产出任何食物。他们的数量很多,胃口也总是不错。

至于别的动物,就他们所知,过得和过去没什么两样。他们总是吃不饱肚子,睡在秸秆上,在池塘里喝水,在地里干活。冬日的严寒和夏日的苍蝇困挠着他们。有时,那些年龄大一些的根据模糊的记忆,绞尽脑汁想弄明白在造反后不久琼斯刚被赶走时的情形是不是更糟糕。他们想不起来,他们想不到拿什么跟当下的生活做比较。除了"尖嗓"提供的一系列数字,他们别无参考,而"尖嗓"的那些数字都不外乎证明一切正变得越来越好。动物们觉得这个问题无法解决,反正他们如今很少有时间想这些事。只有老本杰明声称记得自己漫长一生里的每个细节,还知道从来不曾,也不会好到或者糟糕到哪儿去。用他的话说,饥饿、辛苦和失望就是生活中一成不变的定律。

然而动物们从未放弃过希望,他们也从未失去过——一刻也不曾——他们作为动物农场一员的荣誉感和优越感。他们这个农场在整个郡——在全英国——仍是唯一一个由动物拥有和管理的农场。他们没有一个不为此惊叹,包括最小的动物。甚至刚从十几二十英里以外的农场买来的动物也啧啧称奇。他们听到枪声响起,看到绿旗在旗杆上飘扬,心里总是洋溢着自豪感,话语中总是离不开往昔的峥嵘岁月:琼斯被逐,写下七诫,两次辉煌的战斗，人类的进犯两战两败。以前的梦想一个也没有丢掉，大家仍然相信会建成一个少校所预言的动物共和国。届时，英国的绿色田野上将不再有人类踏足。总有一天会建成的，也许不会很快，也许现在活着的动物没有谁能亲眼看到。然而仍然会到来。甚至《英格兰牲畜之歌》也许正在这里那里被悄悄哼唱。不管怎么样，事实上农场上的动物都会唱，只是谁也不敢大声唱。他们也许过得艰难，也不能说他们的希望都已实现，但是他们意识到自己不同于别处的动物。如果说他们吃不饱肚子，那并不是因为东西都被暴虐的人类吃掉了；如果说他们干活干得辛苦，至少他们是为了自己。他们中间的动物没有用两条腿走路的，没有哪种动物管别的动物叫“主人”，所有动物一律平等。

夏初的一天，“尖嗓” 要求绵羊跟他走， 把他们领到农场那头的一块废地，那里已经齐刷刷长出很多桦树苗。整整一天，绵羊都在“尖嗓”的监督下吃树叶。傍晚他自己回到了农舍。最终鉴于天气暖和，他让绵羊留在那里。他们最终在那里待了整整一周，期间别的动物没有看到他们的踪影。每天的多半时间，“尖嗓”都跟他们在一起，说是在教他们学唱一首新歌，需要不被打扰。

绵羊回来后不久的一个宜人的傍晚，动物们放了工，一路走回农场棚圈时，从院子里传来一匹马受惊的嘶鸣。动物们吓了一大跳，停下脚步。那是克洛弗的声音。她接着又嘶叫一声，动物们飞奔着冲进院子，看到了克洛弗所看到的景象。

原来有一头猪在用后腿走路。

没错，那是“尖嗓”。尽管略显笨拙，好像不是很习惯以这种姿势支撑他庞大的身躯，却走得稳稳当当，他在院子里从这边踱到那边。过了一会儿，从农舍门口走出一长队猪，全都用后腿走路。有的走得相对好点，有一两头甚至还有点脚步不稳，看样子有根拐杖撑着才好。但是每一头都成功地在院子里走了一圈。最后狗一阵狂叫，黑色小公鸡一声尖鸣，拿破仑自己也出来了。他威风凛凛，身子挺得笔直，眼睛傲慢地来回扫视，几条狗围着他跳来跳去。

他蹄子里捏了一根鞭子。

一阵死一般的沉寂。动物们看着那一长列猪在院子里缓慢行走，又惊又怕，紧紧挤在一起。好像世界颠倒过来了。接着，当刚开始的震惊感退去后，尽管他们害怕那几条狗，尽管经年累月形成了习惯——无论发生什么事，从不抱怨,从不批评,但无论如何,能够的话,他们还是忍不住想抗议。然而就在这时,好像得到了信号,全体绵羊一起大声咩咩叫起来:

"四条腿好,两条腿**更好**!四条腿好,两条腿**更好**!四条腿好,两条腿**更好**!"

他们一口气叫了五分钟。等到终于安静下来时,别的动物已经完全没有机会提出任何抗议,因为那几头猪已经走回农舍。

本杰明觉得有个鼻子在蹭他的肩膀。他回头一看,原来是克洛弗。她的一双老眼比以前更昏花了。她什么也没说,轻轻扯着他的鬃毛,把他领到写有七诫的大谷仓山墙处。在那面涂了柏油、写了白字的墙壁前,他们站了一两分钟。

"我眼力不行了,"她最后说,"就算在我年轻的时候,也念不出上面写的是什么。可是我看着那面墙好像变样了。七诫还跟以前一样吗,本杰明?"

本杰明同意破一次例,给克洛弗念了一遍墙上的字。那儿现在只剩下一诫,别的什么也没有。这一条是这样的:

所有动物一律平等
但有些动物比其他动物更为平等。

这件事过后第二天,当农场上负责监工的猪们蹄子上都拎着鞭子时,大家都见怪不怪。听说猪们买了一台收音机,正在联系装电话,还订了《约翰牛》、《珍闻报》和《每日镜报》,也没谁觉得奇怪。看到拿破仑嘴里咬了根烟斗在农舍花园里散步时,好像也没什么奇怪的——不奇怪,甚至当猪们从衣柜里取出琼斯先生的衣服并穿上时,也没什么奇怪的。拿破仑身穿黑大衣、猎服马裤,缠了皮绑腿,他宠爱的母猪则穿了一套水波纹绸子衣服——那是琼斯太太以前星期天才穿的。

一周后,下午时分,几辆马车来到动物农场,邻近农场的代表团接受邀请前来考察。他们被领着在农场上到处参观了一番,对看到的一切赞赏不已,特别是风车。动物们在萝卜地里除草。他们干得认真,几乎从不抬头看,不知道是怕猪,还是更怕人类来访者。

当天夜里,从农舍那里传来大笑声和一阵阵唱歌声。突然,在听到七嘴八舌的说话声时，动物们好奇心大起。这是动物第一次与人类平起平坐地会面，里头会是什么样？他们不约而同地悄悄潜入农舍花园。

他们在门口停下，有点害怕，不敢再往前走，可是克洛弗带头进去。他们踮着脚走到房子跟前，那些够高的动物从餐厅的窗户望进去。里面围着一张长桌子坐了十几个农场主和五六头地位较高的猪。拿破仑自己坐了桌子一头的主位。那几头猪坐在椅子上，一副无比惬意的样子。他们原本在打牌，这时暂时停下来，显然是为了祝酒。他们把一只大壶传了一圈，杯子里又倒上啤酒。谁都没有注意到从窗户外向内瞪视的动物们。

福克斯伍德的皮尔京顿先生已经站了起来，手里端着杯子。过了一会儿，他说他想请在座诸位干一杯。在举杯之前，他觉得有必要讲几句。

他说，让他极为满意的——而且他肯定全体在场的客人也有同感，是长期的怀疑和误解现在结束了。有段时间——并不是说他或者在场的谁有过这种心情——有段时间，邻近的人在对待动物农场可敬的主人时，不说带着敌意，可是也许有一定程度的误解。人们一直觉得存在一个由猪拥有和管理的农场，多少有点不正常，会影响邻近农场的稳定。有太多农场主未经调查，就武断地称在这样一个农场上，会出现一片混乱，毫无纪律可言。他们担心自己的动物甚至人类雇工会受到影响。然而这些疑虑到现在全消失了。今天，他和他的朋友们参观了动物农场，亲眼考察了农场上的每一英寸土地。他们发现了什么？不仅是最先进的管理方法，而且纪律严明，秩序井然，应当成为所有农场主学习的典范。他相信他所言不差的，是动物农场的低等动物比全国各地的任何动物都干得更多，吃得更少。的确，他和同来参观的人今天看到了许多独特的做法，准备马上引进到自己的农场里。

他说，他最后要再次强调动物农场与邻居之间，拥有而且应当拥有和睦的感情。在猪与人类之间，没有也不需要有任何利益冲突。他们力图解决的和所遇到的困难都是同样的。每个地方的劳工问题可不都是一个样吗？说到这里，显然皮尔京顿先生马上要给大家说几句精心准备的俏皮话。可他开心难抑，以至于一时没法讲出来，呛了半天后他那有几重下巴的脸憋得发紫，最后总算说了出来。“如果说你们有你们的下等阶层要对付，”他说，“我们也要对付我们的下等阶层！”这句妙语让全体在座的哄堂大笑。因为低供给、长工时和他在动物农场上看不到纵容迁就的现象，皮尔京顿先生再次向猪们表示祝贺。

他最后说，现在，他要请大家都站起来，确保杯子里的酒都倒满。“先生们，”皮尔京顿先生总结道，“先生们，我提议干一杯，为了动物农场的繁荣昌盛！”

大家热烈喝彩，并用脚跺地板。拿破仑高兴地离开座位，绕过桌子，跟皮尔京顿先生碰了杯才干掉。喝彩声低下来后，一直站着的拿破仑示意他要讲几句。

拿破仑的讲话跟每次一样，简明扼要而且讲到了点子上。他说，那段误解期已经过去，他对此也感到高兴。长期以来总有这样的谣言——他有理由认为是一些怀有恶意的敌人散布的——说他自己以及他的同事的观念中有颠覆性和甚至是革命性的因素，他和他的同事被认为企图在邻近农场上煽动造反。真乃谬之千里！他们现在和过去的唯一希望，便是与邻居和平共处，保持正常的经贸关系。这个农场是个合作制企业，他自己保管的所有权文件，是由全体猪们共同拥有的。

他说，他相信以往的猜疑都已烟消云散，最近农场上的日常生活有所改变，应该能进一步促进信任。农场上的动物们至今有个很荒唐的习惯，就是以“同志”相称，以后要禁止。此外还有个很奇怪的习俗，起源已不可考，就是每周日上午正步走过花园里钉在一根柱子上的公猪的头骨。这以后也要禁止，那个头颅已经埋掉。来宾也会看到飘扬在旗杆顶上的绿旗，他们也许注意到以前上面以白色标识的蹄子和犄角已经没有了。从今往后，将只是一面绿色旗帜。

他说，他对皮尔京顿先生精彩而且充满睦邻友好精神的讲话只有一点批评：皮尔京顿从头到尾说的是“动物农场”，当然他不会知道——因为拿破仑自己现在才首次宣布——“动物农场”这一名称已被取消。从今往后，这个农场叫“曼纳农场”——他相信这才是正确的和既有的名称。

“先生们，”拿破仑最后说，“我要提议再干一杯，不过是以另外的方式。把杯子斟得满满的。先生们，这是我的祝酒辞：为了曼纳农场的繁荣昌盛！”

像刚才一样，再次响起开心的喝彩声，杯中酒都干掉了。但是当外面的动物盯着这一幕时，在他们眼里，好像正在发生一件奇怪的事。什么原因让猪脸变样了？克洛弗一双昏花的老眼看看这张脸又看看那张脸，有的有五道下巴,有的是四道,有的是三道。然而好像正在融化、正在变化着的是什么?后来,掌声停了,他们都拿起牌,接着打起来——刚才打了一半。动物们则悄悄溜走了。

可是他们还没走开二十码,便陡然停下脚步,农舍里传来一阵吵吵嚷嚷的声音。他们冲回去,从窗户外往里看。没错,里面正在激烈争吵,叫喊、拍桌子,用尖锐的目光怀疑地扫视,火冒三丈地否认。引起纠纷的源头,好像是拿破仑和皮尔京顿先生同时打了张黑桃 A。

十几个嗓门在愤怒地喊叫,声音都很像。这时,猪们的脸上有了什么变化便毫无疑问。外面的动物们看看猪又看看人,看看人又看看猪,可是已经无法分清哪是人,哪是猪了。

经典译林

Yilin Classics

书名	单价	书名	单价
癌症楼	78.00 元	艾青诗集	35.00 元
爱的教育	39.00 元	爱丽丝漫游奇境	29.00 元
安娜·卡列尼娜	65.00 元	安徒生童话选集	42.00 元
傲慢与偏见	36.00 元	奥德赛	92.00 元
八十天环游地球	32.00 元	巴黎圣母院	42.00 元
白洋淀纪事	39.00 元	百万英镑	35.00 元
包法利夫人	38.00 元	悲惨世界（上、下）	98.00 元
背影	28.00 元	被侮辱与被损害的人	39.00 元
边城	36.00 元	变色龙：契诃夫中短篇小说集	39.00 元
变形记 城堡	38.00 元	草叶集：惠特曼诗选	39.00 元
茶馆	32.00 元	茶花女	35.00 元
查拉图斯特拉如是说	38.00 元	沉思录	29.00 元
城南旧事	29.00 元	大卫·科波菲尔（上、下）	79.00 元
当代英雄	45.00 元	稻草人	29.00 元
地心游记	32.00 元	飞鸟集·新月集：泰戈尔诗选	39.00 元
飞向太空港	39.00 元	福尔摩斯探案集	58.00 元
复活	42.00 元	傅雷家书	49.00 元
富兰克林自传	36.00 元	钢铁是怎样炼成的	39.00 元
高老头	39.00 元	格列佛游记	35.00 元
格林童话全集	49.00 元	给青年的十二封信	38.00 元

书名	单价	书名	单价
古希腊悲剧喜剧集（上、下）	118.00 元	海底两万里	38.00 元
红楼梦	69.00 元	红与黑	49.00 元
呼兰河传	35.00 元	呼啸山庄	39.00 元
基督山伯爵（上、下）	108.00 元	纪伯伦散文诗经典	42.00 元
寂静的春天	35.00 元	假如给我三天光明	32.00 元
简·爱	39.00 元	金银岛	35.00 元
经典常谈	29.00 元	荆棘鸟	45.00 元
静静的顿河	128.00 元	镜花缘	49.00 元
局外人·鼠疫	38.00 元	菊与刀	35.00 元
克雷洛夫寓言	32.00 元	宽容	32.00 元
昆虫记	39.00 元	老人与海	32.00 元
理想国	45.00 元	聊斋志异	55.00 元
列那狐的故事	39.00 元	猎人笔记	38.00 元
林肯传	39.00 元	鲁滨逊漂流记	39.00 元
鲁迅杂文选集	36.00 元	绿山墙的安妮	36.00 元
罗马神话	16.80 元	罗生门	39.00 元
骆驼祥子	32.00 元	美丽新世界	35.00 元
名人传	39.00 元	拿破仑传	49.00 元
呐喊	29.00 元	牛虻	38.00 元
欧·亨利短篇小说选	36.00 元	欧也妮·葛朗台	32.00 元
彷徨	32.00 元	培根随笔全集	38.00 元
飘（上、下）	88.00 元	普希金诗选	42.00 元
骑鹅旅行记	36.00 元	乞力马扎罗的雪	39.80 元
热爱生命·海狼	38.00 元	人间草木：汪曾祺散文精选	49.00 元

书名	单价	书名	单价
人类群星闪耀时	36.00 元	人性的弱点	39.00 元
日瓦戈医生	68.00 元	儒林外史	42.00 元
三个火枪手	59.00 元	三国演义	59.00 元
沙乡年鉴	42.00 元	莎士比亚喜剧悲剧集	49.00 元
少年维特的烦恼	28.00 元	神秘岛	48.00 元
神曲（共三册）	128.00 元	十日谈	68.00 元
世说新语（上、下）	89.00 元	双城记	45.00 元
水浒传	69.00 元	四世同堂（上、下）	78.00 元
苔丝	39.00 元	谈美	35.00 元
谈美书简	36.00 元	汤姆·索亚历险记	32.00 元
汤姆叔叔的小屋	45.00 元	唐诗三百首	39.00 元
堂吉诃德	78.00 元	天方夜谭	42.00 元
童年	38.00 元	童年·在人间·我的大学	49.00 元
瓦尔登湖	36.00 元	我是猫	39.00 元
乌合之众	35.00 元	物种起源	42.00 元
雾都孤儿	44.00 元	西顿野生动物故事集	38.00 元
西游记	62.00 元	希腊古典神话	49.00 元
乡土中国	36.00 元	小妇人	45.00 元
小王子	29.00 元	星星离我们有多远	35.00 元
喧哗与骚动	58.00 元	羊脂球	38.00 元
一九八四	36.00 元	一间自己的房间	36.00 元
伊利亚特	82.00 元	伊索寓言：555 则	36.00 元
尤利西斯	58.00 元	约翰·克利斯朵夫（上、下）	98.00 元
月亮和六便士	45.00 元	战争与和平（上、下）	108.00 元

书名	单价	书名	单价
朝花夕拾	22.00 元	中国民间故事	39.00 元
子夜	49.00 元	最后一课	36.00 元
罪与罚	66.00 元